CULPA MÍA

MERCEDES RON

Montena

Papel certificado por el Forest Stewardship Council®

MIXTO
Papel | Apoyando la silvicultura responsable
FSC® C117695

Penguin Random House Grupo Editorial

Primera edición con esta encuadernación: junio de 2023
Cuarta reimpresión: febrero de 2025

Travessera de Gràcia, 47-49. 08021 Barcelona

Printed in Spain – Impreso en España

ISBN: 978-84-19650-91-7
Depósito legal: B-7.833-2023

Compuesto en Compaginem Llibres, S. L.
Impreso en Rotoprint by Domingo, S. L.
Castellar del Vallès (Barcelona)

GT 5 0 9 1 B

A mi madre, gracias por ser mi amiga,
mi confidente, todo lo que siempre
he necesitado y más. Gracias por hacer que
siempre tuviese un libro entre mis manos.

Prólogo

—¡Déjame en paz! —dijo ella rodeándome para salir por la puerta. La cogí inmediatamente por los brazos y la obligué a mirarme.

—¿Me puedes explicar qué demonios te está pasando? —le pregunté furioso.

Ella me miró y vi en sus ojos algo oscuro y profundo que me ocultaba; sin embargo, me sonrió sin alegría.

—Este es tu mundo, Nicholas —me expuso con calma—. Simplemente estoy viviendo tu vida, disfrutando de tus amigos y sintiéndome libre de problemas. Esto es lo que hacéis y esto es lo que se supone que tengo que hacer yo —sentenció y dio un paso hacia atrás para apartarse de mí.

Yo no daba crédito a lo que oía.

—Has perdido completamente el control —le espeté bajando el tono de voz. No me gustaba lo que veían mis ojos, no me gustaba en quién se estaba convirtiendo la chica de la que yo creía estar enamorado. Pero pensándolo bien..., lo que hacía y *cómo* lo hacía... era lo mismo que yo había hecho, lo mismo que había estado haciendo antes de conocerla; yo la había metido en todas estas cosas: había sido mi culpa. Era culpa mía que se estuviese autodestruyendo.

En cierto modo habíamos intercambiado los papeles. Ella había aparecido y me había sacado del oscuro agujero en el que yo me había metido, pero al hacerlo había terminado por ocupar mi lugar.

1

NOAH

Mientras subía y bajaba la ventanilla del nuevo coche de mi madre, no podía dejar de pensar en lo que me depararía el siguiente e infernal año que tenía por delante. Aún no dejaba de preguntarme cómo habíamos acabado así, yéndonos de nuestra casa para cruzar todo el país hasta California. Habían pasado tres meses desde que había recibido la fatal noticia, la misma que cambiaría mi vida por completo, la misma que me hacía querer llorar por las noches, la misma que conseguía que suplicara y despotricara como una niña de once años en vez de diecisiete.

Pero ¿qué podía hacer? No era mayor de edad, aún faltaban once meses, tres semanas y dos días para cumplir los dieciocho y poder largarme a la universidad; lejos de una madre que solo pensaba en sí misma, lejos de aquellos desconocidos con los que me iba a tocar vivir, porque de ahora en adelante iba a tener que compartir mi vida con dos personas completamente desconocidas y, para colmo, dos tíos.

—¿Puedes dejar de hacer eso? Me estás poniendo nerviosa —me pidió mi madre, al mismo tiempo que colocaba las llaves en el contacto y ponía en marcha el coche.

—A mí me ponen nerviosa muchas cosas que haces, y me tengo que aguantar —repliqué de malas maneras. El sonoro suspiro que vino en respuesta se había convertido en algo tan rutinario que ni siquiera me sorprendió.

Pero ¿cómo podía obligarme? ¿Acaso no le importaban mis sentimientos? «Claro que sí», me había respondido mi madre mientras nos alejábamos de mi querida ciudad. Ya habían pasado seis años desde que mis padres se habían separado, y no de forma convencional ni agradable: había sido un divorcio de lo más traumático, pero a la postre lo había superado… o por lo menos seguía intentándolo.

Me costaba muchísimo adaptarme a los cambios, me aterrorizaba estar con extraños; no soy tímida, pero sí muy reservada con mi vida privada y eso de tener que compartir mis veinticuatro horas del día con dos personas que apenas conocía me creaba una ansiedad que me hacía tener ganas de salir del coche y vomitar.

—Aún no puedo comprender por qué no me dejas quedarme —le dije intentando poder convencerla por enésima vez—. No soy una niña, sé cuidarme… Además, el año que viene estaré en la universidad y, al fin y al cabo, estaré viviendo sola… Es lo mismo —argumenté con la idea de hacerla entrar en razón y sabiendo que yo estaba completamente en lo cierto.

—No voy a perderme tu último año de instituto, y quiero disfrutar de mi hija antes de que te vayas a estudiar fuera; Noah, ya te lo he dicho mil veces: quiero que formes parte de esta nueva familia, eres mi hija… ¡Por Dios santo! ¿En serio crees que te voy a dejar vivir en otro país sin ningún adulto y a tanta distancia de donde yo estoy? —me contestó sin apartar la mirada de la carretera y haciendo aspavientos con su mano derecha.

Mi madre no comprendía lo duro que era todo eso para mí. Ella comenzaba su nueva vida con un marido nuevo que supuestamente la quería, pero ¿y yo?

—Tú no lo entiendes, mamá. ¿No te has parado a pensar que este también es mi último año de instituto? ¿Que tengo allí a todas mis amigas, mi novio, mi trabajo, mi equipo…? ¡Toda mi vida, mamá! —le grité esforzándome por contener las lágrimas. Aquella situación podía conmigo, eso estaba clarísimo. Yo nunca, y repito, *nunca*, lloraba delante de nadie. Llorar es para débiles, para aquellos que no saben controlar lo que sienten o, en mi caso, para aquellos que han llorado tanto a lo largo de su vida que han decidido no derramar ni una sola lágrima más.

Aquellos pensamientos me hicieron recordar el inicio de toda aquella locura. No dejaba de arrepentirme de no haber acompañado a mi madre a aquel maldito crucero por las islas Fiyi. Porque había sido allí, en un barco en medio del Pacífico Sur, donde había conocido al increíble y enigmático William Leister.

Si pudiera volver atrás en el tiempo no dudaría ni un instante en decirle que sí a mi madre cuando se presentó a mediados de abril con dos billetes para irnos de vacaciones. Había sido un regalo de su mejor amiga, Alicia. La pobre había sufrido un accidente con el coche y se había roto la pierna derecha, un brazo y dos costillas. Como es obvio, no podía irse con su marido a esas islas y por ese motivo se lo regaló a mi madre. Pero vamos a ver..., ¿mediados de abril? Por aquellas fechas yo estaba con los exámenes finales y metida de lleno en los partidos de vóley. Mi equipo había quedado primero después de estar en segundo lugar desde que yo tenía uso de razón: había sido una de las alegrías más grandes de mi vida. Sin embargo, ahora, viendo las consecuencias de no haber ido a aquel viaje, devolvería el trofeo, dejaría el equipo y no me hubiese importado suspender literatura y español con tal de evitar que aquel matrimonio se celebrara.

¡Casarse en un barco! ¡Mi madre estaba completamente loca! Además, se casó sin decirme absolutamente nada, me enteré en cuanto llegó, y encima me lo dijo tan tranquila, como si casarse con un millonario en medio del océano fuera lo más normal del mundo... Toda esta situación era de lo más surrealista y, encima, quería mudarse a una mansión en California, Estados Unidos. ¡Ni siquiera era mi país! Yo había nacido en Canadá, a pesar de que mi madre había nacido en Texas y mi padre en Colorado, y me gustaba mucho, era cuanto conocía...

—Noah, sabes que quiero lo mejor para ti —me dijo mi madre haciéndome regresar a la realidad—. Sabes por lo que he pasado, por lo que *hemos* pasado; y por fin he encontrado un buen hombre que me quiere y me respeta... No me sentía tan feliz desde hace muchísimo tiempo... Lo necesito y sé que vas a llegar a quererlo. Además, puede ofrecerte un futuro al que nunca podríamos haber aspirado, vas a poder ir a la universidad que quieras, Noah.

—Es que yo no quiero ir a una universidad de esas, mamá, ni tampoco quiero que un desconocido me la pague —repuse sintiendo un escalofrío al pensar que, al cabo de un mes, empezaría en un instituto pijo lleno de niños ricos.

—No es un desconocido: es mi marido, así que ve haciéndote a la idea —agregó en un tono más cortante.

—Nunca voy a hacerme a la idea —le contesté apartando la mirada de su rostro y centrándola en la carretera.

Mi madre volvió a suspirar y yo deseé que la conversación hubiese terminado, no tenía ganas de seguir hablando.

—Entiendo que vas a echar de menos a tus amigos y a Dan, Noah, pero míralo por el lado positivo: ¡vas a tener un hermano! —exclamó con ilusión.

Me volví hacia ella mirándola de forma cansina.

—Por favor, no me vendas algo como lo que no es.

—Pero te va a encantar: Nick es un sol —afirmó sonriéndole a la carretera—. Un chico maduro y responsable que seguro que se muere de ganas por presentarte a todos sus amigos y llevarte a visitar la ciudad. Siempre que hemos coincidido estaba encerrado en su habitación estudiando o leyendo un libro: a lo mejor incluso compartís los mismos gustos literarios.

—Sí, ya... Seguro que le encanta Jane Austen —contesté poniendo los ojos en blanco—. Por cierto, ¿cuántos años decías que tenía? —Ya lo sabía, mi madre no había dejado de hablarme de él y de Will durante meses, y, con todo, me resultaba muy irónico que no hubiese sido capaz de hacer un hueco para venir a conocerme. Mudarme con una familia nueva y ni siquiera conocer a los miembros era el colmo de todo esto.

—Es un poco mayor que tú, pero tú eres más madura que las chicas de tu edad: os vais a llevar fenomenal.

Y ahora me hacía la pelota..., «madura». Aún recelaba de si esa palabra era de verdad la que me definía y, pese a eso, dudaba de que un chico de casi veintidós años tuviese ganas de enseñarme la ciudad y presentarme a sus amigos; como si yo quisiera que hiciese tal cosa, en cualquier caso.

—Hemos llegado —anunció mi madre a continuación.

Centré mi mirada en las altas palmeras y las calles que separaban las mansiones monumentales. Cada casa ocupaba, por lo menos, media manzana. Las había de estilo inglés, victoriano... y también había muchas de aspecto moderno con las paredes de cristal e inmensos jardines. Comencé a asustarme cada vez más al ver que a medida que avanzábamos por la calle las casas se iban haciendo cada vez más grandes.

Finalmente llegamos a unas inmensas puertas de tres metros de altura y, como si nada, mi madre sacó un aparatito de la guantera, le dio a un botón y estas comenzaron a abrirse. Volvió a poner el coche en marcha y bajamos una cuesta bordeada por jardines y altos pinos que desprendían un agradable olor a verano y mar.

—La casa no está tan alta como las demás de la urbanización y por eso tenemos las mejores vistas a la playa —comentó con una gran sonrisa. Me volví hacia ella y la observé como si no la reconociera. ¿Acaso no se daba cuenta de lo que nos rodeaba? ¿No era consciente de que nos quedaba demasiado grande?

No me dio tiempo a formular las preguntas en voz alta porque finalmente llegamos a la casa. Solo se me ocurrieron dos palabras:

—¡Madre mía!

La casa era toda blanca con los altos tejados de color arena; tenía por lo menos tres pisos, pero era difícil asegurarlo, ya que tenía tantas terrazas, ventanas, tanto de todo... Frente a nosotras se alzaba un porche impresionante, cuyas luces, al ser ya pasadas las siete de la tarde, estaban encendidas, lo que le daba al edificio un aspecto de ensueño. El sol se pondría pronto y el cielo ya estaba pintado de muchos colores que contrastaban con el blanco inmaculado del lugar.

Mi madre apagó el motor después de haber rodeado la fuente y haber aparcado delante de los escalones que nos llevarían a la puerta principal. La primera impresión que tuve al bajarme fue la de haber llegado al hotel más lujoso de toda California; solo que no era un hotel: era una casa..., supuestamente un hogar... O por lo menos eso me quería hacer creer mi madre.

En cuanto me bajé del coche William Leister apareció por la puerta. Detrás de él iban tres hombres vestidos como pingüinos.

El nuevo marido de mi madre no estaba vestido como yo le había visto en las contadas veces que me había dignado a estar con él en la misma habitación. En vez de llevar traje o caros chalecos de marca, iba con unas bermudas blancas y un polo de color azul claro. Sus pies calzaban unas chanclas de playa y su pelo oscuro estaba despeinado en vez de atusado hacia atrás. Había que admitir que podía entender lo que mi madre había visto en él: era muy atractivo. Era alto, bastante más que mi madre, y se conservaba muy bien. Su rostro era armonioso, aunque claro está que se notaban los signos de la edad —tenía bastantes arrugas de expresión y también en la frente— y su pelo negro lucía ya algunas canas que le daban un aire interesante y maduro.

Mi madre se acercó a él corriendo como una colegiala para poder abrazarlo. Yo me tomé mi tiempo, bajé del coche y me encaminé hacia el maletero para coger mis cosas.

Unas manos enguantadas aparecieron de la nada y tuve que echarme hacia atrás sobresaltada.

—Yo recojo sus cosas, señorita —me dijo uno de los hombres vestidos de pingüino.

—Puedo hacerlo yo, gracias —le contesté sintiéndome realmente incómoda.

El hombre me miró como si hubiera perdido la cabeza.

—Deja que Martin te ayude, Noah —oí a William Leister a mi espalda.

Solté mi maleta a regañadientes.

—Me alegro mucho de verte, Noah —declaró el marido de mi madre, sonriéndome con afecto. A su lado, mi madre no dejaba de gesticular para que me comportara, sonriera o dijera algo.

—No puedo decir lo mismo —respondí yo estirando la mano para que me la estrechara. Sabía que lo que acababa de hacer era de lo más maleducado, pero en aquel instante me pareció justo decir la verdad.

Quería dejar bien claro cuál era mi posición respecto a este cambio en nuestras vidas.

William no pareció ofenderse. Me retuvo la mano más tiempo de lo debido y me sentí incómoda al instante.

—Sé que esto es un cambio muy brusco en tu vida, Noah, pero quiero que te sientas como en tu casa, que disfrutes de lo que puedo ofrecerte, pero que, sobre todo, puedas aceptarme como parte de tu familia... en algún momento —agregó seguramente al ver mi cara de incredulidad. Mi madre, a su lado, me fulminaba con sus ojos azules.

Tan solo fui capaz de asentir con la cabeza y echarme hacia atrás para que me soltara la mano. No me sentía cómoda con aquellas muestras de afecto, y menos con desconocidos. Mi madre se había casado —muy bien por ella—, pero aquel hombre nunca sería nadie para mí, ni un padre, ni un padrastro, ni nada que se le pareciera. Yo ya tenía un padre, y con él había tenido más que suficiente.

—¿Qué tal si te enseñamos la casa? —propuso él con una gran sonrisa, ajeno a mi frialdad y mal humor.

—Vamos, Noah —me animó mi madre entrelazando su brazo con el mío. De esa forma no podía hacer otra cosa que caminar a su lado.

Todas las luces de la vivienda estaban encendidas, por lo que no me perdí ni un solo detalle de aquella mansión demasiado grande hasta para una familia de veinte personas... y ni que decir tiene para una de cuatro. Los techos eran altos, con vigas de madera y grandes ventanales que daban al exterior. Había una gran escalera en el centro de un salón inmenso que se bifurcaba hacia ambos lados del piso superior. Mi madre y su marido me llevaron por toda la mansión, me enseñaron el inmenso salón y la gran cocina presidida por una gran isla, cosa que supuse que a mi madre le encantaría. En aquella casa había de todo: gimnasio, piscina climatizada, salones para hacer fiestas y una gran biblioteca, que fue lo que más me impresionó.

—Tu madre me ha dicho que te gusta mucho leer y escribir —me comentó William, haciéndome despertar de mi ensoñación.

—Como a miles de personas —le repliqué cortante. Me molestaba que se dirigiera a mí con esa amabilidad: no quería que me hablara, así de fácil.

—Noah —me recriminó mi madre, clavando sus ojos en los míos. Sabía que le estaba haciendo pasar un mal rato, pero que se aguantara, a mí me iba a tocar pasar un mal año y no podía hacer nada al respecto.

William parecía ajeno a nuestro intercambio de miradas y no perdió su sonrisa en ningún momento.

Suspiré frustrada e incómoda. Aquello era demasiado: diferente, extravagante... No sabía si iba a ser capaz de acostumbrarme a vivir en un lugar así.

De repente necesitaba estar sola, necesitaba tiempo para poder asimilar las cosas...

—Estoy cansada. ¿Puedo ir a la que va a ser mi habitación? —pregunté en un tono de voz menos duro.

—Claro, en el ala derecha de la segunda planta es donde está tu habitación y la de Nicholas. Puedes invitar a quien tú quieras a que venga a estar contigo, a Nick no le importará; además, de ahora en adelante compartiréis la sala de juegos.

«¿La sala de juegos? ¿En serio?» Sonreí como pude intentando no pensar en que de ahora en adelante iba a tener que convivir también con el hijo de William. Solo sabía lo que mi madre me había contado de él y era que tenía veintiún años, estudiaba en la Universidad de California y era un pijo insoportable. Bueno, eso último era de mi propia cosecha, pero seguramente era la verdad.

Mientras subíamos las escaleras no podía dejar de pensar en que, de ahora en adelante, iba a tener que convivir con dos hombres extraños. Habían pasado seis años desde la última vez que un hombre —mi padre— había estado en mi casa. Me había acostumbrado a ser solo chicas, solo dos. Mi vida nunca había sido un camino de rosas y menos durante mis primeros once años de vida; los problemas con mi padre habían marcado mi vida al igual que la de mi madre.

Después de que mi padre se fuera, mi madre y yo seguimos adelante, poco a poco pudimos convivir como dos personas normales y corrientes y, a medida que yo iba creciendo, mi madre se fue convirtiendo en una de mis mejores amigas. Me daba la libertad que quería, y eso era justamente porque confiaba en mí y yo en ella... o por lo menos hasta que decidió tirar nuestras vidas por la borda.

—Esta es tu habitación —me indicó mi madre, colocándose delante de una puerta de madera oscura.

Observé a mi madre y a William. Estaban expectantes...

—¿Puedo entrar? —les pregunté con ironía al ver que no se apartaban de la puerta.

—Esta habitación es mi regalo particular para ti, Noah —anunció mi madre con los ojos brillantes de expectación.

La observé con cautela y, en cuanto se apartó, abrí la puerta con cuidado, con miedo de lo que podía llegar a encontrarme.

Lo primero que captaron mis sentidos fue el delicioso olor a margaritas y a mar. Mis ojos se fijaron primero en la pared que quedaba frente a la puerta y que era totalmente de cristal. Las vistas eran tan espectaculares que me quedé sin palabras por primera vez. El océano al completo se veía desde donde yo estaba; la casa debía de estar en lo alto de un acantilado porque desde mi posición solo veía el mar y la impresionante puesta de sol que estaba teniendo lugar en aquel instante. Era alucinante.

—¡Madre mía! —repetí otra vez la que se había convertido en mi frase preferida. Mis ojos siguieron recorriendo la habitación: era enorme, en la pared izquierda había una cama con dosel con un montón de almohadones blancos, a juego con los colores de las paredes que estaban pintadas de un agradable color azul claro. Los muebles, entre los que destacaban un escritorio con un ordenador Mac gigante, un sofá precioso, un tocador con espejo y una inmensa estantería con todos mis libros, eran azules y blancos. Esos colores, junto a la sensacional vista que contemplaban mis ojos, eran lo más hermoso que había visto en toda mi vida.

Me sentí abrumada. ¿Todo esto era para mí?

—¿Te gusta? —me preguntó mi madre a mi espalda.

—Es increíble... Gracias —respondí sintiéndome agradecida, pero, al mismo tiempo, incómoda. No quería que me compraran con cosas así, yo no las necesitaba.

—He estado trabajando con una decoradora profesional casi dos semanas... Quería que tuviese todo lo que siempre habías querido y yo nunca he podido darte —me informó ella emocionada. La observé unos instantes y supe que no podía quejarme de eso... Una habitación así es el sueño de cualquier adolescente y también el de cualquier madre.

Me acerqué a ella y la abracé. Hacía ya por lo menos tres meses que no tenía ningún tipo de contacto físico con ella y supe que aquello era importante para mi madre.

—Gracias, Noah —me dijo al oído para que solo yo pudiese oírla—. Te juro que voy a hacer todo lo posible para que seamos felices las dos.

—Estaré bien, mamá —le contesté sabiendo que lo que decía no estaba en sus manos.

Mi madre me soltó, se enjugó una de las lágrimas que se habían deslizado por su mejilla y se colocó junto a su nuevo marido.

—Te dejamos para que te instales —comentó William de forma amable.

Asentí sin agradecerle absolutamente nada. Todo lo que había en esa habitación no suponía ningún esfuerzo para él: solo era dinero.

Cerré la puerta y observé que no había pestillo. El suelo era de madera y estaba tapizado con una alfombra blanca tan gruesa que incluso se podría dormir sobre ella. El baño era tan grande como mi antigua habitación, y tenía ducha de hidromasaje, bañera y dos lavabos individuales. Me acerqué a la ventana y me asomé. En efecto, allí abajo estaba el jardín trasero de la casa, y la inmensa piscina y los jardines con flores y palmeras.

Salí del baño y entonces caí en la cuenta del pequeño marco sin puerta que había en la pared frente al baño. Ay, Dios...

Crucé la habitación y entré en lo que supuse era el sueño de cualquier mujer, adolescente o niña pequeña: un vestidor, y no un vestidor vacío, sino uno lleno de ropa sin estrenar. Solté el aire que había estado conteniendo y comencé a pasar los dedos sobre las increíbles prendas. Todas estaban con las etiquetas y solo me bastó ver el precio de una para darme cuenta de lo caras que eran. Mi madre estaba loca, o quienquiera que la hubiera convencido para gastarse todo ese dinero.

No podía deshacerme de aquella incómoda sensación de que nada era real, de que pronto me despertaría y estaría en mi vieja habitación con mi ropa corriente y mi cama individual; y lo peor de todo es que deseaba con todas mis fuerzas despertar porque aquella no era mi vida, no era lo que quería... Deseaba volver a mi casa con todas mis fuerzas. Sentí un nudo en el estómago tan incómodo y tal angustia en mi interior que me dejé caer al suelo, apoyé mi cabeza en mis rodillas y respiré hondo todas las veces que fueron necesarias hasta que se me pasaron las ganas de llorar.

Como si me estuviese leyendo la mente, mi amiga Beth me envió justo entonces un mensaje.

¿Has llegado bien? Ya te echo de menos

Sonreí a la pantalla y le mandé una foto desde dentro de mi vestidor. Al segundo, me llegaron como cinco emoticonos con la boca abierta.

¡Te odio! ¿Lo sabías?

Me reí y le escribí un mensaje.

Si fuese por mí, te lo regalaba todo. Es más, daría lo que fuera por poder estar con vosotros allí, en casa de Dan viendo una película o simplemente pasando el rato en el sofá mugriento de tu habitación.

No seas tan negativa, disfrútalo, joder, que ¡ahora eres rica!

Yo no era rica, lo era William.

Dejé el teléfono en el suelo y me dirigí a mis maletas. Me apresuré en coger unos pantalones cortos y una camiseta sencilla. No quería cambiar mi forma de ser, y no pensaba empezar a vestir con polos de marca.

Me metí en la ducha para desprenderme de toda la suciedad e incomodidad del largo viaje. Agradecí no ser una de esas chicas que tienen que hacerse de todo para que el pelo les quede bien. Por suerte yo había heredado el pelo ondulado de mi madre y así fue como se me quedó en cuanto termine de secarlo. Me vestí con lo que había escogido y me propuse dar una vuelta por la casa, y también buscar algún tentempié.

Era raro caminar por allí yo sola..., me sentía como una intrusa. Iba a tardar mucho en acostumbrarme a vivir allí, pero, sobre todo, en habituarme al lujo y a las inmensidades de aquel sitio. En mi antiguo piso bastaba con hablar un poco más fuerte de lo normal para que nos escuchásemos la una a la otra. Aquí eso era del todo imposible.

Me dirigí hacia la cocina, rezando por no perderme. Me moría de hambre, necesitaba algo de comida basura en mi organismo con urgencia.

Lamentablemente, cuando entré no estaba sola.

Había alguien rebuscando en la nevera, alguien de quien tan solo podía ver la coronilla de una cabeza de pelo oscuro. En el preciso instante en que iba a decir algo, un ladrido ensordecedor me hizo chillar de forma exagerada, igual que hacen las niñas pequeñas.

Me volví sobresaltada justo cuando la cabeza de la nevera emergía tras la puerta para ver quién formaba tanto escándalo.

Pero no era él quien me había asustado: al lado de la isla de la cocina había un perro negro, precioso, sí, pero que me miraba con ojos de querer comerme poco a poco. Si no me equivocaba era un labrador, pero no podía asegurarlo. Mis ojos se desviaron del perro al chico que había justo a su lado.

Observé con curiosidad y al mismo tiempo con asombro al que seguramente era el hijo de William, Nicholas Leister. Lo primero que se me vino a la cabeza en cuanto lo vi fue una exclamación: «¡Vaya ojos!». Eran de un azul cielo, tan claro como las paredes de mi habitación, y contrastaban de una manera abrumadora con el color negro azabache de su pelo, que estaba despeinado y húmedo de sudor. Al parecer venía de hacer deporte porque llevaba puestas unas mallas y una camiseta de tirantes ancha. Dios, era muy guapo, eso había que admitirlo, pero no dejé que esos pensamientos me hiciesen olvidar a quién tenía delante: era mi nuevo hermanastro, la persona con la que conviviría durante un año que, intuía, sería de auténtica tortura... Y su perro seguía gruñéndome como si adivinara mis pensamientos.

—Eres Nicholas, ¿verdad? —le pregunté intentando controlar el miedo que le tenía al endemoniado animal, que no dejaba de gruñirme. Me sorprendió y cabreó cómo desviaba la mirada hacia su mascota y sonreía.

—El mismo —afirmó, fijando sus ojos en mí otra vez—. Tú debes de ser la hija de la nueva mujer de mi padre —comentó y no pude creer que dijera eso tan fríamente.

Lo observé entornando los ojos.

—¿Tu nombre era...? —me preguntó y yo no pude evitar abrir los ojos con asombro e incredulidad.

¿No sabía mi nombre? Nuestros padres se habían casado, mi madre y yo nos habíamos mudado, ¿y ni siquiera sabía cómo me llamaba?

2

NICK

—Noah —me contestó cortante—. Me llamo Noah.

Me hizo gracia la forma con la que me fulminó con la mirada. Mi nueva hermanastra parecía ofendida porque me importase una mierda cuál fuera su nombre o el de su madre, aunque he de admitir que del de su madre sí me acordaba. ¡Como para no hacerlo! Los últimos tres meses había pasado más tiempo en esta casa que yo mismo, porque sí, Raffaella Morgan se había metido en mi vida y encima venía con acompañante.

—¿No es un nombre de chico? —le pregunté sabiendo que eso la molestaría—. Sin ofender, claro —agregué al ver que sus ojos color miel se abrían con sorpresa.

—También es de chica —me contestó un segundo después. Observé cómo sus ojos pasaban de mí a Thor, mi perro, y no pude evitar volver a sonreír—. Seguramente en tu limitado vocabulario no existe la palabra «unisex» —añadió esta vez sin mirarme. Thor no dejaba de gruñirle y enseñarle los dientes. No era culpa suya, lo habíamos entrenado para que desconfiara de los desconocidos. Solo haría falta una palabra mía para que pasara a ser el perro cariñoso de siempre..., pero era demasiado divertido ver la cara de miedo que tenía mi nueva hermanita.

—No te preocupes, tengo un vocabulario muy extenso —repliqué yo cerrando la nevera y encarando de verdad a aquella chica—. Es más, hay una palabra clave que a mi perro le encanta. Empieza por A, luego por TA y termina en CA. —El miedo cruzó su rostro y tuve que reprimir una carcajada.

Era alta, seguramente uno sesenta y ocho o uno setenta, no estaba seguro. También era delgada y no le faltaba de nada, había que admitirlo, pero su rostro era tan aniñado que cualquier pensamiento lujurioso hacia ella quedaba descalificado. Si no había oído mal ni siquiera había acabado el instituto, y eso se reflejaba claramente en sus pantalones cortos, su camiseta blanca y sus Converse negras. Le hubiese faltado tener el pelo recogido en una coleta para pasar por la típica adolescente que espera impaciente en interminables colas a que abran las puertas de un gran establecimiento para comprar el último disco del cantante por el que suspiran todas las quinceañeras. Sin embargo, lo que más atrajo mi atención fue su cabello: era de un color muy extraño, entre rubio oscuro y pelirrojo.

—¡Qué gracioso! —exclamó ella con ironía, pero completamente asustada—. Sácalo fuera, parece que vaya a matarme en cualquier momento —me pidió retrocediendo. En el mismo instante en que lo hizo, Thor dio un paso hacia delante.

«Buen chico», pensé. Tal vez a mi nueva hermanastra no le vendría mal un escarmiento, un recibimiento especial que le dejara bien claro de quién era esa casa y lo poco bien recibida que era en ella.

—Thor, avanza —le ordené a mi perro con autoridad. Noah lo miró a él primero y luego a mí, retrocedió un poco más, hasta que chocó contra la pared de la cocina.

Thor avanzó hacia ella poco a poco, enseñándole los colmillos y gruñendo. Daba bastante miedo, pero yo sabía que no iba a hacerle nada..., no si yo no se lo ordenaba.

—¿Qué estás haciendo? —inquirió ella mirándome a los ojos—. No tiene ninguna gracia.

Oh, sí que la tenía.

—Mi perro suele llevarse bien con todo el mundo, es raro que ahora solo esté pensando en atacarte... —comenté observando divertido cómo ella intentaba controlar su miedo.

—¿Piensas hacer algo? —me espetó entre dientes, su mirada ahora fija en mí.

«¿Hacer algo? ¿Qué tal decirte que te largues por donde has venido?»

—Llevas aquí... ¿cuánto? ¿Cinco minutos? ¿Y ya estás dando órdenes? —dije mientras me acercaba al grifo de la cocina y me servía un vaso de agua; mi perro, mientras tanto, gruñía—. A lo mejor tengo que dejarte aquí un ratito para que te adaptes tú sola.

—¿Cuántas veces te golpeaste la cabeza de pequeño, imbécil? ¡Quítame a este perro de encima!

Me volví con un poco de sorpresa ante su descaro. ¿Acababa de insultarme?

Creo que hasta mi perro se dio cuenta, porque dio otro paso hacia ella, ya casi ni le dejaba espacio para moverse; entonces, antes de poder detenerla, Noah se volvió asustada y cogió lo primero que había en la encimera, que resultó ser una sartén. Antes de que pudiese golpear al pobre animal me acerqué y tiré de Thor por el collar, al mismo tiempo que con mi otra mano detenía el movimiento del brazo de Noah.

—¡¿Qué coño haces?! —grité tirando de la sartén y dejándola otra vez sobre la encimera. Mi perro se revolvió furioso y Noah se encogió contra mi pecho soltando un gritito ahogado.

Me sorprendió que siendo yo el que estaba amenazándola se acercase a mí para que la protegiera.

—¡Thor, siéntate! —Mi perro se relajó al instante, se sentó y empezó a mover la cola con felicidad.

Bajé la mirada a Noah, que estaba agarrada a mi camiseta con ambas manos. Sonreí ante la situación hasta que pareció darse cuenta de lo que estaba haciendo; levantó las manos y me apartó de un empujón.

—¡¿Eres idiota o qué te pasa?!

—Primero, que esta sea la última vez que atacas a mi perro y segundo —le advertí clavando mis ojos en los suyos; una parte de mi cerebro se fijó en las pequeñas pecas que tenía en la nariz y en las mejillas—, no vuelvas a insultarme, porque entonces sí que vamos a tener un problema.

Ella me observó de forma extraña. Sus ojos se fijaron en mí y luego bajaron hacia mi pecho, incapaz, al parecer, de mantenerme la mirada.

Di un paso hacia atrás. Mi respiración se había acelerado y no tenía ni idea de por qué. Ya había tenido demasiado de ella por un día, y eso que la había conocido hacía apenas cinco minutos.

—Mejor vamos a llevarnos bien, hermanita —le dije dándole la espalda, cogiendo mi sándwich de la encimera y dirigiéndome hacia la puerta.

—No me llames así, yo no soy tu hermana ni nada que se le parezca —repuso. Lo dijo con tanto odio y sinceridad que me volví para observarla otra vez. Sus ojos brillaban con la determinación de lo que había dicho y entonces supe que a ella le hacía la misma gracia que a mí que nuestros padres hubiesen acabado juntos.

—En eso estamos de acuerdo..., *hermanita* —repetí entornando los ojos y disfrutando al ver cómo sus pequeñas manos se convertían en puños.

Justo entonces escuché ruido a mis espaldas. Me volví y me encontré de cara con mi padre... y su mujer.

—Veo que os habéis conocido —comentó mi padre entrando en la cocina con una sonrisa de oreja a oreja. Hacía muchísimo tiempo que no lo veía sonreír de aquella manera y, en el fondo, me alegraba verlo así y también que hubiera rehecho su vida. Aunque en el camino se hubiese dejado algo: yo.

Raffaella me sonrió con cariño desde la puerta y me obligué a mí mismo a realizar una especie de mueca, lo más parecido a una sonrisa y lo máximo que iba a conseguir de mí aquella mujer. No tenía nada contra ella.

A pesar de que mi padre y yo no teníamos ninguna relación brillante ni afectuosa, había estado perfectamente de acuerdo con que creara aquella muralla que nos separaba del mundo exterior. Lo que había ocurrido con mi madre nos había marcado a los dos, pero sobre todo a mí, que era su hijo y tuve que ver cómo se marchaba sin mirar atrás.

Desde entonces desconfiaba de las mujeres, no quería saber nada de ellas a no ser que fuera para tirármelas o pasar un rato entretenido en las fiestas. ¿Para qué quería más?

—Noah, ¿has visto a Thor? —le preguntó Raffaella a su hija, que aún seguía junto a la encimera sin poder disimular su mal humor.

Entonces Noah hizo algo que me descolocó: dio un paso al frente, se agachó y comenzó a llamar a Thor.

—Thor, ven, ven, bonito... —lo llamó de forma cariñosa y amigable. Había que admitir que por lo menos era valiente. Hacía menos de un segundo estaba temblando de miedo por ese mismo animal.

Me sorprendió que no fuera corriendo a chivarse a su madre.

Mi perro se volvió hacia ella moviendo la cola enérgicamente. Giró su cabeza hacia mí, luego a ella otra vez y seguramente intuyó que algo iba mal, porque me puse tan serio que hasta él se dio cuenta.

Con la cola metida entre las piernas se acercó hacia mí y se sentó a mi lado. Mi hermanastra se quedó completamente chafada.

—Buen chico —lo felicité yo con una gran sonrisa.

Noah se puso de pie de golpe, fulminándome con sus ojos enmarcados por espesas pestañas, y se volvió hacia su madre.

—Me voy a la cama —anunció con contundencia.

Yo me dispuse a hacer lo mismo, o bueno, mejor dicho, todo lo contrario, ya que esa noche había una fiesta en la playa y yo debía estar allí.

—Yo salgo esta noche, no me esperéis —informé sintiéndome extraño al utilizar el plural.

Justo cuando estaba a punto de salir de la cocina, mi padre nos detuvo, a mí y a mi *hermanita*.

—Hoy salimos a cenar los cuatro juntos —afirmó mirándome sobre todo a mí.

«¡No jodas!»

—Papá, lo siento, pero he quedado y...

—Yo estoy muy cansada por el viaje, me...

—Es nuestra primera cena en familia y quiero que estéis presentes los dos —dijo mi padre interrumpiéndonos a ambos. A mi lado, Noah soltó todo el aire que estaba conteniendo de golpe.

—¿No podemos ir mañana? —rebatió ella.

—Lo siento, cielo, pero mañana tenemos una gala de la empresa —le contestó mi padre.

Fue tan extraña su manera de dirigirse a ella... ¡Por favor, si apenas la conocía...! Yo ya estaba en la universidad, hacía lo que me daba la gana... En otras palabras: ya era un adulto, pero ¿Noah? Estar pendiente de una adolescente sería la pesadilla de cualquier pareja recién casada.

—Noah, vamos a cenar juntos y punto, no se hable más —zanjó Raffaella la conversación clavando sus ojos claros en su hija.

Decidí que sería mejor ceder aquella vez. Cenaría con ellos y luego me iría a casa de Anna, mi amiga... *especial* y después iríamos a la fiesta.

Noah farfulló algo ininteligible, pasó entre los dos y se encaminó al vestíbulo, donde estaban las escaleras.

—Dadme media hora para ducharme —les pedí señalando mi ropa sudada.

Mi padre asintió satisfecho, su mujer me sonrió y supe que aquella noche el hijo adulto y responsable había sido yo... o, por lo menos, eso les había hecho creer.

3

NOAH

Pero ¡qué pedazo de IDIOTA!

Mientras subía las escaleras pisando tan fuerte como podía, no conseguía quitarme de la cabeza los últimos diez minutos que había pasado con el imbécil de mi nuevo hermanastro. ¿Cómo se podía ser tan capullo, engreído y psicópata al mismo tiempo y a niveles tan altos? ¡Oh, Dios! No lo aguantaría, no iba a poder soportarlo; si ya le tenía manía por el simple hecho de ser el hijo del nuevo marido de mi madre, lo sucedido había elevado esa tirria a niveles estratosféricos.

¿Ese era el chico perfecto y adorable del que me había hablado mi madre?

Había odiado su forma de hablarme, su forma de mirarme. Como si fuese superior a mí por el simple hecho de tener pasta. Sus ojos me habían escrutado de arriba abajo y luego había sonreído... Se había reído de mí en mi cara.

Entré en mi habitación dando un portazo, aunque con las dimensiones de aquella casa nadie me oiría. Fuera ya se había hecho de noche y una tenue luz entraba por mi ventana. Con la oscuridad, el mar se había teñido de color negro y no se diferenciaba dónde terminaba este y comenzaba el cielo.

Nerviosa, me apresuré a encender la luz.

Fui directa hacia mi cama y me tiré encima, clavando mi mirada en las altas vigas del techo. Encima me obligaban a cenar con ellos. ¿Es que mi madre no se daba cuenta de que ahora mismo lo último que me apetecía era estar rodeada de gente? Necesitaba estar sola, descansar, hacerme a la idea de todos los cambios que estaban ocurriendo en mi vida, aceptarlos y aprender a vivir con ellos, aunque en el fondo supiera que nunca iba a terminar encajando.

Cogí mi móvil dudando en si llamar a mi novio Dan o no, no quería que se preocupara al escuchar la amargura en mi voz... Solo llevaba en California una hora y ya me dolía su ausencia.

Solo pasaron diez minutos desde que había subido hasta que mi madre entró por la puerta. Se molestó en llamar, al menos, pero al ver que no le contestaba entró sin más.

—Noah, dentro de quince minutos tenemos que estar todos abajo —me dijo mirándome con paciencia.

—Lo dices como si fuera a tardar una hora y media en bajar unas escaleras —le respondí incorporándome en la cama. Mi madre se había soltado su media melena rubia y se la había peinado muy elegantemente. No llevábamos en esta casa ni dos horas y su aspecto ya era diferente.

—Lo digo porque tienes que cambiarte y vestirte para la cena —me contestó ignorando mi tono.

La observé sin comprender y bajé mi mirada hacia la ropa que llevaba.

—¿Qué tiene de malo mi aspecto? —pregunté a la defensiva.

—Vas en zapatillas, Noah, esta noche hay que ir de etiqueta. No pretenderás ir así vestida, ¿no? ¿En pantalones cortos y camiseta? —me planteó ella exasperada.

Me puse de pie y le hice frente. Había colmado mi paciencia por aquel día.

—A ver si te enteras, mamá: no quiero ir a cenar contigo y tu marido, no me interesa conocer al demonio malcriado que tiene como hijo y me apetece aún menos tener que arreglarme para ello —le solté intentando controlar las enormes ganas que tenía de coger el coche y largarme de vuelta a mi ciudad.

—Deja de comportarte como si tuvieras cinco años, vístete y ven a cenar conmigo y tu nueva familia —me ordenó en un tono duro. Sin embargo, al ver mi expresión suavizó la suya y añadió—: No va a ser así todos los días, solo es esta noche, por favor, hazlo por mí.

Respiré hondo varias veces, me tragué todas las cosas que me hubiese gustado gritarle y asentí con la cabeza.

—Solo esta noche.

En cuanto mi madre se fue me metí en el vestidor de mi cuarto. Disgustada con todo y con todos, comencé a buscar un atuendo que me gustara y que me hiciese sentir cómoda. También quería demostrar lo adulta que podía llegar a ser; aún tenía la mirada de incredulidad y diversión de Nicholas grabada en mi cabeza cuando me recorrió el cuerpo con sus ojos claros y altivos. Me había observado como si no fuera más que una cría a la que le divertiría asustar, cosa que había hecho al amenazarme con aquel endiablado perro.

Mi maleta estaba abierta en el suelo del vestidor. Me arrodillé frente a ella y empecé a rebuscar entre mi ropa. Mi madre seguro que esperaba verme bajar con alguna de las cosas que me había comprado, pero eso era lo último que pensaba hacer. Si cedía con eso estaría sentando un mal precedente. Aceptar la ropa era el equivalente a aceptar esa nueva vida, sería como perder mi dignidad.

Con la mente roja de rabia, escogí mi vestido negro de los Ramones. ¿Quién decía que no era elegante? Miré a mi alrededor buscando algo que ponerme en los pies. No era una chica muy amante de los zapatos altos, pero si bajaba con mis zapatillas Converse mi madre seguramente perdería la paciencia y me obligaría a cambiarme. Finalmente escogí unas sandalias bastante decentes que tenían un poco de tacón, pero nada que no pudiese manejar.

Me acerqué al espejo gigante que había en una de las paredes y me observé detenidamente. Mi amiga Beth seguro que me daría su aprobación y, si no recordaba mal, a Dan siempre le había parecido muy sexi ese vestido...

Sin pensarlo ya más, me solté el pelo y me lo atusé. También me puse un poco de cacao en los labios. Satisfecha con el resultado, cogí un bolso pequeño y me dirigí hacia la puerta.

Justo cuando la abría me topé con Nicholas, que se detuvo un momento para poder observarme. Thor, el demonio, iba a su lado y no pude evitar echarme hacia atrás.

Mi nuevo hermano sonrió por algún motivo inexplicable, y volvió a recorrerme el cuerpo y el rostro con la mirada. Al hacerlo, sus ojos brillaron con alguna especie de emoción oscura e indescifrable.

Sus ojos se detuvieron un rato de más en mi vestido.

—¿No te enseñaron a vestir allí, en Paletolandia? —dijo sarcásticamente.

Sonreí de forma angelical.

—Oh, sí... El profesor era tan gilipollas como tú, por lo que supongo que no presté atención.

No se esperaba esa respuesta y menos aún me esperaba yo que una sonrisa se dibujara en esos labios demasiado sensuales. Lo observé un momento y volví a asombrarme ante lo alto y viril que era. Iba con pantalones de traje y camisa, sin corbata y con los dos botones del cuello desabrochados. Sus ojos celestes parecían querer traspasarme, pero no me dejé intimidar.

Desvié mi mirada hacia su perro, que ahora, en vez de mirarme con cara de asesino, movía la cola de felicidad y esperaba sentado, observándonos con interés.

—Tu perro parece otro... ¿Vas a decirle que me ataque ahora o esperarás a que regresemos de cenar? —lo reté clavando mis ojos en él al tiempo que le sonreía con falsa amabilidad.

—No sé, Pecas... Eso dependerá de cómo te comportes —me contestó para acto seguido darme la espalda y caminar hacia las escaleras.

Me quedé callada unos segundos, intentando controlar mis emociones. ¡Pecas! ¡Me había llamado Pecas! Ese tío se estaba buscando problemas... problemas de verdad.

Caminé detrás de él convenciéndome a mí misma de que no merecía la pena enfadarme por sus comentarios o por sus miradas o por su simple presencia. Él no era más que otra de las muchas personas que me caerían mal en aquella ciudad, así que mejor ir acostumbrándome.

En cuanto llegué al piso de abajo no pude evitar volver a sorprenderme ante lo magnífica que era aquella casa. De alguna manera conseguía transmitir un aire antiguo pero sofisticado y moderno al mismo tiempo. Mientras esperaba a que mi madre bajara, ignorando a la persona que me hacía compañía, recorrí con la mirada la impresionante lámpara de cristal que colgaba del alto techo con vigas. Estaría hecha de miles de cristales que caían como si fueran gotitas de lluvia congeladas; daba la sensación de que querían llegar al suelo, pero estaban obligadas a estar suspendidas en el aire por un tiempo indefinido.

Por un instante mi mirada se cruzó con la suya y, en vez de obligarme a mí misma a apartarla, decidí sostenerla hasta que él tuviera que desviarla. No quería que pensara que me intimidaba, no quería que creyese que iba a poder hacer conmigo lo que le diera la gana.

Pero sus ojos no se apartaron, sino que me observaron fijamente y con una determinación increíble. Justo cuando creí que no podría aguantar más, mi madre apareció junto con William.

—Bueno, ya estamos todos —dijo este último mirándonos con una gran sonrisa. Lo observé sin un atisbo de alegría—. Ya he reservado mesa en el Club, espero que haya hambre... —agregó dirigiéndose a la puerta con mi madre colgada de su brazo.

Esta abrió los ojos al fijarse en mi vestido.

—¿Qué te has puesto? —me susurró al oído.

Yo hice como que no la escuchaba y me adelanté hacia la salida.

Ya afuera, el aire era cálido y refrescante y se podían oír las olas rompiendo contra la orilla a lo lejos.

—¿Quieres venir en nuestro coche, Nick? —le preguntó William a su hijo.

Este ya nos había dado la espalda y se encaminaba hacia donde había un 4x4 impresionante. Era negro y muy alto. Estaba reluciente y parecía recién salido del concesionario. No pude evitar poner los ojos en blanco... ¡Qué típico!

—Iré en el mío —le contestó él volviéndose hacia nosotros al llegar a la puerta—. Después de cenar he quedado con Miles; vamos a terminar el informe del caso Refford.

—Muy bien —convino su padre; yo, sin embargo, no entendí ni una sola palabra—. ¿Quieres ir con él hasta el Club, Noah? —agregó un instante después, volviéndose hacia mí—. Así os iréis conociendo mejor —me dijo William observándome contento como si lo que se le acababa de ocurrir fuera la idea más genial del planeta Tierra.

Mis ojos no pudieron evitar desviarse hacia su hijo, que me observó elevando las cejas a la espera de mi respuesta. Parecía divertirse con toda aquella situación.

—No me gusta subirme al coche de una persona que no sé cómo conduce —confesé a mi nuevo padrastro, deseando que mis palabras tocaran aquel punto sensible que los chicos tenían cuando se ponía en duda su capacidad de conducción. Le di la espalda al 4x4 y me monté en el Mercedes negro de Will.

Ni siquiera miré en su dirección cuando mi madre y su marido se subieron al coche y disfruté de la soledad del asiento trasero mientras recorríamos las calles en dirección al club de ricachones.

Deseaba con todas mis fuerzas que aquella noche acabara lo antes posible, terminar con aquella farsa de familia feliz que mi madre y su marido pretendían crear, y regresar a mi habitación para intentar descansar.

Unos quince minutos después llegamos a una parte apartada rodeada de grandes campos muy bien cuidados. A pesar de que ya era de noche, un gran camino iluminado te daba la bienvenida al Club Náutico Mary Read. Antes de que nos dejaran pasar, un hombre que hacía guardia en una elegante cabina junto a la barrera se asomó para poder ver quiénes íbamos en el coche. Un evidente signo de reconocimiento apareció en su rostro al ver quién conducía.

—Señor Leister, buenas noches. Señor, señora... —agregó al ver a mi madre.

Mi nuevo padrastro lo saludó y entramos al Club.

—Noah, tu tarjeta de socia llegará la semana que viene, pero puedes usar mi apellido para que te dejen entrar o, si no, también el de Ella —dijo volviéndose hacia mi madre.

Sentí un pinchazo en el corazón al oírle llamarla de aquella forma... Así era como la llamaba mi padre, y estaba completamente segura de que a mi madre no le hacía ninguna gracia aquel diminutivo... Demasiados malos recuerdos; pero, claro, no iba a decírselo a su nuevo e increíble marido.

Mi madre era muy buena en olvidar las cosas dolorosas y difíciles. Yo, en cambio, me las guardaba dentro, muy dentro, hasta que en un momento explotaba y las sacaba todas fuera.

En cuanto llegamos a las puertas del lujoso establecimiento, detuvimos el coche justo en la entrada. Un botones se acercó hacia nosotros para abrirnos la puerta a mi madre y a mí, aceptó la propina que William le ofreció y se llevó el coche a quién sabe dónde.

El restaurante era increíble, completamente de cristal. Desde donde estaba fui capaz de ver algunas mesas y las increíbles peceras llenas de cangrejos, peces y todo tipo de calamares listos para ser sacrificados y servidos para comer. Antes de que nos atendieran sentí cómo alguien se colocaba detrás de mí. Su aliento me rozó la oreja y me dio un escalofrío. Al volverme vi a Nicholas junto a mi espalda. Incluso llevando tacones me sacaba media cabeza. Apenas bajó su mirada hacia la mía.

—Tengo una reserva a nombre de William Leister —informó William a la camarera que se encargaba de dar la bienvenida a los nuevos clientes. Su rostro se descompuso por alguna razón inexplicable, y se apresuró a dejarnos pasar al abarrotado y al mismo tiempo tranquilo y acogedor establecimiento.

Nuestra mesa estaba en uno de los mejores lugares, iluminada cálidamente con velas, al igual que todo el restaurante. La pared de cristal te ofrecía una panorámica impresionante del océano y no pude evitar preguntarme si en California era muy común eso de que todas las paredes fuesen transparentes.

Para ser sincera, estaba completamente alucinada.

Nos sentamos y, de inmediato, William y mi madre comenzaron a hablar embelesados y a sonreírse tontamente. Yo, mientras, no pude evitar fijarme en la mirada de asombro e incredulidad que la camarera le dirigió a Nick.

Este parecía no haberse dado cuenta, ya que se puso a girar el minisalero entre sus dedos. Por un instante mis ojos se fijaron en aquellas manos tan bien cuidadas, tan morenas y tan grandes. Mis ojos fueron subiendo por su brazo hasta llegar a su rostro y después a sus ojos, que me observaban con interés. Contuve la respiración.

—¿Qué vais a pedir? —preguntó mi madre haciendo que desviara la mirada rápidamente hacia ella.

Dejé que ellos pidieran por mí, más que nada porque no conocía más de la mitad de los platos que había en el menú. Mientras esperábamos a que nos trajeran la comida y revolvía distraídamente mi Ice Tea con la pajita, William intentó involucrarnos a mí y a su hijo en la conversación que estaban teniendo.

—Antes le estaba diciendo a Noah la de deportes que se pueden practicar aquí en el Club, Nick —comentó Will haciendo que su hijo clavara su mirada, fija hasta ese momento en el final de la sala, en los ojos de su padre—. Nicholas juega al baloncesto y es un surfista estupendo, Noah —apuntó, ignorando el rostro aburrido de Nick y centrándose ahora en mí.

Surfista... No pude evitar poner los ojos en blanco. Para mi mala suerte, Nicholas estaba observándome. Centrando su mirada en mí se inclinó sobre la mesa, apoyando ambos antebrazos sobre ella, y fui objeto de un intenso escrutinio.

—¿Hay algo que te divierta, Noah? —me soltó haciendo lo posible por que su tono sonara amigable, pero yo sabía que en el fondo le había molestado mi gesto—. ¿Consideras que el surf es un deporte estúpido?

Antes de que mi madre contestara —ya la veía venir—, me apresuré a inclinarme igual que él.

—Tú lo has dicho, no yo —le respondí sonriendo con inocencia.

A mí me gustaban los deportes de equipo, con estrategia, que requirieran de un buen capitán y de mucha constancia y trabajo. Yo había encontrado todo eso en el vóley y estaba segura de que el surf no podía ni comparársele.

Antes de que pudiera replicarme, cosa que estaba segura de que estaba deseando hacer, la camarera llegó y él no pudo evitar desviar sus ojos hacia ella otra vez, como si la conociera.

Mi madre y William comenzaron a hablar animadamente cuando una pareja de amigos suyos se pararon para saludarlos.

La camarera, una mujer joven de pelo castaño oscuro ataviada con un delantal negro, se afanó en dejar los platos encima de la mesa y, al hacerlo, golpeó sin querer a Nicholas en el hombro.

—Lo siento, Nick —se disculpó y, entonces, sobresaltada, se volvió hacia mí, como si hubiera cometido un error garrafal.

Nicholas también me miró y de inmediato entendí que algo raro estaba ocurriendo entre esos dos.

Aprovechando que nuestros padres estaban distraídos me incliné para salir de dudas.

—¿La conoces? —le pregunté mientras él se servía más agua con gas en su copa de cristal.

—¿A quién? —me contestó él, haciéndose el tonto.

—A la camarera —le respondí observando su rostro con interés. No transmitía nada: estaba serio, relajado. Supe entonces que Nicholas Leister era una persona que sabía muy bien cómo esconder sus pensamientos.

—Sí, me ha atendido más de una vez —afirmó dirigiendo sus ojos hacia mí. Me observó como retándome a que lo contradijera. «Vaya, vaya... Nick es un mentiroso...» ¿Por qué no me extrañaba?

—Sí, seguro que te ha *atendido muchas* veces —declaré yo.

—¿Qué estás insinuando, hermanita? —me dijo y no pude evitar dejar de sonreír en cuanto utilizó aquel calificativo.

—En que toda la gente rica como tú sois iguales; os creéis que por tener dinero sois los dioses del mundo. Esa chica no ha dejado de mirarte desde que has cruzado esa puerta; es obvio que te conoce —expuse mirándolo enfadada por algún motivo inexplicable—. Y tú ni siquiera te has dignado a devolverle la mirada... Es *asqueroso.*

Me observó fijamente antes de contestarme.

—Tienes una teoría muy interesante y veo que «la gente rica», como la llamas tú, te disgusta muchísimo... Claro que tú y tu madre estáis viviendo ahora bajo nuestro techo y disfrutando de todas las comodidades que el dinero puede ofrecer; si tan despreciables te parecemos, ¿qué haces sentada a esta mesa? —me preguntó mirándome de arriba abajo con desprecio.

Lo observé intentando controlar mi temperamento. Aquel chico sabía lo que decir para sacarme de mis casillas.

—A mi parecer, tú y tu madre sois incluso peores que la camarera... —confesó, inclinándose sobre la mesa para poder dirigirse solo y únicamente a mí—: Fingís ser algo que no sois cuando las dos os habéis vendido por dinero...

Aquello fue demasiado. La rabia me cegó.

Cogí el vaso que tenía delante y con un gesto le tiré a la cara todo su contenido.

Lástima que el vaso estuviese vacío.

4

NICK

La expresión de su cara al ver que su vaso estaba vacío superó cualquier vestigio de enfado o irritación que hubiera estado conteniendo desde que nos habíamos sentado a aquella mesa.

Aquella chica era de lo más imprevisible. Me sorprendía la facilidad con la que perdía los papeles y también me gustaba saber el efecto que podía causar en ella con unas simples palabras.

Sus mejillas punteadas por pequeñas pecas se tiñeron de un color rosado cuando se dio cuenta de que había hecho el ridículo. Sus ojos fueron del vaso vacío a mí y luego miraron hacia ambos lados, como queriendo comprobar que nadie había observado lo estúpida que había sido.

Dejando a un lado lo cómico de la situación —lo era, y mucho—, no podía permitir que se comportara de aquella forma conmigo. ¿Y si el vaso hubiera estado lleno? No pensaba permitir que una mocosa de diecisiete años pudiera siquiera pensar en tirarme un vaso de agua a la cara... Aquella estúpida niña se iba enterar de con qué hermano mayor había tenido la suerte de acabar conviviendo. Ella solita iba a ir comprendiendo en qué clase de problema se iba a meter si intentaba jugármela otra vez.

Me incliné sobre la mesa con la mejor de mis sonrisas. Sus ojos se abrieron y me observaron con cautela, y disfruté al ver cierto temor escondido entre aquellas largas pestañas.

—No vuelvas a hacerlo —le advertí con calma.

Ella me miró unos instantes y luego, como si nada, se volvió hacia su madre.

La velada continuó sin ningún otro incidente; Noah no me dirigió de nuevo la palabra, ni siquiera me miró, cosa que me molestó y complació al mismo tiempo. Mientras ella contestaba a las preguntas de mi padre y hablaba sin mucho entusiasmo con su madre, yo aproveché para observarla.

Era una chica de lo más simple, aunque intuía que me iba a causar más de un inconveniente. Me hicieron mucha gracia las caras que había ido poniendo a medida que probaba el marisco servido en la mesa. Apenas probó más de un bocado de lo que nos habían traído y eso me hizo pensar en lo delgada que parecía embutida en aquel vestido negro. Me había quedado pasmado cuando la había visto salir de su habitación, y mi mente había hecho un repaso exhaustivo de sus largas piernas, su cintura estrecha y sus pechos. Estaba bastante bien, teniendo en cuenta que no estaba operada como la mayoría de las chicas de California.

Tuve que admitir que era más guapa de lo que me pareció en un principio y fue ese hecho y los pensamientos subidos de tono los que hicieron que mi humor se ensombreciera. No podía distraerme con algo así, y menos si íbamos a vivir bajo el mismo techo.

Mi mirada se dirigió a su rostro otra vez. No llevaba ni una gota de maquillaje. Era tan extraño... Todas las chicas que conocía se pasaban por lo menos una hora en sus habitaciones dedicándose únicamente al maquillaje, incluso chicas que eran diez mil veces más guapas que Noah, y ahí estaba ella, sin ningún reparo en ir a un restaurante de lujo sin una pizca de pintalabios. Tampoco es que le hiciese falta: tenía la suerte de tener una piel bonita y tersa sin apenas imperfecciones; eso sin contar sus pecas, que le daban aquel aire aniñado que me hacía recordar que ni siquiera había terminado el instituto.

Entonces, y sin darme cuenta, Noah se volvió para mirarme enfadada, pillándome mientras la observaba detenidamente.

—¿Quieres una foto? —me preguntó con aquel humor ácido tan suyo.

—Si es sin ropa, por supuesto —respondí disfrutando del leve rubor que brotó en sus mejillas. Sus ojos brillaron enfadados y se volvió de nuevo hacia nuestros padres, que ni se enteraban de las pequeñas disputas que estaban teniendo lugar a solo medio metro de ellos.

Cuando me llevé mi copa de refresco a los labios mis ojos se fijaron en la camarera que me observaba desde su posición detrás de la barra. Miré a mi padre de reojo un momento y luego me levanté excusándome para ir al servicio. Noah volvió a observarme con interés, pero apenas le presté atención. Tenía una cosa importante entre manos.

Caminé con decisión hacia la barra y me senté en el taburete frente a Claudia, una camarera con la que me acostaba de vez en cuando y con cuyo primo tenía una relación algo más complicada, pero a la vez beneficiosa.

Claudia me observó con una sonrisa tensa al mismo tiempo que se apoyaba en la barra y me ofrecía una visión bastante limitada de sus pechos, ya que el uniforme que le hacían llevar no dejaba ver mucho.

—Veo que ya te has buscado a otra chica para pasar el rato —me dijo refiriéndose a Noah.

Me hizo gracia.

—Es mi hermanastra —le expliqué al mismo tiempo que miraba la hora en mi reloj de pulsera. Había quedado con Anna al cabo de cuarenta minutos. Volví a fijar mis ojos en la chica morena que tenía delante y que me observaba con asombro—. No sé por qué te importa —agregué poniéndome de pie—. Dile a Ronnie que lo espero esta noche en los muelles, en la fiesta de Kyle.

Claudia tensó la mandíbula, seguramente molesta por la escasa atención que estaba recibiendo. No comprendía por qué las tías esperaban una relación seria de un chico como yo. ¿Acaso no les había advertido de que no quería ningún tipo de compromiso? ¿No les quedaba lo suficientemente claro al ver que me acostaba con quien me daba la gana? ¿Por qué pensaban que podían tener algo que me hiciese cambiar?

Había dejado de acostarme con Claudia justamente por todos esos motivos y ella aún no me lo había perdonado.

—¿Vas a la fiesta? —me preguntó con un atisbo de esperanza en su mirada.

—Claro —le contesté—. Iré con Anna... ¡Ah! y una cosa —agregué ignorando su enfado antes de regresar a mi mesa—: intenta disimular mejor que me conoces, mi hermanastra ya se ha dado cuenta de que nos hemos acostado y no me gustaría que mi padre también lo supiera.

Claudia juntó los labios con fuerza y me dio la espalda sin decirme nada más.

Llegué a la mesa justo cuando traían el postre. Después de unos diez minutos en los que la conversación recaía casi totalmente en mi padre y su nueva mujer, creí que ya había cumplido suficiente con el papel de hijo por un día.

—Lo siento, pero voy a tener que irme —me disculpé mirando a mi padre, que me observó con el ceño fruncido por un momento.

—¿A casa de Miles? —dijo y asentí evitando mirar el reloj—. ¿Cómo vais con el caso?

Me esforcé por no soltar un bufido de resignación y mentí lo mejor que pude.

—Su padre nos ha dejado a cargo de todo el papeleo, supongo que de aquí a que tengamos un caso de verdad y para nosotros solos, van a tener que pasar años... —le contesté consciente de repente de que Noah me observaba fijamente y con interés.

—¿Qué estás estudiando? —me preguntó y, al volverme hacia ella, vi cierto desconcierto en su mirada. La había sorprendido.

—Derecho —respondí y disfruté al ver el asombro en su semblante—. ¿Te sorprende? —la interrogué arrinconándola y disfrutando de ello.

Ella cambió su actitud y me miró con altanería.

—Pues sí, la verdad —admitió sin problema—. Creía que para estudiar esa carrera había que tener algo de cerebro.

—¡Noah! —gritó su madre desde su asiento.

Aquella mocosa estaba comenzando a tocarme las narices.

Antes de que pudiera decir nada, mi padre saltó.

—Vosotros dos no habéis empezado con buen pie —sentenció fulminándome con la mirada.

Tuve que contener las ganas de levantarme y salir sin dar explicaciones. Ya había tenido bastante del numerito de la familia feliz por un día; necesitaba largarme ya y dejar de fingir algún tipo de interés en toda aquella mierda.

—Lo siento, pero tengo que irme —declaré levantándome y dejando la servilleta sobre la mesa. No pensaba perder los nervios delante de mi padre.

Entonces Noah se levantó también, solo que de una manera nada elegante, y tiró de malas formas su servilleta sobre la mesa.

—Si él se va, yo también —afirmó clavando unos ojos desafiantes en su madre, que comenzó a mirar hacia ambos lados con bochorno y enfado.

—Siéntate ahora mismo —le ordenó entre dientes.

Joder, no podía perder el tiempo con esas chorradas. Tenía que irme ya.

—Yo la llevo —terminé diciendo para asombro de todos, incluida Noah.

Sus ojos me observaron con incredulidad y recelo, como si ocultara mis verdaderas intenciones. La verdadera razón era que no veía la hora de perderla de vista, y si llevándola a casa me la sacaba a ella y a mi padre de encima, pues mejor que mejor.

—Yo contigo no voy ni a la esquina —me soltó muy orgullosa, masticando cada una de las palabras.

Antes de que nadie pudiera decir nada, cogí mi chaqueta y, mientras me la ponía, les dije a todos en general:

—No estoy para tonterías de colegio, os veo mañana.

—Nicholas, espera —me ordenó mi padre obligándome a volverme otra vez—. Noah, ve con él y descansa, nosotros iremos en un rato.

Miré fijamente a mi nueva hermana, que parecía debatirse entre compartir el espacio conmigo o permanecer más tiempo sentada a la mesa.

Ella miró a su alrededor un momento, suspiró y luego me fulminó con la mirada.

—Está bien, iré contigo.

5

NOAH

Lo último que quería en aquel momento era tener que deberle algo a aquel malcriado, pero menos aún me apetecía tener que quedarme sola con mi madre y su marido, viendo cómo ella lo miraba embobada y cómo él presumía de billetes e influencia.

Nicholas se volvió dándome la espalda y comenzó a caminar hacia la salida.

Me despedí de mi madre sin mucho entusiasmo y me apresuré a seguirlo. En cuanto llegué a su lado en la entrada del restaurante, esperé cruzada de brazos a que nos trajeran su coche.

No me sorprendió ver cómo sacaba un paquete de tabaco de la chaqueta y se encendía un cigarrillo. Lo miré mientras se lo llevaba a la boca y segundos después expulsaba el humo con lentitud y fluidez.

Yo nunca había fumado, ni siquiera lo había probado cuando a todas mis amigas les dio por hacerlo en los lavabos del instituto. No entendía qué satisfacción podían obtener las personas de inhalar humo cancerígeno que no solo dejaba un olor asqueroso en la ropa y el pelo, sino que también perjudicaba a miles de órganos del cuerpo.

Como si estuviera leyéndome la mente, Nicholas se volvió hacia mí y, con una sonrisa sarcástica, me ofreció el paquete.

—¿Quieres uno, hermanita? —me preguntó mientras volvía a llevarse el cigarro a los labios e inspiraba profundamente.

—No fumo... y yo que tú haría lo mismo, no querrás matar la única neurona que tienes —le dije dando un paso hacia delante y colocándome donde no tuviera que verlo.

Entonces sentí su cercanía detrás de mí, pero no me moví, aunque sí me asusté cuando me soltó el humo de su boca cerca de mi cuello.

—Ten cuidado... o te dejo aquí tirada para que vayas a pie —me advirtió y justo entonces llegó el coche.

Lo ignoré todo lo que pude mientras caminaba hacia su coche. Su 4x4 era lo suficientemente alto como para que se me viera absolutamente todo si no subía con cuidado, y mientras lo hacía me arrepentí de haberme puesto aquellos estúpidos zapatos... Toda la frustración, enfado y tristeza se habían ido agudizando a medida que la velada iba avanzando y las por lo menos cinco discusiones que ya había tenido con aquel imbécil habían conseguido que aquella noche estuviera en lo peor de lo peor de mí misma.

Me apresuré a ponerme el cinturón mientras Nicholas arrancaba el coche, colocaba su mano sobre el reposacabezas de mi asiento y se volvía para dar marcha atrás e incorporarse al camino de salida. No me sorprendió que no siguiese hacia la pequeña rotonda que había al final del camino, rotonda que justamente estaba diseñada para evitar la infracción que Nicholas estaba cometiendo.

No pude evitar emitir un sonido de insatisfacción cuando nos reincorporamos a la carretera principal. Ya fuera del Club, mi hermanastro aceleró y puso el coche a más de ciento veinte, ignorando deliberadamente las señales de tráfico que indicaban que por allí solo se podía ir a ochenta.

Nicholas ladeó el rostro hacia mí.

—Y ahora, ¿qué problema tienes? —me preguntó de malas maneras en un tono cansino, como si no pudiera aguantarme ni un minuto más. «Ja, pues ya somos dos.»

—No quiero morir en la carretera con un energúmeno que no sabe ni leer una señal de tráfico, ese es mi problema —le contesté elevando la voz. Estaba en mi límite: un poco más y me pondría a gritarle como una posesa. Era consciente de mi mal genio; una de las cosas que más odiaba de mí misma era mi falta de autocontrol cuando me enfadaba, ya que tendía a gritar e insultar.

—¿Qué coño te pasa? —me preguntó enfadado mirando hacia la carretera—. No has dejado de quejarte desde que he tenido la desgracia de conocerte y la verdad es que me importa una mierda cuáles sean tus problemas. Estás en mi casa, en mi ciudad y en mi coche, así que cierra la boca hasta que lleguemos —me dijo, elevando el tono de voz igual que había hecho yo.

Un calor intenso me recorrió de arriba abajo cuando escuché esa orden salir de entre sus labios. Nadie me decía lo que tenía que hacer... y menos él.

—¡¿Quién eres tú para mandarme callar?! —le grité fuera de mí.

Entonces Nicholas dio un volantazo y pegó tal frenazo que, si no hubiera tenido puesto el cinturón de seguridad, habría salido disparada a través del parabrisas.

En cuanto pude recuperarme del susto miré hacia atrás, asustada al ver que dos coches giraban con rapidez hacia la derecha para evitar chocar contra nosotros. Los bocinazos y los insultos procedentes de fuera me dejaron momentáneamente aturdida y descolocada; después, reaccioné.

—Pero ¿¡qué haces?! —chillé sorprendida y aterrorizada por que nos fuesen a atropellar.

Nicholas me miró fijamente, muy serio y, para mi desconcierto, completamente imperturbable.

—Baja del coche —dijo simplemente.

Abrí tanto la boca ante la sorpresa que seguramente resultó hasta cómico.

—No hablarás en serio... —repliqué mirándolo con incredulidad.

Me devolvió la mirada sin inmutarse.

—No lo pienso repetir —me advirtió en el mismo tono tranquilo y absolutamente perturbador que antes.

Aquello ya pasaba de castaño oscuro.

—Pues vas a tener que hacerlo porque no pienso moverme de aquí —repuse observándolo tan fríamente como él me miraba a mí.

Entonces sacó las llaves, se bajó del coche y dejó su puerta abierta. Mis ojos se abrieron como platos al ver que rodeaba la parte delantera del coche y se acercaba hacia mi puerta.

He de admitir que el tío acojonaba de verdad cuando se cabreaba y en aquel instante parecía más enfadado que nunca. Mi corazón comenzó a latir enloquecido cuando sentí aquella sensación tan conocida y enterradora en mi interior..., miedo.

Abrió mi puerta de un tirón y volvió a repetir lo mismo que antes.

—Baja del coche.

Mi mente no dejaba de funcionar a mil por hora. Estaba mal de la cabeza, no podía dejarme allí tirada en medio de la carretera bordeada de árboles y completamente a oscuras.

—No pienso hacerlo —me negué y me maldije a mí misma cuando noté que me temblaba la voz. Un miedo irracional se estaba formando en la boca de mi estómago. Mis ojos recorrieron con rapidez la oscuridad que rodeaba el coche y supe que si aquel idiota me dejaba allí tirada me derrumbaría.

Entonces volvió a sorprenderme y otra vez para mal.

Se introdujo por el hueco de mi asiento, desabrochó mi cinturón y de un tirón me sacó del coche, y todo lo hizo tan rápido que ni llegué a protestar. Aquello no podía estar pasando.

—¡¿Estás mal de la cabeza?! —le grité en cuanto comenzó a alejarse de mí en dirección al asiento del conductor.

—A ver si te enteras de una vez... —me dijo por encima del hombro y al volverse vi que su semblante estaba tan frío como una estatua de hielo—. No pienso dejar que me hables como lo has hecho; yo ya tengo mis propios problemas como para tener que aguantar tus mierdas. Pide un taxi o llama a tu madre, yo me largo.

Dicho eso, se metió en el coche y lo puso en marcha.

Sentí cómo me comenzaban a temblar las manos.

—¡Nicholas, no puedes dejarme aquí! —bramé al mismo tiempo que el coche se ponía en movimiento y, con un rechinar de las ruedas, salía pitando de donde hacía medio segundo estaba aparcado—. ¡Nicholas!

A aquel grito le siguió un profundo silencio que hizo que mi corazón comenzara a latir enloquecido.

Aún no era noche cerrada, pero no había luna. Intenté controlar mi miedo y las ganas irracionales de matar a aquel hijo de su madre que me había dejado tirada en medio de la nada en mi primer día en aquella ciudad.

Me aferré a la esperanza de que Nicholas regresara a por mí, pero a medida que iban pasando los minutos me fui preocupando más y más. Saqué mi móvil del bolso y vi que no tenía batería: el maldito cacharro se había apagado. Maldita sea. Lo único que podía hacer y que era tan horrible y peligroso como seguir allí de pie era ponerme a hacer autostop y rezar para que una persona civilizada y adulta se apiadara de mí y me llevase a casa; entonces me desquitaría con el mal nacido de mi hermanastro a gusto, porque aquello no iba a quedar así: ese gilipollas no sabía con qué estaba jugando ni con quién.

Vi cómo un coche se acercaba por la carretera, venía en dirección del Club Náutico y no pude más que rezar para que fuera el Mercedes de Will.

Me acerqué lo máximo posible, pero sin peligro de ser atropellada, y levanté la mano con el dedo en alto, igual que había visto hacer en las películas. Era consciente de que en ellas la mitad de las veces la chica que solicitaba que la transportaran terminaba asesinada y tirada en la cuneta; sin embargo, me obligué a dejar a un lado aquellos pequeños detalles.

El primer coche pasó de largo, el segundo me gritó una andanada de insultos, el tercero me llamó de toda las formas groseras que una pudiese imaginarse y el cuarto... el cuarto paró en el arcén a un metro de donde yo había estado haciendo dedo.

Con un repentino sentimiento de alarma me acerqué vacilante para ver quién era el loco pero muy oportuno individuo que había decidido ayudar a una chica que podría haber pasado por prostituta sin ningún problema.

Sentí cierto alivio cuando vi que quien se apeó del coche era un chico de más o menos mi edad. Gracias a las luces traseras pude ver su pelo castaño, su altura y el inconfundible pero en aquel instante tremendamente agradecido porte de niño rico y de buena familia.

—¿Estás bien? —me preguntó acercándose, al mismo tiempo que yo hacía lo propio.

En cuanto estuvimos el uno frente al otro, ambos hicimos lo mismo: sus ojos recorrieron mi vestido de arriba abajo y los míos recorrieron sus vaqueros caros, su polo de marca y sus ojos amables y preocupados.

—Sí... Gracias por parar —dije sintiéndome repentinamente aliviada—. Un imbécil me ha dejado tirada... —le hice saber, sintiéndome avergonzada e idiota por haber permitido algo semejante.

El tío abrió los ojos con sorpresa al escuchar mi declaración.

—¿Te ha dejado tirada...? ¿Aquí? —exclamó con incredulidad—. ¿En mitad de la nada y a las once de la noche?

«¿Acaso estaría bien si me hubiese dejado tirada en medio de un parque y a pleno día?», no pude evitar preguntarme con ironía, sintiendo un repentino odio hacia cualquier tipo de ser vivo que contuviera el cromosoma Y.

Pero aquel chico parecía querer ayudarme. No podía ponerme quisquillosa.

—¿Te importaría llevarme a mi casa? —le pregunté evitando contestar a su pregunta—. Como habrás deducido, no veo la hora de que esta noche llegue a su fin.

El tío me miró fijamente y una sonrisa surgió en su rostro. No era feo, más bien era muy guapo, con cara de ser buena persona y querer ayudar a cualquier ser que estuviera en un aprieto. Eso o mi mente me estaba intentando vender una realidad paralela en la que todo era de color de rosa y en donde los chicos tratan a las mujeres con el respeto que se merecen sin dejarlas tiradas en la cuneta en tacones y a medianoche.

—¿Qué tal si te llevo a una fiesta alucinante que hay en una de las mansiones de la playa? Así podrás agradecerme el resto de la noche lo maravilloso que ha sido que un suceso desafortunado haya hecho que tú y yo nos conociéramos esta noche —me propuso en un tono divertido.

No sé si era de histeria, de rabia contenida o por el hecho de estar deseando matar a alguien, pero solté una profunda carcajada.

—Lo siento, pero... No veo la hora de llegar a casa y dejar que este día pase... En serio, ya he tenido suficiente de esta ciudad por una noche —le contesté intentando no parecer una chiflada por la carcajada de antes.

—Está bien, pero por lo menos puedes decirme tu nombre, ¿no? —comentó divertido por una situación que no tenía absolutamente nada de divertida. Pero como he dicho antes, aquel chico era mi salvador y más me valía ser simpática con él si no quería terminar durmiendo con las ardillas.

—Me llamo Noah, Noah Morgan —me presenté tendiéndole una mano que él estrechó inmediatamente.

—Yo, Zack —se presentó a su vez con una sonrisa radiante—. ¿Vamos? —me propuso señalando su Porsche negro y reluciente.

—Gracias, Zack —le dije de corazón.

Me subí al asiento sorprendida de que me acompañara hasta la puerta y me ayudara a sentarme, igual que en las películas de antes... Fue raro; raro y refrescante. Al parecer, y en contra de los datos que arrojan las estadísticas, aún no se había extinguido la caballerosidad, aunque le faltaba poco si teníamos en cuenta la existencia de sujetos como Nicholas Leister.

En cuanto se sentó en al asiento del conductor, supe de antemano que él no sería como Nicholas, no sabía por qué, pero Zack parecía una persona de bien, un chico educado y sensato, el típico chico que todas las madres querrían para sus hijas. Me puse el cinturón y solté un profundo suspiro de alivio al ver que al fin y al cabo las cosas no habían terminado de la peor de las maneras.

—¿Adónde? —me preguntó mientras emprendía la marcha hacia donde Nicholas había desaparecido con su coche hacía ya más de una hora.

—¿Conoces la casa de William Leister? —pregunté, sopesando que en aquel barrio todos los ricachones debían de conocerse.

Mi acompañante abrió los ojos con sorpresa.

—Sí, claro..., pero ¿por qué quieres ir allí? —me contestó con asombro.

—Vivo allí —respondí sintiendo una punzada en mi pecho al decir aquellas palabras que, aunque me dolían en el alma, eran del todo ciertas.

Zack rio con incredulidad.

—¿Vives en casa de Nicholas Leister? —inquirió y no pude evitar apretar la mandíbula con fuerza al escuchar aquel nombre.

—Peor, soy su hermanastra —afirmé sintiéndome del todo asqueada teniendo que admitir cierto retorcido parentesco con aquel tarado.

Los ojos de Zack se abrieron de la sorpresa y se desviaron de la carretera para mirarme fijamente unos segundos. Al parecer, no era tan buen conductor como me había imaginado.

—No hablas en serio... ¿De verdad? —me volvió a preguntar dirigiendo la mirada otra vez hacia el frente.

Solté un profundo suspiro.

—De verdad... —afirmé—. Él ha sido quien me ha dejado tirada en medio de la carretera —admití sintiéndome completamente humillada.

Zack soltó una carcajada algo ácida.

—La verdad es que te compadezco —me confesó haciéndome sentir aún peor—. Nicholas Leister es lo peor que uno puede echarse a la cara —me dijo cambiando de marcha y disminuyendo la velocidad a medida que nos íbamos acercando a la zona residencial.

—¿Lo conoces? —le pregunté intentando juntar en mi cabeza la imagen de mi caballero andante con la del delincuente.

Zack volvió a soltar una carcajada.

—Por desgracia, sí —me contestó—. Su padre le salvó el culo al mío en un lío bastante feo con Hacienda hace más de un año. Es un buen abogado, y el cabrón de su hijo no ha podido dejar de restregármelo cada vez que ha tenido la ocasión. Íbamos juntos al instituto y te puedo asegurar que no existe una persona más egoísta y gilipollas que ese cabrón.

¡Joder!, al parecer no era la única miembro del Club Anti-Nicholas Leister. Me sentí mejor al descubrirlo.

—Me gustaría decirte algo bueno de él, pero ese tío tiene más mierda encima que cualquier persona que conozca; mantente apartada de él —me aconsejó mirándome de reojo.

Puse los ojos en blanco.

—Algo muy fácil teniendo en cuenta que vivimos bajo el mismo techo —comenté sintiéndome peor a cada minuto que pasaba.

—Hoy estará en esa fiesta, por si quieres ir allí y patearle el culo —me comunicó sonriéndome en broma, aunque aquella información era del todo inesperada.

—¿Irá a aquella fiesta? —le pregunté sintiendo el calor de la venganza recorrerme todo el cuerpo.

Zack me miró con nuevos ojos.

—¿No estarás pensando...? —comenzó a preguntar, mirándome con sorpresa y aprensión.

—Vas a llevarme a esa fiesta —afirmé más segura de lo que había estado en toda mi vida—. Y voy a patearle el culo.

Veinte minutos después, nos encontrábamos junto a la playa y frente a una casa de inmensas proporciones; pero no era el tamaño lo que te dejaba boquiabierta, sino la cantidad de gente que había amontonada por sus alrededores, por los escalones de la entrada y por prácticamente todas partes.

La música ya se oía a un kilómetro de distancia y estaba tan fuerte que sentí cómo mi cerebro retumbaba en mi cabeza.

—¿Seguro que quieres hacer esto? —me dijo mi nuevo mejor amigo, Zack. Desde que le había contado mi plan, no había dejado de intentar convencerme de que me echara atrás. Al parecer, mi grandísimo hermanastro era, además de un imbécil redomado, uno de los tíos que en más peleas se había metido a lo largo de los años—. Noah, no tienes ni idea de con quién te estás metiendo. Ya has visto que no le ha importado una mierda dejarte tirada... ¿Qué te hace pensar que le va a interesar lo que le tengas que decir?

Lo miré con una mano puesta en la manija de la puerta.

—Créeme..., hoy va a ser la última vez que me hace algo parecido.

Dicho esto nos bajamos del coche y nos dirigimos hacia el camino de entrada a la gran casa. Era como haber entrado de lleno en una de esas fiestas que solo se ven en películas como *Rompiendo las reglas* o *A todo gas*. Era una locura. Los barriles de cerveza estaban repartidos por todo el jardín delantero y rodeados de un montón de tíos que se gritaban y se animaban a beber más y más. Las chicas iban simplemente en bañador o incluso en ropa interior.

—¿Todas las fiestas a las que asiste son así? —le pregunté poniendo cara de asco al ver cómo una pareja se enrollaba contra una de las paredes delantera de la casa, sin importarles que todo el mundo los estuviera observando. Era repugnante.

—No todas —contestó soltando una carcajada ante mi cara de horror—. Esta es mixta —afirmó dejándome descolocada.

Espera un momento... ¿mixta? ¿De qué estaba hablando?

—¿Te refieres a que haya chicos y chicas en la misma fiesta? —le dije volviendo al pasado mentalmente, cuando tenía doce años y mi madre me organizó mi primera fiesta con chicos. Un completo desastre si no recuerdo mal: los chicos nos tiraron a mí y a mis amigas a la piscina y yo y casi todas las demás acabamos formando el Club Antichicos de las Mejores Amigas para Siempre. Ridículo, lo sé, pero el caso es que tenía doce años, no diecisiete.

Zack soltó una profunda carcajada y me cogió la mano para tirar de mí.

Sus dedos eran cálidos y me sentí un poco menos inquieta al saber que lo tenía cerca. Aquella fiesta podía intimidar a cualquiera y más a una chica de pueblo como yo.

—Me refiero a que cualquiera puede asistir —puntualizó mientras nos abríamos paso por la abarrotada puerta y entrábamos al interior. La música tenía un ritmo desenfrenado y repetitivo que se te metía por los tímpanos, haciendo que te *doliera* estar allí.

—¿A qué te refieres? —le pregunté mientras me empujaba hacia una de las salas en donde la música no te mataba al instante, más bien lo hacía lentamente; por lo menos pude hablar sin tener que dejarme las cuerdas vocales.

—Cualquiera que pague la entrada puede entrar —declaró mientras saludaba a varios chicos que había por allí. No me gustó mucho ver que sus amigos tenían tan mala pinta como todos los demás—. Con el dinero se compra todo tipo de alcohol y, bueno... —dijo desviando la mirada hacia mí unos momentos—, ya sabes, todo lo necesario para que una fiesta se ponga a tono —concluyó sonriendo con diversión.

«Drogas», genial. Y a mi acompañante le parecía divertido... ¡Mierda! ¿Dónde me estaba metiendo?

Miré a mi alrededor, hacia las parejas que había tiradas en el sofá y a las que estaban de pie bailando al ritmo de la música, y me di cuenta de que estaba lleno de gente rica con ropa muy cara y a la vez gente que podría haber salido del peor barrio de la zona. El resultado era una mezcla explosiva, sin lugar a dudas.

—Creo que esto no ha sido una buena idea —le confesé a mi acompañante, pero me percaté de que se había sentado en uno de los sofás y que ya llevaba una botella de cerveza en la mano.

—Ven, Noah —me indicó tirándome del brazo y haciéndome caer sobre su regazo—. Pasémoslo bien esta noche... No la desperdicies con ese mal nacido —me recomendó. Yo me puse tensa cuando sus dedos acariciaron mis cabellos y luego mis hombros.

Me puse de pie tan deprisa como pude.

—Estoy aquí por un motivo —le dije mirándolo con mala cara. Me había equivocado con Zack, estaba claro—. Gracias por traerme. —A continuación, me volví para marcharme.

No sabía muy bien qué hacer ahora que estaba allí y que le había dado la espalda al único chico que aún no estaba lo suficientemente borracho como para estampar un coche contra un árbol si le pedía que me llevara de vuelta a casa. Sin embargo, no podía dejar de imaginarme la cara de desconcierto de Nicholas cuando me viera allí, aunque quizá Zack me había mentido y era un loco borracho que solo quería llevarme al peor sitio de la historia... Aun en ese supuesto, no pensaba irme sin hacer lo que había ido a hacer.

Me dirigí hacia la cocina, en donde había menos gente, con la intención de buscar un vaso de agua bien fría. No sabía si me la bebería o me la tiraría en la cabeza para poder despertarme de aquella pesadilla. Aquel día parecía no tener fin.

En cuanto doblé por el pequeño pasillo y entré en la cocina, me detuve de inmediato.

Allí estaba: sin camiseta, en vaqueros y rodeado de tías y de cuatro amigos corpulentos, pero no tan altos como él.

Me quedé observándolo unos instantes.

¿Este era el mismo chico pijo con el que había estado cenando en un restaurante de lujo hacía menos de tres horas?

No pude evitar sorprenderme al verlo de aquella manera. Parecía recién salido de una peli de mafiosos. Estaban bebiendo chupitos mientras jugaban a aquel juego de insertar una bola de ping-pong en los vasos de plástico. Mi querido hermanastro estaba en racha, ya que no fallaba ninguna. Lo único bueno que se desprendía de todo ello era que no estaba tan borracho como los que perdían y debían beberse un chupito de tequila.

Nicholas tiró la última pelota, pero lo hizo mal adrede. Fue tan obvio que no entendí cómo los demás no se dieron cuenta, pero todos lo abuchearon riéndose a carcajadas. Cogió un chupito y se lo tragó en menos de un segundo.

Mientras uno de sus amigos tomaba el relevo, Nicholas se acercó hacia una chica morena y muy guapa que estaba sentada sobre la encimera de mármol negro. Llevaba unos pantalones cortos que dejaban al descubierto sus largas piernas bronceadas por el sol y, arriba, la parte de un biquini azul cielo.

De repente me sentí demasiado arreglada y tapada para una fiesta como aquella.

Nicholas enterró su mano en su nuca, le echó la cabeza hacia atrás y le comió la boca de la manera más asquerosa que alguien pueda imaginar, sobre todo si había gente delante.

Aquella fue mi oportunidad, así lo cogería por sorpresa y apaciguaría las terribles ganas que tenía de arrancarle la cabeza a aquel idiota.

Ni siquiera se había molestado en saber si estaba bien... Yo podría seguir allí tirada que él no habría movido ni un solo dedo. Sentí tal rabia al haberme dejado tratar de aquella manera, y más rabia aún de encontrarme en aquel sitio de locos por su culpa, que no dudé ni un segundo en acercarme con paso firme hacia el final de la cocina, cogerle el brazo para darle la vuelta y..., para mi sorpresa, en lugar de darle la bofetada que planeaba, le asesté un puñetazo en la mandíbula que seguramente hizo que se me rompieran los nudillos de la mano. Mereció la pena, sin duda, y tanto que la mereció.

Por un instante se quedó desconcertado, como si no entendiera lo que había pasado, ni quién era yo ni por qué le había pegado. Pero eso solo duró unos segundos, ya que la expresión que apareció en su rostro y su cuerpo me dejaron clavada en el lugar.

Todos los que había en la habitación formaron un corrillo a nuestro alrededor y un silencio sepulcral se adueñó de todos los presentes, ahora atentos a nosotros.

—¿Qué coño haces aquí? —inquirió con tal desconcierto y rabia contenida que temí por mi vida.

¡Joder! Si las miradas matasen, yo ya estaría muerta, sepultada y enterrada.

—¿Te sorprende que haya llegado aquí a pie? —le pregunté intentando que no me intimidara con su postura, su altura y aquellos músculos aterradores—. Eres un mierda, ¿lo sabías?

Nicholas soltó una carcajada seca y controlada.

—No tienes ni idea de en dónde te estás metiendo, Noah —masculló dando un paso hacia mí y colocándose tan cerca que pude sentir el calor que irradiaba su cuerpo—. Puede que en mi casa seamos hermanastros —prosiguió tan bajo que solo yo pude escucharlo—, pero fuera de esas cuatro paredes todo lo que ves me pertenece y no pienso aguantar ninguna de tus gilipolleces.

Clavé mis ojos en él aguantándole la mirada: no pensaba dejar que viera lo mucho que sus palabras y su comportamiento me atemorizaban. Ya había tenido violencia para toda una vida, no pensaba aguantar ni un poco más.

—Vete a la mierda —le solté, y me di la vuelta con el propósito de largarme de allí de inmediato. Una mano me cogió del brazo y tiró de mí sin dejarme dar un paso más—. Suéltame —le ordené volviendo la cabeza para que comprendiera lo muy en serio que iban mis palabras.

Él sonrió y miró a todos los que nos rodeaban.

Luego volvió a fijar sus ojos en los míos.

—¿Con quién has venido? —preguntó mirándome solo a mí.

Tragué saliva sin ninguna intención de contestarle.

—¡¿Quién te ha traído?! —me gritó, haciéndome pegar un salto. Aquello fue la gota que colmó el vaso.

—¡Suéltame, hijo de...! —comencé a gritar, pero no sirvió de nada: me sujetaba tan fuerte que me hacía daño.

Entonces uno de los que estaba allí, habló.

—Yo sé quién ha sido —dijo un tío gordo y con una piel en la que no había sitio para más tatuajes—. Zack Rogers ha entrado con ella.

—Tráelo —ordenó simplemente.

Mi hermanastro se estaba comportando como un perfecto delincuente y me estaba dando miedo de verdad. De repente me arrepentí profundamente de haberle pegado. No es que no se lo mereciera, pero era como si se lo hubiese hecho al mismísimo diablo.

Dos minutos después Zack apareció en la cocina y le abrieron paso para dejarlo entrar en el círculo que había a nuestro alrededor. Me miraba como si lo hubiera traicionado o algo parecido.

¿Qué demonios le pasaba aquella gente?

—¿Tú la has traído aquí? —le preguntó mi hermanastro con calma.

Zack vaciló unos instantes, pero finalmente asintió con la cabeza. Le mantuvo la mirada a Nicholas, pero pude ver que le temía.

Tan rápido que apenas fui consciente de que ocurría, Nicholas le propinó un puñetazo en la barriga que hizo que Zack se encorvara del dolor.

Pegué un grito de horror, temiendo por él, y sintiendo aquel dolor en el pecho que siempre aparecía cuando presenciaba algún tipo de violencia. Mi corazón se encogió y tuve que controlarme para no salir corriendo de allí.

—No vuelvas a hacerlo —le advirtió Nicholas con voz pausada y en calma.

Después se volvió hacia mí, me cogió del brazo y comenzó a llevarme hacia la salida.

No tenía fuerzas ni para protestar. Llegamos a la puerta y entonces él se detuvo. Cogió su teléfono móvil de su bolsillo, maldijo entre dientes y contestó a quienquiera que estuviera llamando.

—Espérame aquí —me ordenó con seriedad y buscó un lugar apartado del ruido de la gente y de la música. Desde donde estaba, más allá de los escalones de entrada a la casa, podía verme perfectamente, así que más me valía quedarme allí quieta.

—¿Te encuentras bien? —me preguntó un tío que había por allí.

—La verdad es que no —respondí sintiéndome realmente mal. Me apoyé sobre la ventanilla sin poder evitar que ciertos recuerdos que tenía bien enterrados en el fondo de mi mente resurgieran para atormentarme justo en aquel instante—. Creo que me estoy mareando.

—Toma, bebe algo —me dijo el chico tendiéndome un vaso.

Lo cogí sin ni siquiera detenerme a ver lo que era. Tenía la garganta tan seca que cualquier cosa me vendría bien. Después de haberme tragado todo el contenido, abrí los ojos. Vi cómo Nicholas subía los escalones furiosamente.

—¡¿Qué coño haces?! —me gritó para después arrancarme el vaso de la mano.

Fui a replicar, pero Nicholas ni siquiera me miraba a mí: se volvió furioso hacia el tío que me lo había dado y lo cogió por la camiseta hasta casi levantarlo del suelo.

—¿Qué coño le has echado? —le preguntó zarandeándolo con fuerza.

Yo miré mi vaso alarmada y con cara de horror.

«¡Mierda!»

6

NICK

«¡Mierda!»

—¿Qué coño le has echado? —le pregunté al imbécil que tenía cogido por la camiseta.

El muy idiota me miraba completamente aterrorizado.

—¡Contéstame! —le chillé maldiciendo el día en que había conocido a mi hermanastra, y también maldiciendo al gilipollas de Zack Rogers por haberla traído a una fiesta como esta.

—¡Joder, tío! —dijo con los ojos abiertos como platos—. Burundanga —admitió cuando lo estampé contra la pared.

Coño... Esa era la droga que utilizaban los capullos para poder violar a una tía. Era incolora e indolora y por eso resultaba tan fácil meterla en la bebida sin que te dieras ni cuenta.

El solo hecho de pensar en lo que podría haber pasado me nubló la mente y no me pude controlar. ¿Qué clase de imbécil era capaz de hacerle eso a una chica? Cuando acabara con aquel tipo no lo iban a reconocer ni con el carnet de identidad. Aquella noche iba a terminar con los puños hechos una mierda.

Le golpeé tantas veces que perdí la cuenta.

—¡Nicholas, para! —gritaba una voz a mis espaldas. Detuve el puño antes de volver a estamparlo contra la cara de aquel hijo de puta.

—Vuelve a traer esa mierda a una de mis fiestas y lo que te he hecho hoy te parecerá una caricia en comparación —lo amenacé cerciorándome de que escuchaba cada una de mis palabras—. ¿Me has oído?

El muy gilipollas se fue tambaleando y sangrando lo más lejos posible de mí.

Me volví y me encontré con una Noah completamente aterrorizada.

Algo se movió en mi interior cuando vi aquella expresión en ella. Maldita sea, por muy poco que la soportara y por muchas ganas de matarla que tuviera, nadie se merecía que lo drogaran sin consentimiento. La expresión de terror en su cara demostraba que aquella noche Noah había traspasado su límite.

Me aproximé hacia ella observándola con detenimiento y procurando aminorar un poco mi cabreo. Cuando estuve lo suficientemente cerca, ella reculó unos pasos, se me quedó mirando boquiabierta, asustada y temblorosa...

—¡Joder, Noah! No voy a hacerte daño, ¿vale? —le dije sintiéndome como un delincuente cuando en realidad yo no le había hecho absolutamente nada.

Cuando la dejé tirada, supuse que simplemente llamaría a su madre y que se iría con nuestros padres a casa. No se me ocurrió que se subiría al coche del primer imbécil que parara y que vendría directamente a la fiesta menos apropiada para una chica como ella.

—¿Qué me habéis dado? —me preguntó tragando saliva y observándome como si fuese el mismísimo diablo.

Suspiré y miré hacia el techo mientras intentaba pensar con claridad. Mi padre me acababa de llamar para preguntarme dónde demonios estaba Noah. Su madre estaba preocupada, por lo que le respondí que la llamaría cuanto antes, que Noah se había venido conmigo a casa de Erik y que en esos momentos estaba mirando una película con su hermana.

Había sido una mentira del todo improvisada, pero mi padre no podía enterarse de lo que había ocurrido aquella noche ni de dónde había estado. Ya me había salvado de suficientes situaciones difíciles como para que ahora se enterase de que todo seguía absolutamente igual. Bastante me había costado mantener mi vida privada en la sombra... No pensaba dejar que alguien como Noah lo estropease.

En menos de un día había conseguido tocarme las narices más que cualquier otra mujer que hubiera tenido el placer de conocer.

—¿Te encuentras bien? —dije ignorando su pregunta.

—Quiero matarte —me contestó y, cuando bajé la mirada, pude ver que sus párpados habían comenzado a pesarle. Mierda, tenía que ponerla al teléfono con su madre antes de que la situación empeorase.

—Ya, bueno..., mejor en otro momento —repuse cogiéndola del brazo—. Estarás bien —intenté calmarla.

En cuanto llegamos hasta mi coche, abrí la puerta del conductor y esperé a que se sentara.

Entonces saqué el móvil.

—Tienes que decirle a tu madre que estás bien y que no te espere levantada —le pedí mientras buscaba a mi padre en la agenda—. Dile que estamos viendo una película en casa de unos amigos míos.

—Que te den —me soltó echando la cabeza hacia atrás y cerrando los ojos con fuerza.

Me acerqué a ella y le cogí el rostro con una sola mano. Abrió los ojos y me miró con tanto odio que no pude evitar sentir ganas de darle una patada a algo sólido y romperlo en mil pedazos.

—Llama o esto va a ponerse feo de verdad —le exigí, pensando en cómo se pondría mi padre si se enteraba de lo que había ocurrido aquella noche. Y ni que decir tiene la madre de Noah.

—¿Qué vas a hacerme? —me dijo mirándome con las pupilas cada vez más dilatadas—. ¿Dejarme tirada para que alguien me viole? —me preguntó con segundas—. Espera..., eso ya lo has hecho —agregó con ironía.

Vale, me lo merecía, pero no teníamos tiempo para eso.

—Estoy marcando, más te vale decirle lo que te he dicho —le advertí al mismo tiempo que le ponía el teléfono en la oreja.

Unos segundos después se escuchó la voz de Raffaella al otro lado de la línea.

—Noah, ¿estás bien?

Ella me miró antes de responder.

—Sí —contestó para mi gran alivio—, estamos viendo una película... Llegaremos... un poco tarde —siguió diciendo mientras su mirada se desviaba hacia el techo del coche.

—Me alegro de que hayas ido, cariño, ya verás como te gustan los amigos de Nick...

Miré hacia otro lado cuando escuché aquello.

—Seguro —afirmó Noah sin volver a mirarme.

—Nos vemos mañana, cielo, te quiero.

—Y yo, adiós —se despidió, y entonces le quité el teléfono y me lo guardé en el bolsillo.

Rodeé el coche y me senté en el asiento del conductor. Esperaríamos allí a ver qué tolerancia tenía Noah a las drogas.

Me volví hacia ella.

—Tengo calor —me dijo con los ojos cerrados y, en efecto, pude ver cómo el sudor empapaba su frente y su cuello.

—Se te pasará, no te preocupes —la tranquilicé deseando que mis palabras no me traicionaran.

—¿Qué efectos tiene esta droga? —me preguntó con voz pastosa.

Dudé un momento antes de contestarle.

—Sudores..., calor y frío a partes iguales..., somnolencia... —le respondí deseando que esos fueran los únicos efectos que sufriera.

Si se ponía a vomitar o le entraba taquicardia iba a tener que llevarla al hospital y eso no podía acabar bien.

Sus mejillas estaban rojas y su pelo había comenzado a pegársele a la frente. Me fijé que tenía una gomilla en una de sus muñecas.

Me estiré sobre ella y se la quité. Lo mínimo que podía hacer era ayudarla a estar lo más cómoda posible.

—¿Qué haces? —me dijo y pude notar el miedo en su voz.

Respiré hondo intentando mantener mis emociones a raya. Nunca le había hecho algo así a una mujer... y ver a Noah aterrorizada por si le hacía algo parecido me sentaba como una patada en los mismísimos.

Aquella cría me había agotado en cuestión de horas.

—Ayudarte —le respondí mientras le recogía su larga melena multicolor en una cola improvisada en lo alto de la cabeza.

—Para eso tendrías que desaparecer —repuso arrastrando las palabras.

No pude evitar que aquello me hiciese gracia. Aquella chica tenía más agallas que cualquier otra que hubiese conocido. No se olía con quién se estaba metiendo, no sabía quién era, ni lo que era capaz de hacer... y, al fin y al cabo, era muy refrescante.

Me vino a la cabeza su imagen después de haberme pegado aquel puñetazo. Había sido del todo inesperado; es más, era el primer puñetazo que me daban en mucho tiempo...

Instintivamente le cogí la mano derecha y observé sus nudillos hinchados. Tenía que haberme atizado con todas sus fuerzas para que la mano le quedara así, y sentí cierta pena por ella. De repente me vi a mí mismo enseñándole a Noah a atizar un puñetazo como Dios manda.

La observé con cierta preocupación. Ahora que el cabello no le ocultaba el rostro me pude fijar en ciertos rasgos que no había podido apreciar aún. Tenía un bonito cuello y unos pómulos altos moteados por miles de pecas. Aquello me hizo sonreír por algún motivo inexplicable. Sus pestañas eran largas y creaban una sombra oscura sobre sus mejillas, pero lo que me llamó la atención y me hizo fijarme con más atención fue el pequeño tatuaje que tenía justo debajo de su oreja izquierda, en lo alto de su cuello.

Era un nudo del ocho...

Instintivamente mi mirada se dirigió hacia mi brazo, donde me había tatuado ese mismo nudo hacía ya tres años y medio. Era un nudo perfecto, uno de los que más resistencia tenían y por eso mismo había decidido tatuármelo. Significaba que si las cosas se entrelazaban bien, con cabeza, el resultado podía ser indestructible. No entendía cómo podía haberse tatuado aquel nudo, ni cualquier cosa en realidad, no pegaba con la imagen que había creado de ella en mi mente.

Con un dedo y con cuidado acaricié aquel tatuaje minúsculo en comparación con el mío y sentí cómo la piel se nos ponía a ambos de gallina.

Noah se movió inquieta en su inconsciencia y yo sentí algo en la boca de mi estómago, algo extraño y molesto.

Me volví hacia el volante y puse el coche en marcha, no sin antes ponerle el cinturón de seguridad. Mis ojos volvieron a posarse en su tatuaje por unos segundos. Respiré profundamente y me centré en la carretera. Por suerte no me había dado tiempo a beber más que un chupito y una cerveza, así que conduje con tranquilidad hasta mi casa.

Como siempre, las luces de fuera estaban encendidas. Ya eran pasadas las dos de la madrugada y recé para que nuestros padres estuvieran en la cama. Noah estaba totalmente fuera de juego y no podía permitirme que mi padre nos descubriera.

Detuve el coche en mi plaza y me bajé intentando no hacer ruido. Con cuidado le quité el cinturón y la cogí en brazos. Estaba ardiendo, y me preocupó que la fiebre le subiera lo suficiente como para tener que alarmarme de verdad.

—¿Dónde estamos? —me preguntó tan bajo que apenas la oí.

—En casa —le contesté para tranquilizarla al mismo tiempo que maniobraba para poder abrir la puerta con ella en brazos.

Dentro reinaba la oscuridad, a excepción de la luz proyectada por una pequeña lámpara que había encendida en una de las mesitas de la sala. Desde que Raffaella se había mudado a casa, siempre tenía la manía de dejar una de esas dos luces encendida por la noche.

Me dirigí hacia las escaleras con Noah entre mis brazos y suspiré con alivio al llegar hasta su habitación. Dentro estaba todo completamente a oscuras. Los brazos de ella se tensaron en mi cuello y me sujetaron con más fuerza.

Me extrañó que siguiera consciente y me acerqué deprisa hasta su cama para poderla dejar y que estuviese más cómoda.

—No... —dijo con voz asustada.

—Tranquila —le dije a mi vez, asombrado de la fuerza con que se sujetaba a mí.

—No me dejes sola... Tengo miedo —me pidió y pude notar pánico en su voz. Me extrañó su petición, ya que estaba seguro de que el causante de su miedo era yo; por eso no tenía lógica que quisiera quedarse conmigo.

—Noah, estás en tu habitación... —le comenté sentándome en su cama con ella en mi regazo.

Aquello era tan raro...

Entonces abrió los ojos y me miró aterrorizada.

—La luz... —me dijo con voz pastosa como si le estuviera costando la misma vida pronunciar aquellas palabras.

La miré extrañado... No había ninguna luz encendida.

—Enciéndela —casi me rogó.

La observé unos segundos y pude ver que no estaba asustada por que yo estuviera con ella en su habitación, ni por la droga ni porque apenas pudiera moverse... Estaba asustada por la oscuridad.

—¿Le tienes miedo a la oscuridad? —le pregunté al mismo tiempo que me inclinaba con ella aún encima de mí y encendía su lámpara de noche.

Su cuerpo se relajó al instante.

Fruncí el ceño preguntándome por qué esa chica parecía ser tan complicada. Me incorporé y la coloqué sobre las almohadas.

La observé unos instantes cerciorándome de que respiraba con normalidad. Así era y agradecí que Noah fuera una chica fuerte.

—Lárgate de mi habitación —me ordenó entonces y eso fue exactamente lo que hice.

Creo que fue lo más sensato que hice en toda la noche.

7

NOAH

Cuando abrí los ojos aquella mañana me sentía realmente mal. Por primera vez en mi vida me molestaba la luz. Me dolía la cabeza una barbaridad y me sentía muy extraña. Era raro de explicar, pero era consciente de cada movimiento, de cada sensación que estaba teniendo lugar dentro de mi organismo y era tan incómodo como molesto y perturbador. Sentía la garganta seca, como si no hubiera bebido ningún líquido en más de una semana.

Con dificultad me acerqué a mi baño y me observé en el espejo.

¡Dios mío, qué horror!

Entonces lo recordé.

Sentí cómo todo mi cuerpo temblaba de pies a cabeza.

Me miré en el espejo, tenía los ojos hinchados y el pelo revuelto recogido en una cola mal hecha. Me sorprendió porque no recordaba haberme recogido el pelo. Me quité el vestido, me lavé los dientes para no sentir aquel regusto amargo en la boca y me puse mi pantalón corto de pijama y mi camiseta agujereada preferida.

Los recuerdos se instalaban en mi mente como fotografías que se pasan demasiado rápido. Solo podía pensar en una cosa: la droga... Me habían drogado, había ingerido drogas, había subido al coche de un desconocido, me había metido en una fiesta de matones... y todo por culpa de una sola persona.

Salí de la habitación dando un portazo y crucé el pasillo hasta la habitación de Nicholas.

Abrí sin molestarme en llamar y me encontré con una cueva de osos, si es que se la podía comparar con eso. Había una persona bajo la manta de aquella inmensa cama de color oscuro.

Me acerqué hasta ella y zarandeé al que dormía allí tan pancho, como si nada hubiera pasado, como si no me hubiesen drogado por su culpa.

—Joder... —masculló él con voz pastosa sin abrir los ojos.

Observé su pelo revuelto, que se camuflaba en las sábanas negras de raso, y tiré con fuerza del edredón, destapándolo por completo y sin importarme en absoluto.

Por lo menos no estaba desnudo, pero llevaba unos bóxeres blancos que me dejaron un poco descolocada por unos instantes.

Dormía boca abajo, por lo que tuve una panorámica perfecta de su ancha espalda, sus largas piernas y, todo hay que decirlo, de su espléndido trasero.

Me obligué a mí misma a centrarme en lo importante.

—¿Qué pasó anoche? —casi le grité mientras lo zarandeaba por el brazo para que se despertara.

Él gruñó, molesto, y me cogió la mano para que me detuviera, todo esto aún con los ojos cerrados.

De un movimiento me tiró sobre su cama.

Caí sentada junto a él e intenté soltarme, cosa que no me permitió.

—Ni drogada te estás callada, joder... —repitió la expresión malsonante y, por fin, abrió los ojos para mirarme.

Dos iris azules se clavaron en mis ojos.

—¿Qué quieres? —me preguntó soltándome la muñeca e incorporándose en la cama.

Me puse de pie de inmediato.

—¿Qué me hiciste anoche cuando me tenías drogada? —inquirí, temiendo lo peor.

Madre mía..., si me había hecho algo...

Nicholas entornó los ojos y me miró cabreado.

—De todo —me contestó haciendo que se me fuera todo el color del rostro.

Y entonces se echó a reír y yo le di un golpe en el pecho.

—¡Imbécil! —lo insulté notando cómo la sangre subía a mis mejillas por la rabia.

Nicholas me ignoró y se puso de pie.

Entonces alguien entró en la habitación; un ser peludo y tan oscuro como su dueño y aquella maldita habitación.

—Eh, Thor, ¿tienes hambre? —le preguntó este, mirándome con una sonrisa divertida—. Tengo aquí un regalito muy apetecible para ti...

—Me largo —le solté, emprendiendo la marcha hacia la puerta. No quería volver a ver a aquel idiota nunca más, y el hecho de saber que eso era imposible me puso de peor humor aún.

Nicholas me interceptó en mitad de la habitación. Casi me di de bruces contra su pecho desnudo.

Sus ojos buscaron los míos y le mantuve la mirada con desconfianza y también desafío.

—Siento lo que pasó anoche —se disculpó y, por unos segundos milagrosos, creí que me estaba pidiendo perdón; qué equivocada estaba—, pero no puedes decir absolutamente nada, o se me puede caer el pelo —continuó y supe entonces que lo único que le importaba era salvar su culo, al mío podían darle por saco.

Solté una risa irónica.

—Dijo el futuro abogado —comenté con sarcasmo.

—Mantén la boca cerrada —me advirtió ignorando mi comentario.

—¿O qué? —le contesté desafiándolo.

Sus ojos recorrieron mi rostro, mi cuello y se detuvieron en mi oreja derecha. Un dedo suyo rozó un punto muy importante para mí.

—O este nudo puede que no sea lo suficientemente fuerte para ti —susurró y di un paso hacia atrás. ¿Qué sabía él sobre ser fuerte o sobre mi tatuaje?

—Ignórame y yo haré lo mismo..., así soportaremos los poquísimos momentos en los que vamos a tener que estar juntos. ¿De acuerdo? —le propuse rodeándolo y apartándome de él.

Thor me observó meneando la cola.

Por lo menos el perro había dejado de odiarme, me dije como consuelo cuando salí de aquella habitación.

Lo primero que hice después de salir de allí fue irme directamente a mi dormitorio. No me gustaba no poder recordar nada de lo que había pasado. Que Nicholas pudiese haber visto algo en mí que yo nunca hubiese querido enseñarle era lo que me hacía odiarle tanto en ese momento. No comprendía cómo en tan poco tiempo había podido formar en mi interior un rechazo tan grande hacia él, pero si lo pensaba no era de extrañar, puesto que Nicholas Leister representaba absolutamente todo lo que yo odiaba en una persona: era violento, peligroso, abusón, mentiroso, amenazador... Todos los rasgos que me hacían salir corriendo en la dirección opuesta.

Me fijé en que mi bolso estaba tirado de cualquier manera sobre mi cama. Cogí mi móvil de dentro y lo enchufé al cargador mientras lo encendía nerviosa. Mierda, Dan iba a matarme, le prometí llamarlo por la noche, estaría subiéndose por las paredes. ¡Maldito Nicholas Leister! ¡Todo era por su culpa!

Cuando me metí en el chat, me di cuenta de que no tenía ningún mensaje, tampoco ninguna llamada perdida. Eso sí que era extraño...

Fuera hacía un día precioso, el mejor para ir a la playa o nadar por primera vez en aquella piscina tan impresionante. Con un poco de mejor humor me propuse tomar el sol con tranquilidad, leer un buen libro e intentar olvidarme de lo que había pasado o, peor, podría haber llegado a pasar. Con aquellos pensamientos en mente me dirigí a mi impresionante y demasiado ostentoso armario. En un cajón encontré una tonelada de trajes de baño y no me detuve hasta dar con un bañador de cuerpo entero.

Miré mi cuerpo desnudo en el espejo y observé con atención aquella parte de la que me sentía totalmente acomplejada. Opté por no darle demasiada importancia. Al fin y al cabo, estaba en mi casa.

Con un vestido de playa y una toalla color lila, salí de mi habitación lista para afrontar mi primer desayuno en aquella casa.

Me resultaba muy raro caminar por allí, me sentía como cuando de pequeña me dejaban quedarme a dormir en casa de mis amigas y de noche me entraban ganas de ir al lavabo y no iba por miedo a encontrarme con algún familiar.

Cuando llegué me encontré con mi madre, envuelta en una bata blanca de seda y en zapatillas junto a un trajeado Will, listo para salir a trabajar.

—Buenos días, Noah —me saludó él al verme primero—. ¿Has dormido bien?

«Mejor que nunca teniendo en cuenta que estaba inconsciente y con un dolor de cabeza de mil demonios.»

—No ha sido mi mejor noche —le contesté cortante.

Mi madre se acercó para darme un beso en la mejilla.

—¿Te lo pasaste bien con Nick y sus amigos? —me preguntó esperanzada.

«Ay, mamá, qué equivocada estás... No sabes quién es tu nuevo hijastro.»

—Hablando de Roma... —dijo William tras mi espalda, al tiempo que se levantaba de la mesa y entraba Nick.

—¿Qué hay, familia? —habló en tono seco. Se dirigió a la nevera.

—¿Qué tal lo pasasteis anoche? —preguntó mi madre mirándolo contenta—. ¿Qué tal la película? —agregó mirándome a mí.

«¿Película?»

—¿Qué...? —comencé a preguntar al mismo tiempo que Nick cerraba la nevera de un portazo y se volvía hacia mí con sus ojos de hielo.

—La película estuvo genial, ¿verdad, Noah? —me preguntó observándome significativamente.

En aquel momento me di cuenta de que podía fastidiarlo pero bien. Si decía la verdad, quién sabe lo que su padre le diría, sin contar en la de problemas que se metería si yo decidía denunciarlo a la policía por beber alcohol y ofrecérselo a una menor, o sea yo, por dejar que me drogaran y, por supuesto, por haberme dejado tirada en medio de la carretera.

Disfruté a más no poder mientras le daba a entender con la mirada que no tenía ni la menor idea de lo que estábamos hablando.

—No recuerdo bien... —respondí disfrutando al ver cómo se ponía tenso—. ¿Era *Durmiendo con el enemigo* o *Traffic*? —le pregunté sabiendo que iba a disfrutar al verlo en aquella situación, pero para mi sorpresa y disgusto soltó una carcajada.

Mi sonrisa se esfumó de mi rostro.

—Más bien fue *Crueles intenciones* —me contestó él y me sorprendió que lo dijera porque era una de mis películas preferidas. Irónico si se tenía en cuenta que los dos protagonistas eran hermanastros y se odiaban a muerte...

Lo fulminé con la mirada mientras mi madre, desconfiada, preguntaba:

—¿De qué estáis hablando?

—De nada —respondimos al unísono y eso me molestó aún más.

Me acerqué a la nevera, donde él se encontraba apoyado con los brazos cruzados en posición intimidante, mientras mi madre nos ignoraba y se despedía de su nuevo marido.

Por un momento nos quedamos mirándonos: yo desafiándolo con la mirada, él como si estuviera pasando uno de los mejores momentos de su vida.

—¿Te apartas o no? —le dije con intención de que me dejase abrir la nevera.

Él levantó las cejas con diversión.

—Mira, Pecas, creo que tú y yo tenemos que aclarar varias cosas si vamos a tener que convivir bajo este mismo techo —afirmó sin apartarse.

Yo lo observé con frialdad.

—¿Qué tal si cuando tú entras yo salgo, cuando te vea te ignoro y cuando hables hago como si no te escucho? —le propuse con una sonrisita irónica, maldiciendo el momento en el que lo conocí.

—Mi mente se ha quedado en lo de cuando yo entro, tú sales... —comentó en un tono pervertido y sonriendo al ver que me sonrojaba.

Maldita sea.

—Eres asqueroso —le solté al tiempo que intentaba apartarlo para que me dejara abrir la nevera.

Por fin lo hizo y yo pude coger mi zumo de naranja.

Mi madre se había ido con una taza de café con leche en una mano y el periódico en la otra. Sabía lo que pretendía: quería que me llevara bien con Nicholas, que nos hiciésemos amigos y que, por obra de un milagro divino, lo quisiera como si fuese el hermano mayor que nunca había tenido.

Ridículo.

Lo observé al mismo tiempo que me sentaba en los bancos que había junto a la isla y me echaba zumo en un vaso de cristal. Nicholas llevaba unos pantalones de deporte y una sencilla camiseta de tirantes. Sus brazos estaban bien formados, y después de haber presenciado los puñetazos que había dado a dos chicos en menos de diez minutos, sabía que tenía que mantenerme alejada de ellos... quién sabía lo que era capaz de hacer.

Entonces se volvió con su café en la mano y lo vi: el tatuaje... Tenía el mismo tatuaje que yo en el cuello... El mismo nudo, el mismo símbolo que significaba tantas cosas para mí... Ese energúmeno tenía un nudo idéntico tatuado en su brazo.

Me quedé observándolo con atención y con un pinchazo en el pecho, mientras él se acercaba y tomaba asiento frente a mí. Sus ojos me observaron unos instantes hasta que se dio cuenta de lo que mis ojos miraban con tanta fijeza.

Dejó la taza en la mesa y se inclinó con los antebrazos apoyados sobre la superficie.

—A mí también me sorprendió —admitió dándole un trago a su café. Su mirada se posó en mi rostro para luego descender hasta mi cuello.

Me sentí incómoda y expuesta.

—Al final resulta que tenemos algo en común —declaró con frialdad. Al parecer a él también le molestaba que compartiéramos tatuaje.

Me puse de pie, tiré de la goma del pelo y mi melena cayó en cascada, tapando mi cuello y mi tatuaje. Acto seguido, me marché de la cocina.

Había algo en lo último que había dicho que me había trastocado por dentro..., como si de alguna manera supiera los motivos por los que llevaba aquel tatuaje y los comprendiera...

Salí hacia el jardín trasero. Era increíble cómo se veía el mar desde allí y cómo la brisa marina te envolvía con su olor y su calidez. No podía negar que me gustaba mucho disfrutar de aquellas vistas y tener el mar tan cerca ahora que viviría allí.

Me acerqué a las tumbonas de madera que había junto a la impresionante piscina. Esta era rectangular, con una cascada en la esquina que le daba al jardín un toque salvaje a la vez que elegante. Junto al acantilado que había a la izquierda del jardín había un jacuzzi colocado estratégicamente entre unas piedras enormes para poder disfrutar del espléndido paisaje.

Decidida a disfrutar de aquello, me quité el vestido cerciorándome antes de que no hubiera nadie a mi alrededor y me recosté en una de las tumbonas con la intención de tomar el sol para conseguir ponerme morena en menos de una semana. Tenía que aprovechar las pocas semanas de vacaciones que me quedaban, dado que al cabo de un mes empezaría las clases en mi nuevo y extremadamente caro instituto de niños pijos. Cogí mi teléfono y miré si tenía alguna llamada perdida de mis amigas o, lo que para mí era más importante, de mi novio Dan.

Ninguna.

Sentí un pinchacito en el pecho, pero no me di oportunidad de agobiarme. Ya me llamaría, estaba segura... Cuando le conté que debía marcharme se puso como una moto. Llevábamos saliendo nueve meses, y había sido mi primer novio oficial. Lo quería, sabía que lo quería porque nunca me había juzgado, porque siempre había estado a mi lado cuando lo necesitaba... y, además, estaba para comérselo. Cuando habíamos empezado a salir no cabía en mí de gozo: era la adolescente más feliz del planeta... y ahora había tenido que marcharme a otro país.

Abrí el chat y le dejé un mensaje:

Ya estoy aquí y te echo de menos, ojalá estuviera contigo, llámame cuando lo leas.

Miré el mensaje y me fijé en que no se conectaba al chat desde hacía media hora. Con un suspiro dejé mi móvil sobre la tumbona y me acerqué a la piscina.

El agua estaba a una temperatura perfecta, por lo que me estiré, levanté las manos y salté de cabeza. Fue liberador, refrescante y divertido, todo al mismo tiempo. Comencé a nadar disfrutando de poder liberar todas mis tensiones con el ejercicio.

Unos quince minutos después salí del agua y me recosté en la tumbona, esperando a que el sol hiciera su efecto. Cogí el teléfono para ver si me había contestado y al fijarme vi que Dan estaba conectado, pero que aún no me había escrito, lo que me hizo fruncir el ceño.

En ese preciso instante, me llegó un mensaje de mi amiga Beth, cotilla como siempre:

Hola, guapa, ¿qué haces? Cuéntame cosas

Sonreí y le contesté con un poco de nostalgia.

Pues mi hermanastro es peor de lo que imaginaba, pero intento hacerme a la idea de que ahora tendré que convivir con él. No sabes lo que desearía estar ahora con vosotros, ¡os echo de menos!

Le escribí sintiendo un nudo en el estómago. Beth y yo estábamos en el mismo equipo de vóley; yo había sido la capitana los últimos dos años y ahora que me había ido el puesto se lo había quedado ella. Me alegré al ver lo contenta que se ponía: por lo menos se podía sacar algo bueno de mi marcha..., aunque nunca me había mencionado que ansiara ser capitana del equipo.

¡Seguro que exageras! Disfruta de tu nueva vida de millonaria; como te he dicho siempre: ¡tu madre sí que sabe dar un braguetazo! Jajaja

Odiaba ese comentario. Ya me lo había dicho más de una vez y no soportaba que la gente pensara que mi madre se había casado por dinero. Ella no era así, todo lo contrario: le gustaban las cosas sencillas como a mí, y si se había casado con Will era porque de verdad estaba enamorada de él.

Decidí no decirle nada al respecto, sobre todo porque no quería discutir y menos a tantos kilómetros de distancia.

Entonces me mandó una foto.

Eran ella y Dan con los brazos entrecruzados y las caras sonrojadas. Mi novio era rubio y de ojos marrones: un espectáculo para la vista. Me dolió verlo tan contento. Hacía menos de cuarenta y ocho horas que me había marchado..., podría haber estado un poco más triste, ¿no? No pude evitar preguntarle:

¿Estás con él ahora?

La respuesta tardó más de la cuenta en llegarme y volví a sentir aquel pinchazo de alarma en mi cabeza.

Sí, estamos en casa de Rose. Ahora le digo que te hable.

¿Desde cuándo Beth le decía a mi novio que me contestara el teléfono?

Al minuto me llegó un mensaje de Dan con una carita de esas sonrientes.

Hey, guapa, ¿ya me echas de menos?

¡Pues claro! Me hubiese gustado gritarle, pero me contuve y le contesté sintiendo cómo mi humor decaía por momentos.

¿Acaso tú no?

Tardó unos segundos en responderme. Odiaba que tardara tanto.

¡Claro que sí! Esto no es lo mismo sin ti, nena, pero ahora mismo tengo que irme, te llamo luego, ¿vale? Te quiero.

Miles de mariposas revolotearon en mi estómago cuando me dijo aquello. Me despedí de él y dejé mi teléfono a un lado.

No veía la hora de poder hablar con él, de escuchar su voz... Madre mía, no tenía ni la menor idea de cómo iba a hacer para no echarlo de menos cada minuto del día.

Entonces escuché voces que se aproximaban al jardín. Me volví deprisa, cogí mi vestido y me lo puse por la cabeza.

Nick apareció con otros tres chicos.

Mierda.

Eran los mismos que había visto el día anterior en la fiesta. Uno era casi tan alto como él, moreno por el sol, con el pelo rubio como el oro y los ojos azules; el otro era más bajo, aunque solo en comparación con Nick y sus otros dos amigos, y no me extrañó ver que tenía un ojo morado; haber visto a Nick en acción hizo que no me sorprendiera que sus amiguitos fueran igual de violentos y de gilipollas; el último fue el que captó mi atención, más que nada porque fue el primero en venir directo hacia mí. Tenía el pelo marrón oscuro y unos ojos tan negros como la noche. Intimidaba, y mucho; sobre todo por el montón de tatuajes que tenía en los brazos.

—Hey, guapa..., ¿eres tú la nueva fantasía erótica que todos tenemos en nuestras cabezas? —me preguntó echándose en la tumbona que había a mi lado.

Nicholas se recostó en la otra con una sonrisa en los labios.

—¿Perdona? —repuse incorporándome y mirándolo fijamente.

Él soltó una carcajada y luego miró a Nick.

—Tenías razón, los tiene bien puestos —convino mirándome de forma que me hizo sentir incómoda.

Lo miré con asco. Mientras tanto, sus otros dos amigos se tiraron a la piscina con tal ímpetu que el agua que salpicó me alcanzó de lleno. El vestido se me pegó al cuerpo.

—¡Tened cuidado, cabrones! —les gritó Nicholas quitándome la toalla que yo tenía a mi lado y usándola para secarse.

A mi otro lado el macarra número tres soltó una carcajada.

—A mí no me molesta —dijo con voz extraña y me volví para observarlo—. Estás muy buena para tener solo quince años —comentó mirándome fijamente las tetas, que se marcaban ahora que el vestido se me había adherido al cuerpo.

—Tengo diecisiete, y como me sigas mirando así te van a doler unas partes muy valiosas de tu anatomía —lo amenacé al tiempo que me despegaba el vestido.

En ese preciso instante Nicholas me tiró la toalla que me había robado, con la que rápidamente me cubrí.

—Déjala, tío —le pidió este en tono serio—, o, si no, voy a tener que tirarla al agua para callarla, y aquí estoy muy a gusto.

Solté una risa irónica.

—¿Que tú qué, perdona? —le espeté volviéndome hacia él. Estaba en bañador y tuve otra vez una vista en primer plano de su pecho desnudo y de su tatuaje.

Se quitó sus gafas Ray Ban y sus ojos azules me observaron con detenimiento. Se veían de un impresionante azul cielo bajo la luz del sol y me distraje unos segundos.

—No creerás que me he olvidado del puñetazo que me diste anoche, ¿verdad? —me dijo inclinándose hacia mí. Mis ojos se desviaron hacia mis nudillos, que aún estaban lastimados por el golpe que le había propinado. En cambio, su mandíbula no estaba ni siquiera un poco roja.

—¿Me estás amenazando? —le pregunté desafiándolo con la mirada. Aquel tío iba a poder conmigo.

A mi otro lado escuché otra carcajada.

—Me encanta esta chica, Nick, tiene que salir con nosotros más veces —comentó el tatuado al mismo tiempo que se levantaba y se tiraba de cabeza al agua.

—Mira, Pecas, no puedes hablarme como a ti te dé la gana —me advirtió, sentándose e inclinándose hacia mí—. ¿Ves a esos chicos de allí? —prosiguió, señalando hacia la piscina sin esperar a que le contestara—. Me respetan y ¿sabes por qué? Porque saben que les podría partir las piernas en menos de lo que canta un gallo, así que ten cuidado con cómo te diriges a mí, mantente apartada de mi mundo y todo saldrá bien.

Lo escuché en silencio al mismo tiempo que planeaba la forma de plantarle cara.

—Es gracioso que seas tú el que me amenaza cuando la que podría chivarse a tu padre soy yo, ¿no te parece?

Nick apretó la mandíbula con fuerza y yo sonreí con suficiencia.

Noah uno, Nick cero.

—No quieras jugar a ese juego conmigo, Noah, créeme.

Ignorando lo mucho que me afectaba notar su mirada fija en mi rostro, me incliné para coger un poco de protección solar. Necesitaba tener las manos ocupadas.

—Entonces deja de esperar que te trate con un respeto que estás a años luz de merecerte —repuse muy seria—. ¿No quieres que cuente nada de lo que vi anoche? Pues entonces ahórrate tus comentarios y dile a tus amiguitos que me dejen en paz.

Antes de que pudiese contestarme, uno de los macarras salió de la piscina y se sentó junto a mí. Gotitas de agua provenientes de su cuerpo saltaron en mi dirección y me aparté molesta.

—¿Quieres que te ayude con eso? Puedo ponerte la crema por la espalda, guapa.

Miré a Nick fijamente.

—Lárgate, Hugo... Mi hermanita y yo estamos teniendo una conversación muy interesante —le ordenó sin apartar sus ojos de los míos.

Hugo se puso de pie sin que se lo tuviesen que repetir dos veces. Bien.

—¿Nos vemos esta noche? —preguntó antes de largarse. Nick asintió en silencio—. Las apuestas son altas, tío, tenemos que ganar estas carreras como sea.

Nicholas lo fulminó con la mirada y su respuesta captó mi interés. ¿Acababa de escuchar la palabra «carreras»?

—He dicho que te largues.

Hugo frunció el ceño, volvió a fijarse en mí y entonces pareció caer en la cuenta de que se acababa de ir de la lengua.

Cuando se fue con el resto de sus amigos, giré sobre mí misma y encaré a mi hermanastro.

—¿Carreras?

Nick volvió a colocarse las gafas y se recostó con la cabeza en dirección al sol.

—No preguntes algo de lo que no quieres saber la respuesta.

Me mordí el labio intrigada, pero tampoco iba a insistir. Los líos en los que Nicholas Leister estuviese metido no podían importarme menos...

O eso creía.

Por la tarde aproveché para pasar un tiempo con mi madre. Esa noche era la gala de la empresa de William y mi madre me había dicho que debíamos asistir todos en familia. No es que me hiciese especial ilusión, pero sabía que de esa no iba a poder librarme: William llevaba trabajando meses en este evento y se esperaba que estuviésemos allí.

Me encontraba sentada en un sofá que había dentro de su propio vestidor. La habitación nueva de mi madre era aún más impresionante que la mía. Decorada en tonos crema y con una cama de matrimonio inmensa, era tan imponente como una suite de un hotel de lujo y tenía dos vestidores en vez de uno. Nunca había llegado a creer que un hombre pudiese necesitar un vestuario para él solo, pero al ver los cientos de camisas, trajes y corbatas que había en el vestidor de William, me di por enterada.

Aquella noche sería muy importante para mi madre; obviamente, todos los amigos cercanos y los importantes magnates de la industria y del mundo de las leyes iban a estar allí y no todos habían tenido el honor de conocer a mi madre en persona. Estaba tan nerviosa que era gracioso verla.

—Mamá, vas a estar espectacular te pongas lo que te pongas. ¿Por qué no dejas de agobiarte?

Ella se volvió y me miró con una sonrisa radiante. Me quedé sin respiración al verla tan feliz.

—Gracias, Noah —dijo levantando un vestido blanco y verde para que lo pudiera ver—. Entonces, ¿este? —me preguntó por octava vez.

Asentí al mismo tiempo que volvía a pensar en aquella noche. Si Nicholas planeaba volver a largarse para meterse en algún problema, eso me dejaba a mí libertad de escabullirme igual que él... o eso, al menos, me decía para consolarme.

—Tu vestido también es una maravilla —afirmó mi madre y volví a ver aquella prenda en mi cabeza—. Por favor, no me pongas esa cara: no te vas a morir por arreglarte un poquito de más —agregó al ver que yo apenas sonreía.

—Lo siento —me disculpé con voz seria; últimamente mi humor era como una auténtica montaña rusa—. Pero ir a cenar y acudir a galas no es algo que me apetezca hacer en este momento.

—Será divertido, lo prometo —me aseguró intentando que me animara.

Pensé en Dan..., en lo mucho que le hubiese gustado verme con el vestido que llevaría esa noche... ¿De qué servía ponerme guapa si nadie que me importara iba a fijarse en mí?

—Seguro que sí... —respondí tragándome mi malestar—. Supongo que debería empezar a arreglarme.

Mi madre dejó lo que estaba haciendo y vino hacia mí.

—Gracias por hacer esto por mí, hija, significa muchísimo.

Asentí intentando sonreír.

—De nada —contesté dejando que me estrechara entre sus brazos. Me di cuenta de lo mucho que había necesitado ese contacto y más después de todo lo que había ocurrido la noche anterior. Me aferré a mi madre con fuerza y dejé que por unos instantes me hiciese sentir igual que cuando era pequeña.

8

NICK

Iba a tener que tener mucho cuidado con Noah. La noche anterior las cosas podrían haber acabado muy mal si mi padre llegaba a descubrir lo que había estado haciendo... Me preocupaba no saber cómo seguir manteniendo mi vida oculta ahora que ya no solo éramos dos personas viviendo en esa casa. Yo no dejaba que mis dos mundos se mezclaran, era muy cuidadoso con eso, más me valía.

Como siempre en esas fechas, se hacían las carreras ilegales en el desierto, y ese día después de la fiesta debía estar ahí. Era una locura: música rock, drogas, coches caros y carreras hasta que salía el sol o venía la policía, aunque casi nunca se entrometían, ya que las hacíamos en tierra de nadie. Las chicas se volvían locas, la bebida estaba en manos de todos y la adrenalina era el ingrediente perfecto para vivir la mejor noche de toda tu vida... Siempre que no fueras el contrincante, claro.

La banda de Ronnie siempre competía contra nosotros; el que ganaba se quedaba con el coche del perdedor, aparte del dineral que se jugaba en las apuestas. Eran peligrosos, yo lo sabía de primera mano y por ese mismo motivo todos confiaban en mí cuando se encontraba cerca. Ronnie y yo teníamos un trato amistoso que podía romperse tan fácilmente como quien rompe un papel y aquella noche tenía que estar tan alerta como me fuera posible, además de ganar las carreras como fuera.

Necesitaba asegurarme de que Noah no iba a irse de la lengua, y por eso me paré ante su puerta antes de que fuese la hora de salir hacia el hotel en donde se celebraría la fiesta.

Después de llamar tres veces y de esperar casi un minuto apareció frente a mí.

—¿Qué quieres? —me preguntó de malas formas.

La rodeé y entré en su habitación. Antes de que mi padre se casara con su madre, aquella habitación me había pertenecido.

—Esto era mi gimnasio, ¿sabías? —le dije dándole la espalda y acercándome a su cama.

—Qué pena..., el niño rico se queda sin sus máquinas —comentó burlándose; entonces me volví para encararla.

La observé detenidamente, en un principio para fastidiarla a medida que recorría sus curvas con mis ojos, pero después no pude más que admirar su cuerpo. Mis amigos tenían razón, estaba como un queso, y no sabía si eso era bueno o malo, teniendo en cuenta mi situación.

Llevaba un peinado de lo más elaborado: un moño recogido en lo alto de la cabeza con rizos que le enmarcaban el rostro de forma elegante y desenfadada. Lo que más me sorprendió, además del vestido azul claro que le llegaba hasta los pies y no dejaba mucho a la imaginación, fue lo maquillada que estaba: su piel parecía de alabastro y sus ojos, dos pozos sin fondo. Aunque no me solían gustar las chicas tan maquilladas, tuve que reconocer que sus pestañas parecían tan largas que me dieron ganas de acariciarlas con uno de mis dedos, y su boca... Ese color rojo carmín sería la perdición de cualquier hombre cuerdo.

Intenté controlar aquel deseo inesperado que me recorrió entero y le solté el primer comentario hiriente que fui capaz de imaginar.

—Estás pintada como una puerta —le dije y supe que le había molestado. Sus ojos echaron chispas y se sonrojó.

—Bueno, pues así vas a tener un motivo más para no tener que dirigirte a mí —me dijo dándome la espalda y cogiendo un collar de su mesilla de noche. Pude ver su espalda casi desnuda y la seda del vestido caer como si de agua se tratase.

Me acerqué a ella sin ni siquiera saberlo. Mis dedos ansiaban comprobar si su piel era tan suave como parecía...

—¿Qué estás haciendo? —me preguntó al notarme tras su espalda y volverse al mismo tiempo.

Ahora que la veía más de cerca pude comprobar que no había ni una sola peca a la vista.

Le quité el collar de las manos y lo levanté para que creyera que mi intención solo había sido ayudarla a ponérselo.

Me miró con desconfianza.

—Vamos, hermanita, ¿tan malo crees que soy? —le pregunté al mismo tiempo que yo me preguntaba qué demonios estaba haciendo.

—Eres peor —me contestó arrebatándome el collar. Sus dedos rozaron mi piel y sentí cómo se me ponía la piel de gallina.

«¡Joder!»

Me aparté, frustrado por lo que me estaba causando tenerla tan cerca... El deseo me embargaba y era de lo más incómodo sabiendo que no podía tocarla ni mirarla.

—Venía a asegurarme de que no te irás de la lengua esta noche —dije observando cómo se colocaba el collar ella sola y admirando su destreza.

—¿Irme de la lengua con qué? —me contestó haciéndose la tonta.

Di un paso en su dirección y la fragancia de un dulce perfume impactó en mis sentidos.

—Sabes que esta noche tengo cosas que hacer después de la gala y no quiero que sueltes ningún comentario ingenioso cuando le diga a mi padre que debo marcharme.

—Marcharte porque tienes que *trabajar* en un caso, ¿me equivoco?

Sonreí satisfecho.

—Lo has pillado. Genial. Adiós, hermanita.

—No tan rápido, Nicholas —dijo tras mi espalda. Me detuve a unos pasos de la puerta y apreté la mandíbula con fuerza cuando noté un cosquilleo en el estómago al oírla decir mi nombre en voz alta—. ¿Qué saco yo de todo esto?

Cuando me volví para encararla, una sonrisa de suficiencia surcaba su bonita boca en forma de corazón.

—Sacas que no decida invertir mi tiempo en hacerte la vida imposible.

Noah enarcó una ceja perfecta.

—No veo cómo harías eso.

Di un paso en su dirección.

—Créeme, no quieras averiguarlo.

Noah me sostuvo la mirada sin ni siquiera pestañear.

—Si tú te largas de esa fiesta, me llevarás contigo. No hay cosa que me apetezca menos que estar rodeada de gente que no conozco en una fiesta que ni me va ni me viene.

—Lo siento, Pecas, pero como habrás deducido el trabajo de taxista no va conmigo —le contesté señalando mi elegante atuendo con los ojos.

—Pues busca una excusa que nos incluya a los dos, porque no voy a hacer de hija perfecta mientras tú te largas a unas carreras de coches ilegales.

Mierda, el solo hecho de escucharlo de sus labios me ponía nervioso, joder.

—Está bien, supongo que puedo inventarme algo —convine solo para tenerla contenta. Cuando tuviese que irme, ella ni se daría cuenta.

Noah frunció el ceño con sus ojos color miel clavados en los míos.

—Es increíble cómo has conseguido engañar a todo el mundo... ¿Sabías que mi madre te había descrito como el hijo perfecto?

—Soy perfecto en muchos aspectos, amor —aseveré sin poder evitar disfrutar con la conversación. Discutir con esta chica era de lo más estimulante—. Cuando quieras te lo demuestro.

Noah puso los ojos en blanco y me miró con superioridad. Normalmente no me podía quitar a las chicas de encima, con una mirada ya las tenía pegadas a mi cuerpo deseosas de complacerme. Me había ganado una reputación a pulso, las mujeres me respetaban y me adoraban al mismo tiempo; yo las complacía y ellas me dejaban mi espacio. Siempre había sido así, desde que tenía catorce años y descubrí lo que las mujeres son capaces de hacer ante un rostro y un cuerpo atractivo. Y allí estaba Noah, que me desafiaba a cada momento y ni se inmutaba ante mi presencia.

—¿Eso le dices a las chicas para llevártelas a la cama? —me preguntó con altanería—. Conmigo no va a funcionar, así que ya te puedes ir ahorrando tus esfuerzos —agregó y, al comprender a qué se estaba refiriendo, sentí una presión incómoda en los pantalones.

Por un instante me había imaginado quitándole aquel vestido y haciéndole todas las cosas que sabía que volvían locas a las mujeres... Sería divertido enloquecer a Noah hasta que gritara mi nombre sin parar...

«Mierda.»

—No te preocupes por eso: me van las mujeres, no las crías con trenzas y pecas.

—Yo nunca llevo trenzas, idiota.

Solté una carcajada, intentando relajarme. Joder, ahora quería verla con trenzas.

—Bueno, supongo que tenemos un trato —afirmé con la intención de largarme de allí de inmediato.

Noah soltó una risa seca.

—Si venir aquí dando órdenes para ti es un trato...

—Veo que vas pillando mi rollo. Adiós, hermanita.

Recibí una mirada glaciar en respuesta, pero salí sin volver a mirar atrás. Ya afuera, me apoye contra la pared. Maldita sea, nunca me había descontrolado de aquella forma. Me sentía... expuesto, como un crío de trece años...

Me quité aquellos pensamientos de mi cabeza y saqué mi móvil.

Me paso por tu casa antes de la fiesta.

Dicho esto, caminé por el pasillo hasta las escaleras.

Necesitaba desahogarme antes de enfrentarme a aquella noche y la mejor para eso era Anna.

Veinte minutos más tarde me encontraba ante su puerta. Anna era mi tapadera perfecta para acontecimientos como los de aquella noche. Era hija de uno de los banqueros más importantes de Los Ángeles y nuestros padres se conocían de la universidad. Anna había crecido torturándome a medida que se iba desarrollando y yo me había dejado a su merced cuando era un crío y no tenía ni idea de cómo tratar a una mujer.

Habíamos aprendido juntos, y ambos sabíamos lo que nos gustaba del otro. Además, nunca me exigía explicaciones ni me desafiaba.

Por ese motivo la arrastré de vuelta a su habitación cuando se acercó a abrirme la puerta.

—¿Qué haces? —me preguntó cuando cerré la puerta con pestillo y la cogí entre mis brazos.

—Follar, ¿qué te crees? —le contesté tirándola sobre la cama.

Anna sonrió y comenzó a subirse el vestido de forma provocativa. Al contrario que Noah, ella llevaba el pelo suelto y un vestido tan corto que no me hizo falta moverlo mucho para llegar a donde me interesaba.

—Vamos a llegar tarde —se quejó acercando su rostro al mío y besándome en la boca.

—Sabes que me importa una mierda —le respondí al mismo tiempo que la llevaba hasta el éxtasis y yo alcanzaba la calma que tanto había deseado desde que aquella bruja con pecas había llegado a mi vida.

Quince minutos después estaba colocándome la corbata al mismo tiempo que me encendía un cigarrillo en el balcón de Anna.

Ella apareció junto a mí, con el vestido otra vez en su sitio, el pelo bien peinado y los labios hinchados por los besos que nos habíamos dado.

—¿Cómo estoy? —me dijo pegándose a mi cuerpo provocativamente.

La observé con detenimiento. Era guapa y tenía buen cuerpo. Su pelo era marrón oscuro al igual que sus ojos... Siempre me había intrigado por qué Anna no tenía un novio formal, era lo suficientemente guapa para tener a quien quisiera y en cambio... allí estaba, perdiendo el tiempo con alguien como yo.

—Muy buena —le respondí dando un paso hacia atrás. Necesitaba unos instantes de tranquilidad, acabarme el cigarrillo y mentalizarme para lo de aquella noche.

—¿Estás nervioso por lo de Ronnie? —me preguntó al mismo tiempo que se apoyaba contra la barandilla y me observaba en la distancia. Ella entendía cuándo necesitaba mi espacio, cuándo quería estar solo. Por esos motivos era a ella a la que volvía una y otra vez.

Le di una calada al cigarro y expulsé el humo con tranquilidad.

—No estoy nervioso —admití—. «Irritado» sería la palabra.

Ella me observó con curiosidad.

—¿Tu madrastra? —preguntó. Ella estaba al corriente del nuevo matrimonio de mi padre y al tanto de lo poco que toleraba aquella situación, aunque intentaba ocultarlo lo mejor que podía.

—Su hija —puntualicé apagando el cigarrillo con la suela de mi zapato.

Ella elevó las cejas y me observó con interés.

—No sabe quién soy ni lo que puedo hacer —le expliqué.

—¿Quieres que se lo deje claro? —me propuso y solo imaginar a Noah y a Anna enfrentándose entre sí me causó risa a la vez que irritación.

—No. Solo necesito que permanezca con la boca cerrada y se mantenga al margen de mis cosas —aseveré volviéndome hacia ella.

Ella asintió y sonrió.

—¿No quieres llevarla por el mal camino? —me planteó y, por un instante, me vi tentado de hacerlo.

—Más bien pretendo *alejarla* de él. No quiero que me dé más problemas como los de anoche —especifiqué.

El viento sacudió el pelo de Anna y pude observar su cuello. Me aproximé a ella y se lo aparté con suavidad. Entonces mi cerebro buscó algo que allí no había: el tatuaje, el tatuaje del nudo no estaba allí, y en ese momento deseaba besar aquel tatuaje...

Me aparté de ella, dejándola con ganas de más.

—Vámonos —la insté encaminándome hacia la puerta—. Llegamos tarde.

—Creía que te importaba una mierda —me dijo Anna un poco molesta.

—Y así es —contesté, aunque por un instante no supe a qué me estaba refiriendo.

9

NOAH

En cuanto Nick se fue me senté en mi cama para recuperar el aliento. «Carreras»... Dios mío, ese sí que era mi punto débil. Había sido una de las pocas cosas que había heredado de mi padre y los pocos momentos que había disfrutado de su compañía. Recuerdo haber estado sentada en el suelo junto a sus pies mientras daban las competiciones de coches Nascar por la televisión... Mi padre había sido uno de los mejores pilotos de su época, hasta que todo se estropeó...

Podía ver la cara de mi madre cuando me prohibió terminantemente volver a tener algo que ver con los coches, las carreras y ese mundo. Con solo diez años ya sabía conducir casi a la perfección, y cuando me crecieron las piernas lo suficiente para llegar a los pedales mi padre me dejó correr con él. Fue una de las experiencias más alucinantes de mi vida: aún puedo recordar la euforia de la velocidad, la arena pegándose a los cristales y entrando en el coche, el chirrido de las ruedas... Pero, sobre todo, la tranquilidad mental que me generaba. Correr hacía que todo lo demás no me importara; solo estábamos el coche y yo: nadie más.

Pero eso era agua pasada... Mi madre me había prohibido terminantemente volver a acercarme a un coche de carreras y fue algo que simplemente tuve que aceptar por mucho que lo echara de menos.

Con un suspiro me incorporé y cogí mi teléfono, que no dejaba de vibrar. Mis amigos no parecían echarme de menos. Aquella noche iban a otra fiesta y ni siquiera se habían dado cuenta de que yo seguía en el grupo de chat, donde podía leer todos los detalles sobre la bebida, la gente y lo que se iban a meter todos aquella noche.

Sentí un pinchazo de dolor y de irritación también. Dan aún no me había llamado; yo ansiaba escuchar su voz, hablar como hacíamos antes de que me marchara, horas y horas... ¿Por qué no me llamaba? ¿Se había olvidado de mí?

Con esos pensamientos salí de mi habitación para encontrarme con mi madre y Will en el vestíbulo. Él lucía un esmoquin y parecía un actor de Hollywood con su elegancia y aquel porte que, para mi desgracia, había heredado también su hijo. He de admitir que, cuando había visto a Nick con aquel traje negro y la camisa blanca, había tenido que contener las ganas de abrir los ojos de forma desmesurada y sacarle una foto. El tío estaba más que bueno, eso tenía que reconocerlo, pero ahí se acababa cualquier cosa positiva respecto a él... No obstante, me había sorprendido que estuviera metido en carreras de coches... Al fin y al cabo compartíamos algo más que nuestro tatuaje.

Mi madre estaba espectacular. Aquella noche acapararía todas las miradas y con razón.

—Noah, estás preciosa —declaró mi madre con la cara resplandeciente, claro que ella era mi madre, siempre iba a estar preciosa a sus ojos.

Will me observó detenidamente y frunció el ceño. Me sentí incómoda al instante.

—¿Pasa algo? —pregunté sorprendida y molesta al mismo tiempo. No se iba a poner a decirme que me tapara, ¿no? Que lo pensara yo, tenía un pase, pero que me lo dijera él... No sé qué sería capaz de contestarle.

Él relajó el rostro.

—¡Qué va, estás guapísima...! —repuso y volvió a fruncir el ceño.

—Espera, solo un retoque —dijo mi madre, rebuscando en su bolso y sacando un pequeño espray y rociándome con él los hombros desnudos y el escote—. Así brillarás todavía más.

Puse los ojos en blanco y me dejé hacer. Mi madre pensaba que todavía era una niña pequeña con trenzas, como bien había dicho Nicholas.

Salimos a la calle, donde nos esperaba una flamante limusina. Abrí los ojos con sorpresa y hastío. Claro, ¿qué otro coche nos iba a esperar? No sé por qué me sorprendía, pero no terminaba de acostumbrarme a aquella vida de pijos.

Ellos se sirvieron copas de champán y, para sorpresa y alegría mía, me ofrecieron una copa, que vacié y rellené casi al instante sin que ellos se dieran cuenta. Si quería superar aquella noche iba a tener que tomarme varias copas como esa.

Nicholas se había ido por su cuenta y envidié la libertad que tenía de ir y hacer lo que le diera la gana. Iba a tener que buscarme un empleo pronto si pretendía comprarme un coche. No pensaba depender de nadie para poder moverme a mi antojo.

Saqué el móvil de mi pequeño bolso y observé que no tenía ninguna llamada perdida de Dan ni tampoco mensajes en el chat. Respiré hondo varias veces y me dije a mí misma que ya llamaría, que seguramente le había ocurrido algo a su teléfono o Dios sabe qué, y que por eso no había podido marcar los dichosos números y hablar conmigo.

De ese humor tan genial estaba cuando llegamos a la entrada del hotel. Para mi sorpresa, muchos fotógrafos estaban apostados allí esperando para inmortalizar el momento en el que William Leister expandía su gran empresa y con ello su gran fortuna. Me sentía tan fuera de lugar que habría salido corriendo si aún no llevara puestos aquellos tacones de infarto.

—Nicholas tendría que estar ya aquí —comentó William en tono serio—. Sabe que la foto familiar se toma al inicio de la fiesta —agregó y, por primera vez desde que lo conocía, lo vi enfadado de verdad.

Nos quedamos esperando por lo menos diez minutos dentro de la limusina, mientras la gente gritaba que saliéramos para poder hacernos fotos. Era ridículo que estuviéramos allí metidos, aunque supuse que a la gente millonaria le importaba un comino hacer esperar a cientos de fotógrafos e invitados para poder sacar una maldita foto.

Entonces se escuchó un auténtico alboroto. Los fotógrafos movieron sus cámaras y comenzaron a gritar el nombre de mi hermanastro.

—¡Ya está aquí! —exclamó William entre aliviado e irritado—. Vamos, cariño —le dijo a mi madre mientras nos abrían la puerta.

En cuanto bajé del coche pude ver cómo todas las cámaras cegaban prácticamente a Nick y a su acompañante. Era como si fueran famosos de la tele y lo parecían la verdad.

¿Cómo era posible que tanta gente supiera su nombre?

Nuestros ojos se encontraron. Yo lo observé con indiferencia, aunque volví a maravillarme por su aspecto; en cambio, él me fulminó con sus ojos claros y se volvió hacia su novia, amiga, amante o lo que fuera. Le dio un beso en los labios, y las cámaras se volvieron locas.

En cuanto se separaron las cámaras comenzaron a gritar y a pedir más fotos.

—Anna, ¿cómo estás? —saludó Will a la amiga de Nicholas al tiempo que fulminaba a su hijo con la mirada—. Si no te importa, tenemos que hacernos unas fotos familiares, pero estaremos contigo dentro de unos minutos. —Will la echó muy educadamente.

Anna me observó detenidamente unos instantes; estaba claro que aquella chica me detestaba y seguramente era por las cosas horribles que le habría contado Nicholas sobre mí. Porque yo aún no había tenido el placer de conocerla.

Ignorándola, me acerqué a mi madre para que nos hicieran la maldita foto de una vez. Nos colocaron detrás de un photocall, con anuncios de Dios sabe qué y los flashes me cegaron momentáneamente.

Cuando mi madre se casó con uno de los mejores y más importantes empresarios y abogados de Estados Unidos, no me sorprendió que me contara que de vez en cuando salía en los periódicos o en las revistas, pero aquello era una completa locura. Leister Enterprises se leía por todas partes e incluso llegué a ver a más de una persona famosa de verdad. Estaba alucinando del todo hasta que creí ver a Johana Mavis en una esquina, ataviada con un vestido chulísimo.

—Dime que la que está ahí no es mi escritora preferida —dije cogiendo a quien estaba junto a mí pensando que era mi madre. Mis manos dieron con un antebrazo demasiado duro para ser de ella.

—¿Quieres que te la presente? —me contestó Nicholas haciéndome desviar la mirada hacia él. Le solté el brazo de inmediato, al mismo tiempo que abría los ojos con incredulidad.

—¿La conoces? —le pregunté sin podérmelo creer.

—Sí —asintió como si nada—. Los bufetes de mi padre llevan muchos casos de los famosos de Hollywood; desde que era un crío he conocido a más estrellas que cualquier persona que viva en Los Ángeles. Los famosos les toman cariño a los abogados que los salvan de la cárcel en contadas ocasiones.

Cogí una copa de champán de un camarero que pasó por delante de nosotros con un nerviosismo renovado en la boca del estómago.

—¿Y tu novia? —indagué para distraerme—. No la habrás dejado sola después de aquella demostración de amor en público, ¿verdad?

Él frunció el ceño y sus ojos brillaron enfadados.

—¿Quieres que te la presente o no? —me preguntó cabreado y con dureza al mismo tiempo.

—No hace falta ni que preguntes, claro que quiero, soy fan de Johana desde que tengo uso de razón, ha escrito los mejores libros de la historia —le dije, divertida por su actitud. ¡Vaya manera de hacerle un favor a alguien!

—Ven y no te pongas a chillar como una posesa, por favor.

Lo fulminé con la mirada mientras nos acercábamos hacia ella. Ay, Dios mío... La cara de Johana se transformó en una gran sonrisa cuando Nick se le acercó para saludarla.

—¡Nick, estás genial! —exclamó dándole un abrazo. Si ya estaba flipando, ahora estaba que me caía de culo.

—Gracias, tú estás increíble, como siempre. ¿Has visto ya a mi padre? —le preguntó mientras yo analizaba cada uno de sus movimientos y me los grababa en la memoria. Lo que daría por tener una cámara de fotos en aquel momento.

—Sí, y le he dado la enhorabuena —respondió riendo—. Nos hacen falta más abogados como él...

Después de esa breve conversación Nicholas se volvió hacia mí.

—Johana, te presento a tu mayor fan: mi hermanastra Noah, aunque puedes llamarla Pecas —le dijo riéndose de mí, pero me dio exactamente igual, la verdad.

Ella me sonrió con ganas y yo solté lo primero que se me pasó por la cabeza.

—Eres increíble, amo tus libros —declaré con voz temblorosa. Genial, tantos años ensayando mentalmente frases para decirle y ahora solo se me ocurría la típica frase de fan estándar.

A mi lado Nicholas intentó no reírse de mí, aunque pude ver la risa en sus ojos.

—Gracias —contestó y entonces me dio un abrazo... un ABRAZO, ¡¡a mí!!

—¿Quieres una foto? —me preguntó cogiéndome para que me pusiera a su lado.

—¡Ay, Dios...! Pero no tengo cámara —admití mirando a Nicholas con horror.

Él se rio de mí.

—Por Dios, Noah, ¿para qué están los móviles?

Sonreí y me di cuenta de lo ida que estaba.

Ella me pasó un brazo por los hombros. Nick apuntó con su iPhone y el mejor momento de mi vida quedó inmortalizado.

—Muchas gracias —le dije alucinada mientras me volvía para observarla una vez más.

—De nada, guapa —me respondió, sonrió y luego se marchó con su acompañante.

—Me debes una muy grande, hermanita —me advirtió Nick mientras se guardaba el teléfono en el bolsillo y se inclinaba para seguir hablándome al oído—: Una como seguir manteniendo la boca cerrada.

Sentí un escalofrío recorrerme la espina dorsal cuando noté su aliento sobre mi cuello. Me daba igual en qué estuviese metido, no podía dejar de sonreír...

Hasta que mi móvil vibró. Abrí el mensaje pensando que sería la foto con Johana y entonces todo se vino abajo.

Mi corazón se paralizó..., mis manos comenzaron a temblar y sentí un fuerte calor recorrerme la columna. Aquello no podía ser cierto.

Me habían mandado una foto, sí... una foto de Dan enrollándose con una chica, con una chica que yo conocía más que a mí misma.

—No me lo puedo creer... —susurré con dolor. Sentí aquel nudo en la garganta, aquel que indicaba que si pudiera ahora mismo estaría derramando todas las lágrimas que llevaba guardando años dentro de mí.

—¿Qué pasa? —me preguntaron entonces. Me percaté de que Nick seguía a mi lado y de que seguramente había visto la foto en la pantalla de mi teléfono.

Sentí cómo se me aceleraba la respiración, la traición, el dolor, el engaño... Necesitaba salir de allí.

Le estampé el teléfono en el pecho y salí por la puerta que había en una esquina del salón... Necesitaba aire fresco, necesitaba estar sola...

¿Cómo podía hacerme esto? ¿Cómo podía ella? Me sentía como la persona más estúpida y humillada del planeta... Era mi mejor amiga. ¿Qué estaba haciendo? ¿Qué se le pasaba por la cabeza?

Entré en los lavabos del hotel y me acerqué hasta el espejo. Me apoyé en la encimera y bajé la cabeza, mirándome los pies.

«Tranquila..., tranquila... No te derrumbes, no ahora, no llores, no se lo merece...»

Levanté la cabeza y miré mi reflejo. ¿Qué me dolía más? ¿Que el primer chico al que quería me hubiese engañado o que la chica con la que lo había hecho fuera mi mejor amiga?

«Beth... ¡Beth!»

Quería gritarle a alguien, quería pegarle a algo, necesitaba descargar toda aquella rabia acumulada, necesitaba hacer algo porque, si no, estallaría en mil pedazos... Justo cuando todo mi mundo se estaba desmoronando poco a poco, cuando estaba completamente sola en una ciudad nueva, sin amigos, sin nadie que me conociera, sin nadie a quien le importara...

«Cabrón, hijo de...», respiré hondo varias veces intentando calmarme. Se iba a enterar de lo que era capaz de hacer.

Cuando me hube tranquilizado volví a la sala donde todos estaban comiendo canapés y hablando alegremente de cosas sin importancia. No se daban cuenta del dolor que sentía en ese instante, de las ganas terribles que tenía de gritarles a todas aquellas personas superficiales que no tenían ni idea de lo que era sufrir de verdad, de las ganas terribles de pegarle un empujón a todas aquellas copas de champán.

«Champán... Buena idea.» Me fui directa hacia la barra.

Un chico de aspecto mexicano, encargado de servir cócteles, se me acercó mientras se limpiaba las manos en un trapo húmedo.

—¿Qué le pongo, señora? —me preguntó y aquello me hizo poner los ojos en blanco y soltar una carcajada sarcástica.

—Por favor, tengo diecisiete años y tú más de lo mismo, no me hables como si fuera una de estas pijas estiradas —le contesté cortante. Para mi sorpresa soltó una carcajada alegre.

—Para decir eso pareces muy integrada —repuso mirando hacia los multimillonarios que se divertían a mis espaldas.

—Por favor, ni siquiera insinúes que me parezco a ellos —repliqué cortante—. Si estoy aquí es porque la insensata y loca de mi madre ha decidido casarse con William Leister, no porque sea mi lugar preferido en el mundo —agregué y, acto seguido, me bebí la copa de champán de un solo trago; se la devolví al camarero para que me la rellenara.

—Espera un momento... —dijo mirando hacia atrás y luego clavando sus ojos en los míos—. ¿Eres la hermanastra de Nick? —me preguntó alucinando.

«Oh, por Dios, otro amiguito de ese capullo no, por favor.»

—La misma —contesté esperando impaciente a que me sirviera y así poder sumirme en mi miseria.

—Te compadezco —confesó entonces, rellenando mi copa por fin. Mi humor pareció variar a mejor. Cualquiera que odiara a Nick entraba directamente en mi lista de gente preferida en el mundo.

—¿De qué lo conoces, aparte de su indudable fama de capullo y prepotente? —inquirí mirándolo con curiosidad.

—No creo que quieras saberlo —respondió volviendo a rellenarme la copa, esta vez sin necesidad de pedírselo.

A ese paso iba a emborracharme antes de que fuera medianoche.

—Si te refieres a las carreras, ya lo sé —le expuse y entonces me di cuenta de las muchísimas ganas que tenía de ir allí. ¿Iba a quedarme sentada en esa sala rodeada de gente que no conocía pero que odiaba con todas mis fuerzas? ¿Iba a dejar de hacer lo que más me gustaba porque mi madre me lo hubiese pedido? ¿Acaso ella me había preguntado cuando decidió tirar nuestras vidas por la borda? Si no me hubiera marchado, seguramente aún tendría novio y mejor amiga... o a lo mejor eso había sido lo que me había hecho falta para descubrir la verdad.

—Voy a ir a esas carreras y tú me vas a llevar —le dije y sentí aquel cosquilleo en el cuerpo, aquel que me indicaba que estaba haciendo algo malo, aquel que era liberador y arriesgado, aquel que me decía que no iba a ser la chica buena que todo el mundo esperaba que fuera.

Aquella noche iba a hacer lo que me diera la gana y, si de paso me vengaba de aquella traición, mejor que mejor.

10

NICK

La observé alejarse sin entender absolutamente nada y entonces me fijé en el mensaje que había debajo de la foto:

> Esto pasa cuando te vas de la ciudad. ¿De verdad te pensabas que Dan iba a esperarte para siempre?

¿Quién cojones era Dan? ¿Y quién era la imbécil de Kay, que le mandaba un mensaje como aquel?

Sin importarme lo más mínimo abrí la carpeta de fotografías de su móvil. Allí había un montón de fotos con una chica morena, que si no me equivocaba era la misma de la foto, y después de unas cuantas con amigos y en lo que parecía su instituto vi la foto que estaba buscando.

El tío ese, Dan, le cogía el rostro con las manos a Noah y la besaba mientras ella no podía aguantarse la risa, seguramente al saber que le estaban haciendo la fotografía... Le habían puesto los cuernos...

Bloqueé el teléfono y me lo metí en el bolsillo. No tenía ni la menor idea de por qué sentía ganas de tirar aquel aparato a las profundidades del océano ni por qué me cabreó tanto aquella fotografía de Noah besando a ese cabrón, pero lo que sí entendía eran las ganas terribles de partirle la cara al primero que me tocara los cojones esa noche.

Me dirigí hacia la mesa en la que habían colocado un papelito con mi nombre, con Noah a un lado y Anna al otro. Frente a mí se sentaba mi padre y, a su lado, su mujer; también había dos matrimonios más cuyos nombres no podía recordar, pero a los que sabía que debía mostrarles la versión del encantador y perfecto hijo de William Leister.

No habían pasado ni dos segundos desde que me había sentado cuando Anna apareció a mi lado. Sentí su perfume nada más sentarse y me incliné sobre la mesa para beberme el vino rojo sangre que habían servido en casi todas las copas.

—¿Y tu hermanita? —me preguntó despectivamente.

—Llorando porque le han puesto los cuernos —le contesté secamente sin pensar.

A mi lado, Anna soltó una carcajada y me irritó bastante.

—No me extraña, es una cría —comentó con una nota de desprecio en la voz.

La observé unos instantes analizando su contestación. Era mucha inquina para haberla conocido dos segundos, aunque no le hizo mucha gracia haber visto cómo me pegaba un puñetazo la noche anterior.

—Háblame de otra cosa porque bastante tengo ya con aguantarla en mi casa —le dije volviendo a colocar mi copa sobre la mesa.

Sin ni siquiera darme cuenta comencé a buscar a Noah por la sala. La mayoría de los invitados ya habían tomado asiento cuando la divisé junto a la barra que había en la otra punta de la misma. Se quedó esperando hasta que un camarero se acercó a ella.

Me puse de pie en cuanto vi de quién se trataba. Caminé hacia allí con paso firme, decidido a evitar por todos los medios que Mario conociera a mi nueva hermanastra, pero en cuanto la alcancé escuché lo último que le estaba diciendo.

—Te veo en la puerta en cinco minutos...

—En cinco minutos vas a estar sentada en la limusina esperando para volver a casa —la interrumpí colocándome a su lado y fulminando a Mario con la mirada.

—Hola a ti también, Nick —saludó con una sonrisa.

—Déjate de chorradas —la corté—. ¿Qué coño estás haciendo?

Mario pertenecía a mi pasado, no podía dejar que conociera a Noah:

era demasiado arriesgado. Él sabía exactamente lo que estaba pensando y por eso mismo no había dudado ni un segundo en camelarla.

—No todo tiene que ver contigo, Nicholas —repuso Noah y tuve que controlarme para no obligarla a cerrar el pico—. ¿Puedes devolverme mi teléfono? —me pidió volviéndose hacia mí con la palma de la mano hacia arriba.

La observé fijamente. Ni rastro de la humedad que había visto en sus ojos antes. Nada. Estaba fría como el hielo.

—Es para hoy, no para el año que viene —agregó impaciente.

Estaba llegando a mi límite aquella noche. Mario soltó una risotada al mismo tiempo que levantaba las manos como si se estuviera rindiendo.

—Yo no me metería con ella, tío —me advirtió como si la conociera de toda la vida.

—Noah, déjate de chorradas, ni siquiera lo conoces —le dije intentando razonar con ella mientras me sacaba el móvil del bolsillo y se lo tendía con más ímpetu del necesario.

—¿Y a ti sí? —replicó frunciendo el ceño con incredulidad—. Además, para tu información, voy a ir a esas carreras que tanto empeño pones para mantener en secreto —me anunció a continuación.

Abrí los ojos, miré a ambos lados y di un paso en su dirección.

—¿Qué te has fumado, niña? —dije perdiendo los nervios—. No vas a poner ni un solo pie en ese lugar, ¿me has oído?

Noah no se dejó amilanar por mis palabras.

—Puedo ir y no decir nada sobre lo que *vamos* a hacer esta noche, o puedo quedarme aquí y contarle todo a tu padre, tú decides.

«¡Joder!»

No entendía a qué venía esa actitud: su novio la engañaba, cualquier chica normal y corriente habría estado hecha polvo o llorando por las esquinas... ¿y su reacción era tocarme las narices?

Estaba cansado de todo esto, no podía seguir estando pendiente de ella.

Les di la espalda y regresé a mi mesa. Mi mayor preocupación era que mi padre terminara enterándose de las cosas que hacía fuera de casa. Siempre había procurado mantener mi vida familiar apartada de otras esferas de mi vida y ahora me habían metido a una niñata irascible a la que no solo le importaba un pimiento lo que le dijera, sino que se había propuesto meterse en mis asuntos.

Me puse de pie una hora después y me dirigí hacia la barra, donde mi padre y su nueva mujer bebían y charlaban animadamente con una pareja de amigos.

En cuanto me vio acercarme, él me sonrió y al llegar a su lado me dio una palmadita en el hombro. Aquellos gestos me molestaban. Necesitaba mi espacio y que fuera mi padre el que lo rompiera me molestaba aún más.

—¿Os vais ya? —me preguntó sin ningún tono de reproche. Bien, eso significaba que me podía marchar sin problemas.

—Pues sí —le contesté dejando mi copa sobre la mesa de la barra—. Mañana tengo que levantarme temprano para seguir trabajando en el caso —añadí.

Mi padre mostró su conformidad con un gesto de la cabeza.

—Noah ya se ha marchado a casa, así que si tú estás también cansado, puedes irte.

Asentí satisfecho y me alejé de la fiesta con Anna a mi lado.

11

NOAH

Mi mente estaba completamente nublada, lo único que parecía importarme era devolvérsela, y devolvérsela a lo grande. En aquel instante no podía pensar en otra cosa que no fuera la boca de Dan unida asquerosamente a la de Beth. Solo de imaginármelo me entraban ganas de vomitar, solo de pensarlo mi mente lo veía todo rojo. Nublada y ciega por el intenso sentimiento del odio, el dolor y unas profundas ganas de venganza.

Estaba en mi habitación, desnudándome mientras al otro lado de la pared un chico que había conocido hacía apenas dos horas esperaba pacientemente sentado en mi cama a que terminara de cambiarme de ropa. No podía ir a aquellas carreras con un vestido de gala y menos aún con tacones de veinte centímetros. Me quité absolutamente todo y me puse unos pantalones cortos vaqueros, una blusa negra de tirantes y unas sandalias normalitas. Sabía perfectamente que no podía ir como una mojigata a un lugar como aquel, por eso me alegré de, en contra de todas mis costumbres, haber dejado que aquella noche me maquillaran en exceso. Me fui quitando lo más rápido posible aquellas horribles horquillas que me daban dolor de cabeza —¡llevaba por lo menos cien!— y con ellas también me arranqué pelos rizados y largos... Frustrada, me recogí la melena en una cola de caballo.

En mi mente solo se dibujaba una imagen: yo enrollándome con el tío más macarra y buenorro del lugar. De esa forma me sentiría satisfecha, me sentiría menos utilizada, menos engañada y, sobre todo, menos idiota, aunque en el fondo de mi alma supiera que nada de aquello podría borrar la realidad: estaba completamente destrozada y apenas podía mantener unidos los cachitos en los que se había roto mi corazón.

¿Le habría contado Beth a Dan todas las cosas que le había confesado...? ¿Se habrían estado riendo de mí mientras yo intentaba dar lo máximo en mi primera y única relación? ¿Lo tenían planeado?

Respiré hondo intentando acallar todos aquellos sentimientos y pensamientos dolorosos.

Salí de mi vestidor y comprobé qué efecto tenía mi aspecto en Mario, el camarero que acababa de conocer, a quien se le agrandaron los ojos de admiración.

—Estás guapa —me dijo con una sonrisa divertida y se la devolví sin mucho entusiasmo. Aquella noche no estaba para cumplidos tontos ni para nada que se le pareciera.

—Gracias —le contesté al mismo tiempo que cogía mi bolso de la cama y me encaminaba hacia la puerta—. ¿Vamos?

Mario se puso de pie y me dirigió una mirada divertida cuando salíamos de mi habitación. Poco después nos metíamos en su coche.

Media hora más tarde, Mario se desvió por una carretera secundaria rodeada de campos secos y arena roja y anaranjada. A medida que nos íbamos alejando más y más comencé a dejar de oír los coches de la autopista para oír en su lugar una música repetitiva y cada vez más fuerte.

—¿Has estado alguna vez en algo como esto? —me preguntó Mario, que conducía con una mano en el volante y la otra cómodamente apoyada en el respaldo de mi asiento.

—He estado en bastantes carreras, sí —le respondí en tono un poco antipático.

Él me observó unos instantes y luego volvió a fijarse en la carretera. Entonces pude ver a lo lejos a un montón de gente y unas luces como de neón alumbrando una zona desierta repleta de coches aparcados de cualquier manera.

La música era ensordecedora, y cuando llegamos, vi a gente de entre veinte y treinta años bebiendo, bailando y comportándose como si esa fuese la última fiesta de sus vidas.

Mario detuvo el coche en un sitio bastante cerca de donde la mayoría de la gente se encontraba y se bajó de él esperando que yo hiciese lo mismo. Lo hice, sin dejar de observar fijamente lo que me rodeaba.

—¿Dónde me has traído? —no pude evitar preguntarle a mi acompañante. Este, a mi lado, soltó una carcajada.

—No te preocupes, estos son espectadores, los que importan aquí son aquellos de allí —dijo señalando hacia la izquierda, a un gran grupo de chicos y chicas que se recostaban contra los capós de unos coches impresionantes, tuneados de mil formas y de cuyos maleteros surgía una música igual de horrible que la que atronaba donde yo estaba.

Me fijé en que abundaban las prendas de ropa fluorescente. La poca iluminación —generada en su mayoría por luces blancas— hacía que aquellas prendas brillaran en la oscuridad de la noche. Es más, muchas mujeres tenían incluso pintados los cuerpos y las caras con elaborados dibujos hechos con ese tipo de pintura.

—Has pensado hasta en los detalles, ¿eh? —me comentó Mario y yo le miré sin comprender.

Me señaló el cuerpo y entonces entendí a lo que se estaba refiriendo. Aquel producto que mi madre me había echado por los brazos, el cuello y el pelo, ahora brillaba como miles de puntitos fluorescentes sobre mi piel clara. Estaba ridícula.

—No tenía ni idea, te lo aseguro —repuse y él soltó una carcajada.

—Mejor que la tuvieses, aquí no puede venir cualquiera y no es por ofender, pero tú eres... un poco más recatada que la mayoría de las personas que hay aquí —me dijo observando mis pantalones cortos y mi sencilla blusa negra.

¡Y tanto que era recatada! A aquellas chicas lo único que les faltaba para estar completamente desnudas era quitarse aquellas minifaldas exageradamente cortas o la parte superior de los biquinis que usaban como tops.

—No sé si sabes lo que venimos a hacer aquí, pero en estas cosas siempre hay bandas y grupos. Tu hermano es el líder de una y hoy es muy importante para todos que gane las carreras contra Ronnie —me iba informando Mario mientras nos íbamos acercando hacia donde estaban los grupos con coches caros.

¿Nick era el líder de una banda? Aquello era de lo más inesperado, pero no me sorprendía. Con lo poco que sabía de él, me cuadraba que estuviera metido en algo así. Era violento, duro y atemorizador, y todo ello lo escondía con una facilidad pasmosa siempre que estuviera rodeado de su entorno de nacimiento; ¡por el amor de Dios!, era un niño rico, y en su mundo estas cosas no pasaban... ¿Qué hacía un tío cuyo padre era uno de los abogados más importantes del país formando parte de algo tan bajo como una banda como la que estaba viendo en aquel instante?

Mario se detuvo junto a unos tíos cuyas pintas podían hacer que tuvieras pesadillas durante un mes entero. Tenían tatuajes en los brazos, vestían con ropa holgada y les colgaban del cuello un montón de crucifijos y gruesos cordones de oro y plata. Las chicas que había junto a ellos vestían también de una forma muy provocativa, pero no tanto como las que había visto donde habíamos aparcado el coche.

Mario fue directo hacia ellos y, como amigos de toda la vida, comenzaron a chocarse los puños, a golpearse amistosamente y a reírse. Me sorprendió ver aquella camaradería entre ellos, ya que vistos desde fuera inspiraban verdadero pavor. Otra de las cosas que los caracterizaban era que todos llevaban atados a los antebrazos, las muñecas o en el pelo unas cintas amarillas fluorescentes.

Comprendí entonces que todos eran miembros de la misma banda, la banda de Nick en concreto.

En cuanto terminaron de saludarse entre ellos, los chicos se fijaron en mí.

—¿Quién es la niña buena? —gritó uno y todos rieron observándome atentamente. La gente no paraba de llegar, iba y venía de un lado a otro..., pero los allí reunidos no apartaban las miradas de mí.

No me hizo gracia el comentario y me limité a observar al que lo había dicho con cara de pocos amigos. Mario acudió en mi ayuda al instante.

—No os lo vais a creer, pero ella es la nueva hermanastra de Nick —reveló consiguiendo que se me cayera el alma a los pies. No quería que la gente lo supiera; aquella noche me habría gustado pasar desapercibida o, por lo menos, poder divertirme sin tener el mote de la hermanastra-niña-buena-cazafortunas-de-Nick.

La gente se rio con más energía si es que eso era posible, mientras las chicas allí reunidas me observaban con renovado interés.

—¡Traedle algo de beber a nuestra nueva amiga! —gritó un tío afroamericano que sujetaba un vaso rojo en una mano y tenía a una chica muy guapa agarrada de la cintura. Fue esta la que se volvió, echó algo en un vaso y se acercó a mí. Los demás continuaron hablando entre ellos y bailando al ritmo de la estridente música.

—¿Así que eres el nuevo ligue de nuestro querido amigo? —me preguntó observándome de arriba abajo. Yo hice lo mismo. Si ella era descarada, yo también. Era negra, alta y muy esbelta. Tenía el pelo negro peinado en mil pequeñas trenzas que empezaban desde el inicio de la cabeza y desembocaban en su cintura. Llevaba unos pantalones blancos cortos y una camiseta azul oscuro de la marca... Hum... aquello sí que era interesante.

—Hermanastra —la corregí al mismo tiempo que cogía el vaso de plástico, lo observaba con cautela y la miraba con suspicacia—. No le habrás echado nada, ¿verdad? —le pregunté mirándola de malas maneras. No confiaba en aquella gente, bastante había tenido ya con que me hubieran drogado la noche anterior como para que ahora encima me lo volvieran a hacer.

—¿Qué clase de persona te crees que soy? —replicó ofendida por mi pregunta—. Es cerveza, y si quieres algo más suave estás en el lugar equivocado —me dijo volviéndose airada y haciendo que sus trenzas volaran casi hasta pegarme en toda la cara. Se fue directa hasta el otro chico negro contoneando las caderas de manera sexi y provocando que varios chicos la miraran con lujuria.

Mario se acercó hasta mí y me observó divertido.

—No llevas aquí ni media hora y ya corren apuestas —me informó soltando una carcajada. Lo observé con el ceño fruncido.

—Apuestas ¿sobre qué? —quise saber.

—Sobre cuánto tardas en soltar el vaso de cerveza y salir corriendo a casita —respondió alzando las cejas expectantes.

Así que esas teníamos, ¿no?

Lo miré fijamente y fulminé con la mirada a todos los chicos que me observaban como si fuera su objeto de diversión. Eché la cabeza hacia atrás y comencé a beberme todo lo que me habían servido en aquel vaso demasiado grande para beber una bebida normal y corriente.

Los gritos, a medida que iba vaciando la bebida, se fueron haciendo cada vez más fuertes y en cuanto llegué hasta el final, un poco mareada y con ganas de toser, todos los allí presentes comenzaron a aplaudir y a chillar con diversión.

Levanté el vaso vacío con una sonrisa de suficiencia.

—¿Quién me sirve más? —pregunté sintiéndome completamente liberada y bien por unos momentos.

Los chicos volvieron a reírse y la misma chica que me había dado la cerveza se acercó a mí, ahora con una sonrisa en los labios.

—Soy Jenna —se presentó dándome otro vaso con algún líquido dentro—. Y si de verdad quieres ganarte a estos chicos, suéltate el pelo, bébete eso y enróllate con el que esté más bueno. En ese orden.

No pude evitar soltar una carcajada. ¿Lo decía en serio? Y si así era, ¿me importaba? Había ido allí con un solo objetivo: vengarme de alguna manera del asqueroso de mi ahora exnovio y de mi ex mejor amiga, así que si aquella noche me desmelenaba y lo pasaba bien..., ¿qué daño podía hacer?

—Creo que voy a tomarte la palabra —le dije al mismo tiempo que tiraba de la goma del pelo, dejaba que mis rizos cayeran despeinados sobre mis hombros y comenzaba a beber algo mucho más fuerte que una cerveza.

Jenna me observó divertida mientras bebía y bailaba al mismo tiempo. En donde estábamos apenas había iluminación, aparte de las cintas amarillas fluorescentes y la poca claridad que producían las luces que había más allá.

—Soy Noah, por cierto —me presenté al caer en la cuenta de que aún no lo había hecho.

Ella me sonrió y a mí me pareció bastante simpática. Entonces se produjo un revuelo. Los chicos que estaban sentados en los capós de los coches se levantaron y caminaron en dirección a un coche que, al volverme, reconocí enseguida: era el 4x4 de Nicholas.

—Aquí llega el sueño y la pesadilla de cualquier chica con ojos —anunció Jenna divertida.

La observé al tiempo que ponía los ojos en blanco interiormente. Nick estaba realmente bien, pero abría la boca y te daban ganas de salir corriendo, o peor, de darte de cabezazos contra la pared.

Observé cómo su cochazo se detenía junto a todos los demás y como él y su novia-la-toca-pelotas bajaban del coche. Todos los chicos acudieron a su encuentro como si de un Dios o algo parecido se tratara. Le dieron palmadas en la espalda y chocaron los puños a medida que él caminaba hasta llegar a donde se encontraban las bebidas alcohólicas.

Seguí bebiendo sin apartar la mirada de Nicholas. Estaba contando los minutos que tardaba en acercarse a mí y decirme cuatro cosas. Bien. Lo esperaba, era la mejor manera de descargar la frustración.

Pero no lo hizo; es más, me ignoró deliberadamente durante más de media hora. Al principio me sorprendió, pero lo agradecí después de ver que me lo estaba pasando realmente bien con Jenna y su manera enérgica de hablar y bailar al ritmo de aquella música heavy.

—Tengo que presentarte a mi chico —me dijo después de haberme demostrado que sus caderas podían moverse mejor incluso que las de la propia Beyoncé. La seguí hasta donde se encontraba la mayoría de la gente allí reunida. La demás chicas se dedicaban a beber o hablar entre ellas, y dos o tres a contonearse con los chicos que estaban dispuestos a bailar.

El chico de Jenna tenía que ser con quien la había visto al llegar, y en esos momentos estaba inmerso en una conversación con Nick.

Me puse un poco tensa al llegar hasta ellos, que se encontraban un poco apartados de los demás.

—¡Lion! —gritó Jenna tirándose a su espalda y dándole un beso en la mejilla. Ambos, Lion y Nick, volvieron sus rostros hacia nosotras. Nicholas clavó sus ojos fríos en los míos.

—Te presento a Noah —le dijo girándolo para que pudiese verme. Lion, que era de la misma estatura que Nick, era un afroamericano de lo más llamativo. Sus ojos eran del color de los limones maduros, verdes como la menta de los mojitos que estábamos bebiendo y su cuerpo estaba perfectamente esculpido y exhibía unos impresionantes músculos muy bien trabajados.

¡Qué suerte la de Jenna!

—¿Qué pasa, Noah? —me contestó con una sonrisa amigable pero sin dejar de observar con el rabillo del ojo a mi hermanastro.

—Encantada —dije mientras sonreía de forma agradable. Jenna me había caído verdaderamente bien y no quería que su novio me cogiera manía por las cosas que seguramente Nicholas le había contado sobre mí.

—Pero si puedes ser simpática y todo —comentó entonces con sorna Nicholas, que me observaba entre molesto e irritado. Cuadré los hombros preparada para el tercer... cuarto asalto.

No tenía ganas de empezar una pelea con él otra vez, así que opté por un gesto universal: le mostré el dedo corazón y me volví para buscar algo más interesante que hacer.

Entonces sentí su mano rodear mi brazo para tirar de mí hacia un rincón oscuro entre dos coches bastante caros. Jenna y su novio nos observaron un momento hasta que ella le volvió el rostro y le besó con entusiasmo. Sentí un pinchazo en el corazón al ver la buena pareja que hacían... Hacía nada más que cuatro horas yo también creía tener al mejor novio del mundo a mi lado... y ahora...

—¿Qué es lo que quieres? —le pregunté descargando mi ira contra él. Me había empujado contra el coche, de modo que en esos precisos momentos me encontraba atrapada entre él y la puerta de un BMW gris.

Se había cambiado. Ahora llevaba unos vaqueros que dejaban a la vista sus Calvin Klein y una camiseta negra ajustada a la altura de sus musculosos brazos.

No me contestó, simplemente me observó unos instantes para después sacar mi iPhone del bolsillo de sus vaqueros y ponerme la foto que me había roto el corazón frente a mis ojos.

—¿Quiénes son? —me interrogó como si de alguna forma pudiera interesarle mi vida privada.

Estiré el brazo con la intención de cogerle el móvil, pero lo apartó sin dejar de observarme atentamente.

—¿A ti qué te importa? —le espeté con todo el desprecio que fui capaz de expresar.

—¿A mí? —me espetó con calma—. Me importa una mierda, pero he de suponer que es tu novio o lo era, si es que tienes algo de amor propio —siguió hablando como si de alguna manera pudiera interesarme lo que opinaba él de lo que me había ocurrido—. Y como todas las tías sois prácticamente iguales, he de suponer que tu objetivo de esta noche, además de tocarme las pelotas, es vengarte de ese gilipollas —agregó dejándome momentáneamente callada.

¿Cómo lo sabía? ¿Tan obvio era que lo único que quería hacer era pagarle a ese cabrón con la misma moneda? Prosiguió:

—Así que me ofrezco voluntario. Te besaré y haremos diez mil fotos si así mueves tu culo fuera de este sitio y vuelves a casa. —Sus palabras me dejaron boquiabierta—. No te quiero aquí, Noah —zanjó la conversación, mirando hacia lo que había a mis espaldas.

Me había dejado tan descolocada con su ofrecimiento que no pude sopesarlo hasta que se me pasó la impresión. ¿Besar a ese idiota? ¡Nunca! Pero pesándolo bien... Estaba realmente bueno y no es que a mí me apeteciera, sino que sabía perfectamente cómo iba a afectarle eso al idiota de Dan. Era un engreído, se creía el más guapo de mi instituto y no había cosa que le molestara más que un tío que le superara en atractivo físico.

—Está bien —le contesté y él posó sus ojos en los míos, completamente descolocado y sorprendido. Al parecer no era aquella la respuesta que esperaba—. Quiero que ese gilipollas se sienta como la mierda más grande del mundo y si para hacerlo tengo que besarte... —me encogí de hombros—, lo haré. Pero esta noche no quiero irme a ninguna parte, me lo estoy pasando bien, así que este es el trato —le dije observándolo fijamente. Él me miraba con el entrecejo fruncido como si estuviera intentando entender mis palabras—. Tú me ofreces tu cuerpo para poder vengarme del idiota de mi exnovio y de mi ex mejor amiga y yo prometo no volver a estas fiestecitas tuyas nunca más.

En cuanto terminé de hablar una sonrisa apareció en su rostro. Lo miré con el ceño fruncido, ¿qué le hacía tanta gracia?

—Estás realmente mal de la cabeza, ¿lo sabías? —me dijo sacudiendo la suya con incredulidad.

—Estoy hecha una mierda, y lo único que me importa es que ese capullo sufra tanto como estoy sufriendo yo —repliqué y pude notar el dolor en mi voz. Aquella foto no cesaba de aparecer en mi mente, atormentándome. No me importaba absolutamente nada que aquel fuera mi hermanastro, ni que fuera el más idiota del país de los idiotas... Lo único que quería era vengarme. También sabía que las bebidas que me había ido tomando a lo largo de la noche estaban afectando a mi decisión en aquel instante, pero tampoco me importó.

—¿Vas a besarme o no? —le espeté con fastidio.

Nick movió la cabeza de un lado y a otro sin dejar de reírse de mí.

Me molestó, así que hice lo que había estado queriendo hacer desde que lo conocí: levanté el pie y le di una patada en la espinilla. Soltó un grito de sorpresa más que de dolor.

—¡Imbécil, deja de reírte! —le solté con fastidio—. Hay miles de tíos aquí... Si no lo vas a hacer me busco a otro —le contesté decidida a marcharme y hacer justamente lo que le estaba diciendo.

Él se puso serio de repente.

—De eso nada —dijo de malas maneras—. Quiero perderte de vista lo antes posible, así que ven —me ordenó tirando de mí hasta la parte delantera del coche. Desde allí nadie de los que estaban en aquella fiesta podría vernos y lo agradecí. Me senté en el capó de un salto; Nicholas, mientras tanto, recorría con su mirada mis piernas hasta posarse en mis ojos.

—Tienes que estar realmente enfadada para hacer esto —comentó sacando el iPhone y poniendo la cámara.

—Y tú realmente desesperado por perderme de vista —contraataqué yo mirándolo sin ningún tipo de nerviosismo. Era verdad que apenas podía soportarlo. No lo aguantaba, es más, lo despreciaba y por ese mismo motivo también me alegraba saber que lo estaba utilizando para mi beneficio.

No me contestó, simplemente puso una de sus manos en una de mis rodillas y la otra en la otra. Me abrió las piernas y se colocó entre ellas. Sus manos fueron subiendo por mis muslos, una sosteniendo el teléfono, la otra acariciando mi piel desnuda. En contra de lo que mi mente pensara o quisiera, su contacto causó cierto efecto en mi cuerpo.

—Hazlo de una vez —le corté y sus ojos brillaron molestos al mismo tiempo que su mano izquierda me cogía fuertemente por la nuca y sus labios se estampaban contra los míos de forma brusca.

No pude evitar sentir un cosquilleo en el estómago. Sus labios eran suaves a la vez que su barbilla pinchaba por la incipiente barba. Me besó cabreado, como si estuviera haciéndome pagar por todas las discusiones que habíamos tenido desde que nos habíamos conocido. Y entonces comprendí que no nos estaba haciendo la foto.

Lo empujé con todas mis fuerzas y él se apartó unos centímetros.

—¿Qué tal si haces la foto? —le sugerí observándolo. Nunca lo había tenido tan cerca y pude ver lo claros que eran sus ojos y lo largas que eran sus pestañas: era realmente guapo... ¡Dios, más que eso!: conseguía que me temblaran las piernas a pesar de que en el fondo lo despreciara.

—¿Qué tal si abres la boca para otra cosa que no sea decir gilipolleces y así podemos acabar con esto? —replicó y noté cómo todo mi cuerpo se estremecía.

Levantó el teléfono a la altura de nuestras cabezas.

Lo observé al tiempo que me humedecía los labios de forma involuntaria.

Entonces me atrajo hacia él. Me besó y noté el clic de la cámara de fotos. Me metió la lengua en la boca y acarició la mía causándome un revoloteo de mariposas en el estómago. Sin ninguna razón aparente, nuestros labios siguieron moviéndose al unísono.

Me gustaba estar sintiendo lo que sentía en aquel instante. Todo mi cuerpo ardía por la pasión del momento y en el fondo de mi alma supe que me estaba vengando de verdad. Estaba disfrutando de aquel beso... ¡Que le dieran a mi exnovio!

Noté sus manos en mis piernas otra vez. Aquello era lujuria pura y dura. Nada más. Y también odio. Nos odiábamos, no podíamos vernos y estaba bien utilizarnos mutuamente para aquello.

Levanté mis manos y las enredé en su pelo oscuro. ¡A la mierda la sensatez!

Sus manos acariciaron la parte baja de mis muslos, haciendo que me estremeciera y que partes innombrables de mi cuerpo ardieran de deseo. Entonces me mordió mi labio inferior, haciéndome temblar.

—No pares —le ordené cuando sus manos se movieron hasta mi cintura. Quería que siguiera, quería que me hiciera olvidar todo lo que sentía en aquel instante, zafarme de toda mi tristeza, de todos mis demonios. Quería utilizarle para ello, quería usarlo como algunos chicos usaban a las chicas, quería...

Y entonces se apartó.

Abrí los ojos con sorpresa. ¿Por qué paraba?

—Ya tienes tu foto —me dijo posando el teléfono en mi mano.

Lo observé con la respiración entrecortada, molesta por que se hubiera detenido, molesta por que para una cosa que estaba haciendo bien, la había fastidiado, molesta por que no lo soportaba y molesta por que odiaba todo lo que él, su padre y su maldita vida habían conseguido hacer con la mía.

—¿Y ya está? —le pregunté con fastidio. Notaba que mis mejillas ardían, y mi cuerpo anhelaba que él me siguiera tocando.

—Procura no volver a cruzarte esta noche conmigo —me advirtió observándome con verdadero desprecio.

¿Qué había ocurrido? ¿Qué acabábamos de hacer?

Lo observé mientras se alejaba caminando sintiendo una sensación extraña en el estómago.

12

NICK

Me sentía como si estuviera a punto de estallar. Cada una de mis terminaciones nerviosas se había despertado con una intensidad abrazadora e inquietante. A medida que caminaba hacia donde estaban mis amigos, mi enfado crecía por momentos.

¿Por qué coño la había besado? ¿Por qué demonios había entrado en su juego? ¿Desde cuándo dejaba que una tía me calentara sin ser yo el que llevara las riendas? La respuesta contenía cuatro letras: Noah.

Desde que la había visto aquella noche no me la había podido sacar de la cabeza. No sé si era por la atracción de algo prohibido, teniendo en cuenta que éramos hermanastros, o por las enormes ganas de sentir que podía controlarla, que podía apagar aquel fuego que no cesaba de salir por su boca, que podía conseguir que se comportara como todas las demás mujeres que había tenido el placer de conocer.

Noah era totalmente diferente a todas ellas. No caía rendida a mis pies, no le temblaban las rodillas con tan solo mirarla, no se amilanaba cuando la desafiaba, sino que me contestaba aún con más fiereza que yo. Era terriblemente frustrante... y excitante al mismo tiempo. Mentalmente no cesaba de decirme a mí mismo que era una mocosa maleducada e insoportable; que debía pasar de ella, ignorarla..., pero mi cuerpo me traicionaba y no sabía qué demonios hacer. La había besado, me había ofrecido a hacerlo no porque me interesara ayudarla a vengarse de su jodido novio ni para poder echarla de mi fiesta, sino que lo había hecho por el puro deseo de comerle la boca. Nada más verla aquella noche había deseado meterme entre sus piernas y hacerla mía. Era de lo más incómodo, incómodo y frustrante, teniendo en cuenta que no la soportaba. ¿Por qué demonios tenía que ser tan endemoniadamente atractiva?

Los pantalones cortos que llevaba dejaban sus piernas largas al descubierto, retando a cualquier hombre con ojos a acariciarla, a besarla... Sus cabellos me volvían loco y más cuando los llevaba así sueltos, enmarcando su rostro sonrojado por el alcohol. Pero lo más excitante habían sido sus labios... suaves como el terciopelo e hirientes cuando formulaban sus palabras de desprecio contra mí. Me había vuelto loco cuando su boca se abrió, me enloqueció la forma en que su lengua giraba contra la mía, sin vergüenza, sin complejos, completamente diferente a cuando yo besaba a una chica. Yo llevaba el ritmo, yo llevaba el control. Le había mordido el labio por puro placer carnal, por el simple deseo de querer devorarla y dejarle claro quién mandaba.

«¿Y ya está?», me había preguntado con sus mejillas sonrojadas y sus ojos brillando de deseo. ¡Joder!, ¿qué quería que hiciera? Si no fuera quien era ya me la habría llevado a la parte trasera de mi coche; si no fuera tan jodidamente insoportable le habría regalado la mejor noche de su vida, si no fuera... si no fuera porque estaba poniendo mi mundo patas arriba...

—¡Tío!, ¿dónde estabas? ¡La primera carrera va a empezar! —me gritó Lion desde donde habían colocado mi Ferrari negro, en paralelo con el Audi tuneado de mi enemigo.

Aquello era lo que necesitaba. Descargar toda la tensión acumulada mientras corría a más de ciento sesenta por una carretera de arena en mitad de la noche y ganaba uno a uno a los gilipollas de la banda de Ronnie. Necesitaba desahogarme, necesitaba sentir la adrenalina: la adrenalina era mejor que el deseo, mejor que el hecho de saber que aquella noche no iba a poder conseguir lo que verdaderamente quería...

—Dile a Kyle que esta la corro yo —le dije al mismo tiempo que me acercaba al coche. Mis amigos me esperaban, divirtiéndose ante la anticipación de la carrera, bebiendo, bailando al son de la música y deseando que aquella noche ganáramos toda la pasta. Ese era el trato. Se jugaban quince mil dólares y el coche del contrincante en la carrera final. Correr contra Ronnie era algo que llevaba aplazando demasiado tiempo y no es que temiera perder, todo lo contrario. El problema radicaba en que ese tío era prácticamente un delincuente y no un buen perdedor. Cada año las apuestas eran mayores y también la tensión entre ambas bandas. Había dejado muy claro cómo debíamos proceder si las cosas se desmadraban y todos allí conocían perfectamente las reglas.

Cuatro bandas competían esa noche y ofrecían a sus dos mejores pilotos. En total eran ocho coches distintos los que corrían. Qué bandas competían entre sí se determinaba por sorteo, por lo que había dos bloques separados de contrincantes. Se hacían tres rondas de carreras por bloque hasta que quedaba uno. Ese último competía con el finalista que había ganado en el otro bloque. En total eran seis carreras, la séptima era la final.

Y yo pensaba estar en esa final.

Desde que yo me había unido a estas carreras, hacía ya unos cinco años, siempre habíamos ganado. Ronnie me respetaba, pero sabía que a la mínima que pudiera me la devolvería doblada. Yo era un chico de buena familia, no jugaba por dinero y él lo sabía. Al contrario que yo, él lo necesitaba, necesitaba ese dinero para comprar droga y para aplacar a los miembros de su banda; una cosa era jugarnos dinero y otra muy distinta era ganarle el único objeto de valor que aquel tipo parecía tener. Si perdía su coche más me valía estar preparado.

Me acerqué hasta mi Ferrari pasando una mano por su techo. ¡Dios!, adoraba aquel coche, era perfecto, el más rápido, la mejor compra que había hecho en mi vida. Solo se lo dejaba conducir a quien yo consideraba digno de confianza. Mi coche. Mis reglas. Así de claro. Conducirlo era un privilegio y los miembros de mi banda lo sabían.

—Kyle se va a llevar un chasco, tío —me dijo Lion sonriendo con diversión. Nosotros decidíamos en qué bloque competíamos después del sorteo; en realidad las cuatro bandas tenían la misma representación en ambos bloques, así que por muchas ganas que Kyle le tuviera a Greg, uno de los pilotos, esa carrera pensaba correrla yo.

Miré a mi colega, agradeciendo que estuviese allí esa noche. Lion era uno de mis mejores amigos. Lo había conocido en una de mis peores etapas y desde entonces nos habíamos hecho inseparables. A Jenna, su actual novia, se la había presentado yo. Hija de unos magnates del petróleo, había crecido en mi urbanización y nos conocíamos desde que éramos críos. Ella aún seguía en el instituto, pero no era como las demás hijas de millonarios, era especial, y le tenía mucho cariño. Lion se había quedado prendado de ella desde el mismísimo instante en que la vio.

—Me importa una mierda —repuse de mal humor. Lion entornó los ojos, pero no dijo nada. Me conocía lo suficiente como para saber cuándo estaba para chorradas y cuándo no. Y en esos momentos no podía estar más cabreado.

—La segunda curva es más angosta que la primera, pisa el freno con anticipación o te saldrás del camino —me aconsejó mientras yo me subía al coche y lo ponía en marcha. Más adelante, a unos cinco metros de distancia, la gente se hallaba gritando eufóricamente, deseando que la carrera empezara. Dos chicas sostenían unos banderines fluorescentes listas para dar comienzo a las carreras.

—Entendido —le contesté—. No pierdas de vista a Noah —no pude evitar agregar. Apreté el volante con fuerza al darme cuenta de que aún seguía con ella metida en la cabeza, pero tenía que saber que alguien la vigilaba. Aquellas fiestas eran peligrosas para chicas como ella y Lion lo sabía de primera mano.

—No te preocupes, Jenna se ha pegado a ella como una lapa —me tranquilizó y no pude mirar hacia donde se dirigían sus ojos. Allí, con una bandana fluorescente amarilla atada a su cabeza, como si perteneciera a mi banda, estaba Noah, con uno de sus brazos entrelazados con el de Jenna y con una sonrisa radiante en su rostro. Estaba eufórica, borracha y eufórica.

Joder.

—Te veo a la vuelta —le dije como siempre nos decíamos cuando nos tocaba correr.

Puse el coche en marcha, las banderas bajaron y el ruido del acelerador y el viento en la cara me hicieron olvidarme de aquellos ojos color miel y aquel cuerpo de escándalo.

Llevaba ganadas todas las carreras hasta el momento. Más allá, en otra de las pistas creadas sobre el desierto, se habían ido eliminando a corredores y ya solo quedaba Ronnie. No era de extrañar: aunque mi colega Kyle fuera muy bueno, Ronnie era de los mejores.

La final iba a estar reñida y me ponía nervioso el resultado.

Aún faltaban unos veinte minutos para correr y me encontraba recostado contra mi coche, bebiéndome una cerveza y fumándome un cigarrillo. Noah estaba por ahí con Jenna; lo poco que había visto era que ambas estaban haciendo el cafre, bailando, bebiendo y pasándoselo fenomenal. Entendía lo que estaba haciendo, bebía e intentaba olvidarse de su novio mientras yo la seguía con la mirada, atento a cualquiera de sus movimientos.

—Esta noche estás muy raro —afirmó una voz conocida a mis espaldas. Me volví hacia Anna en cuanto sentí su cálido aliento en mi cuello. Al igual que yo, ella también se había cambiado. Llevaba un vestido cortísimo que dejaba al descubierto su gran escote y sus esbeltas piernas. Me observaba con deseo, como siempre que estábamos juntos.

Me volví hacia ella y la observé detenidamente.

—No es una de mis mejores noches —le aclaré haciéndole entender que no esperara que la tratara con cariño.

—Puedo hacer que mejore bastante —contestó pegándose a mí y ofreciéndome una vista privilegiada de sus pechos—. Solo tienes que venir conmigo —agregó en un tono seductor.

La observé detenidamente. Aún faltaban quince minutos para la última carrera y la verdad es que no me vendría nada mal desfogarme con Anna en la parte trasera de mi 4x4.

—Que sea algo rápido —le dije al mismo tiempo que tiraba de ella hacia mi coche.

Quince minutos después regresábamos hacia donde la gente esperaba ansiosa a que tuviera lugar la final. Tener sexo con Anna me había ayudado a aclarar las ideas. Podía tener a quien me diera la gana, no iba a dejar que una adolescente de diecisiete años trastocara mi mundo...

Y entonces fue cuando la vi.

La gente se hallaba lejos de la línea de salida, se habían trasladado al lugar de la meta. Los únicos que se quedaban siempre eran Lion y Jenna... Pero no había ni rastro de mi amigo por ninguna parte.

Lo único que vi antes de que mi Audi negro se pusiese en marcha fue el pelo multicolor de mi hermanastra por el espejo retrovisor.

13

NOAH

Después de lo ocurrido con Nick, decidí no volver a acercarme, tal como él me había pedido. Lo ocurrido había sido extraño y placentero hasta que abrió la boca y me di cuenta de con quién estaba haciendo lo que estaba haciendo.

Por lo menos había conseguido lo que quería, de alguna manera me había vengado de lo de Dan, aunque en el fondo supiera que nada podía hacerme sentir mejor después de que dos personas tan importantes para mí me hubiesen engañado de aquella manera.

La foto que había hecho Nick me había dejado un poco descolocada. Nunca me había hecho fotos con Dan en las que nos estuviésemos besando... Es más, creo que nunca me habían besado así. Cuando la vi se me puso la piel de gallina. En ella se veían nuestros perfiles entrelazados, sus labios entreabiertos en los míos y nuestros ojos cerrados disfrutando del momento. Mis mejillas se veían acaloradas mientras el semblante de Nick era duro, frío y terriblemente irresistible. Solo viendo su perfil ya te dabas cuenta de lo atractivo que era... Dan se iba a subir por las paredes. Lo sabía. Era así de egoísta, solo que normalmente dirigía su egoísmo hacia los demás y a mí me dejaba fuera.

Escribí un mensaje debajo de la foto antes de mandársela a él:

Me ha costado menos de cuatro horas encontrar a un tío más hombre que tú. Gracias por abrirme los ojos; por cierto, en esta foto pareces un pez boqueando, ¡aprende a besar, gilipollas!

Debajo del mensaje se podía ver la foto de él y Beth besándose, aparte de la mía con Nick.

Me encantaría poder verle la cara, pero sabía que después de ese mensaje mi relación con él había acabado. No pensaba volver a verlo y, por primera vez, agradecí que nos separara una frontera. En cuanto a Beth, solo escribí dos palabras en el mensaje que le envié a continuación junto a la foto de ella y Dan besándose:

Hemos terminado.

Solté todo el aire que estaba conteniendo. Ya está..., con eso acababan nueve meses de relación amorosa y siete años de amistad. Sentí cómo mis ojos se humedecían, pero no derramé ni una sola lágrima, no, no se lo merecían.

Guardé el teléfono en el bolsillo trasero de mis pantalones y me fui directa con Jenna. Busqué con la mirada a Nick y lo vi bebiendo una cerveza con la espalda apoyada contra su Ferrari negro. Le di la espalda y me fui directa hacia donde mi nueva amiga me esperaba.

El resto de la noche me la pasé bailando, riendo y divirtiéndome con las locuras de mi nueva amiga. En varias ocasiones se escabullía para enrollarse con el buenorro de su novio y entonces yo volvía a recordar lo ocurrido y sentía que me venía abajo. Intenté distraerme con las carreras, que me encantaban y me hacían recordar momentos más felices, cuando ir a la pista era algo cotidiano. No pude evitar observar con detenimiento la manera de conducir de todos los pilotos allí presentes. El amigo de Nick era bastante bueno, pero él había estado impresionante cuando había corrido la primera carrera.

A medida que avanzaba la noche me veía a mí misma analizando la pista con detenimiento e intentando averiguar qué era necesario para poder ganar aún con más ventaja. Me había ido fijando en que el problema radicaba en la segunda curva. Si la cogías demasiado despacio perdías distancia, y si lo hacías más rápido te arriesgabas a salirte de la pista.

Me moría de ganas de probar que podía hacerlo mejor. Quería sentir el viento en la cara, la adrenalina en el cuerpo gracias a la velocidad, sentir ese control sobre el coche y saber que era yo la que lo manejaba, lo controlaba y lo hacía correr.

Estaba dándole vueltas a esos pensamientos cuando me di cuenta de que la última carrera estaba a punto de empezar. Ese tal Ronnie era el que correría contra Nicholas, y estaba segura de que si se me daba la oportunidad podía ganarle con los ojos cerrados.

La gente se había ido subiendo a los coches y se habían ido trasladando a donde estaba la meta. Jenna, Lion y yo nos teníamos que quedar allí, pero en esos momentos la pareja había ido a buscar no sé qué al coche de mi amiga. Nicholas también había desaparecido: lo había visto marcharse con la idiota de pelo oscuro hacia donde estaba su camioneta. De modo que allí estaba yo, sola, junto a un cochazo y esperando a que alguien regresase para conducirlo.

Entonces vi cómo Ronnie se acercaba hacia su coche tuneado y me observaba con interés. Aquel tío daba miedo de verdad, tenía más músculos que un gladiador y miles de tatuajes tapizaban sus brazos y parte de su espalda. Le observé sin emitir ningún tipo de sonido.

—Eh, guapa —me llamó apoyando sus antebrazos en la parte superior del coche—. ¿Quién eres? —me preguntó en tono divertido.

Lo miré con cierto reparo, pero decidí que era mejor contestarle.

—Noah —le contesté cortante.

Él sonrió por algún motivo inexplicable.

—Te he estado observando —me confesó con una sonrisa—. Sé diferenciar a las chicas que saben de esto —afirmó dándole una palmada a su coche— y las que no —agregó—. Tú perteneces al primer grupo.

Lo observé con cautela.

—Puede que haya corrido alguna vez —apunté, preguntándome dónde estaban los demás. No me gustaba la forma en la que me miraba aquel tipo, me daba mala espina.

—Lo sabía —convino divertido—. ¿Por qué no corres contra mí, cielo? —me propuso, mirándome seriamente.

¿Estaba preguntándome lo que creía que estaba preguntándome?

—Tienes que correr contra Nicholas —le dije dubitativa.

—Nicholas no está aquí, ¿verdad? —me preguntó haciendo un ademán con la mano.

Sentí cómo la adrenalina me invadía por completo. Dios mío... Correr otra vez... Eso era lo que quería, lo que necesitaba... y era verdad que Nicholas había desaparecido...

—No creo que sea buena idea... —admití mordiéndome el labio mientras observaba que las llaves del Ferrari estaban puestas en el contacto.

Ronnie chasqueó la lengua sin quitarme los ojos de encima y se acercó con cuidado hasta donde yo estaba.

—Eres de su banda, ¿no? —dijo señalando la bandana fluorescente que me había puesto Jenna en el pelo.

Más bien no, pero me ahorré la contestación.

—Nick ya ha corrido esta noche. Ya va siendo hora de que deje correr a alguna mujer, ¿no te parece?

Tipos como Nicholas eran los causantes de que a las chicas como yo nunca se nos tomase en serio.

—¿O es que acaso tienes miedo? —agregó pinchándome.

Mis ojos ardieron y la resolución afloró en mi rostro cuando abrí la boca un segundo después.

—Acepto —declaré con una sonrisa.

Él me la devolvió con ganas.

—Estupendo, preciosa —me dijo con los ojos brillándole de excitación—. Nos vemos en la meta —añadió subiéndose a su coche.

Sabía lo que pensaba. Pensaba que me ganaría con los ojos cerrados. «Bien, querido Ronnie. Creo que se me ha olvidado informarte de que vas a correr contra la hija de un ganador de Nascar.»

Ese coche era una pasada. Los asientos eran de cuero, la carrocería era impresionante y qué decir de aquel ronroneo de motor... ¡Hum, qué gusto y qué recuerdos! Puse el coche en marcha con facilidad y me aproximé hacia la línea de salida. Nadie sabía que era yo quien conducía, nadie excepto mi adversario.

Sonreí como una niña. No quería pensar en las consecuencias, no quería pensar en que Nicholas iba a matarme, solo quería disfrutar.

«Allá vamos, Ronnie, tipo duro.»

En cuanto los banderines dieron la señal, pisé fuerte el acelerador y en menos de un segundo dejé atrás la línea de salida. ¡Vaya! Era impresionante, liberador, divertido, relajante, asombroso... Lo mejor del mundo. Hacía años que no hacía nada parecido y por fin sentí que estaba haciendo algo por mí, algo que me gustaba, algo que no tenía nada que ver con mi madre, ni con su marido ni con mi exnovio ni con mi ex mejor amiga. En aquel instante me sentí libre, libre como un pájaro y eufórica como nunca.

A mi lado, Ronnie avanzaba a una velocidad de vértigo. Pisé aún más fuerte el acelerador y grité como una loca cuando pasé la primera curva, dejando al tipo duro atrás.

—¡Sí! —grité con alegría.

Pero ahora venía la segunda curva, la difícil. Y ahí me hice la pregunta del millón: ¿la tomaba con poca velocidad, sin arriesgarme, o aceleraba hasta llegar al límite, arriesgándome a salir disparada de la pista?

La segunda opción fue la que más entusiasmo me causó.

Pisé fuerte al mismo tiempo que calculaba cuándo tenía que desacelerar para poder pasar la curva sin peligro.

Al verla más de cerca me fijé en que era más angosta de lo que había pensado en un principio... Mierda..., iba a salir disparada... Aminoré la velocidad al mismo tiempo que giraba el volante con todas mis fuerzas, y sentía la arena golpeando contra el coche y el chirrido de los neumáticos al ser maltratados de aquella manera...

Apreté la mandíbula con fuerza y se me escapó un gritito cuando finalmente conseguí pasar sin matarme. Escuché el ruido del motor diciéndome que fuera más rápido y eso fue justamente lo que hice.

—¡Sí! —chillé otra vez, viendo por el retrovisor cómo Ronnie se me pegaba al coche casi dándome por detrás. Observé su rostro: estaba desencajado por la rabia de estar perdiendo.

«¡Chúpate esa!», grité con entusiasmo en mi interior. ¡Hombres, machistas, creídos y gilipollas!

Esa había sido la parte difícil, lo que quedaba era pan comido. Aceleré aún más hasta que vi la línea de meta. Solo me quedaban unos pocos kilómetros y vencería. La adrenalina me recorría por entera, estaba eufórica... Entonces Ronnie me dio por detrás. Me abalancé hacia delante y el cinturón de seguridad me hizo daño en el pecho.

—¡Serás...! —dije elevando la voz al tiempo que sujetaba con más fuerza el volante. Ronnie parecía fuera de sí, aceleraba y desaceleraba intentando golpearme. Me desvié un poco para evitar un tercer golpe, pero él hizo lo mismo. El siguiente golpe vino por el lado derecho... ¡Joder, estaba destrozando el coche!

Giré el volante hacia la derecha en un movimiento rápido y brusco y le pagué con la misma moneda. El espejo lateral de su coche se quedó colgando, casi arrancado, y yo aproveché su distracción y su rabia para acelerar y llegar a mi destino.

Solo faltaban unos metros, solo unos pocos... y entonces alcancé la meta.

La gente comenzó a gritar de forma ensordecedora, agitando las manos y los pañuelos fluorescentes en el aire. Era alucinante, la emoción de ganar, la euforia de haber vencido al tipo duro en la pista...

Desaceleré hasta frenar al final de donde se encontraban la mayoría de los espectadores. Miré por el retrovisor y vi cómo Ronnie bajaba del coche hecho una furia. Le pegó una patada a la puerta y yo solté una carcajada.

Entonces alguien apareció en mi ventana, abrió la puerta y de un tirón me sacó casi en volandas del interior del vehículo.

Me encontré con un rostro fuera de sí.

—¿¡¡Estás completamente loca!!?

«¡Mierda, Nicholas!»

Nunca lo había visto tan furioso. Ni siquiera cuando se había peleado en la fiesta la noche anterior y había regalado puñetazos como caramelos. Su pelo estaba despeinado como si se hubiese estado tirando de él y sus ojos me miraban como si quisiera prenderme fuego, enterrarme bajo la tierra y no volver a verme jamás.

Dije lo primero que se me vino a la cabeza, intimidada por su estado:

—He ganado...

Sus ojos se abrieron aún más para después cogerme por los hombros y acercar su rostro al mío.

—¡¿Tienes idea de lo que has hecho?! —me gritó a dos centímetros de mi cara. Me asusté, pero no me dejé intimidar y me sacudí con fuerza para zafarme de sus brazos.

—No me grites —le contesté en el mismo tono.

¡Joder con el niño rico, ni que le hubiera destrozado el coche o algo parecido! Los golpes que me habían dado por detrás habían sido cosa del mal juego del imbécil de Ronnie... Además, ¡había ganado la carrera! ¡La había ganado!

Entonces aparecieron Jenna y Lion, que se nos acercaron dejando atrás la locura que se estaba organizando a nuestro alrededor. Escuché más atentamente y comencé a oír más que a escuchar lo que la gente gritaba.

—¡Trampa! ¡Trampa! —gritaban y abucheaban.

Por lo menos tenía al público de mi parte. Ronnie había hecho trampa, sí, había infringido las normas y me había dado por detrás, algo que en ese tipo de carreras estaba prohibido y más cuando se conducía con coches como esos que no estaban preparados para golpes ni fuertes impactos.

—Nicholas, suéltala —ordenó Lion, pero vi cómo me lanzaba una mirada que igualaba mucho a la de su amigo.

Jenna también me miró mal, lo que me sorprendió y dolió a partes iguales.

—Ahí viene Ronnie —anunció Jenna al tiempo que Nicholas me soltaba, haciendo que mi espalda chocara contra la puerta del coche.

¿Qué demonios pasaba? ¿Qué bicho les había picado a todos?

Nicholas me dio la espalda y se volvió hacia Ronnie con los puños apretados.

—Habéis infringido las normas, Leister, y sabes perfectamente lo que eso significa —le dijo enfadado, pero con una sonrisa en su asqueroso rostro agujereado y tatuado.

—Y una mierda —replicó él. Lion estaba a su lado y los miembros de su banda se estaban acercando para darle apoyo. Los secuaces de Ronnie hacían lo propio. En menos de un minuto se había formado un círculo a nuestro alrededor y yo aún seguía sin entender absolutamente nada—. No es mi problema que se hayan colado en mi coche y hayan salido a la pista, no pienso cargar con esa responsabilidad —le dijo y comencé a entender por dónde iban los tiros.

—Es miembro de tu banda, Leister, así que sí que es tu responsabilidad —repuso él con una sonrisa divertida.

—No es... —comenzó Nicholas al tiempo que volvía el rostro para verme; entonces vi en sus ojos la sorpresa y el renovado, o mejor dicho, triplicado, enfado en su semblante.

—Lleva la bandana, así que sí que es miembro —le contestó con superioridad.

Entonces entendí lo que pasaba. La bandana me convertía en un miembro de la banda, pero lo que no comprendía era qué problema había si era yo la que había corrido en vez de Nicholas.

—Has infringido las reglas, Leister. La final era entre tú y yo, así que ya sabemos quién es el ganador —afirmó entre el aullido de entusiasmo de todos los que estaban detrás de él, que nos miraban como desafiándonos a decir lo contrario.

—Esto es ridículo —declaró Nicholas dando un paso al frente. Lion hizo lo mismo y vi cómo sus puños se apretaban contra su costado—. La carrera se repite y punto, no has ganado nada.

Ronnie, con una sonrisa de gilipollas integral, comenzó a negar con la cabeza antes incluso de que Nicholas terminara de hablar.

—Ya me puedes ir dando los quince mil dólares y las llaves de esa preciosidad —le contestó mirando hacia el Ferrari negro de Nick.

Pero ¿qué...?

Di un paso al frente sin importarme en absoluto a quién me estaba enfrentando. Nicholas, a mi lado, se tensó, pero antes de que pudiera echarme hacia atrás me aparté y hablé.

—Tú fuiste quien me dijo que corriera contra ti —le solté furiosa—. Y te he ganado, yo, una chica de diecisiete años... —puntualicé con sorna. El rostro de Ronnie se descompuso y entonces me miró como si estuviera a punto de matarme. No dejé que eso me impidiera seguir diciendo lo que quería—. He herido tu pequeño ego masculino, y ahora quieres hacernos creer a todos que tienes algún tipo de derecho estúpido para llevarte el coche y el dinero... —Hubiera seguido hablando, pero Nicholas se puso delante de mí.

—Cierra la maldita boca y métete en mi coche —me dijo entre dientes—. ¡Ahora! —agregó en un tono más fuerte.

—¡Y una mierda! —le grité moviendo el rostro para fijar mi mirada en Ronnie. No pensaba dejar que aquel imbécil manipulara la situación en su beneficio, ni pensaba permitir que se llevara el coche. Yo había ganado la carrera, él ni siquiera había conseguido adelantarme ni una sola vez—. ¡Aprende primero a correr, imbécil!

Los miembros de la banda de Nick gritaron mostrando su acuerdo conmigo y me sentí mucho mejor.

Alguien tiró de mí hacia atrás cuando Nicholas se volvía e iba en dirección a Ronnie con las venas del cuello a punto de estallar. Al ver el rostro de Ronnie supe que se iban a matar a golpes.

—Cierra la boca de una vez, Noah —me ordenó la voz de Jenna al oído—. Vas a conseguir que esto acabe peor de lo que te imaginas.

No le contesté y clavé la mirada en Nicholas, que se detuvo frente a Ronnie.

Se miraron desafiantes y temí que aquello desembocara en una pelea en toda regla. Entonces Nicholas metió la mano en el bolsillo, sacó unas llaves y se las tendió.

¡No!

—Te ingresaré el dinero mañana temprano —le comunicó fingiendo algún tipo de calma.

El silencio se hizo a nuestro alrededor. Ronnie sonrió con suficiencia al tiempo que hacía girar las llaves entre sus dedos. Nicholas se volvió respirando con dificultad y pude ver lo furioso que estaba. Parecía estar a punto de estallar.

—Procura mantener a esa zorra en casa —dijo entonces Ronnie, y el rostro de Nicholas se desencajó.

Se volvió tan rápido que nadie lo vio venir. Su puño se estrelló contra la mandíbula de Ronnie con una fuerza tan increíble que lo tiró contra el capó de su coche.

Y entonces se desató la locura.

Los puños comenzaron a volar a mi alrededor. Las dos bandas comenzaron a darse de puñetazos y, de repente, parecía como si me hubiesen metido en el mismísimo infierno. Entre toda aquella locura alguien me dio por detrás y caí de boca contra el suelo, arañándome las rodillas y las manos.

—¡Noah! —gritó Jenna, que se arrodilló a mi lado para ayudarme a levantarme.

¡Madre mía! Se estaban peleando como si la vida les fuera en ello. Sentí pánico al ver que de verdad estaba metida en medio de una pelea de más de cincuenta tíos musculosos y peligrosos.

Alguien me cogió por el brazo y tiró de mí y de Jenna al mismo tiempo. Era Lion, que tenía el semblante duro como una piedra y una determinación férrea. Le sangraba el labio y escupió hacia un lado mientras se apresuraba a sacarnos de allí.

—Meteos dentro —nos indicó cuando llegamos al 4x4 de Nick.

No pude evitar mirar hacia atrás buscándolo.

Lion se metió en el coche y lo puso en marcha en menos de un segundo. Entonces se acercó como pudo a donde Nick seguía dándose de puñetazos con el ahora desencajado Ronnie.

—¡Nick! —gritó Lion acercándose lo máximo posible en aquella locura de tíos peleándose y cayéndose al suelo.

Nicholas le asestó un último puñetazo en el estómago y salió corriendo en nuestra dirección. Pude ver que tenía un labio partido y el pómulo pasaba de rojo a morado en cuestión de segundos. Saltó al asiento del copiloto en menos de un segundo al mismo tiempo que Lion giraba y apretaba el acelerador.

Entonces me dio por mirar hacia atrás.

Mi corazón dejó de latir en cuanto vi cómo Ronnie levantaba un arma y la apuntaba contra la parte trasera de nuestro coche.

—¡Agachaos! —grité al mismo tiempo que el cristal trasero estallaba en mil pedazos y mi corazón dejaba de latir para después comenzar con una carrera desenfrenada que me hizo sentir que estaba a punto de perder completamente la cordura.

—¡Joder! —gritaron Lion y Nick al mismo tiempo que nosotras pegamos un grito digno de película.

—Hijo de... —comenzó a maldecir Nicholas mientras Lion salía a toda pastilla y se metía en la carretera. A aquellas altas horas de la noche no había ni un solo coche a la vista y lo agradecí, ya que Lion ni se inmutó a la hora de pisar a fondo el acelerador. Me volví para ver cómo varios coches hacían lo mismo que nosotros, pero mientras no viera a Ronnie detrás, podía respirar con tranquilidad.

—¿Estáis bien? —nos preguntó Nicholas volviéndose para mirarme primero a mí y después a Jenna.

—Jenna, háblame —le pidió Lion al mismo tiempo que la miraba por el espejo retrovisor con la preocupación inundando su rostro.

—¡Ese jodido hijo de puta! —gritó histérica al mismo tiempo que yo me sentía temblar de arriba abajo.

—Veo que estás perfectamente —afirmó Lion sin poder evitar soltar una carcajada algo histérica.

Nick me miró otra vez, fijándose en mi rostro, que seguramente estaba petrificado de miedo.

—Busca una gasolinera —le dijo entonces mirando hacia delante y echando la cabeza hacia atrás.

Yo no quería ni respirar demasiado fuerte. Me había quedado completamente impresionada, completamente petrificada de miedo. Nunca me habían apuntado con un arma y ese tío lo había hecho. Me había mirado a los ojos antes de disparar y aquella mirada desquiciada me perseguiría durante mucho tiempo.

Aún no terminaba de asimilar lo ocurrido. ¿Cómo se habían descontrolado tanto las cosas?

Sentí como si fuera a derrumbarme de un momento a otro. Lo de Dan y Beth, la adrenalina al haber corrido por primera vez en años, los malos y buenos recuerdos que ello había despertado, la impotencia y culpabilidad que había sentido al ver que Nicholas tuvo que darle su coche a ese desgraciado y encima el dolor en las rodillas y las manos sangrantes por la caída, que, ahora que la adrenalina iba disminuyendo poco a poco, comenzaba a sentir con toda su intensidad...

Diez minutos después, y rodeados de un silencio de lo más incómodo, llegamos a una gasolinera 24 horas.

Lion apagó el motor y se apresuró a abrirle la puerta a Jenna y sacarla para darle un fuerte y apasionado abrazo.

Al mismo tiempo Nick bajó del coche, sin ni siquiera detenerse un segundo, y fue directo hacia la gasolinera. Yo no me moví. No podía, no quería ni mirarlo.

Ahora sí que me sentía culpable, todo lo ocurrido había sido por mi culpa, aquella pelea podría haber acabado diez mil veces peor. No tenía ni idea de qué hacía Ronnie con un arma, pero entonces comprendí perfectamente que aquellas carreras y aquella gente no eran como las que corrían en las carreras que yo había presenciado de pequeña: eran peligrosas, se apostaba muchísimo dinero y quienes participaban eran delincuentes. Y yo había dejado en ridículo al jefe de una de esas bandas y provocado que mi recién adquirido hermanastro se peleara a golpes con él.

La situación había pasado de ser algo normal e irritante a ser la peor situación a la que alguien podía enfrentarse.

Nicholas salió de la gasolinera con una bolsa llena de cosas. Se acercó hacia Jenna y Lion y les tendió vendas, alcohol y analgésicos. Ella se había hecho una brecha en la frente al haber sido golpeada por uno de los que se peleaban a puñetazos y Lion no tardó ni medio segundo en atenderla y asegurarse de que estaba bien.

Nicholas pasó por la parte delantera del coche. Sacó alcohol y una venda esterilizada y se limpió la herida del labio sin ni siquiera dirigirme una sola mirada. Entonces, después de tirarse agua de una botella por la cabeza y sacudirse el pelo mojado, se acercó hacia donde yo seguía sentada con la puerta cerrada.

La abrió y se me quedó mirando unos segundos. Yo me volví hacia él con la intención de bajarme del coche y curarme yo sola. No me dejó.

—Dame las manos —me ordenó en un tono inexpresivo.

No lo hice, simplemente me quedé mirándolo. Tenía el labio destrozado y un moratón horrible en la mejilla. Y todo eso había sido por mi culpa. Sentí un nudo en el estómago.

—Lo siento —le dije en un susurro tan bajo que no supe si lo oyó o no.

Me ignoró, pero cogió una de mis manos y con delicadeza comenzó a limpiarme la herida manchada de sangre y suciedad.

No sabía qué hacer ni qué decir. Prefería que me gritara o que me dijera lo estúpida e irritable que era, pero simplemente se ocupó de mis heridas. Primero de mis manos y después de mis rodillas. Detrás de nosotros, Jenna y Lion se decían palabras cariñosas mientras ella le curaba las heridas a él. Nicholas me miró solo una vez antes de apartarse y regresar al asiento del conductor. Minutos después regresábamos a la carretera envueltos en un silencio sepulcral. Incluso Jenna y Lion decidieron no decir ni una palabra.

Me di cuenta entonces de que acababa de meter la pata hasta el fondo.

14

NICK

Cuatro días después y seguía sin aparecer por casa. Después de lo que había ocurrido en las carreras no quería ni asomarme por allí. No estaba seguro de cómo iba a reaccionar cuando volviera a encontrarme frente a frente con Noah; una parte de mí quería estrangularla y hacerla pagar por lo que su estúpido jueguecito me había costado: mi coche, mi Ferrari negro de más de cien mil dólares, y la ruptura definitiva de la tregua que tenía mi banda con la de Ronnie. El muy hijo de puta nos había disparado por la espalda, aún recordaba cómo el corazón casi se me había salido del pecho al escuchar el disparo y el grito de Noah en el asiento trasero. Recuerdo haber temido mirar hacia atrás por miedo a ver lo que me encontraría, recuerdo haber pasado el mayor miedo de mi vida, y todo por una insensatez de una tía incapaz de hacer caso ni una maldita vez a lo que se le decía.

Al verla correr me había sentido completamente impotente. Todavía no era capaz de explicarme de dónde había sacado aquella habilidad para poder conducir de aquella forma, pero, joder, cómo le había ganado a aquel imbécil. Una parte de mí admiró su manera de coger aquella segunda curva, ni siquiera yo habría tenido los cojones de arriesgarme como ella lo había hecho, lo que también me aclaraba la falta de instinto de supervivencia que tenía.

Y, por otra parte, no podía quitarme de la cabeza el beso que le había dado y las ganas que tenía de volver a hacerlo. No podía olvidarme de aquellos labios llenos y dulcemente sabrosos, de aquel cuerpo que me volvía loco...

Mierda.

No podía volver a casa, no sabía cómo iba a actuar: una parte de mí, la más pervertida y la que claramente no pensaba con la cabeza, quería tirarse a esa chica de cabellos rubios y ojos color miel sobre todas las cosas, hacerle de todo y hacerla pagar por haberme hecho perder mi tesoro más preciado; y la otra simplemente quería hacerla temer el simple hecho de estar cerca de mí, conseguir que ni se atreviese a respirar demasiado fuerte a mi lado... Pero, claro, la primera opción tiraba más que la segunda, y me maldecía por ello.

Llevaba cuatro días de fiesta en fiesta acostándome a las tantas y levantándome con una chica diferente cada noche. Después de lo que había ocurrido en las carreras, la relación entre Ronnie y yo había terminado para siempre y la verdad es que me preocupaba la reacción que pudiera tener si volvíamos a vernos, algo que sucedería más pronto que tarde teniendo en cuenta que nos movíamos por los mismos círculos.

Era increíble cómo esa chica había jodido absolutamente todo y en tan poco tiempo, y encima tenía la obligación de verla todas las malditas mañanas.

De esa guisa llegué a casa, con el cristal trasero de mi coche ya arreglado y con un humor de perros que estaba a punto de empeorar. Aparqué en mi plaza de aparcamiento, me coloqué mis gafas de sol, ya que la resaca me estaba matando, y me encaminé hacia la entrada, deseando desaparecer en mi habitación durante todo el día... Sin embargo, eso fue imposible: en cuanto puse un pie dentro de casa, un grito proveniente de la cocina me hizo maldecir internamente y rezar por tener la paciencia que iba a necesitar en aquel momento.

Con paso lento entré en la cocina, donde mi madrastra, su hija y ¿Jenna? desayunaban frente a la isla. Mis ojos se detuvieron unos segundos de más en mi infierno rubio personal. Noah parecía haberse descompuesto en cuanto entré por la puerta. Me fijé en que su piel estaba tostada por el sol y su cabello más rubio y de más colores que desde la última vez que la había visto. Llevaba un bañador que cubría con una toalla enroscada debajo de los brazos. Su pelo mojado chorreaba agua sobre la encimera, en donde desayunaba un cuenco de cereales. A su lado, Jenna estaba más o menos igual, solo que ella iba en biquini y lucía una sonrisa de bienvenida que siempre reservaba para amigos y familiares.

¿Ahora eran amigas?

—Por fin vuelves, Nick; tu padre estuvo llamándote durante todo el día de ayer —me dijo Raffaella con amabilidad y con cara de estar despierta hacía mil horas. Al contrario que el aspecto desarreglado de su hija, ella iba de punta en blanco, con su pelo rubio platino recogido en un moño y un traje blanco de lino bien planchado.

Joder, que rápido se había convertido en la señora de William Leister.

—He estado ocupado —contesté cortante al mismo tiempo que me acercaba a la nevera y sacaba una cerveza.

Me importaba una mierda que fueran las diez de la mañana.

—¿Qué pasa, Nick, no nos saludas? —habló Jenna volviéndose en su silla para observarme atentamente.

La miré con cara de pocos amigos: Jenna sabía perfectamente que no estaba para chorradas. ¿Por qué no hacía como Noah y se quedaba callada mirando su cuenco de cereales?

Gruñí un saludo al mismo tiempo que me llevaba la cerveza a los labios y me fijaba en cómo Noah intentaba aparentar que mi presencia allí no le afectaba en absoluto.

—Nicholas, tu padre te ha llamado porque esta noche nos vamos a Nueva York —me dijo Raffaella captando mi atención—. Tiene un congreso y quiere que lo acompañe. Me gustaría que te quedaras aquí con Noah, no quiero que se quede sola en esta casa tan grande y...

—Mamá, ya te he dicho que estoy perfectamente —saltó entonces mi hermanastra fulminándola con la mirada—. Puedo quedarme sola; es más, Jenna se quedará a hacerme compañía, ¿a que sí, Jenna? —le preguntó volviéndose hacia ella.

Jenna asintió encogiéndose de hombros y mirándome primero a mí y después a Noah. Esta no quería verme, no quería tenerme cerca... Hum, qué interesante.

—Me quedaré —anuncié entonces, sin saber muy bien en dónde me estaba metiendo.

Noah dejó a un lado su semblante indiferente para mirarme con sus ojos bien abiertos y con cara de querer estar en cualquier sitio menos allí.

—Me quedo mucho más tranquila, gracias, Nick —dijo entonces Raffaella levantándose y dándole un último sorbo a su café—. Me voy a hacer las maletas... Os veo luego antes de irme. —Acto seguido salió por la puerta.

—No hace falta que lo hagas, sé cuidarme solita —me soltó Noah en un tono de voz contenido.

Me acerqué a ella hasta sentarme en la silla que había a su lado.

—Dudo que sepas hacerlo, pero no es por eso por lo que me quedo —le expuse clavando mis ojos en los suyos—. Supongo que te echaba de menos, Pecas. ¿Hoy también tienes intención de hacerme perder cien mil dólares? —le pregunté tomándole el pelo y torturándola con mi semblante serio.

Noah respiró hondo varias veces, sus ojos se habían abierto con sorpresa y bochorno y, cuando empezó a balbucear una respuesta, decidí poner fin a mi tortura.

—Relájate, no lo decía en serio, no podrías pagarlo ni en tus mejores sueños —agregué notando cómo mi enfado crecía al mismo tiempo que el deseo por ella se avivaba en mi interior. Mis ojos se desviaron involuntariamente a su escote mojado por el agua de la piscina y después a su tatuaje, que me volvía completamente loco.

—¿Estás diciéndome que vas a olvidar el asunto? —me preguntó con incredulidad.

—Supongo que podría cobrármelo de otra manera —dije y al instante me di cuenta de que estaba flirteando con ella, otra vez.

Sus ojos parpadearon confusos.

Maldita sea.

—Mira, volvamos al principio, en donde yo te ignoro, tú me ignoras y todos contentos —le aconsejé poniéndome de pie y rezando para no volver a ponerme en evidencia.

Mi mirada topó con la de Jenna, que me observaba intrigada con una sonrisita que afloraba en sus carnosos labios.

Les di la espalda y salí al jardín preguntándome por qué diablos el enfado había desaparecido nada más volver a verla.

15

NOAH

Me había impactado volver a verlo, durante aquellos cuatro días había conseguido olvidarme más o menos de lo que había ocasionado en las carreras y sobre todo había intentado evitar pensar en él, puesto que cada vez que lo hacía sentía un nudo extraño y desagradable en la boca del estómago. Era consciente de que había hecho que perdiera su tesoro más valioso y también de que nos podrían haber matado aquella noche, pero no era totalmente culpa mía. De no haber sido por el engaño de Dan, yo nunca habría ido; además, el delincuente de Ronnie me había engañado, me había hecho creer que podía competir con él y, al ver que le ganaba en la carrera, se había aprovechado de aquellas estúpidas normas y se había quedado con los quince mil dólares y el coche de Nick.

Había creído que iban a tener que pasar días, meses, años, para que el niño rico me perdonara y olvidara lo que había hecho y, contrariamente a todo lo que había imaginado que podía llegar a decirme, me venía con que me olvidara del asunto.

Había estado de coña con eso de cobrárselo de otra manera, ¿verdad?

Ya no sabía qué pensar, y tampoco quería darle muchas vueltas a qué quería Nicholas Leister que hiciera para compensarle por eso. Joder, cien mil dólares, no iba a ver esa cantidad de dinero en la vida, estaba segura. Solo alguien tan rico como él podía olvidarse de algo así, y aunque sabía que para él solo era un juguete más de los muchos que podía comprarse, me sentí aliviada y agradecida de que decidiese perdonarme.

Con remordimiento y otros pensamientos mucho más dolorosos y difíciles de sobrellevar, había pasado aquellos días en esa casa a la que intentaba acostumbrarme. Lo malo, en realidad, y la causa de mi mal humor y tristeza constante era saber que mi exnovio me había puesto los cuernos a lo grande y eso no era lo peor, sino las miles de llamadas y mensajes que no cesaba de mandarme a mi teléfono con la intención de que le perdonara y que volviéramos a estar juntos.

Cada vez que mi teléfono sonaba mi corazón dejaba de palpitar para después, al ponerse de nuevo en marcha, hacerme daño con cada latido lento y doloroso. En todas las horas que había estado tomando el sol había comprendido que todo lo que me ataba a mi ciudad, a mi hogar, se había roto para siempre, y haber llegado a aquella conclusión me dolía más que cualquier otra cosa. Mi mejor amiga había decidido tirar por la borda nuestra amistad por un chico, *mi chico*, y encima él tenía la desfachatez de querer que lo perdonase. ¡Estaba mal de la cabeza!

En la vida volvería a hablar con ninguno de ellos dos, en la vida volvería a ser tan estúpida como para caer rendida a los pies de un chico; los hombres ya me habían dado suficientes palos y, encima, ahora me tocaba convivir con un tío atractivo y peligroso con una vida paralela que nadie con un poco de sentido común querría ni siquiera oler de cerca.

—Debes de ser la pesadilla de Nick en persona —me dijo Jenna. Se sacó un paquete de tabaco de su escote y se encendió un cigarrillo. No pude evitar asomar la cabeza para ver si mi madre estaba cerca.

Mi nueva amiga Jenna era lo único bueno que había sacado de aquella noche desastrosa. Su alegría y sentido del humor me habían hecho aquellos días más llevaderos. Me había contado que conocía a Nicholas desde que era una cría y que, por tanto, lo conocía mucho mejor que cualquier persona de por allí.

Según ella mi nuevo hermanastro era un mujeriego redomado y que lo único que le interesaba era salir de fiesta, beber, divertirse, tirarse a cuantas tías se le pusieran delante y ganarle a Ronnie todas las veces que hiciesen falta para demostrarle que quien llevaba la voz cantante en aquel mundo de la noche era él.

Nada de lo que me había revelado me había sorprendido, salvo una cosa, y ni ella sabía demasiado al respecto. Me contó que cuando Nicholas tenía dieciocho años se había ido de casa de su padre y durante un año y medio había estado viviendo en los barrios bajos, en casa de Lion, y se había metido en millones de líos. De ahí que conociera a tantos macarras y formara parte de ese mundo del hampa. Lion era una de esas amistades de entonces que aún le duraban.

Aquella revelación me había dejado completamente sorprendida. Mi madre seguro que no tenía ni idea; si no, me lo habría contado. Ahora comprendía cómo un chico de buena familia como Nick había terminado metido en cosas tan peligrosas como las que había presenciado las dos noches que había coincidido con él.

—Y eso ¿por qué? —le pregunté distraída al tiempo en que daba cuenta de mis cereales.

—¿Tú te has visto? —me preguntó y yo no pude evitar fruncir el ceño—. Eres la típica niña buena que nunca ha roto un plato, y de repente te subes a un coche, ganas las carreras y nos metes a todos en un lío tremendo. No eres lo que se dice alguien previsible, Noah... y ayer dejaste a más de un tío con la boca abierta —prosiguió, haciéndome dejar el bol y la cuchara de un golpe sobre la encimera—. Te apuesto lo que quieras a que ahora mismo Nick está pensando en hacértelo mil veces sobre esta mesa y así desahogarse de la frustración de haber perdido su coche. Es su forma más común de solucionar las cosas, no ese rollo que te ha soltado de «olvidarse del tema» —agregó soltando una carcajada y dibujando comillas en el aire.

Volvió a reírse al ver la expresión de mi cara.

—¡Vamos! —me dijo soltando una carcajada—. No me puedes decir que no lo habías sopesado siquiera... Si yo no lo conociera desde que tengo pañales, habría caído a sus pies como casi todas las chicas de esta ciudad.

En mi cabeza se comenzó a recrear aquel beso que nos habíamos dado encima del coche. De vez en cuando me había venido a la mente y mi cuerpo había reaccionado poniéndose a temblar de arriba abajo y deseando que sus manos volvieran a acariciarme... Pero ¡eso solo significaba que ambos teníamos ojos!

—Créeme cuando te digo que nunca voy a dejar que me *lo haga* sobre ninguna parte —repuse de malas maneras—. Ya he tenido suficientes caras bonitas como para una eternidad. Los chicos así te la pegan a la mínima oportunidad, solo tienes que mirar a mi novio Dan.

—Exnovio Dan —me corrigió, dándole otra calada a su cigarrillo—. Tienes razón, los chicos como él son un peligro, pero no te vendría mal disfrutar de lo que pueden ofrecer y así olvidarte del cabrón de tu ex. ¿Quién dice que las mujeres no se pueden acostar con tíos por el simple hecho de querer hacerlo? Estás soltera, es verano, eres guapa... Disfruta y no pienses demasiado.

No pude evitar soltar una carcajada. ¡Madre mía, Jenna estaba completamente loca! Yo no era de ese tipo de chicas.

—Qué tal si dejamos el tema Leister a un lado y me dices que te vas a quedar esta noche aquí a dormir —le propuse mirándola con ojos suplicantes. Si tenía que pasar tres días con Nicholas yo sola y en esa casa tan grande, moriría antes de que llegara el lunes.

Jenna sopesó mis palabras.

—Seguramente Nicholas invite a los chicos, lo que significa que Lion estará aquí y si a eso le sumamos bebida, música y alcohol... —Sus dedos tamborilearon sobre su mejilla—. Me quedo, claro —sentenció con una sonrisa divertida.

Aquello me puso de muy buen humor. Con Jenna a mi lado los días pasaban muchísimo más rápido y eso era justamente lo que necesitaba en aquel momento de mi vida: que los días volaran sin ni siquiera darme cuenta de adónde me llevaban.

Como Jenna había predicho, unas horas más tarde la casa se convirtió en una locura. No eran ni las nueve de la noche cuando empezó a sonar el timbre. Un montón de tíos y tías con barriles de cerveza comenzaron a entrar por la puerta. Al escuchar el estruendo, Nicholas apareció en lo alto de las escaleras e invitó a todos a que entraran y pusieran la música.

La bebida comenzó a correr como el agua y la música resonó por unos altavoces que no sabía ni dónde estaban. Me sentía totalmente fuera de lugar con mis pantalones cortos de chándal y mi moño flojo. Jenna había ido a casa a cambiarse y todavía no había regresado, así que me fui a mi habitación para ponerme algo mejor y más acorde con lo que la noche ofrecía. Busqué en mi vestidor algo con lo que sentirme cómoda y guapa al mismo tiempo.

Encontré unos pantalones cortos negros que se adaptaban a mi cuerpo como una segunda piel y una blusa color naranja que me quedaba de maravilla con el moreno que había ido cogiendo durante aquellos días. Satisfecha con mi atuendo, me solté el pelo, me puse unas sandalias planas —pasaba de ponerme tacones para estar en mi casa— y salí corriendo en cuanto volví a escuchar el timbre de la entrada, que sonaba tan fuerte como la música.

Antes de llegar hasta allí mi amiga ya había entrado acompañada de su novio, Lion. Verlos juntos era un espectáculo para la vista. Ella, al contrario que yo, sí que había optado por ponerse unos taconazos y, aun así, seguía siendo un poco más baja que su novio, que iba vestido con vaqueros y camiseta negra ancha.

Jenna se me acercó con una sonrisa divertida.

—Estás cañón, nena —me dijo—. ¿Le has echado ya el ojo a alguien? ¡Ese cuerpo necesita que le den mambo! —gritó soltando una carcajada y haciendo que yo me sonrojara al tiempo que me partía de risa.

Jenna era un soplo de aire fresco y con los pocos días que hacía que la conocía me hacía sentir que podía confiar en ella.

—Vamos a beber algo, que tengo la garganta seca —propuso Lion, que llevaba un rato recibiendo el saludo de muchos de los allí presentes, que chocaban los puños con él.

Ya en la cocina, Jenna se fue directa al barril de cerveza y yo acepté cuando me tendió uno de esos vasos rojos con líquido espumoso. Estaba buena, rica y refrescante, y agradecí tener aquella distracción para así poder olvidarme de mi ex.

Seguí bebiendo mientras mi cabeza se alejaba de mis horribles sentimientos y del rostro de Dan, tan rubio y tan guapo, y el recuerdo de sus manos acariciándome cuando estábamos solos o de cuando me besaba en la nariz en invierno y se reía de mí diciendo que me parecía a un reno de Navidad. Era una idiota evocando esos estúpidos recuerdos, pero habían sido seis meses de mi vida... Tampoco era mucho, pero yo los había vivido con intensidad... Lo quería... Había sido mi primer novio de verdad y que me hubiese engañado con alguien tan importante... No, simplemente que me hubiese engañado...

Enfadada, me volví y entré en la casa para servirme más cerveza. Justo en ese instante me llegó un mensaje de correo al móvil. Creía que se trataba de Dan, pero al leerlo comprobé que era de la misma persona que me había mandado la foto de Dan y Beth besándose. Quienquiera que fuera, estaba claro que le gustaba atormentarme puesto que el mail tenía como asunto:

MÁS EVIDENCIAS DE TU ENGAÑO.

Justo cuando le iba a dar a abrir el archivo, con el corazón desbocado en mi pecho, el móvil se me apagó. Mierda..., me había quedado sin batería, normal si lo único que había hecho ese día había sido recibir mensajes de Dan y llamadas telefónicas que intenté con todas mis fuerzas ignorar. Con los nervios a flor de piel e impulsada por algún instinto masoquista —eso estaba claro, porque quién iba a querer ver más imágenes de su novio poniéndole los cuernos—, vi que el iPhone de Nick estaba allí sobre la mesita del salón. Había demasiada gente a mi alrededor, por lo que nadie me vio cuando lo cogí y me dirigí a una esquina apartada, junto a la puerta del despacho de Will. Me temblaban tanto las manos que me costó dar con los botones adecuados, teniendo que borrar y volver a escribir mi correo electrónico como cinco veces. No obstante, finalmente di con lo que buscaba y el archivo de mail se abrió para mí. Allí, junto a la foto que ya había visto, había un montón de instantáneas de Dan y Beth enrollándose en la fiesta donde había supuesto que me habían engañado por primera vez...

Nada más lejos de la realidad. Había más fotos, de días diferentes de ellos besándose, incluso fotos hechas por ellos mismos, con la mano estirada y mirando a la cámara con los labios hinchados y los ojos brillantes. Me enfadé tanto viendo esas fotos, sentí tanta rabia y dolor en mi interior que por poco se me cae el móvil al suelo.

Entonces alguien se me acercó por detrás.

—¿Qué demonios estás haciendo con mi móvil?

Me sobresalté y, antes de que pudiera cerrar lo que había estado viendo, Nicholas me arrancó el aparato de las manos y se puso a mirar las fotos con el ceño levemente fruncido.

—Dámelo —le ordené sintiendo que comenzaba a ahogarme en mi propia desdicha.

Una sonrisa ladina apareció en su rostro.

—Es mío, ¿recuerdas? —replicó aún con la mirada clavada en la pantalla.

Me propuse volverme y marcharme. Sabía que estaba muy cerca de perder el control, lo sentía en la forma como me temblaban las manos y en el picor que sentía en los ojos siempre que tenía ganas de llorar.

Una mano me agarró el brazo.

Los ojos de Nick se clavaron en mi rostro mirándome con escrutinio.

—¿Por qué miras esta mierda? ¿Eres masoquista o qué te pasa? —me preguntó disgustado, metiéndose el teléfono en el bolsillo trasero y aún sujetándome por el brazo. Al parecer yo no era la única que pensaba eso de mí.

—Puede que lo sea —repuse mirándolo fijamente—. Y ahora mismo te aseguro que eres la última persona que quiero tener delante —le dije sabedora de que pagaría mi mal humor con cualquiera, pero sobre todo con él.

Me observó de forma extraña, como si de alguna manera quisiese comprender hacia dónde se dirigían mis pensamientos.

—¿Y eso por qué, Pecas?

No pude evitar poner los ojos en blanco ante el maldito apodo que había decidido ponerme.

—A ver, déjame pensar... —dije con sarcasmo—. Desde que he llegado aquí no has dejado de hablarme mal, amenazarme, dejarme tirada en medio de la carretera, comportarte como un auténtico salido y... ¡Ah, sí, se me olvidaba...! Conseguir que me drogaran. —Fui enumerando esos episodios con los dedos.

—Por tanto ahora es culpa mía que el capullo de tu novio te pusiese los cuernos —me echó en cara, soltándome el brazo y observándome como si mi actitud le hiciese gracia.

—Simplemente estoy cabreada con la vida en general, así que déjame en paz —le solté adelantándome con la intención de rodearlo y marcharme a mi habitación. Me bloqueó el paso con su gran cuerpo y uno de sus brazos me tomó por la cintura. Antes de saber qué estaba ocurriendo me empujó dentro del despacho de Will, cerró la puerta y se me quedó mirando. La estancia estaba oscura, aunque la luz de la luna entraba a través de las ventanas que había detrás del escritorio y los sillones.

Solté todo el aire que estaba conteniendo cuando dio un paso al frente y me acorraló contra la puerta. Su mirada se clavó en la mía y entonces me di cuenta de lo borracho que estaba. Había estado tan cabreada y triste con lo de las fotos que simplemente había obviado aquel detalle, pero al ver cómo se estaba comportando no cabía duda de cuál era su estado.

—Deja ya de pensar en ese idiota —me ordenó apartándome el pelo del hombro y besándome la piel desnuda.

Fue tan inesperado como intenso. Me recordó al beso que nos habíamos dado en las carreras. Lo que había empezado como una simple venganza se había convertido en un beso realmente placentero y excitante..., igual que lo que estaba ocurriendo en aquel instante.

—¿Qué haces? —pregunté entrecortadamente cuando sus labios comenzaron a subir con lentitud por mi cuello, depositando pequeños besos ardientes hasta llegar a mi oreja... Tuve que cerrar los ojos cuando sentí que sus dientes se me clavaban en la piel...

—Demostrarte lo buena que puede ser la vida —respondió con la respiración acelerada mientras una de sus manos se metía por debajo de mi camiseta y comenzaba a acariciarme la espalda, primero con delicadeza y después apretándome contra su duro cuerpo.

Estaba claro que no sabía lo que estaba haciendo... ¿Acaso se había olvidado de con quién se estaba besando? Nos odiábamos, más ahora que había conseguido que se quedase sin su juguete preferido y mucho menos después de que uno de sus enemigos más acérrimos le disparara por la espalda por mi culpa... Pero entonces, ¿por qué yo tampoco podía dejar de disfrutar con aquellas caricias tan ardientes e inesperadas?

—He tenido que contenerme contigo... y, maldita sea, te has metido en mi cabeza y no hay forma de librarme de ti —dijo cabreado mientras me levantaba con facilidad, obligándome a rodearle las caderas con mis piernas.

No tuve tiempo ni de asimilar lo que me dijo porque, de repente, sus labios estaban sobre los míos. Inesperados, ardientes y posesivos..., besándome como nunca nadie lo había hecho.

Al principio me chocó volver a sentirlo de aquella forma y más aún después de su actitud de horas antes, pero mis pensamientos, al igual que mis sentimientos, problemas o cualquier cosa que me hubiese estado afectando en el pasado reciente, quedaron relegados a segundo plano porque ¡madre mía..., ese chico sí que sabía lo que hacía!

Su lengua arremetió contra la mía de forma pasional, sin darme un respiro y sentí su aliento embriagador en mi boca. Sin darme cuenta de lo que hacía me encontré a mí misma respondiéndole del mismo modo. Mis manos se enredaron en su cuello y lo atrajeron hacia mí como si lo necesitase para respirar... Toda una contradicción, ya que su manera de besar me estaba dejando sin oxígeno a cada segundo que pasaba.

Tiré de su pelo hacia atrás cuando tuve que volver a respirar. Él gruñó de dolor cuando tiré aún más fuerte al ver que no se separaba de mi boca.

Ambos respirábamos jadeando y sus ojos azules se clavaron en los míos cuando intenté controlar las oleadas de placer ardiente que me recorrían de la cabeza a los pies. Aún le rodeaba con mis piernas y pronto sus manos me apretaron con fuerza contra su cuerpo, como si no soportara que hubiese espacio entre los dos.

—Eres un bruto —le solté jadeando y sin poder contenerme. No obstante, me daban claramente igual sus formas de tratarme: en menos de cinco minutos había logrado que estuviera dispuesta a darle lo que me pidiera.

—Y tú, insoportable.

No me dio tiempo a rebatírselo puesto que sus labios volvieron al ataque un segundo después.

Dios, aquello era demasiado intenso, lo sentía por todas partes, con una de sus manos comenzó a desabrocharme la blusa, mientras que con la otra me apretaba las caderas con fuerza; con la respiración acelerada comenzó a moverse hacia la derecha, seguramente con la intención de colocarme sobre la mesita que había allí, pero yo tiré de él hacia atrás y mi espalda volvió a chocar contra la pared. De pronto se oyó un clic y la luz de la habitación se encendió, iluminando todo a nuestro alrededor y a nosotros mismos con una claridad dolorosa.

Fue como si nos hubiesen echado un vaso de agua fría sobre la cabeza. Nicholas se detuvo; me miró sorprendido y jadeante, al igual que yo. La realidad se antepuso a la atracción física de nuestros cuerpos. Nicholas apoyó su frente contra la mía y cerró los ojos con fuerza por unos segundos que se me hicieron interminables.

—¡Mierda! —exclamó entonces depositándome en el suelo y, sin ni siquiera volver a mirarme, se volvió y salió por la puerta.

La realidad me golpeó tan dolorosamente que mis piernas me hicieron resbalar hasta quedarme sentada en el suelo contra la pared. Me rodeé las rodillas con las manos mientras me daba cuenta de lo que acabábamos de hacer.

Enrollarme con Nicholas no solucionaría absolutamente nada. No haría que los cuernos que me había puesto mi novio desaparecieran, no haría que la soledad que sentía al vivir en aquel lugar sin mi familia ni mis amigos doliese menos y mucho menos iba a hacer que mi relación con él mejorara. Aquel episodio con Nick solo podía significar una cosa: *problemas.*

16

NICK

Ardía por dentro. En todos los sentidos posibles de la palabra, estaba ardiendo. Hacía una semana que no había dejado de pensar en el beso que nos dimos en las carreras y eso me había puesto cada vez de peor humor. Verla allí en mi casa restregándome lo que no podía tener era algo que no podía soportar. Aquella noche estaba increíble, y no podía quitar mis ojos de su cuerpo. De sus piernas, de su escote, de su pelo increíblemente largo y brillante..., pero lo que no podía aguantar era que bailara delante de mis narices con mis amigos y ver cómo todos se la comían con los ojos. Ya había tenido que soportar cómo varios de ellos decían obscenidades refiriéndose a ella y me sorprendía lo mucho que me afectaba, puesto que yo era de los primeros en decir ese tipo de cosas cuando aparecía una tía buena, pero ¿hablar así de Noah? Simplemente era algo que me enloquecía.

Cuando la vi con mi móvil y me fijé en las fotos que le estaban mandando, sentí un poco de pena por ella y rabia hacia quien fuera, incluyendo a ese exnovio suyo, pero lo que claramente no había planeado era llevarla al despacho de mi padre y enrollarme con ella. Estaba claro que llevaba varias copas de más y no me di cuenta de lo que estaba haciendo hasta que no se encendió la luz y la vi claramente. Sus mejillas estaban sonrosadas y sus labios, hinchados por mis besos... Joder, solo con pensarlo me daban ganas de ir en su busca otra vez. Sin embargo, no podía hacer eso, no con ella: era mi hermanastra, por el amor de Dios, la misma hermanastra que había puesto mi mundo patas arriba y la misma que había hecho que perdiera mi coche.

Me quité aquellos pensamientos de mi cabeza y salí al jardín. Iba a permanecer alejado de ella, no podía acostarme con alguien que vivía en mi casa, alguien que vería todos los días y aún menos con alguien que era hija de la persona que había ocupado el lugar de mi madre, un lugar que hacía muchísimo tiempo había descartado de mi vida.

Me quedé fuera hasta que la mayoría empezó a marcharse, dejando a su paso un completo desastre, con vasos de plástico tirados por el césped, botellas de cerveza... y un sinfín de cosas. Frustrado, me encaminé en dirección a la puerta de la cocina, no sin antes fijarme en los que quedaban por allí. Entre los pocos rezagados estaban Jenna y Lion. Ella estaba sentada sobre su regazo mientras él le besaba en el cuello haciéndola reír.

Por poco no vomito por el camino. Quién me iba a decir que esos dos iban a acabar así. Lion era como yo, le encantaban las mujeres, las fiestas, las carreras, la droga... y ahora se había convertido en el perrito faldero de una cría como Jenna.

Las mujeres solo servían para una cosa, todo lo demás acarreaba problemas, ya lo había comprobado en mis propias carnes.

—¡Eh, tío! —me gritó Lion haciéndome girar—. Mañana hay barbacoa en casa de Joe, ¿te veo allí?

«Barbacoa en casa de Joe»: eso solo significaba fiesta hasta la madrugada, muchas tías buenas y buena música..., pero yo ya tenía planes para el día siguiente, unos planes que quedaban a más de seis horas de distancia y que adoraba y odiaba al unísono.

Me volví hacia él.

—Mañana me voy a Las Vegas —le anuncié mirándolo con cara de circunstancias. Él lo comprendió al instante y asintió.

—Diviértete y dale recuerdos a Maddie —me pidió sonriendo.

—Os veo cuando vuelva —les dije a modo de despedida para después atravesar la casa y subir hasta mi habitación. Había una tenue luz bajo la puerta del cuarto de Noah, y me pregunté si estaría despierta, para después recordar que le tenía miedo a la oscuridad.

Algún día, cuando las cosas se calmaran entre los dos, le preguntaría por ello; esa noche solo me quedaba descansar; el día siguiente sería muy largo.

La alarma del móvil sonó a las seis y media de la mañana. La apagué con un rugido al tiempo que me decía a mí mismo que tenía que espabilar si quería estar en Las Vegas a eso de las doce del mediodía. Esperaba que conducir durante tantas horas me ayudara a calmar el mal humor que aún sentía desde la noche anterior. Salí de la cama y me di una ducha rápida; me puse los vaqueros y una camiseta de manga corta consciente del calor infernal que haría en Nevada y que detestaba desde la primera vez que había estado allí. Las Vegas era un sitio alucinante siempre y cuando estuvieras dentro de los hoteles con aire acondicionado; fuera era casi imposible estar más de una hora sin agobiarte por el calor húmedo del desierto.

Los recuerdos de la noche anterior volvieron a azotarme en cuanto pasé por la puerta entreabierta de Noah. ¡Como si no hubiese tenido suficiente con haber soñado con ella toda la maldita noche!

Bajé los escalones y me fui directo a la cocina a por una taza de café. Prett no llegaría hasta pasadas las diez, por lo que me las ingenié como pude para hacerme un desayuno más o menos decente. A las siete ya estaba montado en mi coche y listo para marcharme.

Con la música distrayéndome intenté ignorar la sensación que siempre me embargaba cuando tenía que ir a ver a Madison, aún recordaba el día en el que me había enterado de su nacimiento y me horrorizó pensar que si no hubiese sido por una simple casualidad, mi hermana y yo nunca nos hubiésemos llegado a conocer. Por aquella época, las cosas en mi vida estaban bastante desmadradas: yo ya no vivía con mi padre, lo hacía con Lion y no dejábamos de meternos en líos. Un fin de semana fuimos con unos amigos a Las Vegas. Siempre había odiado ir allí porque sabía que era donde mi madre vivía con su actual marido, Robert Grason.

Fue muy doloroso verla después de siete largos años y más aún con un bebé en brazos. Me quedé completamente congelado —ella también— y por unos instantes simplemente nos quedamos mirándonos como si ambos hubiéramos visto un fantasma del pasado. Mi madre me había abandonado cuando yo solo tenía doce años. Un día, al salir del colegio, ya no vino a recogerme y mi padre me explicó que a partir de ese momento íbamos a estar nosotros dos, nadie más.

Mi relación con Anabell siempre había sido buena y, aunque me había criado en un ambiente donde mi padre apenas pisaba mi casa, a mí me bastaba con ella. Aún podía recordar el vacío que se adueñó de mí mismo cuando comprendí que nunca más iba a volverla a ver.

Pero mi tristeza no tardó en convertirse en odio hacia mi madre y hacia las mujeres en general: la única persona que debía quererme por encima de todas las cosas me había cambiado por un millonario dueño de uno de los hoteles más importantes de Las Vegas, cuyo nombre mi padre había limpiado después de que se le acusase de fraude por más de diez millones de dólares.

Cuando crecí mi padre me contó toda la verdad: mi madre nunca había sido feliz con él, me había querido a mí, pero era una infeliz que ansiaba más millones cada día que pasaba. No le bastó estar casada con uno de los empresarios y abogados más prestigiosos del país, prefería acostarse con el defraudador de Grason. Ese hombre fue el que le prohibió volver a verme o a tener cualquier contacto con mi padre, y en el momento en el que aceptó esa imposición dejó de tener cualquier relación conmigo.

Los abogados de mi padre consiguieron la custodia completa y mi madre renunció a cualquier derecho sobre mí. Pero todo se torció cuando nos volvimos a reencontrar. Supe que esa niña rubia y de ojos azules era mi hermana y, aunque al principio quise hacer como si nada, llegó un momento en el que no pude sacármela de la cabeza.

Se lo conté a mi padre, al que le sorprendió tanto o más que a mí, y fue él quien me preguntó qué quería hacer. Si quería conocerla y tener una relación con ella, él me ayudaría.

Mi relación con mi padre por aquel entonces era bastante precaria. Me había sacado de la cárcel dos veces y no había forma de que pudiese controlarme. Con el pretexto de ayudarme con Madison consiguió lo que quería: atarme en corto.

Después de meses luchando con abogados el juez me concedió un permiso para ver a mi hermana dos días a la semana, siempre y cuando la dejara a las siete de la tarde en casa otra vez. Mi madre y yo no tendríamos ningún contacto y una asistente social se encargaría de llevarme a Madison para que yo pudiera recogerla y pasar tiempo con ella. Debido a la distancia que nos separaba eran pocas las veces que la veía, pero por lo menos dos veces al mes me la llevaba por ahí y disfrutaba de la compañía de la única chica a la que decidí abrir mi corazón.

De esa forma tuve que renunciar a mi vida tal como la conocía por aquel entonces. Tuve que regresar a casa, regresar a la facultad y prometer que no iba a volver a meterme en líos. Mi padre fue muy contundente: si la cagaba, adiós a las visitas.

Mi madre y yo no volvimos a vernos después del juicio, pero fue imposible seguir haciendo como que no existía. Mi hermana hablaba de ella todo el tiempo y le contaba cosas sobre mí. Eso era lo que peor llevaba porque, de algún modo, no podía romper la relación del todo. El dolor siempre seguía ahí, escondido en el fondo de mi alma... Al fin y al cabo, siempre sería mi madre.

Cuatro horas y media más tarde, me detuve en el parque donde siempre me esperaba mi hermana y la asistente social. Me aseguré de que el regalo que le llevaba estuviera bien escondido en el asiento del copiloto y bajé del coche encaminándome hacia la fuente que había en el centro del parque. Miles de niños correteaban y jugaban por ahí. Nunca había sido fan de los niños pequeños, aún seguía pensando que eran insoportables y llorones, pero había una pequeña insoportable y llorona que me tenía cautivado.

No pude evitar que se me formara una sonrisa en el rostro cuando vi a lo lejos una cabecita rubia de espaldas a mí que se inclinaba en aquel instante sobre la fuente, sin temor ninguno a poder caerse.

—¡Eh, Maddie! —la llamé, captando su atención y viendo cómo sus ojos se agrandaban al verme allí de pie, a tres metros de distancia—. ¿Piensas darte un chapuzón? —le grité. Vi que se le formaba una sonrisa enorme en su rostro de ángel y salía corriendo hacia mí.

—¡Nick! —chilló en cuanto me alcanzó y me incliné para cogerla en brazos y levantarla en el aire. Sus rizos rubios como el oro revolotearon y sus ojos azules, iguales a los míos, me miraron llenos de emoción infantil—. ¡Has venido! —me dijo enroscando sus bracitos en torno a mi cuello.

La abracé con fuerza, sabiendo que esa niña tenía mi corazón en su pequeño puño regordete.

—Pues claro que he venido, no todos los días se cumplen cinco años... ¿Qué esperabas? —le dije dejándola en el suelo y colocando la palma de mi mano en su cabeza—. Estás enorme. ¿Cuánto has crecido? Diez metros por lo menos —le dije disfrutando al ver cómo sus ojos brillaban con orgullo.

—Más que eso, ¡casi *sientimil*! —repuso pegando saltitos sin parar.

—¡Eso es un montón! Dentro de poco estarás más alta que yo, incluso —le dije a la vez que una mujer alta y regordeta con una carpeta bajo el brazo se acercaba hacia nosotros.

—¿Qué hay, Anne? —le pregunté a modo de saludo a la mujer que el gobierno había encomendado supervisar mis visitas a mi hermana pequeña.

—Tirando —respondió en su habitual tono seco—. Hoy tengo mucho trabajo, así que te agradecería que me trajeras a tu hermana a la hora pactada, ni un minuto más ni un minuto menos, Nicholas. No querrás que se repita lo de la última vez, ¿no? —me advirtió mirándome con cara de pocos amigos.

La última vez mi hermana había llorado tanto cuando le había dicho que debía irme que había llegado una hora y media tarde al encuentro con Anne. Y se desencadenó un caos: ella había llamado a la policía, a Asuntos Sociales... y faltó un pelo para que pudiera volver a verla sin supervisión.

—Tranquila, estará aquí a las siete —la calmé y, acto seguido, cogí a Maddie en brazos y me la llevé hasta mi coche.

—¿Sabes una cosa, Nick? —me dijo pasando sus deditos por mi pelo. Desde que había tenido la capacidad de hacerlo, ese siempre había sido su entretenimiento favorito: despeinarme.

—¿Qué? —le pregunté mirándola con diversión. Mi hermana era diminuta. Aun teniendo cinco años era más pequeña de lo normal y eso era porque padecía de diabetes tipo 1, una enfermedad producida por la falta de fabricación de insulina del páncreas. Mi hermana llevaba ya dos años teniendo que pincharse inyecciones de insulina unas tres veces al día, y debía tener muchísimo cuidado con la comida que ingería. Era una enfermedad común, sí, pero si no se tenía cuidado podía ser muy peligrosa. Madison tenía que llevar siempre con ella un aparato electrónico que leía la cantidad de glucosa que tenía en la sangre: si la glucosa no estaba en un nivel normal, necesitaba que le suministraran insulina.

—Mamá me ha dicho que hoy puedo comer una hamburguesa —me anunció con una sonrisa radiante.

La miré con el ceño fruncido. Mi hermana no mentía, pero no quería arriesgarme a hacerle comer algo que luego le sentara mal, y tampoco iba a llamar a mi madre para comprobar si decía la verdad. Esas cosas debían de comunicarse a través de la asistente social y Anne no me había dicho nada.

—Maddie, Anne no me ha dicho nada de eso —le dije mientras llegábamos al coche y la dejaba en el suelo, a mi lado.

Mi hermana abrió mucho los ojos y me observó detenidamente.

—Mamá me ha dejado —insistió con terquedad—. Me ha dicho que es mi cumpleaños y que puedo comer en McDonald's —agregó mirándome con sus ojitos suplicantes.

Suspiré. No quería negarme a que mi hermana pudiese comer lo que todos los niños adoraban. Ya bastante odiaba saber que no podía disfrutar de una vida completamente normal, yo había tenido que pincharla bastantes veces en su barriguita y odiaba ver los hematomas que los pinchazos continuos dejaban en su blanca piel.

—Está bien, llamaré a Anne a ver qué opina, ¿vale? —le propuse mientras abría el maletero y sacaba la sillita para el coche que llevaba para aquellas ocasiones.

—Nick, ¿hoy jugarás conmigo? —me preguntó emocionada. Sabía a ciencia cierta que a mi hermana la criaban dos niñeras no muy propensas a jugar a lo que ella quería. Mi madre casi nunca estaba en casa, viajaba casi todo el tiempo con el cabrón de su marido, y mi hermana se pasaba muchísimos días sola, rodeada de gente que no la quería como ella se merecía.

—Hablando de jugar, te he traído un regalo, princesa, ¿lo quieres ver? —le comenté terminando de colocar la silla adecuadamente en el asiento trasero y estirándome para coger el regalo redondo envuelto en papel plateado y con un gran lazo que la dependienta de la tienda le había puesto por mí.

—¡Sí! —exclamó emocionada saltando en su sitio.

Con una sonrisa le tendí el más que obvio paquete.

Rasgó el papel a una velocidad alucinante y el balón de fútbol americano de color fucsia quedó a la vista.

—¡Qué bonito! ¡Me encanta, Nick! Es rosa, pero un rosa guay, no ese rosa para bebés que le gusta tanto a mamá... Y es un balón de fútbol, mamá no me deja jugar, pero contigo jugaremos, ¿a que sí? —me dijo gritando con esa vocecita capaz de perforar tímpanos.

¡Qué podía decir, a mi hermana le encantaba el fútbol, y lo prefería a cualquier tipo de muñeca cursi, que al parecer sus padres no dejaban de comprarle!

Me fijé en el vestido azul que llevaba, en los zapatos de charol y las medias de puntillas.

—Pero ¿quién te ha disfrazado? —le pregunté levantándola en el aire otra vez. Era un peso pluma, seguramente pesaba menos que el balón que sostenía. Era muy parecida a mi madre, y siempre que la miraba sentía una punzada en el pecho. De alguna forma Madison era mi consuelo por haber perdido a mi madre siendo tan joven. El gran parecido que guardaba con ella era alucinante. A mí solo se me parecía en los ojos claros y las pestañas oscuras... ¡Por Dios, si hasta tenía los mismos hoyuelos que ella!

Maddie me miró con cara de pocos amigos, un gesto que claramente había aprendido de mí.

—La señorita Lillian no me ha dejado ponerme el equipo de fútbol, le he dicho que contigo jugamos y me ha regañado, me ha dicho que no debo hacer ejercicio físico porque entonces me pondré enferma, pero eso no es verdad: puedo jugar siempre y cuando me haya puesto la inyección. Tú lo sabes... ¿A que sí jugaremos, Nick? ¿A que sí?

—Eh, tranquila, enana, claro que jugaremos y ya le puedes ir diciendo a la Lillian esa que conmigo se juega a todo lo que nosotros queramos, ¿vale? —Me sonrió encantada—. Te compraré algo de ropa para que podamos jugar sin que te ensucies ese vestido —le dije dándole un beso en la mejilla y sentándola en la silla. No se quedó quieta, tirando arriba y abajo el balón, y cuando le hube puesto el cinturón me encaminé hacia el asiento del conductor.

Durante el trayecto llamé a Anne para preguntarle sobre lo de la hamburguesa y, en efecto, mi hermana podía comer aquel día en el McDonald's. Resuelto ese problema disfruté de la conversación infantil mientras conducía en dirección al mejor McDonald's de Las Vegas. Antes de bajarnos cogí de su mochila la inyección que debía ponerle siempre a la misma hora y antes de comer.

—¿Lista? —le pregunté subiéndole el vestido, cogiéndole un pellizco de piel por debajo del ombligo y acercando la aguja a su piel translúcida.

Sus ojitos siempre se ponían llorosos, pero nunca se quejaba. Mi hermana era valiente y detestaba que le hubiese tocado aquella enfermedad. Si pudiera me la pasaría a mí en menos de un segundo, pero la vida era así de injusta.

—Sí —respondió en un susurro.

Diez minutos después estábamos comiendo rodeados de personas con niños gritando y gente riéndose a carcajadas.

—¿Está buena? —le pregunté mientras veía cómo se manchaba toda la boca de kétchup.

Asintió y disfruté al verla comer.

—¿Sabes, Nick? Dentro de poco empezaré a ir al cole —me comentó cogiendo patatas y metiéndoselas en la boca—. Mamá me ha dicho que será muy divertido y estaré con un montón de niños nuevos —siguió contándome—. Mamá dice que cuando tú empezaste el cole te peleabas con las niñas como yo, porque ellas querían que fueras su novio y tú no querías porque decías que eran tontas.

Intenté ocultar la rabia que me provocaba saber que mi madre hablaba de mí, como si hubiese sido una buena madre, como si no me hubiese dejado solo cuando más la necesitaba.

—Eso es verdad, pero a ti eso no te pasará, porque tú eres mucho más divertida que cualquier otra niña —le aseguré bebiendo de mi Coca-Cola.

—Yo nunca voy a tener novio —me aseguró y no pude evitar sonreír—. ¿Tú tienes novia, Nick?

Al instante y sin ningún motivo aparente el rostro de Noah apareció en mi cabeza. Novia no, pero sí que me gustaría hacer cosas de novios con ella... Joder, ¿en qué coño estaba pensando?

—No, yo no tengo novia —le contesté—: tú eres mi única chica —agregué inclinándome hacia delante y tirándole de uno de sus rizos.

Maddie sonrió y después de eso seguimos hablando. Era divertido hablar con ella, me sentía tranquilo, y yo mismo. De alguna forma, estando con una niña de cinco años, encontraba más paz interna que con cualquier otra mujer. Después de comer la llevé a dar una vuelta por los miles de sitios que había en Las Vegas. Le compré un conjunto de fútbol de color rosa y blanco completo, incluyendo las zapatillas, y el vestido y los zapatos de muñeca nos los dejamos accidentalmente olvidados en el cuarto de baño. El resto del día pasó volando y cuando quise darme cuenta solo faltaban diez minutos para que Anne viniera a recogerla. Ya estábamos en el parque, llevábamos jugando a pasarnos el balón más de media hora y sabía que se avecinaba la peor parte.

Mi hermana no toleraba bien las despedidas, no comprendía por qué debía marcharme ni por qué no podía vivir con ella como hacían los demás hermanos y hermanas de sus amigas. La niña estaba hecha un lío y siempre que tocaba separarnos me quedaba con una tristeza horrible en el pecho y unas terribles ganas de llevármela conmigo.

—Bueno, Maddie, dentro de poco llegará Anne —le dije sentándola sobre mi regazo. Estábamos echados sobre el césped y ella me pasaba las manitas por el pelo otra vez. En cuanto dije aquello, sus manos se detuvieron y su labio inferior comenzó a temblar: lo que me temía.

—¿Por qué tienes que irte? —me preguntó con los ojos llorosos.

Sentí un dolor en el fondo de mi alma al ver sus lágrimas.

—Vamos, ¿por qué lloras? —le contesté haciendo que cabalgara sobre mi regazo—. Nos lo pasamos muy bien cuando vengo, si estuviera aquí siempre te aburrirías de mí —le aseguré limpiándole las lágrimas con uno de mi dedos.

—No me aburriría —me dijo con voz entrecortada—: tú me quieres, juegas conmigo y me dejas hacer cosas divertidas... Mamá no me deja hacer casi nada.

—Mamá solo se preocupa por ti; además, esta vez te prometo que vendré más a menudo —le dije y me juré a mí mismo que lo haría—. ¿Qué te parece que esté aquí para cuando empieces el cole?

A mi hermana se le iluminaron los ojos.

—Pero mamá también estará —me comentó preocupada.

—Tú no te preocupes por eso —la tranquilicé y entonces vi detrás de ella que Anne se acercaba por el camino empedrado.

Me levanté sujetándola en brazos y ella se volvió para ver a la funcionaria.

—¡No te vayas! —comenzó a gritar, llorando enloquecida y escondiendo su cabecita en el hueco de mi cuello.

—Vamos, Madison, no llores —le pedí intentando controlar mis sentimientos. Me partía el alma verla así, odiaba separarme de ella—. Ya está —le dije pasándole una mano por la espalda.

—¡No! ¡Quédate conmigo, podemos seguir jugando! —me suplicó mojándome la camisa con sus lágrimas. Entonces llegamos junto a Anne, que automáticamente estiró las manos para arrancármela de los brazos. Di un paso hacia atrás, sin estar aún listo para dársela.

—Si dejas de llorar, la próxima vez te traeré un regalo especial. ¿Qué te parece? —le propuse, pero ella seguía llorando escandalosamente con sus brazos apretados firmemente contra mi cuello. Intenté soltarla, pero se aferraba con todas sus fuerzas.

—Vamos, dámela —me ordenó impaciente Anne.

Odiaba a aquella mujer.

—Maddie, tienes que irte —le comenté intentando mantener la calma. Ella me aferró con más fuerza. Un minuto después tiré de ella hasta apartarla de mi lado. Tenía el rostro rojo y empapado en lágrimas. Sus rizos rubios se le pegaban a la frente.

Anne la cogió en brazos y ella comenzó a tirar sus bracitos hacia mí, gritando mi nombre.

—Márchate, Nicholas —me ordenó Anne agarrando con fuerza a mi hermana. Quería arrancársela de los brazos y llevármela lejos, cuidarla y darle el cariño que sabía que le faltaba...

—Te quiero, princesa, nos vemos pronto —dije acercándome para darle un beso en lo alto de la cabeza y volverme para no mirar atrás. El llanto de mi hermana fue en lo único que fui capaz de pensar en las cinco horas de vuelta hasta Los Ángeles.

17

NOAH

Eran pasadas las once y media de la noche cuando decidí que era imposible dormirme. Desde la noche anterior, después de lo que había ocurrido con Nicholas, el recuerdo de los besos y de sus manos acariciándome la piel no se me quitaban de la cabeza. Mi mente solo podía pensar en él y en sus labios fundiéndose con los míos. Agradecía la distracción, puesto que eso era mejor que recrearme en mi tristeza y en los recuerdos de mi antigua vida.

Lo que no me gustaba era estar sola en una casa tan grande. No tenía ni idea de dónde estaba Nicholas, pero aun habiéndome despertado a las ocho de la mañana, no había podido verlo marchar.

No comprendía por qué demonios me preocupaba... ¿Desde cuándo me importaba dónde pudiese estar? Seguramente estaría acostándose con algunas de las chicas de su lista de chicas fáciles, sin ni siquiera pensar en lo que habíamos estado haciendo la noche anterior. ¿Era yo la única que pensaba que todo había sido una completa locura? ¡Por el amor de Dios, éramos hermanos, o lo que fuera...! Vivíamos bajo el mismo techo y nos llevábamos fatal, tanto que cualquier recuerdo que no fueran los besos y caricias de la noche anterior me producía irritación.

Lo que pasaba era que estaba falta de cariño, mi madre estaba en la otra punta del país, al igual que mis amigos y la gente que conocía de toda la vida. Todo allí era nuevo para mí, ni siquiera sabía cómo moverme por aquella ciudad tan grande. Jenna estaba enganchada a su novio como una lapa, por lo que no podía pretender que estuviese conmigo todo el tiempo.

En ese instante necesitaba estar con alguien, hablar o, por lo menos, no sentirme tan sola.

Al menos había conseguido camelarme al perro de Nick, Thor. En ese instante estábamos los dos tumbados en el sofá: él apoyaba su cabeza peluda y oscura sobre mi regazo, y yo le acariciaba las orejas a un ritmo constante. El perro no era para nada como me lo había pintado el idiota de Nick; todo lo contrario: era un perro muy cariñoso y fácil de conquistar si tenías a mano una caja de galletas para perros. Así de triste era mi vida: mi mayor apoyo en esa casa era un ser de cuatro patas, a quien le encantaba que le acariciaran en las orejas y cuyo pasatiempo preferido era que le tirasen una pelota una y otra vez.

Estaba mirando una película en la tele cuando sentí que la puerta de entrada se abría. Thor estaba tan dormido que simplemente se le movieron las orejas en dirección al sonido cuando una figura alta apareció en el zaguán. El salón daba justo al recibidor.

Sentí un revoloteo en el estómago cuando vi de quién se trataba.

—Nick —lo llamé cuando vi que su intención era subir. O no se había percatado de mi presencia o pasaba olímpicamente de saludarme. Seguramente la segunda opción era la correcta, y me arrepentí de inmediato de haberlo llamado.

Su rostro se volvió hacia el salón y un segundo después lo tenía en la puerta, observándome.

Bajo la tenue luz del televisor y de la lamparita de la entrada solo pude ver que se le veía realmente agotado. Se apoyó contra el marco y me miró con el rostro impasible.

—¿Qué haces despierta? —me preguntó unos segundos después. Tardé en contestarle porque me quedé hipnotizada observándolo. Parecía más mayor y cansado... Estaba realmente atractivo.

Me centré en lo que me estaba preguntando.

—No podía dormir... —le contesté en un tono cauteloso. Creo que desde que nos habíamos conocido esa era la primera vez que nos hablábamos de una manera remotamente normal.

Asintió y sus ojos se desviaron hacia Thor.

—Veo que has conseguido ganártelo —me dijo con el ceño fruncido—. Mi perro es un traidor...

Sonreí involuntariamente al ver que de verdad aquello le fastidiaba.

—Bueno, no es fácil resistirse a mis encantos —le dije de broma y entonces sus ojos se clavaron en los míos.

Mierda.

Después de un incómodo silencio desvió la vista hacia la tele.

—¿En serio estás viendo dibujos animados? —me preguntó con incredulidad. Agradecí el cambio de tema.

—*Mulán* es una de mis pelis preferidas —admití en tono serio.

Sentí un cosquilleo en el estómago cuando una sonrisa apareció en su rostro.

—Tranquila, Pecas, cuando tenía cuatro años también era mi peli preferida —me dijo con sarcasmo a la vez que se acercaba hasta el sofá y se tumbaba a mi lado. Colocó los pies en la mesa junto a los míos y por un instante nos quedamos quietos mirando la película.

Aquello era demasiado extraño y, cuando ya pensaba que no podía estar más incómoda, Nick se volvió hacia mí y me sostuvo la mirada. Me quedé quieta, consciente de que estábamos muy cerca. El Nick que tenía delante no tenía nada que ver con el que había conocido desde que había llegado. Este estaba relajado, sin actitud desdeñosa ni de superioridad... y me percaté de que estaba así porque en sus ojos se leía una tristeza que no podía ocultar.

—¿Dónde has estado? —le pregunté en un susurro. No tenía ni idea de por qué había bajado el tono de voz, pero me sentí extraña preguntándole aquello. No quería dejar al descubierto que me importaba lo que hubiese estado haciendo.

Su mirada me recorrió el rostro hasta volver a centrarse en mis ojos.

—Con alguien que me necesitaba —contestó y por su manera de decirlo supe que no se trataba de ninguna tía de su lista de amigas—. ¿Por qué? ¿Me has echado de menos? —me planteó un segundo después. Era consciente de que se había acercado, pero no quería apartarme. De algún modo su presencia me hacía querer sonreír, y me había quitado aquella opresión en el pecho, aquella profunda tristeza que había sentido durante todo el día.

—No me gusta estar sola en un sitio tan grande —le confesé aún hablando en susurros.

Su mano descansaba sobre el respaldo del sofá y se me entrecortó la respiración cuando sentí sus dedos acariciarme el pelo y después la oreja con cuidado.

Estábamos mirándonos de frente y era como si el tiempo se hubiese paralizado. No oía ni la película ni nada más que no fuera su respiración y los latidos enloquecidos de mi corazón.

—Pues menos mal que ya estoy aquí —comentó y entonces se inclinó para presionar sus labios suaves sobre los míos. Fue un beso cálido y lleno de expectación. Cerré los ojos para dejarme llevar por el momento y, unos segundos después, mis manos subieron hasta su rostro, sentí su barba incipiente contra mi palma y lo acaricié hasta llegar a su pelo... Sus labios se volvieron más insistentes hasta que entreabrí la boca y su lengua me invadió. Se me puso toda la piel de gallina cuando su mano bajó por mis hombros hasta mis costillas para detenerse en mi cintura.

Se estaba comportando de una manera completamente diferente a como se comportó la noche anterior. Me tocaba con calidez y suavidad, como si pudiera romperme. Escuché cómo se me escapaba un gemido casi inaudible cuando sus dedos se abrieron paso por mi cintura hasta tocar la piel desnuda de mi espalda. Me arqueé casi involuntariamente para que mi cuerpo se pegase aún más al de él y entonces actué casi sin pensar.

Me incorporé y pasé mi pierna por encima de su regazo hasta quedarme sentada a horcajadas sobre él. Nick me miró como hipnotizado y se separó del respaldo para estrecharme entre sus brazos. El beso se hizo más profundo, más desesperado, sus manos parecían querer estar en todas partes, pero justo cuando creí que me derretía literalmente, me detuvo, separando su boca bruscamente de la mía.

Abrí los ojos con sorpresa y con la mente en blanco. Eso me provocaba él, que me olvidara absolutamente de todo, y eso era lo que necesitaba.

Sus ojos estaban fijos en mis labios y sentí la urgencia de que volviera a besarlos.

Se apartó unos centímetros y me buscó con la mirada.

—Esto no está bien —me dijo repentinamente serio—. No me dejes volver a hacerlo. Eres mi hermanastra y tienes diecisiete años —agregó como si eso fuera de alguna manera relevante—. No volverá a pasar —sentenció incorporándose y dejándome sentada otra vez en el sofá.

Lo observé entre enfadada y dolida.

¿Me besaba y ahora me decía aquellas cosas...? Quería que volviera a hacerlo, quería que me hiciese sentir tan bien otra vez, lo necesitaba más que nada, porque aquel día había sido horrible, me había sentido como una mierda, sin nadie con quien hablar ni nadie a quien poder llamar. Todas las personas que quería o estaban ocupadas o me habían traicionado.

Lo miré fijamente.

—Si no quieres que pase, deja de buscarme. Hasta ahora has sido tú el que ha empezado los tres besos —le reproché levantándome del sofá y pasando a su lado con un empujón—. ¡Vamos, Thor! —le grité al perro.

Subí molesta y desconcertada a mi habitación. Di un portazo y me metí en la cama. Después de no sé cuánto tiempo comprendí que era cierto... Eso no podía volver a ocurrir.

A la mañana siguiente, una voz conocida me despertó dándome pequeños golpecitos en mi costado.

—¡Vamos, arriba, que son más de las doce! —dijo la voz de mi madre a mi lado. Abrí los ojos aún medio adormilada y la observé sentada en mi cama y con un aspecto radiante—. ¿Me has echado de menos? —me preguntó con una gran sonrisa. Le devolví la sonrisa y me incliné para abrazarla. Por fin había vuelto... Claro que la había echado de menos: ella era la que traía normalidad a mi vida.

—¿Qué tal en Nueva York? —me interesé estirándome y restregándome los ojos.

—¡Increíble! Es el mejor lugar para hacer compras —me contestó entusiasmada—. Te he traído un montón de regalos.

La miré alzando las cejas a la vez que saltaba de la cama y me iba directa al baño.

—¡Genial, mamá! Como si no tuviera ya bastante ropa sin estrenar —le reproché poniendo los ojos en blanco.

Mientras me lavaba la cara y los dientes ella se sentó en la tapa del váter y comenzó a hablarme de los maravillosos sitios que había visitado.

—Me alegro de que te lo hayas pasado tan bien —le confesé mientras me metía en el armario y pasaba las distintas perchas sin saber qué ponerme. Cuando no tenía tanta ropa era mucho más fácil y por eso seguía recurriendo a mi maleta que aún seguía entreabierta en el suelo. Una parte de mí se negaba a deshacerla porque eso significaría que todo esto era real, que era ahí donde me quedaría y que ya no habría vuelta atrás.

—Hoy tenemos planes, Noah, por eso he venido a despertarte —me anunció y, al escuchar el tono de su voz, supe que lo que iba a decirme no me iba a hacer ninguna gracia.

—¿Qué planes? —le pregunté con una mano en la cadera.

Mi madre pasó por mi lado y se puso a rebuscar en el armario, pasando vestidos y mirando la ropa detenidamente.

—Tenemos una entrevista en el Colegio St. Marie —me anunció y se volvió para mirarme.

—Entrevista, ¿dónde? —le pregunté confusa.

—Tu nuevo colegio, Noah. Te dije que era uno de los mejores del país, no entra cualquiera y, gracias a los contactos de Will y a que Nick es un exalumno, quieren conocerte —me explicó con paciencia—. Es una mera formalidad, nada más, pero te gustará ver el colegio, es impresionante...

Sentí que me entraban ganas de vomitar.

—¡Joder, mamá! ¿No podrías haberme metido en cualquier instituto normal y corriente? —le espeté tirando de las perchas de un lado hacia el otro. De repente me había puesto completamente nerviosa—. No quiero ir a un colegio de pijos, te lo he dicho; además, entrevista ¿para qué? No es un trabajo, por Dios...

—Noah, no empieces, esta es una gran oportunidad para ti, la gente que sale de ese colegio va a las mejores universidades y tú tienes la oportunidad de que te dejen entrar en el último curso, normalmente eso no se puede...

—¿O sea que voy a ser el bicho raro al que dejan entrar por enchufe? —le pregunté alucinando con la situación—. ¡Genial, mamá!

Mi madre se cruzó de brazos. Siempre que estaba decidida hacía ese gesto, por lo que supe que no iba a poder discutir mucho sobre el tema.

—Ya me lo agradecerás en el futuro; además, tu amiga Jenna va al St. Marie, por lo que no estarás sola —argumentó y agradecí enterarme de aquel detalle. Era un consuelo saber que alguien estaría conmigo a la hora del almuerzo—. Ahora vístete, que tenemos que estar allí en menos de dos horas.

Suspiré y rebusqué en el armario hasta encontrar unos vaqueros de pitillo negro y una blusa formal de color azul cielo. No pensaba ponerme un vestido ni nada parecido, solo de pensar en cómo irían vestidas las chicas de ese colegio me hacía estremecer por dentro...

Lo único bueno de aquella salida para visitar el colegio fue que después mi madre me acompañó a comprarme un coche nuevo. Hacía un año que ya conducía y me había dolido en el alma dejar mi camioneta en Canadá, por lo que había cogido todos mis ahorros y con la ayuda extra que me daría mi madre iba comprarme un coche de segunda mano para poder moverme a mi antojo por la ciudad. William había insistido en que él podía comprarme un coche nuevo en perfectas condiciones sin ningún tipo de problema, pero ahí tuve que plantarme. Una cosa era que le comprase cosas a mi madre y que pagase mi nuevo colegio y mi ropa y todo lo demás, pero el coche me lo compraría yo. También pensaba empezar a trabajar para poder costearme mis gastos. No estaba cómoda con la idea de ese hombre pagándomelo absolutamente todo como si tuviese doce años. Era lo bastante mayor y estaba lo suficientemente capacitada como para poder encontrar un trabajo que me ayudara a pagarme mis cosas.

Mi madre no se había opuesto a mi decisión, ella aprobaba que quisiese trabajar, lo había hecho desde que tenía quince años y desde entonces me había gustado no tener que pedir dinero cada vez que lo necesitaba. Por eso mismo me había ayudado a encontrar un puesto de camarera en un local bastante conocido que estaba a unos veinte minutos en coche de nuestra casa. Se llamaba Bar 48 y era una mezcla de bar y restaurante; obviamente, a mí no se me estaría permitido servir bebidas alcohólicas, pero sí que ejercería de camarera. Ya había trabajado como tal y no se me daba mal. Empezaría la siguiente semana en el horario de tarde-noche.

No tardamos mucho en escoger un coche, la verdad es que me conformaba con que funcionase correctamente. Escogimos un Escarabajo que estaba en bastante buen estado. Yo no tenía mucha idea de coches a pesar de que los condujera con bastante facilidad, pero ese era muy mono y su color rojo simplemente me enamoró. Pagué el recibo y firmé los papeles y me sentí libre cuando pude regresar a casa conduciendo mi propio automóvil.

Me hizo bastante gracia aparcar mi cochecito en medio del Mercedes de Will y el 4x4 de Nick; más aún, era como una especie de metáfora sobre cómo encajaba yo en aquella familia. De muy buen humor salí del coche justo en el momento en que Nicholas salía de casa haciendo girar las llaves de su Range Rover con una mano. Se quitó las gafas de sol para poder fijarse en mi nueva adquisición.

Su cara fue tanto de diversión como de horror. Cuadré los hombros, lista para escuchar sus comentarios.

—Por favor, dime que eso que has traído no es un coche —me suplicó, acercándose y negando con la cabeza mientras me miraba a mí y después al Escarabajo con condescendencia.

No iba a dejar que Nicholas acabara con mi buen humor, por lo que simplemente me mordí la lengua y opté por guardarme los insultos para mis adentros.

—Es *mi* coche, y me gustaría que dejases de mirarlo así —le dije intentando controlar el nerviosismo de tenerlo frente a mí después de que la noche anterior nos hubiésemos besado en el sofá.

Él parecía contrariado. Sin ni siquiera pedirme permiso se fue a la parte delantera y abrió el capó para poder examinarlo.

—¿Qué haces? —pregunté siguiéndolo y colocándome junto a él. Levanté la mano para cerrarlo, pero su brazo extendido lo mantuvo abierto con determinación, ignorando mis inútiles intentos por apartarlo.

—¿Lo has mandado a revisar? —dijo moviendo y abriendo piezas del coche que yo no sabría ni nombrar—. Esta chatarra te dejará tirada en medio de la carretera, es peligroso con solo mirarlo, no me puedo creer que tu madre te dejara comprarlo —comentó enfadado.

—Si me quedo tirada en la carretera no habrá sido la primera vez, cosa por la que debo darte las gracias, así que no te preocupes, que me las arreglaré —aseveré quitando uno a uno sus dedos del capó. Después, cuando por fin se apartó, lo cerré de un golpe.

Se cruzó de brazos y se me encaró.

—Si hubieses tenido tu teléfono móvil en la mano como cualquier persona normal, no te habrías visto obligada a subirte al coche de un extraño... ¿Por qué no lo superas de una vez? —me espetó exasperado, pero creí ver algún signo de arrepentimiento en sus ojos cuando le eché aquello en cara.

—Me echaste del coche, el móvil no tenía batería. De todas formas, ¿qué más da? ¡Olvídame! —agregué deseando perderlo de vista.

Él me miró como si le exasperara sobremanera... «Genial, bienvenido al club», pensé en mi fuero interno.

Cuando me volví para marcharme, su mano rodeó mi brazo y tiró de mí, dejándome frente a él.

Su cerebro parecía estar en conflicto como si, de alguna manera, no supiera qué hacer o decir a continuación. Unos segundos después, cuando ya me había perdido en el azul profundo de sus ojos y mi corazón empezó a acelerarse, habló.

—Yo puedo llevarte a donde quieras —declaró entonces con el ceño fruncido, como si no creyese que aquellas palabras hubiesen salido de su boca.

Tardé unos segundos en contestar.

—No hace falta —dije un poco aturdida por su cercanía y por lo que acababa de decir. ¿Nicholas Leister acababa de ser amable conmigo? «Despierta, esto no puede estar pasando.»

Por un momento nos quedamos en silencio, ambos inmersos en la mirada del otro... Sentía tantas mariposas en el estómago que me costaba respirar. ¿Cómo la simple cercanía de aquel chico podía ponerme en ese estado? ¿Dónde había quedado el odio que hacía muy poco sentía hacia él? ¿Por qué ahora lo único que sentía cuando lo tenía cerca era un deseo oscuro e irrefrenable que me hacía querer besarlo y que me envolviera entre sus brazos como aquella noche en la fiesta, cuando él había estado demasiado borracho como para poder darse cuenta de lo que hacía?

La mano que había estado aferrando mi brazo me acercó hacia él en un movimiento casi imperceptible. Ahora estábamos lo suficientemente cerca como para que pudiese pasar algo... ¡Dios, qué labios...! Solo podía pensar en su lengua acariciando la mía y en sus brazos apretándome contra él...

Entonces, justo cuando creí que nos besaríamos, el ruido de un claxon me hizo saltar con el corazón en un puño. Nicholas simplemente volvió el rostro para poder ver de quién se trataba.

Di un paso hacia atrás intentando acompasar la respiración que, para mi vergüenza, se había acelerado de forma embarazosa.

—¡Hola, Noah! —saludó Jenna desde la ventanilla del coche de Lion. Este nos saludó desde el asiento del conductor—. Nick, no te importa que invite a Noah, ¿verdad? —le dijo ella mirando a Nicholas, que se había llevado las manos a la cabeza en un movimiento que dejó clarísimo que estaba frustrado, enfadado o disgustado, no estaba segura.

Él volvió a mirarme durante unos segundos que se me hicieron eternos.

—¿Quieres venir? —me preguntó entonces.

No sé por qué, pero mi respuesta fue automática.

—Claro —respondí aún con el corazón golpeteándome en el pecho—. Esto..., ¿adónde?

Nick miró a Lion de forma misteriosa.

—No sé si está preparada para algo así... —confesó entonces Lion soltando una carcajada mientras se asomaba para poder mirarnos.

Nick se volvió hacia mí y sonrió de una manera irresistible.

—Esto puede ser divertido.

Veinte minutos después nos bajamos del coche de Lion en lo que parecía ser una nave abandonada. Había muchísima gente fuera rodeando los coches que, con los maleteros abiertos, dejaban salir la música a todo volumen. Me recordó bastante al día de las carreras, pero se olía un ambiente diferente. En cuanto nos bajamos del coche, los amigos de Lion y Nick se aproximaron a nosotros y empezaron a saludarse de forma escandalosa. Jenna se me acercó y me rodeó los hombros con un brazo. A diferencia de mí, ella estaba vestida con un ajustado vestido negro que dejaba al descubierto sus hombros y parte de su espalda. Su pelo caía en torno a su rostro en graciosas ondas despeinadas que le daban un aspecto espectacular. Me sentí completamente desaliñada con los vaqueros y la blusa que me había puesto para ir aquella mañana a la entrevista del colegio, pero no había nada que yo pudiese hacer al respecto.

—Hoy vas a disfrutar de ver a mi hombre en acción —anunció con una sonrisa en el rostro y los ojos emocionados—. Y también a Nick —agregó tirando de mí para hacernos un hueco entre todos los amigos que se habían reunido junto a Nick y Lion.

Al entrar en el círculo pude escuchar de lo que estaban hablando.

—Ronnie no está, no hay nadie de su banda —contaba uno de los que yo ya había visto el día de las carreras. Nicholas estaba apoyado contra el coche con un cigarrillo en las manos y en cuanto mencionaron a Ronnie sus ojos se desviaron a los míos. Esta vez no me miraba con rencor debido a lo que había ocurrido aquella noche, sino más bien como si estuviese decepcionado de no haber podido volver a enfrentarse a su mayor enemigo. A mi parecer, estaba completamente loco si quería enfrentarse a alguien que llevaba consigo un arma, pero observando el comportamiento de mi nuevo hermanastro no me sorprendía demasiado que quisiese pelearse con un tipo como aquel.

—Están Greg y A. J. de todas formas y las apuestas son altas —siguió explicando su amigo. En la cara de Nick apareció una sonrisa de suficiencia y entonces se separó del coche, tiró el cigarrillo al suelo y le dio una palmada en la espalda.

—Entonces, ¿a qué estamos esperando?

La muchedumbre a su alrededor emitió expresiones de júbilo y le dio palmadas en la espalda. Yo no entendía absolutamente nada, pero creí entrever por dónde iba la cosa... y no me gustaba nada.

Todos los demás se apartaron de nosotros y fueron entrando a la nave, cuyas puertas ya estaban abiertas. La gente empezaba a aglomerarse dentro, y la música y el ruido de las personas eran ensordecedores. ¿Esta gente lo hacía todo a lo grande? ¿No se conformaban con ir a tomar un café o simplemente ir al cine? Automáticamente supe que no: Nicholas no era el típico chico que queda con chicas y las invita a salir en una romántica cita... Nicholas vivía aventuras peligrosas y le gustaba rodearse de gente que buscaba exactamente lo mismo que él... Entonces, ¿qué demonios estaba haciendo yo allí con él?

Lion se acercó a Nick un momento y pude escuchar exactamente lo que le decía:

—Déjame a A. J. a mí. Sabes que le tengo ganas desde la última vez —le dijo, y Nicholas asintió mientras sus ojos volvían a posarse en mi rostro. Yo estaba callada sin saber qué hacer.

—Primero iré yo, como siempre —expuso de pasada mientras se acercaba a mí y me empujaba por la cintura a un lugar un poco apartado de Jenna y Lion. Sentí un escalofrío donde sus dedos se posaron y no pude por menos que poner los ojos en blanco.

—¿Qué vas a hacer? —inquirí cuando me volví para poder mirarlo de frente.

Él parecía entusiasmado.

—Voy a pelear, Pecas —anunció con una sonrisa de suficiencia—. Soy bastante bueno, y a la gente le gusta vernos a mí y a Lion luchar. Solo te advierto de que va a haber mucha gente, así que no te separes de Lion hasta que yo termine y pueda reunirme contigo y con Jenna.

Iba a pelear..., a darse de golpes con otro tío por simple diversión... Bueno, había dinero de por medio, pero yo sabía que Nicholas no necesitaba nada de eso, era millonario. Así pues, ¿por qué demonios se metía en este tipo de situaciones peligrosas?

—¿Por qué lo haces? —le pregunté sin poder evitar mirarlo con desaprobación y miedo.

—De alguna manera tengo que desahogarme —contestó mirándome de forma extraña. Me dejó quieta donde estaba con las piernas temblándome por el miedo a lo que estaba a punto de presenciar.

18

NICK

La dejé allí de pie sintiendo un estremecimiento de la cabeza a los pies. Creo que ninguna chica me afectaba tanto como lo hacía Noah y eso me agradaba a la vez que me irritaba. Siempre me había gustado tener el control sobre todo lo que me rodeaba, especialmente con las mujeres. Siempre supe cómo reaccionarían ante mí y siempre había sabido lo que deseaban de alguien como yo, pero Noah era diferente. Solo había que mirarla para darse cuenta de que era lo opuesto a la gente con la que había crecido o de la que me había rodeado. Todavía no podía entender cómo, teniendo la oportunidad de gastar el dinero de mi padre, podía seguir insistiendo en vestir con ropa simple o conducir un coche horripilante a la vez que peligroso o que quisiese buscar un trabajo. Eran preguntas que no dejaba de hacerme cada vez que la tenía delante, pero, sobre todo y lo que más me afectaba, era la atracción física que sentía por ella. Cada vez que la tenía delante deseaba besarla y acariciarla y, desde que lo había hecho estando borracho y sin saber muy bien dónde me estaba metiendo, no dejaba de pensar en volver a repetirlo. Aquella noche estaba allí justamente por ese motivo. Antes de que Jenna y Lion apareciesen había estado a punto de besarla y quedarme con ella toda la noche. Me habría importado una mierda pasar de la pelea si haciéndolo iba a poder estar besando aquellos suaves labios.

Incluso era divertido ver cómo ella reaccionaba al contacto con mi piel. Aquella primera noche casi pierdo el control al escuchar los débiles jadeos que salían de entre sus labios mientras la besaba. Y allí estábamos otra vez, y ni siquiera sabía por qué demonios la había invitado a que viniera a verme mientras me daba de leches con uno de los tíos más imbéciles que había conocido. Tampoco podía dejar de pensar en su cara de horror cuando por fin comprendió lo que estábamos a punto de hacer. La verdad es que, en cierta forma, era divertido verla allí. No encajaba en absoluto.

Me alejé de ella y me metí en el edificio abandonado que siempre utilizábamos para cosas como esas. Las peleas habían formado parte de mi vida desde prácticamente el momento en que conocí a Lion. Él era increíblemente bueno y yo había aprendido de él casi todo lo que sabía. Puede que la rabia con la que yo luchaba fuera más intensa que la de él y por ese motivo casi nadie podía conmigo. Incluso me resultaba fácil acabar con mis contrincantes. Cuando estaba peleando todos mis sentidos se centraban en ganar aquellas peleas, no importaba nada más y me ayudaba a desfogarme, a resarcirme de todas las cosas que me guardaba en mi interior. Aquel día lo necesitaba especialmente: la última visita a mi hermana me había dejado hecho una mierda y más aún después de enterarme de que iba a tener que pasarse toda esta semana sola porque sus padres se largaban unos días de vacaciones a Barbados. No podía entender cómo unos padres podían dejar a sus hijos desatendidos de aquella manera y ver cómo mi madre, la mujer que me había abandonado sin ningún tipo de remordimiento real, volvía a hacerle lo mismo a una niña pequeña... Todo aquello simplemente me sacaba de mis casillas.

Aquel ambiente podía volverse muy intenso si no se tenía cuidado y por ese motivo yo simplemente me dedicaba a entrar, ganar la contienda, llevarme el dinero y desaparecer. La mayoría se quedaba en lo que se convertía en una fiesta donde corría el alcohol y la droga. A mí aquello no me interesaba, por lo que mantuve la mente fría mientras me quitaba la camiseta y entraba en el cuadrado donde iba a tener lugar la pelea.

Greg era un tipo corpulento, se mataba en el gimnasio y nos llevábamos mal desde el principio de los tiempos. Antes de que yo llegara todos lo tenían en un pedestal y por esa razón, cuando peleaba conmigo, ponía todo su empeño en el ataque. Fallaba en que más que técnica era fuerza bruta, por lo que apartarme cada vez que su puño intentaba darme no me costaba mucho esfuerzo. A. J. era otra cosa, y Lion y él compartían una historia. Una vez estuvo a punto de violar a Jenna en una discoteca. Gracias a Dios aquella noche yo estaba con ella y pude apartarlo antes de que la cosa fuera a mayores. Lion no conocía a Jenna por aquel entonces, pero cuando ya estaban saliendo y él se enteró, casi lo mata a golpes.

La gente se había reunido en torno a la pequeña plataforma en donde debíamos luchar. Las apuestas se mantenían abiertas durante toda la pelea, por lo que los gritos y abucheos y todo tipo de exclamaciones estaban a la orden del día. Comencé a saltar sobre mi sitio intentando calentar un poco mientras Greg subía a la plataforma por el otro extremo. Sus ojos se clavaron en los míos con odio y sed de sangre, y yo tuve que contener una sonrisa de suficiencia sabiendo que en menos de diez minutos acabaría con él.

El tío que aquella noche se encargaba de recoger el dinero gritó mi nombre y después el de Greg, y un minuto después comenzó la diversión. Uno de los grandes errores de Greg era que asestaba golpes a diestro y siniestro y se cansaba antes de tiempo. Había que saber cuándo dar un paso adelante y atacar. Por eso mi primer puñetazo dio de lleno en el estómago de mi contrincante. La gente gritó enfebrecida mientras yo levantaba la rodilla y le asestaba un golpe seco en la nariz aprovechando que se había doblado por el primer golpe en el estómago. La adrenalina corría por mis venas y me creí capaz de cualquier cosa. Greg se recuperó y volvió a intentar asestarme un puñetazo, esta vez dirigido a mi cara. Sonreí al esquivarlo y golpearle de lleno en su ojo derecho un segundo después.

El puñetazo fue tan fuerte que cayó al suelo, lo que brindó la oportunidad de propinarle otra patada..., pero no pude hacerlo puesto que no era divertido golpear a alguien que está recostado sobre el suelo. Antes de que se terminara, Greg se incorporó y se movió tan rápido que me empujó hacia atrás, rozando con su puño mi pómulo derecho. Mi brazo se movió tan deprisa que el golpe que le di a continuación lo tiró al suelo otra vez. Ya no se pudo incorporar.

La euforia de la victoria sentaba bien a mi agitada mente y agradecí tener la fuerza necesaria para acabar con quien fuera que se me pusiese por delante.

Todo el mundo gritaba mi nombre y la aglomeración de gente intentó alcanzarme cuando por fin me bajé de la plataforma y fui directo hasta el que tenía mi dinero. Me gané cinco mil dólares con aquella pelea y, después de guardarlos en el bolsillo de mis vaqueros, fui en busca de Lion. Este estaba junto a Jenna en la última fila de personas. Allí no resultaba tan agobiante como en las primeras filas. Delante podían darte o empujarte.

Cuando me acerqué a ellos y vi que Noah no estaba allí, mi corazón se aceleró involuntariamente. Miré hacia ambos lados sin verla por ninguna parte.

—¿Dónde está? —le pregunté a Lion sintiendo cómo la adrenalina regresaba a mi sistema y mi cuerpo se tensaba.

Él me sonrió mientras Jenna ponía los ojos en blanco.

—Ha sido demasiado para ella, cuando vio que te daban aquel puñetazo simplemente se largó fuera —me contó mi amiga; luego se volvió hacia Lion, que era el siguiente para entrar en el ring. Allí, con ellos, estaban algunos de mis amigos de la banda.

—Voy a buscarla, no te separes de ellos, Jenna —le informé dándole la espalda y saliendo en busca de Noah.

La encontré junto a la puerta, sentada contra la pared y rodeándose las rodillas con los brazos. No me gustó lo que vi en su rostro. Me apresuré a ponerme la camiseta cuando me acerqué a ella y vi que sus ojos se posaban en mi cuerpo y después en el rasguño que me habían hecho en la cara.

—¿Qué demonios haces aquí? —le dije sintiendo que una parte de mí se sentía decepcionada porque ella no me hubiese visto vencer a mi contrincante.

Ella se incorporó, pero me miró frunciendo el ceño.

—Lo que haces allí dentro... —dijo cogiendo aire y cerrando los ojos al tiempo que un escalofrío la hacía estremecer—. No es para mí —declaró finalmente.

La verdad era que parecía realmente asustada. No pensé que aquello pudiera afectarla de aquel modo, cualquier otra chica se habría tirado a mis brazos completamente enloquecida por lo que había conseguido, pero Noah...

—Las peleas no son lo tuyo, lo pillo —comenté y no pude evitar estirar el brazo y cogerle el cuello con delicadeza. Noah me parecía una chica de otro planeta: en algunos momentos parecía fuerte como una roca, capaz de darme un puñetazo sin remilgos, y en otros se la veía tan frágil y pequeña que solo quería estrecharla entre mis brazos.

Acaricié su nuca con mis dedos y ella levantó los ojos para mirarme. Parecía estar a punto de decir algo, pero no pude contenerme y me incliné hacia ella para besarla y sentirla contra mí.

Se derritió en mis brazos, tal como yo quería, y la adrenalina que aún corría por mis venas me hizo estrecharla con fuerza contra mi cuerpo. Era alta, pero aun así, pequeña en comparación conmigo. Eso me encantaba y más todavía cuando sentía cómo su cuerpo reaccionaba a mi contacto. Sus dedos se entrelazaron en mi pelo húmedo y tuve que contener las ganas de acariciarla por todas partes.

Unos segundos después me apartó y sus ojos se clavaron en mi herida. Sus dedos rozaron la pequeña hinchazón que seguramente ya empezaba a manifestarse y sentí algo extraño en mi interior ante aquella caricia tan simple pero a la vez tan significativa.

—He odiado cada segundo que has estado allí arriba —confesó entonces mirándome a los ojos otra vez.

Lo decía en serio, lo veía en su mirada. De alguna manera Noah se preocupaba por mí y aquello era tan nuevo y tan extraño que tuve que dar un paso hacia atrás.

—Así soy yo, Noah —admití apartando mis dedos de su piel.

Ella notó el cambio de humor que se produjo en mi persona. Bajó sus brazos de mi cuello y me observó con el ceño fruncido.

—No comprendo por qué lo haces —comentó entonces—. Tienes dinero de sobra, no te hace falta...

—A Lion sí que le hace falta —la corté, poniéndome a la defensiva.

La comprensión iluminó su rostro, pero me apresuré a dejarle claro una cosa.

—No solo lo hago por el dinero: me gusta pelear, me gusta saber que puedo acabar con la persona que tengo delante, que tengo el control de la situación. Veo por dónde vas, y si piensas que voy a dejar de hacer lo que hago porque tú y yo estamos...

—¿Qué? —me interrumpió ella en tono enfadado—. ¿Cómo acabas esa frase?

No podía responderle a esa pregunta. Ni siquiera yo sabía lo que estaba pasando, solo sabía que era un error. Noah era una chica de pueblo, acostumbrada a una relación de flores y corazones que yo nunca iba a poder darle. Solo pensarlo era ridículo. No obstante, el problema era que todos estos detalles se esfumaban de mi mente cuando la tenía demasiado cerca. Sabía que estaba cometiendo un error al besarla, al tocarla..., pero no podía evitarlo... Ella tenía razón: era yo quien la buscaba.

No supe qué contestar.

—Da igual, no digas nada —dijo ella un minuto después—. Sé cómo eres, Nicholas. No voy a esperar de ti nada más que lo que tenemos ahora.

Dicho esto, me dio la espalda y se volvió para entrar a donde la pelea de Lion estaba teniendo lugar.

¿Qué había querido decir con que sabía cómo era yo? Fuera lo que fuese no me hizo ninguna gracia. La observé mientras entraba y sentí cómo el enfado se apoderaba de mí..., aunque no sabía exactamente por qué.

19

NOAH

Haber ido aquella noche con Nicholas había sido un error. Sí, me atraía muchísimo, y sí, perdía el hilo de mis pensamientos cuando me tocaba o me besaba, pero no me gustaba cómo era. Nicholas Leister se movía en un círculo que yo había evitado durante toda mi vida: las peleas, las fiestas fuera de control, la droga o el alcohol pertenecían a algo de lo que yo no quería formar parte. Aún intentaba habituarme a mi nueva vida, no hacía ni dos semanas desde que había llegado y todo había cambiado. Lo de Dan aún me afectaba y estar comenzando algún tipo de relación con Nicholas solo empeoraba las cosas porque yo sabía exactamente lo que alguien como él quería de alguien como yo... Podía ser anticuada o rara o lo que sea, pero me gustaban las cosas a la vieja usanza. Quería que el chico que quisiese estar conmigo me lo demostrase cada día, me gustaban las frases cariñosas, los gestos dulces... y Nick era lo opuesto a todo ello. No estaba preparada para que me volviesen a romper el corazón; es más, ya lo tenía roto, ni siquiera había corazón, solo miles de cachitos pequeños que intentaba pegar cada día que pasaba.

Por ello me dije a mí misma que iba a tener que intentar tener una relación normal con Nick. No podíamos estar juntos, pero eso no significaba que tuviésemos que odiarnos. Las peleas con él, los tira y afloja a los que jugábamos desde que nos habíamos conocido eran agotadores y convivíamos bajo el mismo techo, por lo que lo mejor iba a ser que intentásemos ser amigos, si es que ser amigo de alguien que te hace que te tiemblen las rodillas es posible.

Me quedé junto a la puerta de entrada a la nave esperando que Lion acabara de pelear. No estaba mirando. Odiaba las confrontaciones físicas y que la gente disfrutara de ellas, incluso que ganasen dinero apostando contra alguien me parecía de lo más desagradable y humillante.

Nicholas pasó junto a mi lado sin mirarme y fue a reunirse con Jenna y sus amigos. Quince minutos más tarde Lion ganó su combate aunque, a diferencia de Nick, que solo había sido golpeado una vez, presentaba varios golpes en el pecho y un corte bastante feo en el ojo izquierdo. Jenna se tiró a sus brazos en cuanto lo vio y le dio un profundo beso mientras la gente lo vitoreaba con entusiasmo. ¿Eso había querido Nicholas que hiciera? ¿Que cayera rendida a sus pies porque era capaz de dejar a un tío inconsciente en el suelo? Ridículo...

Nick se volvió hacia mí cuando la gente empezó a salir por la puerta. Menos mal que aquel sitio era bastante grande, porque debía de haber por lo menos unas doscientas personas allí reunidas.

Se acercó hasta que pudo cogerme la mano y hacerme salir. Fue extraño sentir sus dedos entrelazados con los míos, pero su forma de hacerlo era distante, como si más bien lo hiciera por ser práctico —así no me perdería entre la muchedumbre— que por afecto hacia mí.

Cuando estuvimos junto al coche lo observé detenidamente.

Algo había cambiado desde la última conversación: Nicholas parecía molesto conmigo y parecía querer hacer como si yo no estuviese allí. Me dolió su actitud, pero no podía esperar otra cosa.

Miré distraídamente sus nudillos lastimados. Tenía un poco de sangre reseca sobre las heridas que se había hecho al golpear a aquel chico. De repente sentí náuseas, me faltaba el aire.

¿Qué demonios estaba haciendo allí?

Nicholas se separó de mí sin decirme nada y se acercó a su grupito de amigos. No vi a Jenna por ninguna parte y de improviso me sentí muy sola, en un ambiente que me asustaba más de lo que admitiría en voz alta.

Rebusqué en mi bolso hasta encontrar mi móvil.

—¿Qué estás haciendo? —me preguntó Nicholas acercándose a mí justo cuando colocaba mi teléfono en mi oído.

—Pedir un taxi.

Antes de que pudiera detenerlo, me había arrancado el teléfono de la mano.

—¿Estás loca? Lo que hacemos aquí es ilegal, no puedes delatar nuestra posición, podrían denunciarnos.

Me quedé observándolo fijamente. Sí, era más guapo que cualquier chico que hubiese tenido el placer de conocer, pero no merecía la pena pasar por eso ni meterme en problemas por tener un poquito de su atención.

—Quiero irme.

—¿Por qué?

Respiré hondo intentando tranquilizarme.

—Porque no me gusta tu mundo, Nicholas —sentencié un segundo después.

Nick no pareció ofendido por mi respuesta, más bien mostró indiferencia.

—No estás hecha para esto, no debería haberte traído.

¿Que no estaba hecha para eso? No fue lo que dijo en sí lo que me molestó, sino el tono en que lo dijo.

—Fui yo la que decidió venir, y ahora soy yo la que decide marcharse.

Nicholas soltó una risa y me observó con indulgencia.

—No sé qué esperaba al traerte aquí, pero esto seguro que no. Te creía más fuerte, Pecas. No demostraste tener ningún tipo de miedo cuando te enfrentaste a Ronnie. Nunca creí que unos pocos puñetazos pudiesen ponerte en este estado.

Sus ojos me recorrieron el cuerpo. ¿Era capaz de ver el sudor frío que me cubría el cuerpo? ¿El temblor que se había apoderado de mis manos...?

—Bueno, supongo que la valentía me va y viene —comenté dando un paso adelante y abriendo la palma para que me diera el teléfono.

Nick lo hizo girar entre sus dedos, aún absorto en mis facciones.

—Tengo bastante curiosidad por saber dónde aprendiste a correr como lo hiciste en las carreras...

Mantuve la mirada levantada y los ojos fijos en los de él.

—Suerte de principiantes. Mi teléfono, por favor.

Una sonrisa torcida apareció en su rostro.

—Escondes más cosas de las que hubiese imaginado, Pecas —reconoció dando un paso hacia mí. Me eché hacia atrás afectada por su cercanía y mi espalda dio contra la puerta del coche.

—Todos tenemos nuestros secretos —contesté bajando el tono de voz y sintiendo que me empezaban a temblar las piernas otra vez.

—Te advierto que soy muy buen detective —dijo inclinándose para besarme. Lo detuve con un empujón que apenas consiguió moverlo del sitio.

Su respuesta me había despertado del hechizo que era capaz de crear a mi alrededor. Mi corazón latía enloquecido.

—Mantente alejado de mí, Nicholas —le pedí más seria que nunca.

Lo último que quería era que alguien como él descubriera mi pasado. Sentí pánico con solo imaginármelo. Siempre había mantenido mis demonios a raya, nadie sabía nada, pero ahora que vivíamos bajo el mismo techo, había cosas que no iba a poder ocultar. Me preocupó que con tan poco tiempo ya hubiese descubierto que había cosas que no dejaba ver a nadie.

—¿Que me mantenga alejado de ti? Tu cuerpo parece decir lo contrario.

Maldito fuera él y su capacidad de afectarme más de lo que nadie había hecho nunca. Tenía su cuerpo frente a mí, tan grande y masculino, y yo me sentía como un animalito acorralado al que iban a matar en cualquier instante. Me sentía pequeña e insignificante en comparación con él y no me gustaba esa sensación.

Colocó sus manos a ambos lados de mi cabeza, creando una especie de jaula a mi alrededor.

—¿De qué tienes miedo? —preguntó mirándome a los ojos. Su boca suspendida sobre la mía, su aliento acariciándome el rostro. Sus ojos se veían tan azules... Ahora que lo tenía tan de cerca vi que en el centro y junto a sus pupilas tenía pequeñas motitas de un color verde aguamarina.

—De ti —contesté en un susurro apenas audible.

Nick sonrió de lado, parecía satisfecho con mi respuesta. Fue como si me tiraran un jarrón de agua fría en la cabeza. Esta vez lo empujé con fuerza y me escurrí de entre sus brazos.

—Eres un cretino —le espeté, molesta conmigo misma por haber sido sincera con él.

Nick soltó una risotada.

—¿Por qué? ¿Por disfrutar al saber que me tienes miedo? Es normal, Pecas, ya empezaba a preocuparme que no lo tuvieras.

—Tengo miedo de que consigas meterme en problemas —mentí en un intento desesperado de borrar mis últimas palabras. Eso era darle demasiado poder.

—Supongo que es algo que evito con bastante destreza, no tienes de qué preocuparte.

—Ese es el problema, no quiero tener que preocuparme. Ahora dame mi teléfono para que pueda largarme de aquí.

Nicholas suspiró, aunque seguía con aquella sonrisita divertida en los labios.

—Lástima que seas tan estirada. Pensaba que tú y yo íbamos a poder divertirnos.

—No hay un tú y yo... y nunca lo habrá.

Veinte minutos más tarde, Jenna me había dejado en casa. Volví a respirar tranquila y juré no caer de nuevo en sus redes. Nicholas y yo teníamos que permanecer alejados.

Al día siguiente me dediqué a limpiar mi coche. Nicholas estaba dentro haciendo sabe Dios qué y casi ni nos cruzamos. Yo me limité a intentar quitar las manchas de barro y de suciedad que mi nuevo Escarabajo tenía al haber estado bastante tiempo en venta sin que nadie lo cuidara y me hizo gracia cómo mis nuevos vecinos, todos increíblemente pijos y vestidos de Chanel, se me quedaban mirando con desagrado al verme limpiar el coche con una camiseta de propaganda, el pelo recogido en un moño suelto y unos simples pantalones cortos. La verdad es que tenía un aspecto desastroso, pero me importaba tres pimientos lo que mi vecina rubia de bote y su marido dueño de no sé qué programa de televisión pensaran de mí.

Mientras soplaba para quitarme un mechón de pelo de la cara y me estiraba sobre el capó con una esponja, haciendo esfuerzos por eliminar una mancha que se resistía en desaparecer, escuché la última voz que habría esperado oír en aquel lugar y mucho menos en aquel momento.

—Veo que sigues odiando el autolavado de las gasolineras. —Me quedé un instante quieta en el lugar. No podía ser cierto.

Me volví hacia la persona que acababa de llegar. Estaba de pie en medio de la entrada, junto al coche de Nicholas, y su aspecto era exactamente el mismo que cuando me había despedido dos semanas atrás. Su pelo rubio despeinado, sus ojos color chocolate que transmitían una seguridad que siempre había admirado, su cuerpo de jugador de hockey... Tuve que respirar hondo varias veces.

Dan, el mismo que me había engañado con mi mejor amiga, estaba frente a mí.

Dejé de hacer lo que estaba haciendo, con la esponja chorreando en una mano y la otra colgando junto a mi cuerpo como si estuviese muerta. No podía moverme, el simple hecho de tenerlo delante me dolía más que cualquier cosa y no pude evitar que todos los recuerdos que había compartido con él acudieran a mi mente como si de la proyección de unas diapositivas se tratara: cuando nos conocimos, tras asistir yo de espectadora a uno de sus victoriosos partidos y él se me acercó para decirme que no había podido concentrarse del todo cuando me vio en la tribuna; nuestra primera cita, cuando me llevó a comer a un hindú y a los dos nos sentó mal el picante y estuvimos enfermos durante tres días seguidos; nuestro primer beso, tan dulce y especial que había estado en la lista de mis mejores recuerdos hasta hacía muy poco; la primera vez que se había referido a mí como su novia...

Y entonces la imagen de Beth y él enrollándose acudió a mi mente, emborronando todos mis recuerdos de él y haciéndome sentir un dolor en el centro del pecho.

Busqué mi voz dentro de mi cuerpo, deseando que no se me notara lo afectada que estaba por verlo allí.

—¿Qué demonios estás haciendo aquí? —le pregunté soltando la esponja en el cubo de agua y haciendo que varias gotas salpicaran mis pies descalzos.

Sus ojos no se apartaron de los míos cuando me contestó:

—Te echo de menos.

No pude evitar soltar una carcajada sarcástica.

—Seguro que no... Has estado muy bien acompañado —le dije dándole la espalda y llevándome las manos a la cabeza.

—Noah..., lo siento —se disculpó con la misma voz aterciopelada con la que me había dicho miles de veces que me quería sobre todas las cosas.

Sacudí la cabeza deseando que aquello no fuese real. No estaba preparada para enfrentarme a Dan, porque una parte de mí deseaba que todo siguiera siendo como antes, una parte de mí deseaba darse la vuelta y dejar que me abrazara, que me besara y que me dijese lo mucho que me quería y echaba de menos... Anhelaba desesperadamente estar con alguien de mi vida anterior. Aunque solo fuera por unos instantes, quería ser la Noah Morgan que había sido antes de montarme en un avión y largarme de mi ciudad para vivir una vida que no quería tener.

—Noah..., yo te quiero —declaró entonces y lo sentí tras mi espalda. Se había acercado hasta colocarse muy cerca de mí.

Me volví sintiendo cómo esas palabras se clavaban en mi corazón hecho pedazos.

—No vuelvas a decirme eso —dije tajante, pero al verlo tan cerca..., al ver las manchitas de color dorado de sus ojos marrones, la cicatriz que se había hecho en la mejilla cuando le habían dado con un palo de hockey (yo había estado junto a él mientras le daban los puntos, casi más histérica que él ante mi poca tolerancia a las heridas o a la sangre), cada cosa que veía en Dan me traía a la mente un montón de recuerdos..., recuerdos que ahora me dolían de una forma insoportable.

Parecía nervioso, lo conocía lo suficiente como para ver que aquello le estaba costando incluso más que a mí.

—Te lo digo porque es la verdad, Noah —afirmó y sin apartar sus ojos de los míos me cogió el rostro entre sus manos. Sentir su contacto me hizo estremecer por la calidez de los recuerdos que despertaban. Durante medio año, ese chico lo había significado todo para mí... Había sido mi primer amor y aún sentía cosas muy intensas por él.

—Por favor, perdóname —repitió a la vez que sus dedos acariciaban mis mejillas—. Cuando te marchaste mi mundo se derrumbó, no sabía qué hacer, ni cómo sobrellevarlo —siguió hablando; sus dedos bajaban hasta mis hombros y me los acariciaban con cuidado mientras hablaba de forma desesperada—. Tienes que perdonarme... Noah, por favor, di algo, necesito que digas que me perdonas...

Cerré los ojos con fuerza... Aquello no debería estar pasando. ¿Por qué había venido hasta aquí? ¿Para qué? Y, de todos modos, su presencia nunca debería haberme despertado dolor, las cosas no deberían ser así... No debería estar disculpándose por nada y, aun así..., volver a verlo, volver a tener algo de mi antigua vida era... tan reconfortante.

Entonces sentí sus labios en los míos. Fue tan inesperado, como algo corriente. Sentirlos había sido algo común en mi vida, algo agradable y necesario, algo que había deseado hacer desde el mismísimo momento en que me subí en aquel avión para marcharme y no volver.

Su mano se colocó en mi nuca y me atrajo hacia su cuerpo. Estaba tan estupefacta y afectada por las miles de sensaciones contradictorias que estaba experimentando que no pude hacer nada más que quedarme quieta.

—Por favor, bésame, Noah, no te quedes así —me pidió entonces presionando con más fuerza mis labios. Consiguió que yo los entreabriera y su lengua buscó la mía como lo había hecho desde la primera vez que nos habíamos besado... Sentí calor en todo el cuerpo, pero... algo era diferente..., algo había cambiado, era como si mi cuerpo estuviese esperando una reacción más poderosa, quería fuego, no calidez, que era lo que notaba en aquel instante.

Entonces alguien hizo un ruido para captar nuestra atención. Fue como si me hubiesen tirado por la cabeza el cubo de agua y jabón que aún tenía a mis pies. Di un paso hacia atrás y Dan me miró un segundo con la alegría reflejada en su rostro antes de volvernos para ver quién nos había interrumpido.

Mi madre y William acababan de llegar. Había estado tan inmersa en todos los pensamientos y sentimientos contradictorios que se me habían estado pasando por la cabeza que ni siquiera los había oído llegar con el coche.

Mi madre nos miró con una gran sonrisa en los labios y después se volvió hacia William, que la miraba con los ojos brillando de satisfacción.

—¡¿Te ha gustado nuestro regalo?! —preguntó mirándonos a ambos alternativamente.

Me volví hacia Dan confusa.

—Tu madre me mandó el billete para que te diera una sorpresa —me explicó encogiéndose de hombros, aunque creí ver cierta culpabilidad en su semblante. Claro, ahora lo comprendía. Mi madre pensó que estaba haciéndome el mejor regalo trayendo a mi novio a casa, solo que no estaba al tanto de un pequeño detalle: ya no éramos novios.

—Estabas tan triste, Noah... —contó mi madre acercándose para darme un abrazo rápido—. Sabía que el único que podía arrancarte una sonrisa era Dan, así que ¿por qué no invitarlo a pasar unos días con nosotros?

«Ay, mamá..., cómo la acabas de liar.»

Forcé una sonrisa que me costó la misma vida, mientras William le tendía la mano a Dan y se la estrechaba con fuerza. Mi madre lo abrazó también y después se volvieron para observarnos uno junto al otro, sin apenas tocarnos.

—Os dejamos un poco de intimidad, seguro que estáis deseando pasar un rato a solas —dijo mi madre emocionada—. He mandado que te preparen la habitación de invitados, Dan. Cualquier cosa que necesites no dudes en pedírmela.

Dan asintió con educación y mi madre y Will desaparecieron por la puerta principal.

Cuando los perdimos de vista me volví furiosa hacia mi exnovio.

—No puedo creer que hayas tenido la cara de venir aquí —le espeté dándole la espalda y empezando a recoger los bártulos que había sacado para lavar el coche. Esa tarea iba a tener que esperar, ahora tenía algo mucho más importante que hacer.

Aquello estaba mal... Dan no podía quedarse en mi casa, y no lo quería en ella, y tampoco podía dejar que volviese a besarme, de ninguna manera...

—Vi la oportunidad perfecta para pedirte perdón en persona —comentó dando un paso hacia mí.

Antes de que me tocara o me besara di un paso hacia atrás.

—No puedes quedarte, Dan.

Él frunció el ceño y se acercó.

—Sé que aún estás enfadada y sé que tendrá que pasar mucho tiempo hasta que puedas perdonarme, pero déjame estar contigo estos días, Noah... Sea lo que sea lo solucionaremos juntos, por favor... Tú eres mía y yo soy tuyo..., ¿recuerdas?

Aquella frase me golpeó como una puñalada en el corazón.

—Dejé de ser tuya en el mismo momento en el que te liaste con mi mejor amiga —le solté sabiendo que el dolor de volver a verlo y de tener que separarme definitivamente de él en los próximos días me iba a dejar aún más destrozada de lo que ya estaba—. Así que puedes quedarte más que nada porque no voy a hacerle un feo a William ni a mi madre; además, no tengo interés en que se enteren de lo que me has hecho, pero después no quiero volver a saber nada de ti.

—Sé que te he hecho daño, Noah —reconoció acercándose a donde estaba yo, que permanecí quieta—. Pero te quiero, siempre te he querido y mi vida sin ti es un auténtico desastre... Desde que te he visto todo vuelve a tener sentido. Cuando me dijiste que te marchabas intenté crear un plan en mi cabeza para poder sobrellevarlo, pero no funcionó. Noah, lo de Beth no significó nada para mí: solo me apoyé en ella porque me recordaba a ti, siempre estabais juntas, os parecéis incluso en vuestra forma de ser. Sé que he sido un auténtico cabrón, pero no puedo soportar que lo nuestro acabe de esta forma... —Bajé la mirada intentando retener las lágrimas que luchaban por salir de mis ojos... No iba a ponerme a llorar... Yo no lloraba... Yo no lloraba—. Y míranos ahora..., ni siquiera eres capaz de mirarme.

Sus manos cogieron mi rostro y sus ojos castaños se clavaron en los míos.

—Por favor, dime que me perdonas —me pidió en un susurro con sus labios casi pegados a los míos.

No sé ni lo que dije, pero sus labios volvieron a besarme, con insistencia, con emoción, y dejé que lo hiciera, *otra vez*... No podía controlarlo: simplemente era algo que necesitaba. Sin embargo, cuando me acariciaba con su boca, supe que no estaba bien, era una extraña sensación en la boca del estómago, me sentía culpable, culpable porque estaba engañando a alguien muy importante..., a mí misma.

Me aparté de él unos segundos después.

—Necesito que me des espacio —conseguí articular. Y era verdad, necesitaba pensar, necesitaba dejar de tenerlo delante.

—Está bien —aceptó bajando la mano que estaba sobre mi rostro y dando un paso hacia atrás—. ¿Puedo dejar mis cosas en la habitación de invitados al menos? —preguntó.

Asentí y lo acompañé a esa habitación. No podía pasar ni un minuto más allí con él, así que me despedí y empecé a caminar hacia mi habitación con la intención de meterme en la cama y dormir hasta al día siguiente... Me daba igual lo temprano que fuera, necesitaba pensar y poner mis sentimientos en orden a la vez que en perspectiva, pero mi cuerpo se detuvo en una puerta que no era la mía y, antes de poder detenerlo, estaba llamando a la de Nicholas.

No sé si contestó, pero escuché un ruido y simplemente abrí la puerta.

Estaba sentado frente a su portátil, en el escritorio que había en una esquina de la habitación, y en cuanto me vio lo cerró. Su silla giró para quedar frente a mí y mi mente contempló cada parte de su anatomía como si de una obra de arte se tratara. Estaba sin camiseta y en pantalones de deporte grises. Estaba claro que no esperaba visita y menos la mía, creo que desde que había llegado a esa casa esa era la primera vez que llamaba a su puerta, pero una parte de mí me había llevado a buscar consuelo en mi hermanastro y aún intentaba comprender por qué demonios había decidido torturarme a mí misma con la presencia de alguien como él.

Sus ojos azules se clavaron en los míos pese a la distancia que había desde su escritorio hasta la puerta. Supongo que vio algo en mi rostro porque frunció el ceño casi de inmediato.

—¿Qué te ocurre? —dijo levantándose y acercándose a mí con cautela, como si no supiese muy bien qué hacer. Al instante y como casi siempre que nos encontrábamos solos, una irresistible atracción surgió en el aire. Una parte de mí se alegró al comprobar que Dan era incapaz de provocar aquella respuesta en mi cuerpo y no pude evitar alegrarme y sentirme realmente confusa al mismo tiempo.

Sin decir nada di un paso adelante, con mis ojos clavados en esos ojos azules que solo prometían cosas oscuras, y sin ni siquiera pensarlo coloqué una mano en su nuca y lo besé casi con desesperación.

Al principio él se quedó quieto, sorprendido supongo, pero la respuesta de su cuerpo fue inmediata. Sus manos me cogieron por la cintura y me atrajeron hacia él. Al momento su boca y su lengua tuvieron el control. Sentí miles de mariposas en el estómago. Sus manos en mi cuerpo simplemente me hicieron olvidar el motivo por el que había ido allí, y pronto estuve hiperventilando bajo sus labios: debía apartarme para recuperar el aliento y controlar el temblor que se había apoderado por todo mi cuerpo.

—¿Qué haces? —me preguntó al oído al mismo tiempo que sus dientes se apoderaban de mi oreja y tiraban de un modo que me hizo suspirar. Mis manos se aferraron a su espalda cuando empezó a besarme en el cuello y en la mandíbula... y simplemente cualquier sentimiento de dolor, de pérdida o de añoranza desapareció de mi cabeza.

Pero me apartó.

—¿Qué es lo que ha pasado? —insistió entonces mirándome a los ojos.

¿Por qué tuvo que preguntarlo? ¿Por qué no se dedicaba simplemente a besarme y a hacerme disfrutar con lo que claramente era una de sus mejores habilidades? ¿Desde cuándo a Nicholas le importaba los motivos por los que alguien quería enrollarse con él?

Entonces Dan regresó a mi mente... y la sensación de haber sido engañada por alguien a quien tanto quería —los quería mucho, tanto a Beth como a él— volvió para hacerme sufrir, y también el dolor al saber que los había perdido a ambos para siempre, porque no iba a ser capaz de perdonarlo, no se lo merecía. Pero lo peor era el miedo..., el miedo de no ser lo suficientemente fuerte para permanecer alejada de él.

Apoyé la frente en el hombro desnudo de Nick y automáticamente sus brazos me abrazaron. Fue muy extraño, porque nunca habíamos compartido ningún momento parecido. Dejé que me abrazara y descansé mi rostro en su pecho. Olía maravillosamente bien, seguramente a alguna colonia de marca de esas que utilizan los modelos de la tele, pero, sobre todo, lo que más me gustó fue lo calentito que estaba su pecho y lo reconfortante que fue notar cómo el calor me invadía por dentro, porque me sentía congelada..., congelada por las emociones que me embargaban y el dolor que sentía en el corazón.

—No digo que no me encante tenerte entre mis brazos, Pecas, pero si no me dices lo que te ha ocurrido creo que voy a sacar mis propias conclusiones y terminaré dándome de hostias con la persona equivocada.

Con esas palabras, a pesar de mi estado de ánimo, consiguió sacarme una sonrisa.

Comencé a separarme de él, pero tiró de mí hasta que se sentó en la silla de su escritorio conmigo en su regazo.

Otra vez aquello fue muy extraño, extraño y tan placentero que volví a sentir un dolor en el estómago.

—Por favor, dime que no estás aquí porque le has hecho algo a mi otro coche y el remordimiento te reconcome por dentro, porque ni por todos los besos del mundo...

Sabía que bromeaba, y me hacía gracia ver cómo intentaba hacerme reír. No conocía aquella faceta del duro y borde Nicholas Leister y me agradó bastante.

Entonces decidí contarle el motivo por el que había entrado en su habitación, porque aunque sea difícil de creer no había estado en mis planes enrollarme con él ni nada parecido.

—Dan está aquí —le anuncié observándolo. Sus ojos tardaron un segundo en comprender lo que le estaba diciendo. Su cuerpo se tensó.

—¿El cabrón que te puso los cuernos está aquí? —dijo mirándome con incredulidad—. ¿Dónde, en Los Ángeles?

«Uf...»

—Aquí, en casa —contesté sabiendo lo patética y ridícula que era aquella situación.

Él me observó unos segundos como si esperase a que le dijera que era una especie de broma.

Me apresuré a explicarme.

—Mi madre lo ha invitado, no sabe nada de lo que me ha hecho, no tiene ni idea de que hemos roto..., pero ahora él está aquí, Nicholas, y mi mundo se ha puesto patas arriba... —le conté mientras me levantaba y comenzaba a caminar por la habitación.

Por qué estaba contándoselo a mi hermanastro era algo que nunca sabría, pero necesitaba desahogarme con alguien y Nick era muy bueno consiguiendo que pensase en otra cosa.

Mirándome de forma extraña cogió un cigarrillo de su mesa y se lo llevó a la boca. Parecía enfadado o, quizá, decepcionado.

—¿Por qué me lo cuentas? —me dijo entonces dándole una calada al cigarrillo de forma brusca. Ahora en sus ojos se veía una frialdad muy conocida..., la misma con la que me observaba la mayoría de las veces, la misma que nos llevaba a insultarnos y odiarnos mutuamente. Nicholas tenía dos facetas muy distintas y nunca sabía cuándo iba a aparecer la una o la otra.

Sentí un pinchazo en el corazón.

Intenté dejar a un lado las cosas que sentía por él, cosas que ni yo misma comprendía, y le dije lo que verdaderamente necesitaba.

—Dan va a saber quién eres en cuanto te vea —afirmé colocando delante de mí aquel escudo que siempre llevaba para defenderme de las personas, aquel escudo que desde que Dan había llegado parecía haber desaparecido—. Te reconocerá por la foto que le envíe de nosotros... cuando... nos besamos —terminé al fin.

¿Quién iba a pensar que aquel beso iba a traerme tantos quebraderos de cabeza? Si hubiese sabido que al besar a Nick parte de mi mente y mi cuerpo solo iban a estar deseando repetir, me habría abstenido desde el principio.

Los ojos de Nicholas se clavaron en los míos. Dejó el cigarrillo en un cenicero que tenía en el escritorio y me miró con desdén.

—¿Qué es lo que pretendes, Noah?

Respiré profundamente.

—Solo quiero que se vaya y no tener que volver a verlo jamás —declaré sabiendo que era cierto, eso era lo que deseaba, sin importar el dolor que me causara. No quería a mi lado a alguien que me había engañado.

El rostro de Nicholas pareció relajarse un tanto.

—Pero no me veo capaz de conseguirlo —agregué llevándome una mano a la frente con nerviosismo—. Ha venido expresamente a conseguir que lo perdone... y una parte de mí así lo desea, pero no es lo que quiero...

—¿Y es ahí donde entro yo? —preguntó entonces.

Asentí al ver que comprendía dónde quería llegar.

—Solo será por un par de días —comenté con voz temblorosa—. Si él ve que he seguido adelante, que no me interesa..., puede que me deje en paz.

Asintió llevándose el cigarrillo a la boca. Aunque no me gustaba nada la gente que fumaba, en él era de lo más sexi.

—Por tanto, tenemos que enrollarnos delante de él —concluyó Nicholas.

Me sentía avergonzada por lo que le estaba pidiendo... y, aunque ya me había ayudado en ese campo al ofrecerse a hacer una foto de nosotros dos besándonos, ahora era un poco extraño, porque, de hecho, nos habíamos enrollado varias veces los últimos días.

—Que crea que estamos juntos —comenté y me puse tensa cuando se levantó de su silla y se me acercó.

—¿Por qué no le parto la cara y terminamos antes? —me plateó cogiéndome el mentón con una de sus manos. Sus ojos se clavaron en los míos de forma intensa: me miraba enfadado y con algo oculto que no supe interpretar.

—Mi madre no puede enterarse —afirmé finalmente con un murmullo. Me sentía atrapada por esa mano que me sujetaba y a la vez nerviosa por su contacto. Uno de sus dedos resiguió mi labio inferior con una leve caricia.

—Me debes una muy grande —dijo en tono de cabreo para después posar sus labios en los míos bruscamente. Me besó con fuerza, no con calidez, y no pude evitar compararlo con Dan. Mientras que mi exnovio era delicado y cariñoso —aunque en el fondo era un cabrón—, Nicholas era frío y dominante. Nunca sabía lo que estaba pensando; por ejemplo, en aquel instante, sus manos ni siquiera me tocaban, solo sus labios. Entonces se apartó.

—Espero que no seas idiota y dejes que ese capullo te vuelva a poner las manos encima.

Dicho esto se volvió, cogió una camiseta, las llaves del coche que estaban sobre la mesa y se marchó, dejándome allí, intentando averiguar si iba a ser capaz de reponerme de aquel último contacto con Nick.

20

NICK

Estaba cabreado, más que eso... No sabía cómo estaba porque nunca me había sentido así en toda mi vida. Ni siquiera entendía cómo había dejado que Noah me dijera lo que debía o no debía hacer; aunque con ello pudiese estar con ella de la forma que deseaba... Que cada célula de mi cuerpo se encendiera nada más verla no era motivo suficiente para que yo aceptara ayudarla en aquella ridícula farsa para que pudiese zafarse de su novio. Hacía tiempo que había superado las tonterías de instituto y, siendo sinceros, las cosas podían solucionarse de una manera mucho más rápida y eficaz: partiéndole las piernas a ese gilipollas y echándolo de mi casa, por ejemplo; Noah tendría lo que quería y yo me quedaría de lo más a gusto.

Me metí en mi coche, cerré de un portazo y no me detuve a pensar en que estaba dejando a Noah a solas con ese imbécil en casa. Después de haberla visto no creía que nada pudiese ocurrir entre ellos, y ver cómo me sentía tan solo de imaginármelos juntos hizo que pisara el acelerador con fuerza y me marchara lo más lejos de lo que, si no tenía cuidado, se convertiría en mi propia y martirizante prisión.

Desde que nos habíamos enrollado todo había cambiado. Aquella irritación que sentíamos el uno hacia el otro había pasado a convertirse en un deseo irrefrenable que me ponía a mí en una situación de lo más complicada. No sabía lo que quería, pero estaba seguro de que empezar cualquier tipo de relación con Noah no era lo que le convenía a alguien como yo. Ya lo había comprobado: Noah tenía madera de novia, y mi relación con las mujeres nunca había sido monógama, me gustaba la variedad, y huía del compromiso con todas mis fuerzas. Ninguna mujer se merecía más atención de la que yo estuviese dispuesto a darle y nunca dejaría que ninguna tuviese ningún control sobre mí o mis decisiones. Yo hacía lo que quería y con quien quería. Noah Morgan me atraía más que ninguna otra chica, tenía que admitirlo, la deseaba con tanta fuerza que me dolía permanecer alejado de ella; mi mente tenía tantas fantasías creadas a su alrededor que cuando estaba con ella perdía el hilo de mis pensamientos y dejaba que mi cuerpo dirigiese mis movimientos. Con Noah era todo diferente y por eso mismo tenía que andarme con cuidado.

Aparqué el coche cuando llegué a la casa de Anna. Cogí el móvil y marqué el número.

—Estoy fuera —le anuncié cuando la voz de Anna sonó al otro lado de la línea. Ya eran las once de la noche y unos dos minutos después ella salió de su casa y vino hacia mi coche con una sonrisa que prometía muchas cosas.

Bajé la ventanilla al ver que no abría la puerta para montarse.

—Mis padres no están, ¿quieres entrar? —me preguntó con una sonrisa cálida y sexi.

No lo dudé, y cuando me bajé del coche, vino a mi encuentro. Antes de que pudiera decir nada, ya había pegado sus labios a los míos. Siempre llevaba un pintalabios con algún sabor característico y nunca me había disgustado... hasta ese día. Me aparté de ella y entramos a la casa.

—Hacía mucho que no venías —me comentó un momento después y noté su mirada clavada en mi rostro.

—He estado muy liado —le contesté un poco cortante. No podía quitarme de la cabeza que Noah estaba durmiendo en el mismo pasillo que su ex.

Doblé hacia el salón que había a mi derecha, por algún motivo inexplicable no me apetecía subir a su habitación.

—Te echo de menos, Nick —me dijo Anna sentándose a mi lado.

Me fijé en que sus mejillas estaban sonrosadas y en que sus labios se veían brillantes y atractivos. Me acerqué hasta ella, colocando una mano en su rodilla desnuda y acariciándole la piel como sabía que le gustaba.

—No deberías echarme de menos, Anna —le advertí fijándome en el color oscuro de sus ojos—. Nosotros no somos nada.

Vi la tensión que afloró a sus ojos, pero no dejó que aquello le afectara. Ambos sabíamos cómo era nuestra relación. Anna tenía un trato especial por mi parte, era verdad, pero desde el primer instante supo que nunca seríamos nada más que lo que éramos ahora. Yo nunca pertenecería a una mujer, nunca dejaría que me hiciesen daño otra vez.

Sus labios alcanzaron los míos y le devolví el beso más por costumbre que por verdadero deseo. Aquello me molestó. Anna era una chica muy atractiva y muy guapa, siempre había habido química entre nosotros, incluso más que con cualquier otra, pero aquella vez no ocurrió nada... y eso me cabreó.

Con la mano que tenía libre la tomé de la nuca y la obligué a profundizar el beso. Anna era una chica lista, sabía lo que me gustaba y cómo quería que se comportase. Sus manos me atrajeron hacia ella cogiéndome de la camiseta y nos pegamos sintiendo el calor del fuego y de nuestros cuerpos..., pero no era lo que buscaba.

Me aparté un momento después. Ella me observó con los ojos ardientes, deseosos de más.

—¿Por qué no subimos a mi habitación? —me propuso con las manos aferradas a mi camiseta. Se las cogí y las aparté para después volverme hacia la tele encendida.

—No me apetece —respondí simplemente.

Anna suspiró y cogió su bolso de encima de la mesa.

—¿Quieres? —dijo enseñándome el porro que ahora tenía entre sus dedos.

Saqué el mechero de mis vaqueros y me incliné para encendérselo mientras ella lo sujetaba entre sus labios.

—Esto te pondrá de mejor humor —aseguró pasándomelo un segundo después.

Aquella noche dejé que mis problemas desaparecieran.

Llegué a casa a eso de las tres de la madrugada. Me dolía todo el cuerpo y me sentía como si me hubiesen dado una paliza. Al pasar junto al cuarto de Noah y ver la luz que se filtraba por debajo, sentí una oleada de ira que me recorrió todo el cuerpo. Si la luz estaba encendida significaba que Noah estaba despierta y también que seguramente estaría acompañada. Abrí la puerta sin vacilar, listo para darme de hostias con el capullo que ahora dormía bajo mi mismo techo.

Me detuve en seco cuando vi el cuerpo relajado y dormido de Noah. Estaba acurrucada bajo una fina sábana blanca, sus cabellos rubios estaban extendidos sobre la almohada y sus ojos estaban cerrados y en calma. La luz de su mesilla estaba encendida e iluminaba con su tenue luz todo lo que había en aquella habitación... y no había ni rastro de Dan.

Inspiré hondo intentando tranquilizar aquellas oleadas de rabia que aún me recorrían el cuerpo al haber imaginado miles de escenas de Noah acostada en su misma cama con su exnovio, haciendo de todo menos dormir. Pero Noah le tenía miedo a la oscuridad, lo había descubierto la primera noche que había dormido en casa, y al recordarlo sentí un sentimiento cálido en mi interior.

La observé dormir, parecía tranquila, y su respiración era regular y sosegada. Nunca me había detenido a observar a una chica dormir: era algo fascinante. Me acerqué un poco más queriendo comprobar una teoría. Automáticamente y al estar más cerca de ella, mi corazón comenzó a acelerarse sin sentido ni lógica. Una sensación extraña y desconocida me recorrió todo el cuerpo y, de repente, me sentí mejor... Incómodo, pero mejor. La mano me picaba de las ganas que tenía de acariciar aquellos labios suaves y gruesos de color cereza. Toda mi anatomía deseaba entrar en contacto con aquel cuerpo y entonces comprendí que nada iba a cambiar. Daba igual que me enrollara con Anna o con cualquier otra chica..., nada iba a ser tan intenso como lo que sentía en aquel instante por la chica que dormía en esa cama.

21

NOAH

Aquella mañana me desperté más tarde de lo normal. No sé si era por el remolino de pensamientos contradictorios que me llevé a la cama o porque sabía que aquel día iba a ser muy complicado, pero al levantarme y ver que el cielo estaba nublado supe que nada bueno iba a sacar de haberle pedido un favor a Nicholas y de haber dejado que mi ex se quedase a dormir en mi casa. Mientras me ponía el bañador y un vestido de playa, me dije a mí misma que solo tenía que aguantar hasta las siete de la tarde, entonces empezaría en mi nuevo trabajo y podría desaparecer y evitar sin problemas a Dan.

Además, había podido meditarlo mucho antes de dormirme y los únicos sentimientos que quedaban hacia la persona que lo había sido todo para mí eran rabia y rencor. Estaba cabreada, no quería ni verlo; es más, me sentía como una estúpida por haberlo dejado besarme. No sé si era porque en ese momento no lo tenía delante y, por tanto, los recuerdos que despertaba en mí no se revivían. Esa mañana no quería ni mirarlo a la cara.

Cuando entré en la cocina y lo vi sentado a la mesa, con una taza de café y la mirada clavada en su teléfono, no pude hacer nada para no fulminarlo literalmente con los ojos. Al verme, levantó la vista y me observó al pasar junto a él para ir a la nevera y sacar el zumo de naranja.

—Estaba esperando a que bajaras —dijo levantándose de la silla y apoyándose contra la encimera a mi lado. Lo ignoré mientras cortaba una rodaja de pan y la metía en la tostadora—. Tus padres ya se han ido.

—Madre —aclaré molesta.

Dan suspiró a mi lado y por fin me decidí a mirarlo. Tenía el pelo rubio bien peinado y se había vestido con sus mejores vaqueros y una camiseta con una frase ridícula.

—¿No quieres hablar conmigo? —me preguntó sin apartar la mirada de la mía—. Quiero recuperarte, Noah, no me he cruzado un país entero solo por unas vacaciones: he venido aquí a conseguir tu perdón.

—No hay nada que perdonar, Dan —repuse tajante—. Me has puesto los cuernos, y no solo una vez, me han llegado fotos, fotos que no sé ni quién ha podido enviar, pero doy por hecho que ha sido alguna de tus amiguitas. Nunca aceptaron que tú y yo estuviéramos saliendo y, al parecer, mi mejor amiga tampoco.

Antes de que Dan pudiese contestar a mi acusación, un Nick con el torso desnudo y unos pantalones de pijama que le caían sueltos sobre la cadera apareció en la cocina. Tenía el pelo revuelto y los pies descalzos... No pude evitar compararlo con quien estaba a mi lado. Mi corazón se aceleró solo con su presencia y Dan desvió la mirada para ver quién había captado mi atención de esa forma tan absoluta.

Nick se detuvo y analizó la situación desde la puerta. Me mordí el labio nerviosa. ¿Qué iba a hacer ahora?

Dan apretó la mandíbula al caer en la cuenta de quién era, y yo por vez primera desde que él había llegado me sentí con fuerzas de hacerle frente.

—Hola, no nos han presentado —comentó Nick acercándose a nosotros y tendiéndole la mano. Dan reaccionó un segundo más tarde y vi las venas del brazo de mi hermanastro tensarse cuando apretó su mano con fuerza. Dan disimuló lo mejor que pudo la expresión de dolor que le supuso el apretón de manos de Nick y yo me removí inquieta en mi lugar—. Soy Nicholas.

—Dan —dijo mi ex sin apartar la mirada del recién llegado.

Lo siguiente que pasó dejó a Dan totalmente anonadado: Nick se acercó a mí y se inclinó para darme un cálido beso en los labios.

—Buenos días, preciosa —saludó con los ojos brillándole por algo que no supe descifrar.

Tras el beso se sirvió una taza de café y se marchó en dirección al jardín.

«Vale, Nick, gracias por tirar la piedra y esconder la mano.»

—¿Qué significa eso, Noah? —preguntó Dan, echando chispas por los ojos.

Me encogí de hombros sin mirarlo a la cara.

—Significa que he seguido adelante —contesté sentándome en la silla y dándole un trago a mi zumo.

Dan me observó desde la distancia, aún sin poderse creer lo que acababa de pasar.

—¿No has tardado ni dos semanas en sustituirme por un idiota con musculitos?

—Tú tardaste veinticuatro horas.

Dan se acercó a mí y se aferró al respaldo de la silla que había enfrente con fuerza.

—Entiendo lo que estás haciendo. Lo pillo, me estás pagando con la misma moneda, pero eso no cambia nada, Noah: tú y yo tenemos una relación.

—Teníamos, *teníamos* una relación —aclaré levantándome y elevando el tono de voz.

—¿Qué más tengo que hacer para que me perdones?

Solté una carcajada.

—¿Que qué más? —repliqué sin poderme creer lo que acababa de decir—. ¿Qué coño has hecho para conseguir mi perdón, Dan? ¿Aceptar un billete de avión? ¡Eres patético!

Sin dejarlo contestar, salí por la puerta y me dirigí al jardín. Nick estaba tumbado en una de las tumbonas. Fui en su dirección y me senté a su lado. Se quitó las gafas de sol y me observó con el semblante imperturbable.

—¿Ya puedo partirle la cara? —preguntó mirando fijamente mis labios.

—No creo que hayamos convencido a nadie —afirmé sin poder evitar contemplar su musculoso y bronceado torso.

—Te he llamado «preciosa»... Eso para mí es como si te hubiese pedido matrimonio, Pecas —admitió levantando el brazo y colocándome un mechón de pelo detrás de mi oreja—. Tu ex está mirando justo ahora por la ventana —agregó en voz baja.

—¿Y qué quieres que haga? —pregunté, perdida en su mirada.

—Todo lo que yo te diga —susurró inclinándose para hablarme al oído—. Acaríciame con una de tus manos.

«¿Qué?»

—Venga, hazlo —me apremió y sentí un escalofrío al notar su aliento en mi oreja.

Levanté mi mano e hice lo que me pedía. Su piel estaba caliente, casi febril bajo mis frías manos. Sus músculos se tensaron con mi caricia, mientras yo fui resiguiendo con mis dedos las líneas marcadas de sus abdominales.

Sus labios se enterraron en mi cuello, y me estremecí cuando sentí sus dientes arañándome la superficie suave de mi piel.

—Ahora inclínate y haz exactamente lo que yo estoy haciendo ahora —me indicó con la voz tensa. Mis dedos se habían detenido justo sobre el vello oscuro de su ombligo y su mano me había impedido seguir.

—¿Quieres que te bese el cuello?

—Exacto, Pecas —contestó sobre mis labios. Ahora estábamos a escasos centímetros y sentí cómo mi corazón se detenía para después acelerarse de forma vertiginosa.

Coloqué mi mano en su nuca y volví el rostro hasta enterrar mi boca en el hueco que había entre su hombro y su clavícula. Le di suaves besos hasta llegar a su mandíbula. Su mano, mientras tanto, se había colado por mi camiseta y me acariciaba la espalda. Hice lo que él y le mordí en la oreja, tirando suavemente y disfrutando demasiado con aquel engaño.

Dios..., ¿por qué de repente no quería parar?

Nick se tensó bajo las caricias de mi boca y lo siguiente que sé es que había tirado de mi coleta y tenía sus labios jugando con los míos. Mi cuerpo se arqueó contra el suyo buscando el contacto desesperadamente, y cuando su lengua entró en la cavidad de mi boca juro que sentí como si fuese a derretirme allí mismo.

Colocó su mano en mi nuca y me inmovilizó mientras su lengua hacía círculos contra la mía y exploraba sin descanso. De repente necesitaba tocarlo como antes, pero no porque me lo ordenara, o por dar celos a Dan: lo necesitaba como el aire para respirar. Bajé mis manos por sus brazos musculados y luego por sus pectorales. Cuando tiró de mí para recostarme sobre él en la tumbona y sentí su erección clavándose en mi estómago fue cuando decidí apartarme.

Nick abrió los párpados y vi que tenía las pupilas dilatadas. El azul de sus ojos había desaparecido para dejar en su lugar una mirada salvaje que me advertía sobre cosas peligrosas.

—¿Sigue mirando? —pregunté con la respiración trabajosa.

Nick sonrió divertido.

—¿Quién ha dicho que lo estuviese haciendo?

Abrí los ojos y me volví hacia la cocina. Allí no había nadie.

—¡Me dijiste que estaba asomado a la ventana!

—¿De verdad? —replicó en un tono inocente.

Me puse de pie fulminándolo con la mirada.

—¿Ya te has divertido lo suficiente? —le solté entre dientes.

—Ni de lejos, preciosa —repitió el calificativo que ya me había asignado en la cocina.

—Deja ya de fingir, Nicholas... Como ves, no hay nadie para verlo.

Nick ladeó la cabeza y me observó sonriendo.

—¿Quién ha dicho que esté fingiendo?

Su respuesta me sorprendió y descolocó a partes iguales.

Joder. ¿Dónde me estaba metiendo?

No sabía qué hacer, la casa podía ser muy grande, pero no podía ignorar que Dan estaba allí, y también Nicholas. Necesitaba escapar, hacer tiempo hasta la hora del trabajo, así que me puse unos pantalones cortos de deporte, una camiseta de tirantes y mis zapatillas Nike y salí al pasillo con la intención de ir a correr por la playa.

Justo al abandonar mi habitación, la puerta del cuarto de invitados se abrió y Dan salió para reunirse conmigo.

Lo ignoré deliberadamente y me fui hacia las escaleras.

—Noah, joder, espera —me pidió alcanzándome en el rellano.

—¿Qué quieres, Dan? —solté exasperada.

Dan pareció dudar unos segundos.

—Si ni siquiera vas a hablarme, no sé qué demonios estoy haciendo aquí —confesó apretando los dientes con fuerza.

—Haberlo pensado antes de decidir presentarte aquí para ponerme entre la espada y la pared —repliqué dándole la espalda y bajando los escalones.

Me siguió, obviamente.

—¿Qué quieres que haga entonces?

—¿Sinceramente? —dije volviéndome hacia él y echando chispas por los ojos—. Quiero que te largues.

Dan apretó los labios con fuerza.

—Creía que después de nueve meses estando juntos al menos podíamos intentar solucionar las cosas.

¿En serio parecía dolido por mis palabras? ¿Él?

—No voy a ser esa clase de chica, Dan. No pienso serlo.

—¿Qué clase de chica?

—La clase de chica que deja que su novio la engañe y después de tres disculpas de mierda decide hacer como si nada hubiese ocurrido. Creía que me conocías mejor, pero está claro que yo también me equivocaba contigo.

—¡¿Y qué esperabas que pasase?! —me chilló entonces, sorprendiéndome con su arrebato—. ¿Que siguiésemos como antes? ¡Te has ido, joder!

Mi labio empezó a temblar peligrosamente. Ya sabía que me había ido, no hacía falta que me lo recordara a gritos.

—Exacto, me he ido. Así que, ¿qué demonios estás haciendo aquí?

—No quería dejar las cosas así. No quiero que te líes con el primero que pase para poder hacerme daño. Y ya me lo has hecho, he pillado la indirecta.

Solté una risa irónica.

—¿Tan difícil te resulta creer que a lo mejor estoy con Nick porque simplemente quiero estar con él?

Dan me miró con condescendencia.

—Venga ya, Noah..., no soy idiota. Todo este numerito que te traes con él, el beso en la cocina... ¿Te crees que no me he dado cuenta de lo que estás haciendo?

Sentí que me ruborizaba y eso solo consiguió que me cabrease aún más.

—¿Quieres de verdad saber lo que estoy haciendo? —lo reté dando un paso en su dirección—. Todo eso que no hicimos tú y yo..., eso es lo que hago con él.

Sabía que me estaba metiendo en terreno pantanoso, Dan era muy celoso; es más, estaba segura de que el único motivo por el que había venido aquí era simplemente para asegurarse de que me tenía comiendo de su mano. No podía soportar que hubiese pasado página tan rápido, eso era como una puñalada en su maldito ego masculino.

La ira apareció en sus ojos marrones y supe que había dado en el clavo.

Antes de que pudiese oír lo que fuera que estaba por salir de sus labios, Nick apareció en la entrada, se fijó en nuestra tensa posición, uno frente al otro, y vino hacia mí, colocándose delante y tapándome con su cuerpo.

—¿Por qué no desapareces de mi vista? —le preguntó en un tono de voz calmado.

—¿Te estás tirando a mi novia? —inquirió Dan haciéndole frente. Vi cómo se le tensaban los músculos y cómo la vena del cuello se le marcaba en la distancia.

—Lo que haga con Noah no es asunto tuyo, capullo.

Dan parecía estar calibrando qué hacer a continuación. Entendía su reticencia, Nick daba mucho miedo y más cuando hablaba en ese tono calmado y frío que estaba empleando justo en ese instante. Además, era mayor que él, más fuerte y más grande. Incluso sentí pena por Dan..., aunque no mucha.

—Dan, deberías irte —afirmé colocándome junto a Nick.

Ya no había nada más que hablar. Esa situación se había vuelto ridícula y, para ambos, incómoda. Ya no solo por fingir algo que no tenía con Nicholas, sino porque lo nuestro ya había llegado a un punto sin retorno. Él mismo lo había dicho: me había ido y él me había engañado, no había nada más que hablar.

Dan me miró a los ojos un instante.

—Siento todo esto, Noah —se disculpó intentando ignorar la presencia de mi hermanastro.

Me mordí el labio que empezaba a temblarme. Nunca pensé que las cosas pudiesen acabar así entre nosotros.

—Supongo que somos el ejemplo perfecto de que las relaciones a distancia nunca funcionan.

Dan asintió con los labios apretados y se alejó por las escaleras, creo que para ir a recoger sus cosas.

Me quedé callada observándolo marchar.

—Me aseguraré de que se sube a un avión —dijo Nick a mi lado.

Me había olvidado de que estaba allí, junto a mí, observándome.

Intenté recuperarme, no quería que me viera así, no quería demostrar tristeza por alguien que no se lo merecía.

—Voy a salir a correr —anuncié sin contestarle.

Lo cierto es que en ese instante necesitaba alejarme, alejarme de él, de Dan, de esa casa, de todo el mundo.

Fui a salir por la puerta, pero él me cogió del brazo y me retuvo.

—¿Estás bien? —me preguntó levantándome la barbilla para poder mirarme a los ojos.

¿Nick se estaba preocupando por mí?

—Lo estaré —respondí, dándole la espalda y alejándome de su contacto.

La siguiente hora y media la pasé corriendo por la playa, pensando, o intentando no hacerlo, más bien. No podía negar lo doloroso que era sentir que lo más probable era que no volviese a ver a Dan, ni a Beth ni nadie en realidad. Ya no había motivos para volver a mi ciudad y eso me dejó rota por dentro. Mi novio, mis amigos, habían sido la baza perfecta para regresar a mi hogar y ahora...

Corrí y corrí hasta que el cuerpo me obligó a echarme sobre la arena, exhausta. Miré al cielo medio nublado y me pregunté a mí misma cómo todo podía cambiar tan rápido. Un minuto eres una persona y al siguiente eres otra.

Sin ni siquiera desearlo, mis pensamientos se fueron hacia el beso que nos habíamos dado Nick y yo aquella mañana. Me llevé la mano a los labios, casi sintiendo su boca contra la mía... Había sido tan intenso... De repente sentí miedo al ver dónde me estaba metiendo, tenía que andarme con cuidado: no quería volver a caer en las redes de nadie y menos de alguien como Nicholas Leister.

Tenía que proteger mi corazón y la mejor manera iba ser manteniéndome alejada de cualquier cosa que me hiciese sentir tanto con tan poco.

No podía darle ese poder a Nicholas porque él era justamente quien podía llegar a destruirme.

De camino de vuelta a casa, me metí en el mar para refrescar mi cuerpo enfebrecido por el ejercicio. Después, mientras caminaba por la orilla para secarme, me encontré frente a frente con Mario, el camarero de la banda de Nick que me había llevado a las carreras.

—Hola, hermanita de Nick —me saludó con una sonrisa perfecta mientras tiraba de la correa del perro que tenía a su lado, un pastor alemán precioso.

—¡Hola! —lo saludé a mi vez con verdadera alegría, mientras me inclinaba y acariciaba al perro detrás de las orejas.

—¿Cansada de la familia Leister? —me preguntó con una sonrisa divertida. Tenía los dientes muy blancos y una sonrisa de esas que se contagian nada más verla.

—Más bien de todo en general, aún sigo intentando adaptarme a todo esto —le contesté de forma desenfadada. No quería amargar al pobre chico con mis problemas.

Empezamos a caminar el uno junto al otro.

—Cuando quieras puedo enseñarte la ciudad, hay lugares que creo que te encantarían —se ofreció amablemente.

Le sonreí de vuelta, agradecida, aunque temiendo que Mario tuviese algún que otro plan con respecto a nosotros. No es que no me gustase, pero no quería meterme en camisa de once varas. Ya tenía suficientes problemas de chicos.

—Lo cierto es que no he tenido mucho tiempo de visitar los lugares típicos y menos ahora que voy a empezar a trabajar.

Mario volvió el rostro para mirarme la cara.

—¡Vaya, eso es genial! ¿Dónde?

—En el Bar 48, junto al paseo marítimo. Hoy será mi primer día —respondí poniéndome un poco nerviosa.

Mario asintió pensativo.

—Conozco a gente de allí, es un lugar agradable —comentó, aunque frunciendo un poco el ceño.

Justo entonces llegamos al acantilado y las escaleras de piedra que me llevarían directamente a mi jardín.

—Ven a visitarme cuando quieras, no puedo ofrecerte una copa, pero no creo que haya problema por invitarte a un refresco —dije sonriendo.

Mario soltó una carcajada.

—Allí estaré —afirmó con un brillo especial en sus ojos marrones—. Y recuerda que mi oferta sigue en pie —agregó refiriéndose a su ofrecimiento de antes.

Asentí sin querer comprometerme a nada y me despedí con la mano.

Cuando subí las escaleras en dirección a mi habitación no pude evitar asomarme a la habitación de Dan. No había ni rastro de él ni de sus cosas.

¿Era idiota por sentir tristeza ante la ausencia de alguien que me había hecho tanto daño? En cualquier caso, no quise seguir dándole vueltas al asunto, me metí en mi habitación, me duché y me vestí para ir a trabajar.

Al llegar al Bar 48 aparqué el coche en el parking de la entrada y entré. Era un lugar bastante agradable, había cuadros de cantantes de rock en las paredes y una plataforma en la esquina donde supuse que tocarían algunos grupos. Había mesas con sillones negros esparcidas por todo el local y una gran barra con bebidas alcohólicas detrás. En cuanto entré, la encargada, una mujer regordeta, empezó a explicarme lo que iba a tener que hacer.

—Todos nos cambiamos aquí, te daré una camiseta en un momento —dijo enseñándome una puerta trasera que daba acceso a un pequeño almacén que hacía las veces de vestuario—. Tendrás que fichar cuando llegues y cuando te vayas. Si alguien te pide alguna bebida alcohólica me lo dices a mí o a alguna de tus compañeras.

Asentí contenta, ya que en realidad el trabajo era muy parecido al anterior que había tenido en Canadá. Me presentó a las otras tres camareras que trabajarían conmigo en mi turno, que era de siete a diez de la noche. No era un turno muy largo, pero me las apañaría con lo que ganaría con las propinas.

El tiempo pasó deprisa y agradecí tener algo que me mantuviera distraída por unas horas. Me puse a trabajar de inmediato, cogiendo los pedidos y atendiendo a los clientes. Las tres horas se me pasaron volando y, cuando justo quedaban diez minutos para que terminara mi turno, Mario apareció por la puerta.

Le sonreí, sorprendida de que al final hubiese decidido venir.

—Te veo bien —me comentó fijándose en mi uniforme, que consistía en una camiseta negra con el logo del bar y un delantal blanco atado a la cintura.

—Gracias, ¿te pongo algo? —pregunté de forma amable.

—Una Coca-Cola estaría bien —respondió con una sonrisa tal vez demasiado ancha dibujada en el rostro.

—¿De qué te ríes? —le espeté mientras abría la botella y se la servía en un vaso de cristal.

—Simplemente me preguntaba por qué trabajas de camarera si sabemos de sobra que no te hace falta.

—No me gusta que paguen mis cosas, prefiero hacerlo yo misma —declaré mientras miraba detrás de él por si alguien me necesitaba. Todo estaba tranquilo, así que supuse que no habría problema si me quedaba un rato charlando.

Me gustaba Mario.

—¿Cuándo terminas? —dijo después de unos minutos haciéndome reír.

Miré el reloj.

—Pues... ahora —contesté retirando su vaso y lavándolo.

—¿Qué te parece si te invito a ver una película?

Lo cierto es que con lo que había ocurrido aquel día lo único que quería era marcharme a casa y meterme en la cama. Observé a Mario. Era guapo, simpático... Estaría bien salir con alguien que no me trajera problemas, que no fuera ni mi ex ni mi hermanastro...

—Hoy no es un buen día, pero no estaría mal quedar algún fin de semana, ¿te parece?

Mario sonrió bajándose del taburete.

—Te tomo la palabra.

Salimos juntos del bar, yo con mis llaves del coche en la mano y él con un casco de moto colgando del brazo y os aseguro que la última persona que esperaba ver apoyada en mi coche era Nick.

Me detuve unos segundos y observé cómo sus ojos se desviaban de mí hacia la persona que tenía justo a mi lado. Todo su cuerpo pareció tensarse e incluso desde la distancia vi que sus ojos llameaban con la rabia que muchas veces había dejado salir a la luz. Entonces forzó una sonrisa y se acercó hacia nosotros.

Antes de que pudiese hacer nada me pasó un brazo por los hombros, me atrajo hacia él y me vi prisionera bajo el peso de su cuerpo.

—Hola, preciosa —volvió a decir y no pude evitar poner los ojos en blanco.

Mario nos observó con curiosidad.

—Nick —pronunció su nombre a modo de saludo sin apartar sus ojos de los míos.

Quise decirle que eso no era lo que parecía ni mucho menos, pero Nick se volvió arrastrándome con él hacia su coche, despidiéndose de Mario con un además de la mano.

—Lo siento, colega, pero *mi chica* y yo tenemos planes —se disculpó.

—¿Puedes explicarme qué demonios estás haciendo? —le recriminé soltándome como pude y fijándome en que Mario ya nos había dado la espalda—. ¡¿Te has vuelto loco?!

—Loco por ti, preciosa —repitió sacando un cigarrillo y encendiéndoselo como si no hubiese pasado nada.

—Deja ya lo de «preciosa», no te pega —espeté cruzándome de brazos.

Nick se rio sin apartar sus ojos de mi cuerpo.

—No, ¿verdad? Yo soy más de nena, creo —dijo poniendo cara pensativa.

—¿A qué ha venido eso? —pregunté refiriéndome a su actuación ante Mario.

—¿No es lo que querías? ¿Que fingiera ser tu novio?

Respiré hondo intentando calmarme.

—Delante de Dan, Nicholas.

—¡Ah! —soltó chasqueando los dientes—. Aclárate, Pecas, me tienes confuso.

Apreté los labios con fuerza y lo miré fijamente.

—Ahora se va a pensar algo que no es —dije sin poder evitar sentir la electricidad que se creaba entre ambos cada vez que estábamos juntos. Mis palabras parecieron captar su interés.

—¿Algo como...?

—Algo como que estamos liados.

—¿Y qué te importa lo que pueda pensar ese idiota?

Su tono había bajado dos octavas y ambos nos dimos cuenta.

—No me gustaría que nadie creyese que tú y yo estamos liados, lo de Dan era necesario, pero ahora que se ha ido...

—Aún no se ha ido —repuso dando un paso hacia delante en mi dirección y tirando el cigarrillo al suelo—. Le he comprado un billete de avión que sale dentro de trece horas. Este va a ser el viaje más largo de la historia.

Sentí un pinchazo de pena por Dan. Trece horas en el aeropuerto más otras cinco de vuelo...

—¿No crees que haya hecho bien? —me preguntó acercándose más a mí—. Si quieres lo recojo y nos vamos los tres juntos a comer.

El sarcasmo en sus palabras me hizo sonreír.

—Gracias por haberme ayudado a librarme de él —dije, aún sin poderme creer que Nicholas hubiese hecho algo por mí—. No tenías por qué...

—Bueno, me voy sumando favores. A este paso podré convertirte en mi esclava antes de cumplir los veintidós.

No es que me hiciera mucha gracia su respuesta, pero, de repente, solo podía pensar en su boca besando la mía y cobrándose los favores que le diera la gana.

Maldito fuera por ser tan increíblemente atractivo.

—¿No puedes hacer las cosas de forma desinteresada sin más? —le planteé nerviosa por su cercanía. Se había pegado tanto que tuve que inclinar la cabeza hacia atrás para mirarlo a los ojos.

Nick se rio con los ojos fijos en mis labios.

—Yo no hago nada de forma desinteresada, amor.

La última palabra casi me provoca un paro cardíaco, pero peor fue cuando se inclinó, me cogió por la nuca y estampó sus labios fuertemente contra los míos. Me dejó sin palabras, sin pensamientos, sin nada.

Me vi a mí misma levantando mis manos y atrayéndolo hacia mí. Otra vez atrapada entre él y el coche que tenía detrás. Su otra mano me apretó por la cintura contra su cuerpo y sentí la dureza de los músculos contra la suavidad de mi cuerpo. Nuestras respiraciones se volvieron trabajosas. De repente quería más, necesitaba mucho más. Nick despertaba sensaciones en mí que hasta ahora habían estado dormidas.

Sentí la presión de su rodilla entre mis piernas y un calor exquisito me recorrió por entero...

Entonces, justo cuando creía que me había teletransportado a un mundo paralelo, el móvil de Nick empezó a sonar, despertándonos a ambos y sorprendiéndonos por lo intenso que se había convertido un simple beso.

Nick se separó de mí y se llevó el teléfono a la oreja. En cuanto nuestras miradas se separaron fui consciente de la realidad y de lo increíblemente fácil que me estaba resultando dejarme enredar por él y sus caricias. ¡Joder, estábamos en un parking público!

—Estaré allí en un momento —dijo entonces en un tono de voz muy distinto al que había utilizado para dirigirse a mí momentos atrás.

Cuando colgó el ambiente se había enrarecido.

—Debería irme..., he quedado —me hizo saber en calma.

Simplemente asentí.

—Ya nos veremos en casa —añadió.

¿Qué es lo que había pasado para que ahora me hablase en ese tono tan distante?

—Adiós, Nicholas —me despedí subiéndome a mi coche sin mirar atrás.

Lo que no entendí fue cómo, con todo lo que había ocurrido aquel día, había sido su actitud la que había terminado por cabrearme más que cualquier otra cosa.

22

NICK

No había sido mi intención liarme con ella en aquel parking del bar; todo lo contrario: la conversación que había tenido con el idiota de Dan en mi coche, de camino al aeropuerto, me había dejado bastante tocado.

—No tienes ni idea de dónde te estás metiendo —me había soltado después de un intenso silencio interrumpido por mis ganas de cargármelo—. Noah puede estar muy buena, pero está más jodida que tú y yo juntos.

Respiré hondo intentando no entrar en su juego, pero deseando saber a qué se refería. Mi intención no era tener una relación con Noah, pero no podía evitar la atracción que sentía hacia ella.

Apreté el volante con fuerza como simple respuesta.

—Te lo digo por experiencia..., esa chica oculta más cosas de lo que aparenta a simple vista y...

—Y por ese motivo has decidido venir aquí, ¿verdad? —lo interrumpí haciendo girar el coche.

—Supongo que las chicas que no nos lo dan todo a la primera nos resultan irresistibles.

Seguí conduciendo mientras analizaba sus palabras: «Las chicas que no nos lo dan todo a la primera...». No conocía a muchas chicas así.

—No es por fastidiarte la fiesta, pero no creo que seas el tipo de chico dispuesto a esperar..., no sé si me explico.

Seguí mirando fijamente a los coches que tenía delante.

—Puedo ser muy paciente... o todo lo contrario, como ahora, por ejemplo: estoy impaciente por partirte la cara.

Dan sonrió desde su asiento y juro que tuve que hacerme con todo mi autocontrol para no dejarme dominar por la ira. Ahí estaba ese capullo, hablando de la chica que había sido su novia sin ningún tipo de respeto.

Vale que yo no era un caballero andante, pero al menos no intentaba aparentar que lo fuera. Yo dejaba las cosas claras, este gilipollas se rendía al engaño.

—Solo te estoy advirtiendo, tío. Cuando dejas que entre ya es muy difícil dejarla salir..., como tú has dicho. ¿Estoy aquí, verdad? En cuanto te descuides estarás comiendo de su mano y no sabrás ni qué ha pasado.

Paré el coche en la entrada del aeropuerto.

—Desaparece —le ordené con la mandíbula apretada.

Dan cogió su maleta y se bajó, no sin antes decirme una última cosa:

—Tenía intención de arreglarlo... Beth no le llega ni a la suela de los zapatos.

Dicho esto, me dio la espalda y se marchó.

El resto del día lo pasé en la playa. No podía quitarme de la cabeza las palabras de Dan y odiaba sentir que, a pesar de su advertencia, lo único que quería era verla y asegurarme de que estaba bien. No tenía ni idea de cómo manejar los sentimientos que estaba sintiendo por ella.

Cogí mi tabla de surf y me metí en el mar. No sabía qué iba a hacer: tenerla en casa era una maldita tortura. La deseaba con locura y cada vez que la veía mi imaginación volaba por las nubes. Si mi padre llegaba a enterarse de algo me mataría, no podía olvidarme de que Noah tenía cinco años menos que yo, joder.

Aun así, decidí ir a buscarla al bar donde por cabezonería había decidido empezar a trabajar. No entendía por qué demonios quería hacerlo y menos de camarera. El Bar 48 era un club donde tocaban varios grupos y donde mis amigos y yo íbamos a menudo. Los chupitos y la bebida estaban tirados y por eso atraía a una clientela muy variada. No me hacía ni puta gracia que Noah trabajase de noche en ese lugar y menos gracia aún me hizo verla salir con Mario.

Él y yo compartíamos un pasado que no quería que Noah conociese jamás. Las cosas que había hecho cuando me fui de mi casa, la manera de comportarme después de que mi madre se fuera... Mario había compartido todas y cada una de las fases que había ido superando hasta llegar al presente. Me ponía nervioso que mis secretos pudiesen salir a la luz y más con alguien que ahora vivía bajo mi mismo techo.

Por eso no dudé ni un instante en acercarme a ella y sacarle partido a la farsa que habíamos empezado. Si Mario creía que estaba interesado en Noah, lo más probable es que decidiera mantenerse alejado.

Al acercarme vi que Noah se tensaba casi automáticamente ante mi presencia. Llevaba el pelo suelto y parecía cansada. Apreté la mandíbula deseando llevármela lejos de allí.

Tenía que admitir que ese tira y afloja que nos traíamos me divertía sobremanera. Era rápida y sus contestaciones me animaban a picarla, y me divertía a su costa.

No había podido mantenerme alejado, mis piernas habían ido acortando el espacio que nos separaba hasta que ya prácticamente había ocupado todo su espacio personal. O la besaba o me volvía loco. Ni siquiera era consciente de lo que estábamos hablando, algo sobre hacer favores o de hacerla mi esclava...

Todo mi cuerpo se endureció solo con imaginármela completamente a mi merced. Tuve que hacerlo, por mucho que supiera que estaba mal, mi boca la reclamaba como el aire para respirar.

Enterré mis dedos en su larga melena y la atraje hacia mí, casi con desesperación. Las manos de Noah se enredaron en mi nuca y nuestros cuerpos colisionaron casi desesperados. Sentí el dulce sabor de su boca, saboreé con mi lengua la suya y me creí desfallecer: no había nada como besar esa boca. Quería hacerla temblar en mis brazos, hacerle sentir cosas que nadie, y menos el capullo de su novio, la había hecho sentir jamás. De repente se convirtió en mi objetivo número uno: hacerla disfrutar. Me pegué a su cuerpo, apretándola contra la puerta del coche y presioné con mi rodilla entre sus piernas.

El suspiro entrecortado que salió de sus labios me provocó un escalofrío en todo el cuerpo que se prolongó hasta que de repente el teléfono sonó y nos impidió a ambos continuar con lo que estábamos empezando en medio de aquel sitio público.

Al fijar mis ojos en ella supe que estaba perdido...

«En cuanto te descuides estarás comiendo de su mano y no sabrás ni qué ha pasado.»

Aparté la vista de sus mejillas sonrosadas y sus labios hinchados, y me concentré en lo que fuera que me estaban diciendo.

Necesitaba irme de allí, necesitaba poner distancia entre los dos... No podía dejar que Noah se adueñase de mis pensamientos, de mi vida...

—Debería irme..., he quedado —dije intentando que no se diera cuenta de lo confundido que estaba—. Ya nos veremos en casa —añadí al ver que se quedaba callada.

Noah apretó los labios con fuerza y se metió en su coche.

La vi marchar con una sensación muy desagradable en la boca del estómago.

¿Era ya demasiado tarde?

23

NOAH

Ya había pasado una semana entera desde la última vez que había hablado con Nicholas. Una semana entera que llevaba trabajando y la primera semana que no recibía ningún mensaje por parte de mi ex, Dan, lo que era de agradecer. Después de lo ocurrido en el aparcamiento del bar, Nick me había evitado casi de una forma insultante. Cuando me levantaba él ya se había ido, y cuando regresaba de trabajar, a eso de las diez, mi madre me informaba de que se había marchado poco antes. Era como si de repente no quisiera volver a verme y lo peor de todo era que yo estaba sufriendo aquel distanciamiento como nunca hubiese imaginado. Mi cuerpo me pedía volver a besarlo, volver a estar rodeada por sus brazos y también enloquecía pensando en lo que podría haber hecho mal, o por qué motivo él se mostraba tan frío conmigo después de haber compartido momentos tan excitantes.

Sabía que iba a casa porque mi madre lo veía casi todos los días, solo que iba cuando yo no estaba o, si no, regresaba a las tantas después de haber estado haciendo sabe Dios qué. Por eso aquella tarde, cuando mi jefe me anunció que ese sábado no tenía que trabajar porque cerraban el bar durante tres días, me propuse encontrarme de una vez por todas con él. No sabía exactamente si iba a aparecer por casa y tampoco estaba del todo segura de si quería volver a tenerlo delante.

Intentando evadirme de cualquier conflicto emocional que estuviera teniendo lugar dentro de mi mente, me metí en la cocina, ya que aquel día mi madre y yo íbamos a ver unas películas mientras cenábamos juntas en el salón. Cuando estábamos en Canadá lo hacíamos casi todas las noches, y desde que nos habíamos mudado apenas pasábamos tiempo juntas. Mi madre estaba todo el día acompañando a William en sus viajes de trabajo o yendo de compras o incluso ayudando a organizar muchos de los eventos y fiestas que Leister Enterprises organizaba cada mes. Pero aquella noche estaríamos juntas: William iba a quedarse en el despacho hasta tarde y, aprovechando que yo no tenía que trabajar, habíamos coordinado nuestras agendas.

Eran pasadas las ocho de la noche y a mi madre aún le quedaba un rato para llegar a casa, cuando decidí preparar carne al horno con patatas asadas. Me gustaba cocinar, no era una chef profesional, pero me las arreglaba bastante bien entre fogones. Estaba cortando las patatas con un cuchillo parecido a esos que intentan vender siempre en la teletienda cuando sentí que la puerta de la entrada se cerraba. Me puse tensa de inmediato, no sabía si era él, pero mi corazón comenzó a latir aceleradamente mientras escuchaba los pesados pasos de alguien acercándose a la cocina.

Ambos nos quedamos quietos cuando nuestras miradas se cruzaron en la poca distancia que había desde la puerta hasta la encimera de la isla de la cocina, donde yo había dejado el cuchillo. Su mirada fue primero de sorpresa y después de deliberada indiferencia. No tuve mucho tiempo de molestarme por aquella actitud, dado que mis ojos se quedaron hipnotizados al ver cómo iba vestido, pulcramente arreglado, con un traje negro, camisa blanca desabrochada y el pelo cuidadosamente despeinado, enmarcando aquellos ojos que hacían que me temblaran las rodillas.

—¿No tendrías que estar trabajando? —me preguntó un segundo después, cuando ambos, o por lo menos yo, nos repusimos del impacto de volver a vernos después de siete largos días. Él se adentró en la cocina, rodeando la mesa en donde yo cocinaba, para dirigirse a la nevera con aire distante y desenfadado.

—Me han dado el día libre —balbuceé aún aturdida por la increíble atracción que sentía por él. Me picaban las puntas de los dedos por las ganas que tenía de despeinarle aún más el pelo y de desarreglarle la camisa planchada con esmero.

—Me alegro por ti —dijo en tono educado.

—¿Dónde has estado? —le pregunté un momento después mientras dejaba caer el cuchillo con un poco más de fuerza de la necesaria. La patata se cortó con rapidez y dejé una marca en la tabla sin querer, haciendo un ruido seco de metal contra madera.

—Por ahí —me contestó hablándome desde atrás. No podía volverme porque, si no, se daría cuenta del cabreo que tenía. No deseaba que Nicholas estuviese al tanto de la horrible obsesión que se había ido apoderando de mí aquellos últimos días. Me ponía nerviosa saber que me estaba observando, apoyado en la encimera de atrás, mirándome y yo sin poderme girar—. Tienes la espalda quemada —comentó tras un intenso e incómodo silencio.

Sentí su mirada clavada en mi piel y me puse aún más nerviosa.

—Me quedé dormida en la piscina —le expliqué cortando más patatas y concentrándome en proseguir con mi tarea.

Entonces lo sentí detrás de mí, su respiración en mi nuca, hasta que un dedo suyo me recorrió la piel quemada desde un omóplato hasta el otro. Sentí que se me ponía la piel de gallina y me quedé quieta con el cuchillo a medio camino de cortar otra patata.

—Deberías tener más cuidado —me advirtió y entonces sentí sus labios cálidos justo en mitad de mis hombros, debajo de mi nuca.

Me sobresalté tanto y estaba tan alterada que a punto estuve de dejar caer el cuchillo sobre uno de mis dedos. Los reflejos de Nick fueron más rápidos que los míos y detuvo el movimiento antes de que me hiciera un estropicio. Me estremecí al notar su mano agarrando la mía con fuerza. El cuchillo se me soltó de los dedos y me volví para hacerle frente.

—¿Por qué me has evitado esta última semana? —le pregunté sin rodeos.

Su semblante se tensó y el calor que irradiaba su cuerpo me golpeó como una ola de calor.

—No he hecho eso —replicó simplemente.

Suspiré.

—Claro que sí, hace una semana que no te veo y vivimos en la misma casa —dije desviando la mirada. ¿Por qué me importaba? Ya había tenido suficiente con Dan. ¿Por qué iba a meterme en otra relación si estaba claro que nada bueno podía salir de ella?

—No tengo por qué darte el parte, he estado ocupado —aseveró dando un paso hacia atrás y creando espacio entre los dos, un espacio que agradecí y odié a partes iguales.

Apreté la mandíbula sintiendo que la sangre me comenzaba a hervir bajo las venas.

—¿Sí? Pues espero que sigas ocupado durante mucho tiempo. —Hice el amago de marcharme, pero su mano se aferró a mi brazo con fuerza, deteniéndome.

—¿Qué insinúas con eso?

Lo miré sabiendo que estaba reaccionando justamente como no debía hacerlo. Que él hiciera lo que le diera la gana, no tenía por qué importarme. Sí, nos habíamos enrollado varias veces; sí, me atraía muchísimo y sí, lo había echado de menos, pero eso no quitaba todo lo malo que Nicholas representaba.

—Nada —contesté con los ojos clavados en su camisa. ¿Por qué dejaba que me afectara?

—Deberías permanecer apartada de mí, Noah —me advirtió unos segundos después.

—¿Eso es lo que quieres? —le contesté apretando los labios con fuerza.

—Sí, es lo que quiero.

Si digo que no me dolieron sus palabras estaría mintiendo. No hizo falta decir más nada. Me alejé de él prometiéndome no volver a caer en sus redes...

Y qué mal se me dio seguir esa promesa.

El trabajo me venía genial para permanecer fuera de casa y alejada de la carga emocional que implicaba ignorar a Nick las veinticuatro horas del día. Aquella noche Jenna me había llamado para invitarme a cenar a un sitio mexicano y no veía la hora de que fueran las diez para poder marcharme. Me di una ducha rápida y me vestí con unos pantalones cortos y una camiseta de los Dodgers que me habían regalado tiempo atrás. Ahora que estaba en Los Ángeles no veía un lugar mejor donde ponérmela. Me hice una cola alta y ni me maquillé.

No quería seguir pensando en lo poco que quedaba para empezar el instituto ni en lo raro que iba a ser estar rodeada de gente que no conocía en un colegio de pijos insoportables. Aquella noche iba a divertirme.

Justo cuando terminaba de arreglarme llamaron a mi puerta.

—¡Pasa! —grité mientras me calzaba mis Converse, suponiendo que sería mi madre para saber qué tal me había ido el día.

Me equivoqué puesto que el que apareció en el umbral fue Nick. Me encaré con él aún con una zapatilla en la mano. Estaba vestido con unos vaqueros, una camiseta negra y zapatillas. Su pelo negro estaba despeinado como siempre y sus ojos azules me miraron con frialdad.

—¿Qué quieres? —le pregunté intentando con todas mis fuerzas no mostrarle lo resentida que estaba con él.

—¿Desde cuándo sales conmigo esta noche? —me preguntó en tono distante.

Me crucé de brazos frente a él.

—Que yo sepa voy a salir con Jenna, no contigo.

Nicholas suspiró y se fijó en mi atuendo.

—Pues yo también salgo con Jenna... y con Lion y con Anna —anunció poniendo énfasis en el último nombre.

Mierda, Jenna... ¿Por qué no me lo habría dicho? Sentí un pinchazo de celos en el estómago.

—El plan era salir y divertirnos, así que por mí no hay problema —respondí cansada de estar todo el día discutiendo con él, o besándonos y luego enfadándonos por ello. Era agotador y tenía que encontrar la forma de llevarnos bien—. Así que tengamos la fiesta en paz —dije forzando una sonrisa nada convincente. Aún me dolían sus palabras, y el hecho de que no quisiera volver a tocarme.

Me observó detenidamente sopesando lo que le estaba ofreciendo.

—¿Me estás proponiendo una tregua, hermanita? —me preguntó en un tono extraño. Suspiré en mi fuero interno, pero sin poder evitar fruncir el ceño al ver salir de sus labios la palabra «hermanita».

—Exactamente —le contesté terminando de ponerme la zapatilla.

—Muy bien, pues entonces vamos en el mismo coche —determinó y, antes de que pudiera protestar, siguió hablando—: Jenna me ha dicho que no va a poder recogerte y es una tontería llevar tantos coches si vamos a ir al mismo sitio.

—Si no hay más remedio... —le dije cogiendo mi bolso y saliendo por la puerta.

—Un gracias habría estado mejor —repuso pasando por mi lado y adelantándose a bajar las escaleras.

Me fijé en su espalda, en cómo la camiseta le marcaba los fuertes músculos y cómo se ajustaba a la parte superior de los brazos... ¿Por qué tenía que estar tan bueno? ¿Por qué?

En cuanto llegamos al vestíbulo me di cuenta de que no llevaba dinero. Me detuve sin saber muy bien qué hacer. Aún no me habían pagado, ya que todavía no era final de mes, y desde que me había mudado había ido tirando de mis ahorros hasta prácticamente quedarme sin nada.

Nick ya estaba bajando las escaleras del porche para coger su 4x4, que estaba aparcado a la entrada, cuando se dio cuenta de que no le seguía.

—¿Qué haces? —me preguntó mirándome con el ceño fruncido.

No sabía qué hacer y después de unos segundos de duda decidí inventarme una mentirijilla.

—Creo que he perdido la cartera —expuse haciendo como que rebuscaba en el bolso. Odiaba hacer aquel numerito y, de no saber que estaba forrado, simplemente me habría quedado en casa, pero eso era lo último que me apetecía en aquel instante.

—¿Por eso me haces perder el tiempo? —replicó y elevé la mirada para observarlo.

—No tengo dinero —le dije temiendo que no comprendiera del todo la situación.

Puso los ojos en blanco.

—Ya me has hecho perder más de cien mil dólares, pagarte una hamburguesa no creo que suponga una gran diferencia. Vamos, sube al coche —me indicó montándose de un salto en el lado del conductor. A continuación puso el coche en marcha.

Sentí un pinchazo de culpabilidad, pero solo tuve que recordar lo poco que lo soportaba para que aquel sentimiento se esfumara.

Ya sentada en el asiento del copiloto, me percaté de que teníamos por delante un trayecto de veinte minutos hasta llegar al restaurante. Observé en silencio cómo manipulaba los cambios y encendía la radio. No había estado con él a solas desde que habíamos vuelto del bar, y me resultó muy extraño.

La emisora era una que transmitía las peores canciones de rap de la historia, pero él parecía saberse todas las letras, así que opté por no quejarme aquella vez. Miré por la ventana a las inmensas casas que dejábamos atrás y me sorprendió que no saliera a la autopista, sino que doblara en dirección norte, hacia la urbanización que había junto a la nuestra.

—¿Adónde vamos? —le pregunté con curiosidad.

—Tengo que recoger a Anna —me respondió sin volver la mirada hacia mí. Sentí una sensación desagradable en el estómago, pero la ignoré lo mejor que pude.

Él, de alguna manera, notó el cambio. La tensión y la incomodidad eran palpables y todo lo ocurrido entre nosotros volvió a hacerse hueco en mis pensamientos.

—Sobre cómo nos hemos tratado últimamente... —dijo entonces en un tono distante pero calmado. Sentí cómo me ponía en tensión. No quería hablar sobre ello.

—Propongo que intentemos llevarnos mejor, como hermanos, y que olvidemos lo que ha ocurrido entre nosotros.

Me volví con las cejas levantadas.

—¿Pretendes tratarme como una hermana después de haberme manoseado más de una vez? —repliqué con incredulidad.

Vi cómo su rostro se ponía tenso, la mandíbula apretada y las venas marcadas bajo la piel.

—Pues como amigos, joder —me respondió cabreado—. Eres imposible, simplemente intento que nos llevemos mejor.

—Tratándome como a una hermana —repetí sintiendo que me iba encendiendo más y más a cada minuto que pasaba.

Me fulminó con la mirada y yo hice lo mismo. Por unos instantes nuestros ojos se encontraron, airados y ardiendo con alguna emoción demasiado peligrosa para expresar en palabras.

—Te he dicho que seamos amigos —me ladró y su manera de decírmelo teniendo en cuenta el contenido de la frase me hizo sonreír. Agradecí que tuviese los ojos fijos en la carretera otra vez.

—Está bien —convine después de unos instantes. Supuse que pretender ser amiga de Nicholas era mejor que estar tirándonos de los pelos las veinticuatro horas del día, aunque no podía fiarme de mí misma en lo referente a no desearlo cada vez que ponía los ojos sobre él—. Aunque «amigos» no creo que sea la palabra correcta; yo nos definiría como «parientes lejanos obligados a soportarse» —dije más contenta con ese término, porque «amigos» era una palabra muy grande. Para que alguien volviera a ser mi amigo iba a tener que recorrer muchísimo camino; ni siquiera era capaz de fiarme de Jenna todavía y eso que había sido estupenda desde que la había conocido.

Nicholas esbozó una pequeña sonrisa, algo casi imposible de interpretar, pero ahí estaba.

—Lo de parientes tampoco me gusta... ¿Qué tal «pseudoparientes lejanos obligados a soportarse y a enrollarse de vez en cuando»? —propuso burlándose claramente de mí.

Le di un manotazo y su sonrisa se ensanchó. Fue extraño, pero en aquellos pocos minutos que tardamos en llegar, me sentí completamente cómoda a su lado, hasta incluso había sido divertido, de cierta forma extraña y retorcida.

Nicholas detuvo el coche frente a una casa bastante grande, no tanto como la nuestra, pero sí lo suficiente como para que cualquiera como yo se quedase con la boca abierta. Nick cogió su teléfono móvil y marcó un número deprisa.

—Estoy en la puerta, sal —dijo con voz bastante fría, teniendo en cuenta que los últimos minutos había estado mucho más relajado que desde el día que lo había conocido.

—Eres todo un caballero, ¿lo sabías? —le comenté sin poder evitar fruncir el ceño a la vez que observaba la puerta de la casa.

—Gilipolleces —replicó guardándose el teléfono y poniendo el coche en marcha al ver que la puerta se abría—. Una tía es perfectamente capaz de salir de su casa sin que la escolte alguien.

Puse los ojos en blanco a la vez que observaba la cara de la novia de Nicholas. No era muy alta —yo le sacaría media cabeza— y las últimas veces que la había visto tenía tal cara de estirada y creída que ya pertenecía a mi lista de enemigos. Aún recordaba su último comentario sobre mi ex y me hervía la sangre.

Fue gracioso ver cómo sus ojos se iban agrandando más y más a medida que se percataba de quién estaba en el coche. Su cara se transformó al fruncir los labios y fulminarme abiertamente con la mirada, y se puso hasta fea.

Se detuvo delante de mi ventanilla, con la clara intención de decir algo. Fue una pena que no me apeteciera bajarla para poder escucharla. A mi lado, Nicholas soltó un suspiro y debió de tocar alguno de sus botones, porque mi ventanilla comenzó a bajar en contra de mi voluntad.

—¿Qué es esto? —preguntó Anna mirándonos con incredulidad.

—Un coche —le respondí riéndome de ella.

De inmediato sentí un pellizco en la cadera y, cuando ya estaba dispuesta a darle un manotazo a Nick en respuesta, fui consciente de que mi comentario le había hecho gracia: a pesar de tener el semblante serio, sus ojos brillaban con la contención de una carcajada.

—Sube al coche, Anna —le ordenó y subió de nuevo mi ventanilla.

Ella volvió a mirarme con ganas de matarme y luego abrió la puerta trasera para subir. Estaba claro que no estaba acostumbrada a ir detrás y fue gracioso verla por el espejo retrovisor como una niña enfurruñada.

Nick puso el coche en marcha y por fin salimos a la autopista. Tenía bastante hambre, por lo que deseaba llegar lo antes posible. Además, bromas aparte, no me apetecía nada estar en aquel coche con aquellos dos.

El silencio se apoderó del ambiente, aparte de los ruidos del motor y de la carretera, y esta vez fui yo la que le dio al botón de la radio para después echarme hacia atrás con los brazos cruzados y mirar por la ventanilla. Anna por vez primera parecía no tener nada ingenioso o estúpido que decir y Nicholas parecía absorto en sus pensamientos, sin darse cuenta de lo incómodo que era ir en el mismo coche que la idiota con la que se estaba acostando. No tenía ni idea de qué tipo de relación tenían, pero no debía de ser muy seria si se había enrollado conmigo varias veces.

Me alegré cuando llegamos al restaurante, que estaba a las afueras de la ciudad, en una carretera repleta de bares y mucho bullicio de gente. Vi a Jenna y a Lion en la puerta y en cuanto Nicholas detuvo el coche salí disparada hacia ellos.

Jenna me dio un abrazo y Lion me sonrió con aquel semblante frío, pero mucho más amigable que el de Nick. A su lado y para mi sorpresa, se encontraba Mario. Me había venido a visitar muchas veces al bar y habíamos hablado. Me sonrió mostrándome sus dientes blancos.

—¡Pero si es la mejor camarera del lugar! —gritó haciéndome reír. Me sonrió abiertamente, aunque su sonrisa pareció apagarse cuando Nick y Anna aparecieron detrás de mí.

Observé cómo ambos se miraron y fui del todo consciente de la hostilidad que había en el ambiente.

—¿Qué haces aquí? —le preguntó Nicholas de malas maneras. Lo observé frunciendo el ceño. ¿Por qué tenía que comportarse siempre como un gilipollas?

—Acabamos de encontrarnos y le he dicho que se quedara a comer con nosotros —explicó Jenna guiñándome un ojo y claramente ignorante de la tensión entre aquellos dos.

Decidí intervenir antes de que mi hermanastro comenzara una pelea allí mismo. Conociendo su historial no me extrañaría en absoluto.

—¡Estupendo! —exclamé esforzándome por sonreír abiertamente.

A nuestro alrededor había bastantes personas haciendo cola para entrar al restaurante. Por suerte no era nada elegante, por lo que mi atuendo era de lo más apropiado, al contrario que el de Anna, que iba con tacones y un vestido minúsculo—. Serás mi cita de esta noche, Mario, ya que al parecer iba a jugar el papel de sujetavelas —dije con calma mirando a las dos parejitas. A Mario se le iluminaron los ojos y me pasó un brazo por los hombros para atraerme hacia él.

—¡Genial! —soltó y se dirigió al mostrador donde estaban escritas las reservas. Antes de darle la espalda a Nicholas pude ver cómo su rostro estaba descompuesto por algo peor que el enfado.

Después de unos minutos nos sentaron a una mesa redonda en un reservado aislado del bullicio. Supuse que el nombre de Nicholas Leister o Jenna Tavish tenía cierto peso en aquel sitio.

Me senté entre Mario y Jenna quienes, a su vez, se sentaron junto a Anna y Lion; Nicholas, así, estaba justo enfrente de mí. Después de unos segundos todos pidieron las bebidas y se hizo un incómodo silencio. Nicholas estaba tenso mirando a Mario con el semblante serio y este intentaba mantener el tipo sin mandarlo literalmente a la mierda. Gracias a Dios Jenna sacó un tema de conversación.

—¿Sabes, Anna? —dijo dirigiéndose a la chica mientras sonreía en mi dirección. La aludida parecía estar furiosa por algo, puesto que su mirada iba de Nick a mí y después a Mario, como si de alguna forma intentase descubrir qué es lo que ocurría—. Noah va a ir al St. Marie, deberías presentarle a Cassie, ya que lo más seguro es que terminemos juntas en clase —afirmó animada. Desde que le había contado que iba a ir a su instituto, no había podido dejar de hablar sobre ello.

—¿Quién es Cassie? —pregunté intentando que la conversación no acabara, ya que Anna no parecía nada entusiasmada con el tema.

Levantó la mirada de su teléfono móvil y me observó con un brillo nuevo en sus ojos marrones. Sentí un estremecimiento. ¿Qué estaría maquinando bajo aquella cabeza de muñeca tonta?

—Es mi hermana pequeña —contestó mirando hacia Nick. Este le devolvió la mirada y se inclinó sobre la mesa cogiéndole la mano y sujetándosela. Sentí un pinchazo de celos.

—¿Pequeña? —repetí con incredulidad—. ¿Cuántos años tienes tú?

La mirada que me lanzó fue de superioridad.

—Veinte —respondió mirando a Nick, que ahora clavaba sus ojos en mí—. Solo me queda un año para terminar la carrera —declaró con aires de superioridad.

—Nunca lo habría pensado —comenté sin pensar, lo que provocó no solo que ella me mirase indignada, sino que Nick sacudiese la cabeza con fastidio.

A mi lado, Jenna soltó una risita nerviosa.

—Dime una cosa, Noah, ¿dónde aprendiste a conducir tan bien? —me preguntó Mario cambiando completamente de tema. Nicholas posó sus ojos en él, para después desviarlos hacia mí. Sabía que tocar aquel tema solo haría que Nick se pusiese de mal humor al recordar que le había hecho perder su coche.

—En ningún sitio, fue casualidad que ganara la carrera —expliqué encogiéndome de hombros. Acto seguido, abrí un paquete de colines y me llevé uno a la boca con nerviosismo. No quería que me preguntaran mucho sobre el tema, digamos que hay cosas que es mejor esconder muy en el fondo y no dejarlas salir.

—Pero ¿qué dices? ¡Fue alucinante! —comentó Jenna a mi lado—. Hacía tiempo que nadie le ganaba a Ronnie con tanta diferencia como lo hiciste tú, ni siquiera Nick... —comenzó a decir, pero se calló al ver el semblante de la persona que estaba frente a mí.

—¿En serio pretendes que creamos que le ganaste por pura casualidad? —inquirió Anna con cara de falsa amabilidad.

Nick se inclinó sobre la mesa, apoyando ambos antebrazos sobre ella, y clavó sus ojos azules en mi rostro.

—¿Cómo aprendiste a correr de esa forma?

La pregunta fue tan directa que no admitía nada que no fuera la pura y simple verdad. Me sentí incómoda, no deseaba hablar sobre algunas cosas de mi pasado... Opté por mentir.

—Mi tío era corredor de Nascar, él me enseñó todo lo que sé —afirmé mirándolo fijamente.

Vi sorpresa en su rostro junto con signos de duda, pero justo en ese instante la camarera nos trajo los platos que habíamos pedido. La comida mexicana siempre me había gustado, sobre todo los tacos, y aproveché la distracción para entablar conversación con Mario, que pronto se puso a charlar conmigo como estábamos acostumbrados. En un momento dado me tronché de risa por algo que había dicho y de lo que los demás no se habían enterado, ya que cada uno hablaba de una cosa diferente.

Cuando me tranquilicé y me incliné para poder beber el poco refresco que me quedaba, mis ojos se encontraron con Nick que, ajeno a la conversación que estaba teniendo lugar con su novia, Jenna y Lion, parecía estar realmente enfadado por algo.

No entendía qué era lo que le pasaba, pero tampoco iba a preguntarle. La tregua que habíamos acordado las últimas veces que habíamos hablado parecía tan frágil como un hilo de coser y sabía que se rompería con demasiada facilidad si decía o hacía algo que lo molestara.

—La última fiesta en tu casa fue genial, Nick, deberíamos hacer una aún más grande, invitarlos a todos para despedir el verano —propuso Jenna a todos en general.

Todos estuvieron de acuerdo y yo sentí un cosquilleo por el cuello y las mejillas al recordar lo que había ocurrido entre Nick y yo en aquella fiesta. Había sido la primera vez que nos habíamos enrollado de verdad.

—Te has puesto roja, Noah —soltó Jenna soltando una carcajada.

Quise morirme, sobre todo porque mi mirada se encontró con la de Nick que, por un momento, pareció estar pensando exactamente lo mismo que yo.

—Es el picante —me justifiqué escondiendo mi rostro. Luego me bebí el agua de los hielos de mi refresco.

Unos minutos después pedimos la cuenta. Me había olvidado de que Nick tenía que prestarme dinero y por eso resultó muy incómodo que Mario se ofreciera a invitarme.

Antes de poder decir nada, Nicholas intervino.

—Yo pago lo suyo —dijo mirándolo con fijeza y sin dar pie a ningún tipo de objeción.

Vi que Mario iba a protestar, por lo que decidí intervenir. Anna también parecía molesta, sobre todo porque Nick no le había dicho nada de invitarla.

—He perdido la cartera —le expliqué a Mario intentando sonar indiferente.

—Pues con más razón; Nicholas, yo pago lo de Noah —afirmó tajante desafiándolo con la mirada.

Este apretó la mandíbula y un brillo oscuro apareció en su rostro.

—¿Seguro que puedes permitírtelo? —le soltó con maldad—. No me gustaría que te quedases sin el dinero de tus propinas por una simple comida.

Abrí los ojos estupefacta por lo que estaba diciendo. Se hizo un silencio incómodo y, a mi lado, Mario se tensó como un perro cuando es atacado. Supe que iba a haber un enfrentamiento y no tenía ni la menor idea de qué hacer para evitarlo.

Antes de que Mario hiciese nada, me apresuré en cogerle la mano por debajo de la mesa. Vi que le sorprendió, pero un segundo después me la apretó con fuerza.

—Paga lo que te dé la gana —le dijo entonces poniéndose de pie y tirando de mí en el proceso. Soltó un billete de veinte dólares sobre la mesa y se volvió hacia mí. Nuestras manos aún estaban unidas y supe que todos se habían dado cuenta de ello.

—Te invito a un helado, ¿vienes? —me ofreció con voz calmada. Me gustó cómo había logrado no dejarse llevar por la rabia; Mario no era un chico violento, aunque fuerza no le habría faltado para poder estar al nivel de Nick. Le sonreí con ganas.

—¡Claro! —acepté volviéndome hacia los demás. Jenna parecía estupefacta, pero me sonrió de manera cómplice al ver nuestras manos entrelazadas.

Nos despedimos, yo ni siquiera miré a Nick, y nos largamos del restaurante.

24

NICK

La imagen de mi puño chocando contra ese idiota no dejaba de aparecérseme en la mente. Me había pasado toda la maldita cena deseando estamparlo contra la pared y usarlo como saco de boxeo. No quería a Mario con Noah, punto. En realidad, no la quería con nadie, pero aún no me atrevía a analizar el porqué de ese deseo. Durante toda la cena no había podido apartar los ojos de ella. Su manera de reírse, la facilidad con la que parecía entablar conversación con él, al contrario que conmigo, su forma inconsciente de acariciarse la parte inferior del cuello, donde estaba su tatuaje, y cuyo movimiento me había estado volviendo loco durante toda la noche...

Después de ver cómo se marchaba con él, simplemente me había levantado, había llevado a Anna a su casa y ahora me encontraba de camino a uno de los pubs que había en la ciudad. Ni siquiera me había quedado en casa de Anna, había estado insoportable, y comprendí que había pasado demasiado tiempo con ella las últimas semanas. Si no quería que se pensase que quería algo serio con ella, iba a tener que buscarme a otra tía para pasar el rato. Con esos pensamientos en mente entré en el local donde había pasado muchas horas los últimos años. Estaba en la parte baja de la ciudad y la gente que lo frecuentaba era de todo menos respetable. Los guardias de la entrada ya me conocían, por lo que no tuve que tragarme la cola de fuera para poder entrar. Ya dentro, la música era atronadora y las luces centelleantes le daban un toque lúgubre y extraño a las personas que se pegaban para bailar con sus cuerpos sudorosos y colocados por sabe Dios qué tipo de droga.

Me acerqué a la barra y me pedí un JB, observando a la gente que había a mi alrededor. Desde el año que había estado viviendo con Lion en ese barrio, lejos de mi padre, de su dinero y todo lo que el apellido Leister representaba, me había hecho un hueco entre toda aquella gente; me respetaban y me aceptaban entre ellos y para mí había supuesto una perfecta vía de escape de todas las cosas que detestaba de la vida que *ahora* me veía obligado a llevar. Me había ido de mi casa en el instante en el que mi padre dejó de tener ningún tipo de custodia legal sobre mí. La relación que habíamos tenido desde el momento en el que mi madre desapareció había sido tan escasa que llegué a creer que a nadie le importaría si desaparecía y me buscaba la vida por mi cuenta. Terminó mandando a su jefe de seguridad, Steve, a buscarme. Fue irónico ver cómo un hombre alto y trajeado aparecía en la casa que se había convertido en mi hogar, pero más irónico aún fue ver que tardó menos de tres minutos en darse cuenta de que si quería hacerme regresar iba a tener que venir con un ejército entero.

Steve había trabajado para mi padre desde que yo era un niño, y me conocía lo suficiente para saber que, si yo no quería regresar, no había nada que pudiesen hacer para obligarme a hacerlo... hasta que pasó lo de mi hermana y necesité ayuda de mi padre, claro.

Al día siguiente todas mis tarjetas de crédito fueron canceladas, y el dinero de mi cuenta corriente, retenido. Tuve que ponerme a trabajar en el taller del padre de Lion para ganarme la vida y nunca me sentí más libre y más realizado que en aquella época.

Pero la vida en aquellos barrios podía ser dura. Me dieron mi primera paliza nada más llegar y entonces comprendí que ser hijo de un millonario y vivir en aquellas latitudes no podía salir bien, a no ser que me convirtiera en uno de ellos. Comencé a entrenarme todos y cada uno de los días: nadie iba a ponerme la mano encima otra vez, no mientras estuviese consciente como para devolver el golpe. Lion me enseñó a defenderme, a saber cómo pegar y también a encajar un golpe. La primera pelea seria vino dos meses después de haber estado entrenando, y dejar a un tío como Ronnie tirado en el suelo y manchado de sangre hizo que me ganara el respeto de todos los allí presentes. Las carreras y las apuestas llegaron bastante después y la tregua que surgió entre Ronnie y yo se hizo más evidente a medida que la gente iba escogiendo bando. Estábamos Lion y yo con nuestra gente y después estaba Ronnie con sus compinches de la droga y los delincuentes. Este comprendió que le salía más rentable tener un trato cordial con nosotros, sobre todo después de que mi padre nos sacara de la cárcel en una ocasión en que nos habían detenido por escándalo público.

Aun así, todo cambió cuando después de un año necesité la ayuda de mi padre por primera vez: simplemente no podía ignorar el hecho de que tenía una hermana a la que deseaba conocer. Mi padre me ofreció ayudarme con el juicio y para conseguirme derechos de visita a cambio de regresar a casa, ir a la universidad y vivir con él por lo menos tres años más. Tuve que aceptar, regresé a la mansión Leister y descubrí que mi padre por fin mostraba cierto interés por mí. Nuestra relación mejoró, pero mi vida siguió siendo prácticamente la misma. Vivía con él, pero pasaba la mayor parte del tiempo con Lion, emborrachándonos, colocándonos y metiéndonos en problemas... Mientras que durmiera en casa de mi padre y fuera a la universidad, él no se metía en mi vida ni yo en la suya... y así había sido hasta el momento.

Las peleas y las carreras formaron parte de mi día a día y la banda de Ronnie y la de Lion comenzaron a enfrentarse cada vez más. A pesar de que por aquellos tiempos ninguno de los dos éramos lo que éramos ahora, siempre había visto el rencor escondido en los ojos de Ronnie. La tregua que teníamos debía prolongarse, ya que ambos vivíamos en el mismo lugar y la gente con la que nos juntábamos era prácticamente la misma. No obstante, lo que empezó siendo una rivalidad amistosa acabó por convertirse en dos bandas enfrentadas a muerte con un resultado tan peligroso y latente como la última vez que lo había visto. Mi puño estrellándose contra su cara en las últimas carreras suponía un desafío abierto que no estaba del todo seguro de cuándo se llevaría a cabo. Que Noah lo venciera era la mayor humillación que podría haber sufrido y sabía que pronto iba a tener que enfrentarme a él para solucionar el conflicto. El problema era que Ronnie había dejado muy atrás las peleas callejeras y los enfrentamientos amistosos. Que nos disparara la última vez me había demostrado lo peligroso que se había vuelto en el último año y no podía sacarme de la cabeza el posible encuentro de Ronnie con Noah en algún momento cercano...

Maldita fuera Noah por hacer lo que hizo... y maldita fuera por haber puesto mi mundo patas arriba. Necesitaba sacármela de la cabeza, volver a lo mío, divertirme como yo sabía, disfrutar de la vida tal como la conocía...

Una rubia embutida en un minúsculo top y unos pantalones negros de cuero se me acercó a la barra.

—Hola, Nick —me saludó y, al verla más de cerca y ver el tatuaje de dragón que surcaba su clavícula, recordé que ya me había enrollado con ella en una ocasión. Su nombre empezaba por S: Sophie, Sunny, Susan o algo así.

Asentí con la cabeza a modo de saludo. No me apetecía hablar, no estaba de humor, pero sí que me apetecía hacer otro tipo de cosas. Al ver que se me acercaba descaradamente, no hizo falta hacer mucho para que sus labios se encontrasen con los míos.

Coloqué mis manos en su cintura y la atraje hacia mí, su aliento olía a vodka y a algo dulzón. Tenía el pelo rubio y un cuerpo lleno de curvas esperando ser acariciadas. Eso era exactamente lo que necesitaba para poder liberar la tensión acumulada en los últimos días. La cogí de la mano y la arrastré hacia una parte oscura de la discoteca, a uno de los muchos reservados libres.

Pero entonces Noah apareció en mi mente al ver cómo las luces de la discoteca creaban colores diferentes en la melena rubia de Susan. Maldije entre dientes y empujé a la chica contra la pared un poco más violentamente de lo necesario, pero el suspiro de placer que me dio como respuesta me alentó a seguir adelante. Sentía su cuerpo pegado al mío en todos los lugares adecuados, pero los labios que se movían con demasiada insistencia no eran los que quería... Me aparté y la besé en el cuello. Olía a humo y a alcohol. Le aparté el pelo y vi el tatuaje del dragón... Ese no era el tatuaje que quería besar, ese no era el cuello que me volvía loco de deseo con tan solo mirarlo...

Coloqué ambas manos en su rostro y no vi ni una sola peca; aquellos ojos azules tampoco eran de color miel ni estaban rodeados de miles de pestañas...

Me aparté.

—¿Qué pasa? —me preguntó Susan, bajando las manos por mi pantalón y acariciándome de forma lasciva. Cogí sus muñecas con una de mis manos y las aparté de mi cuerpo.

—Lo siento, pero tengo que irme —me excusé y me volví dándole la espalda. Ni siquiera me quedé para escuchar sus protestas: necesitaba salir de ahí.

Cuando salí del local doblé hacia uno de los callejones y caminé intentando ignorar aquel pensamiento que no cesaba de decirme que estaba realmente jodido. Estaba tan cabreado y tan ensimismado en mis cosas que no me di cuenta de quién se encontraba al final del callejón hasta que unas voces conocidas me hicieron levantar la vista y ponerme automáticamente en tensión.

Ronnie y tres de sus amigos camellos estaban apoyados contra un coche, un Ferrari para ser exactos..., *mi* Ferrari. Me detuve con ambos puños apretados contra mis costados y una rabia que estaba seguro me iba a costar mucho poder controlar.

—Pero ¡mira a quién tenemos aquí! —gritó Ronnie bajándose del capó y caminando en mi dirección—. El niño rico de papá —dijo soltando una carcajada. Los demás lo imitaron. Sabía quiénes eran: dos eran afroamericanos, llenos de tatuajes y colocados hasta las cejas; el otro era latino y era la mano derecha de Ronnie, Cruz.

—¿Has venido a suplicarme que te devuelva tu coche? —me preguntó Ronnie con una gran sonrisa. Me habría encantado quitársela de un guantazo.

—¿Ese coche que has ganado haciendo trampa? —repuse con calma—. A lo mejor correr con un coche como Dios manda te ayuda a aprender a correr de verdad... No querrás volver a perder contra una cría de diecisiete años, ¿no?

Sentí un gran placer al ver que mi comentario le había afectado, su sonrisa desapareció de su rostro y las venas del cuello se le marcaron a través de la piel.

—Vas a arrepentirte por eso —me amenazó con calma fingida—. ¡Sujetadlo! —gritó entonces.

Sabía que eso iba a ocurrir, lo supe en el instante en el que los vi, y por eso mismo había estado preparado. En cuanto se me acercaron los dos camellos, mi puño voló golpeando el aire y sonreí al ver cómo le rompía la nariz a uno de esos gilipollas. Alguien me sujetó por detrás, levanté el codo con fuerza y volví a dar con algo duro, esta vez la boca de alguien. Cruz se acercó a ayudar, no sin antes darme oportunidad de darle otro golpe al matón número uno en el lado izquierdo de la cara. Entonces llegó mi turno de sufrir. Alguien me dio en el ojo derecho, tan fuerte que me tambaleé hacia un lado, no sin antes revolverme y pegarle una patada a quien me intentó sujetar por los brazos. Me resistí, pero tres contra uno eran demasiados, incluso para mí, y menos luchando con Cruz, que era tan bueno como Lion a la hora de asestar puñetazos. Si hubiese sido uno contra uno habría acabado con él, pero con los otros dos sujetándome por ambos brazos, no hubo mucho que pudiese hacer.

Cruz comenzó a golpearme en las costillas, una y otra vez mientras yo reprimía las ganas de gritar y matarlo con mis propias manos. Ronnie se acercó y clavé mis ojos en los suyos con la clara promesa de que aquello no iba a acabar así.

—Dile a tu hermanita que no me he olvidado de lo que pasé en las carreras —me dijo y la cara inocente de Noah se me apareció en la mente. Ronnie me cogió por el pelo y acercó su cara a la mía. Olía a cerveza barata y a porro—. Y dile que en cuanto la vea me lo voy a cobrar, solo que de una forma muy diferente... —prosiguió. Por todas partes aparecieron manchas rojas. Me sacudí con violencia. Iba a cargarme a ese hijo de puta.

—Voy a meterme entre sus piernas, Nick —aseguró sujetándome con fuerza sin dejarme mover la cabeza hacia delante e incrustarle la nariz en el cerebro—. Y cuando lo haga va a estar tan sucia que ni tú vas a querer acercarte.

—Te mataré —le advertí. Dos palabras, una promesa.

Soltó una carcajada y su puño voló hacia mi estómago. Se me escapó todo el aire que estaba conteniendo y tuve que agachar la cabeza para poder toser y escupir la sangre de la boca.

—No vuelvas por aquí o seré yo quien te mate, y yo sí que lo haré —me amenazó soltándome y dándome la espalda. Me propinaron otro puñetazo, esta vez en plena boca y tuve que volver a escupir para no ahogarme con mi propia sangre.

Cabrones hijos de puta.

Llegué hasta mi coche tambaleándome y a duras penas fui capaz de llegar hasta casa. Todos estaban dormidos, ya era más de la una de la madrugada, pero cuando subí a mi habitación vi que por debajo de la puerta de Noah no se entreveía ningún tipo de luz. No era posible que aún no hubiese llegado... Abrí la puerta sin llamar y ahí estaba su cama sin deshacer.

Maldije entre dientes a la vez que entraba en mi cuarto y me arrancaba la ropa intentando no morirme del dolor. Esos cabrones me habían dejado molido, hacía mucho que nadie me daba una paliza como esa, para ser exactos, cuatro años. Había sido un idiota metiéndome en ese callejón yo solo: se lo había puesto a huevo a ese cabrón.

Me metí en la ducha y dejé que el agua arrastrara la sangre y el sudor de mi cuerpo. Sobre todo me habían golpeado en las costillas y en el estómago, por lo que iba a poder disimular los cardenales con una camiseta. El ojo morado y el labio partido eran otra cosa e iba a tener que ingeniármelas muy bien para buscarle una explicación creíble cuando mi padre me preguntara, o evitarlo hasta que desaparecieran las marcas. No era que dejara que me golpearan en la cara a menudo, pero cuando había peleas y apuestas algún golpe me llevaba.

No podía quitarme de la cabeza la amenaza de Ronnie dirigida a Noah. No dudaba de que quisiera estrangularla con sus propias manos después de aquella humillación pública al perder en las carreras, pero la imagen de ese hijo de puta tocándola siquiera me volvía tan loco que tuve que controlarme para no asestarle un puñetazo al espejo que tenía delante.

Me sequé deprisa y me puse los pantalones de deporte. Pasé de la camiseta porque una de las heridas sangraba un poco. Me enjuagué la boca con agua y comprobé que no me habían roto ningún diente, solo se me había partido el labio, que había dejado de sangrar y se estaba poniendo rojo y morado por momentos, al igual que el ojo izquierdo, que era lo que más tardaría en desaparecer.

Cogí mi teléfono móvil y salí de la habitación con la intención de averiguar dónde demonios estaba Noah y, de paso, ponerme hielo en la herida.

Cinco minutos después, cuando salía de la cocina con un paquete de guisantes contra mi ojo y el móvil en la oreja, la puerta de entrada se abrió con un pequeño ruido de llave y apareció la razón de mi mal humor.

Su teléfono estaba vibrando y dejó de hacerlo en cuanto le di a colgar la llamada. Entonces levantó la vista y me miró. Sus ojos pasaron de la sorpresa al horror.

—¿Dónde coño estabas? —le dije fulminándola con la mirada.

25

NOAH

Lo último que esperaba encontrarme al entrar en casa era a un Nick completamente destrozado. La sorpresa al haber visto su llamada en mi móvil dejó paso al horror en menos de un segundo.

—¿Dónde coño estabas? —inquirió de forma intimidante, como siempre. Aquella pregunta me dejó descolocada por un instante, pero lo que más me dejó alucinada fue su aspecto. Tenía el ojo izquierdo completamente amoratado y su labio estaba partido, pero eso no era lo peor: en su torso desnudo entreví los hematomas que estaban comenzando a formarse bajo aquella piel bronceada y aquellos abdominales. Por un momento, ver aquellas heridas me dejó paralizada. Sentí cómo el corazón me latía a mil por hora y el pánico me invadía haciéndome sentir mareada. No me gustaban las heridas ni la sangre y los oídos comenzaron a pitarme, así que tuve que sujetarme un instante a la puerta.

—¿Qué te ha pasado? —le pregunté con la voz ahogada.

Nicholas estaba enfadado: lo podía ver por cómo apretaba la mandíbula con fuerza y por cómo me miraba: como si en cierta manera yo fuese la culpable de sus heridas.

—Te he hecho una pregunta —me dijo tirando de malas maneras la bolsa de guisantes congelados sobre la mesa de la entrada.

Sacudí la cabeza al mismo tiempo que cerraba la puerta sin hacer ruido. Mi madre y Will ya estarían acostados y no quería despertarlos, algo que parecía no importa a Nick, habida cuenta del volumen de voz con el que se estaba dirigiendo a mí.

—Estaba con Mario —le contesté acercándome hacia él. A pesar de las ganas terribles que tenía de alejarme corriendo de aquellas heridas, no podía ignorar su estado—. Lion y Jenna se han reunido con nosotros poco después de tomarnos un helado; además, ¿qué importancia tiene eso? ¿Tú te has visto? —repliqué estirando el brazo para rozar inconscientemente uno de los hematomas que tenía justo en un costado del estómago.

Su mano voló hacia la mía para apartarme, pero en vez de un manotazo, que es lo que hubiese esperado de él, me la sujetó con fuerza, tanta que me hacía daño. Levanté los ojos hacia él, y vi rabia y miedo en su mirada.

—Ven a la cocina, necesito hablar contigo —me pidió entonces tirando de mí y arrastrándome tras él. Involuntariamente me fijé en su espalda desnuda. ¡Dios, se le marcaba cada músculo cuando caminaba! Y esa visión despertó en mí el deseo de acariciar la piel tersa de su cuerpo. Se veía cómo otro cardenal comenzaba a formarse en uno de sus costados y de repente sentí tal odio hacia la persona que le había hecho eso, que mi visión se nubló.

Nick solo encendió la lamparita de la campana, por lo que la luz era tenue cuando se sentó en una de las banquetas de la isla aún sin soltarme la mano. Verlo en ese estado me estaba matando, podía comprobar cómo sus ojos se fruncían por el dolor con cada movimiento que realizaba, y mi mente no dejaba de imaginar formas de hacerle sentir mejor.

—¿Has notado algo raro hoy cuando has estado por ahí? —me preguntó con la preocupación tiñendo su rostro—. ¿Alguien que te seguía, o algo parecido?

Aquello no me lo esperaba. Me obligué a mirarlo a la cara para contestarle.

—No, claro que no, ¿por qué? —repuse con incredulidad.

Me soltó la mano y apartó la mirada de mi rostro, frustrado. Deseé volver a estar en contacto con él, pero opté por quedarme quieta.

—Ronnie no se ha olvidado de lo de las carreras —me informó y entonces comencé a comprender de qué iba todo aquello—. Quiere vengarse y no dudará en hacerte daño si te vuelve a ver —agregó clavando sus ojos azules en los míos.

Aquello me dejó descolocada por un instante.

—¿Ha sido él el que te ha dado esta paliza? —le pregunté maldiciendo en mi interior a aquel desgraciado.

—Él y sus tres amigos —me confesó.

—¡Dios mío, Nick! —dije sintiendo una presión extraña en el pecho y abriendo los ojos por el horror. Mis manos subieron inconscientemente hacia su rostro, examinando sus heridas—. ¿Cuatro contra uno?

Noté cómo se tensaba bajo mi contacto, pero luego se relajó. Mis dedos apenas le rozaron las heridas, pero sí que dejé que se deslizasen por sus mejillas, sintiendo bajo mis yemas la piel áspera y sin afeitar que le daba aquel aspecto tan temible y sexi al mismo tiempo.

—¿Te preocupas por mí, Pecas? —me preguntó en tono burlón, pero lo ignoré al ver que rozaba su herida y él hacía una mueca. Subió sus manos y me cogió las mías entre las suyas. —Estoy bien—agregó y vi cómo sus ojos recorrían mi rostro involuntariamente.

—Tienes que denunciarlos —dije entonces apartándome al sentirme incómoda con su mirada.

Me alejé de él y fui hacia la nevera. Cogí el primer paquete congelado que había allí y volví a acercarme. Hizo una mueca cuando le coloqué el paquete en el ojo.

—A esos tíos no se les denuncia, pero eso no es lo que importa —expuso cogiendo el paquete y quitándoselo de la cara para poder mirarme con ambos ojos—. Noah, a partir de ahora y hasta que las cosas no se tranquilicen un poco, no quiero que vayas sola a ningún sitio, ¿me oyes? —me advirtió en tono de hermano mayor.

Me aparté mirándolo con incredulidad.

—Esa gente es peligrosa y la han tomado contigo... y conmigo, pero a mí me da igual recibir una paliza, y sé defenderme, a ti te comerán viva si te encuentran sola e indefensa.

—Nicholas, no me van a hacer nada, no se van a meter en problemas porque haya herido el orgullo de ese gilipollas —le contesté ignorando la mirada amenazadora que me lanzó.

—Hasta que no se haya solucionado no te voy a quitar los ojos de encima, ya puedes ponerte como te dé la gana —me soltó entonces.

¿Es que nunca íbamos a poder llevarnos bien?

—Eres insufrible, ¿lo sabías? —le espeté cortante.

—Me han llamado cosas peores —afirmó encogiéndose de hombros y haciendo una mueca segundos después.

Respiré hondo varias veces.

—Ponte paños de agua caliente sobre los hematomas y algo frío sobre el ojo y el labio —le aconsejé entonces, sintiendo pena por él—. Mañana estarás horrible, pero si te tomas una aspirina y te quedas en la cama se te pasará en dos o tres días.

Frunció el ceño a la vez que una sonrisa curvaba sus labios.

—¿Eres experta en palizas o qué? —me preguntó divertido.

Me encogí de hombros por toda respuesta.

Aquella noche me fui directa a la cama… y tuve pesadillas.

A la mañana siguiente me levanté de mal humor. No había dormido casi nada y lo único que me apetecía era quedarme tirada en mi habitación. Solo un motivo me hizo deslizarme por el colchón y dirigirme al cuarto de baño. Lo admitiera en voz alta o no, quería saber cómo estaba Nick. No sé ni cuándo ni cómo ni por qué de repente me sentía preocupada por él, pero parecía que desde los últimos días habíamos creado una tregua agradable entre los dos. Desde la caricia que me había hecho en la cocina, antes de que estuviera a punto de cortarme un dedo, no había vuelto a intentar nada conmigo y una parte de mí estaba enfadada por ello. Solo en aquellos instantes que había estado entre sus brazos mi vida había sido agradable. Me hacía olvidar todo lo demás, pero supuse que era mejor llevarnos bien y no besarnos y odiarnos a muerte, como había ocurrido desde que había llegado.

Me di una ducha rápida mientras recordaba la velada de la noche anterior. Había estado muy enojada con Nick por cómo se había dirigido a

Mario en la cena, pero aquella rabia había desaparecido en el instante en el que le había visto hecho unos zorros en la entrada de la casa.

Mario había sido todo un caballero conmigo la noche anterior. Me había invitado a salir aquella misma noche y yo le había dicho que sí. Quería olvidarme de mi ex y también de aquella ridícula obsesión que sentía por Nicholas.

No tardé mucho en vestirme y bajé descalza a la cocina para poder desayunar. No había ni rastro de Nick por allí, pero Will y mi madre estaban sentados muy juntos a la mesa hablando animadamente de algo.

—Buenos días —los saludé mientras me iba directa a la nevera y me servía un vaso de zumo. Prett, la cocinera, estaba preparando algo que olía maravillosamente bien. Me acerqué a ella para ver que en la cazuela había chocolate fundido.

—¡Qué rico! ¿Qué estás cocinando? —le pregunté.

Prett me miró con una sonrisa.

—El pastel de cumpleaños del señor Leister —me contestó alegremente. Me volví automáticamente hacia Will.

—Vaya, felicidades, no sabía que cumplías años —lo felicité con una sonrisa de disculpa. Él se volvió hacia mí y soltó una carcajada.

—No es mi cumpleaños, sino el de Nick —dijo divertido. Mi madre me sonrió desde su sitio.

Vaya, el cumpleaños de Nicholas... No sé por qué, pero me molestó no estar enterada.

—Está fuera, ve a felicitarlo —me indicó mi madre antes de añadir—: Ayer se peleó con un desgraciado que quiso atracarlo, así que no te asustes cuando le veas la cara.

Asentí ante el ingenio de mi hermanastro para mentir. Cogí un bollo de la mesa y salí al jardín. Lo vi acostado sobre una tumbona, a la sombra y con las gafas de sol puestas. Llevaba la camiseta y el bañador puestos, y parecía estar durmiendo. Supuse que al igual que yo él tampoco había podido descansar mucho.

Me acerqué a él sigilosamente hasta estar a su lado.

—¡Feliz cumpleaños! —grité con todas mis fuerzas, soltando una carcajada al ver cómo saltaba de su asiento completamente sorprendido.

—¡Joder! —exclamó quitándose las gafas y dejando al aire libre su ojo verde, morado y azulado.

Fue tan cómico que no pude evitar seguir riéndome a carcajadas.

Me observó por un momento, entre enfadado y furioso, pero al ver que no dejaba de reírme una sonrisa peligrosa afloró en su rostro.

—¿Te hace gracia? —me preguntó en tono amenazador, dejando a un lado las gafas de sol y poniéndose de pie. Mi sonrisa desapareció y comencé a caminar hacia atrás sin apartar la mirada de su rostro.

—Lo siento —me disculpé levantando ambas manos sin poder evitar reírme otra vez. Cada vez que recordaba el salto que había pegado las carcajadas amenazaban con volver a salir.

—Está claro que lo vas a sentir —me dijo y entonces se abalanzó sobre mí. Corrí, pero no sirvió de nada. Un segundo después lo tenía detrás sujetándome y levantándome sobre su hombro. Hizo un gesto de dolor, pero mis gritos lo amortiguaron.

—¡No, Nick, por favor! —chillé sacudiéndome con todas mis fuerzas. Me ignoró y entonces saltó conmigo a cuestas a la piscina. Ambos con ropa.

Me aparté de él en cuanto nos zambullimos bajo el agua templada de un cálido día de verano. En cuanto salí a la superficie le tiré agua a la cara y comprobé cómo se partía de la risa al verme en aquel estado. El vestido blanco se me había pegado a la piel y agradecí llevar ropa interior negra debajo de la prenda; si no, habría sido realmente embarazoso.

Él se sacudió el pelo con un movimiento muy a lo Justin Bieber y se acercó hacia donde yo estaba. Un segundo después me tenía acorralada contra una esquina de la piscina.

—Ya puedes estar pidiéndome disculpas por haber hecho que casi me dé un infarto el día en que cumplo veintidós años —me exigió, acercándose tanto a mí que nuestros cuerpos estaban a menos de dos centímetros de distancia.

Intenté apartarlo, pero no lo permitió.

—Ni lo sueñes —me negué divirtiéndome con aquel juego. Sentía la adrenalina en las venas y miles de mariposas en el estómago; la sensación fue parecida a correr a doscientos por hora en la arena del desierto.

Ladeó el rostro, con una mirada calculadora, y entonces sentí sus manos en mi cintura sobre el vestido empapado.

—¿Qué haces? —le pregunté con voz ahogada cuando me acercó hacia él tanto que mi pecho quedó pegado al suyo.

—Di que lo sientes —me pidió con voz ronca. La diversión había desaparecido de su rostro y ahora el deseo había ocupado su lugar. Sentí una oleada de placer y miedo al unísono: nos podían ver.

Negué con la cabeza y sus manos se deslizaron por mis muslos. Me observó detenidamente mientras sus dedos apartaban la tela mojada del vestido e iban subiéndola poco a poco por mis piernas. Me las abrió y me obligó a rodearle las caderas con ellas.

—No voy a parar hasta que lo digas —me informó empujándome contra la pared de la piscina. El agua le llegaba por debajo de los hombros a él y por el cuello a mí, lo que me dejaba prácticamente a su merced. En cuanto mis piernas rodearon sus caderas, nuestras cabezas quedaron casi a la misma altura. Una parte de mí sabía que en cuanto le dijera lo que quería oír, me apartaría, o eso decía, pero ¿quería que lo hiciera?

—Nos van a ver —le comenté en un murmullo bajo. Sentía mis mejillas ardiendo y, aun estando bajo el agua, sentía todo mi cuerpo acalorado.

—Yo me encargo de eso —dijo subiéndome más el vestido, que se fue pegando y enrollando bajo mi pecho a medida que él lo iba subiendo. Su mirada se apartó de mi rostro para fijarse en mi cuerpo distorsionado por el agua.

Aquella mirada y sus dedos acariciándome la espalda me hicieron estremecer. Sentía su excitación en mi cadera y solo podía pensar en nuestros labios uniéndose otra vez.

—¿Quieres que pare? —me preguntó entonces, acercando su boca hacia la mía, pero sin ni siquiera rozarla.

Tenía sus ojos tan cerca que pude ver todas las tonalidades de azul que los conformaban. Bajo la luz del sol y la claridad del agua me dejaron completamente embobada... Cómo me miraban, como si quisiera devorarme.

Negué con la cabeza y me acerqué a él para que me besara. Mis manos ya habían subido hacia su nuca no sé muy bien cuándo y tiré de él hacia mí, que se resistió y tiró en dirección contraria.

—Dime que lo sientes y tendrás lo que quieres —me ordenó entonces.

—¿Qué te hace pensar que quiero algo que tú puedas darme? —repliqué ardiendo de deseo entre sus brazos.

Sonrió divertido por mi respuesta.

—Porque estás temblando y no paras de mirarme los labios, por eso —me contestó serio, pero con sus manos presionándome aún más contra él.

—No voy a decirte que lo siento —le advertí.

Sentí un gruñido en el fondo de su garganta.

—Eres exasperante —declaró y entonces posó sus labios sobre los míos. La euforia de haber ganado aquel juego se convirtió rápidamente en otra cosa. Sentí mil sensaciones en aquel instante y ninguna que pudiera decir en voz alta. Su lengua se introdujo en mi boca y me besó con ferocidad. Estábamos empapados y nuestros cuerpos se pegaban como lapas. Tiré de su pelo a la vez que lo acercaba aún más a mí. Me mordió el labio inferior y fue tan sexi que sentí que me iba a morir de un momento a otro.

Me apretujó contra la pared de la piscina, sus manos bajando por mi cuerpo, a la vez que sus labios hacían maravillas con los míos. Sentí como si me estuviese tirando por un precipicio, las mariposas en el estómago aumentaron cuando su mano se acercó allí donde nunca antes me habían tocado.

Pero entonces escuchamos la puerta corredera abrirse. Me apartó tan rápido y tan de repente que tuve que sujetarme rápidamente al bordillo para no ahogarme en el fondo de la piscina.

—¡Chicos, nos vamos! —gritó mi madre desde la casa. Nicholas levantó la mano para saludarla sin ningún tipo de trastorno en su mirada. Yo tuve que respirar profundamente varios segundos antes de asomar la cabeza por encima del bordillo—. ¿Se lo has dicho, Nick? —le preguntó mi madre dejándome sorprendida.

—Aún no —chilló como respuesta con una sonrisa divertida.

Mi madre me miró a mí y después a él.

—Bueno ya hablamos esta tarde, ¡divertíos! —se despidió.

Me volví hacia Nick en cuanto desapareció en la casa.

—¿Decirme qué? —le pregunté con el ceño fruncido.

Me atrajo hacia él otra vez. Dejé que lo hiciera más que nada porque aún me temblaban las piernas y me costaba lo mío quedarme ahí flotando delante de semejante regalo para la vista.

—Me han regalado cuatro billetes para ir a Bahamas por mi cumpleaños. Han dejado bastante claro que quieren que vengas conmigo, ya sabes, para reforzar la relación de hermanastros —anunció con una sonrisa malvada—. He invitado a Lion y a Jenna, y quiero que tú vengas también —me contó observándome cuidadosamente.

Aquello era del todo inesperado, sobre todo después de lo que habíamos hablado. Irme de viaje con Nick...

—¿Qué ha sido de la decisión de ser amigos? —le planteé intentando entender por qué ahora había decidido cambiar de opinión.

—Sigue en pie... Y más ahora que corres peligro por mi culpa —contestó con firmeza.

—¿Por eso quieres que vaya contigo? ¿Para mantenerme a salvo de Ronnie? —le pregunté decepcionada por el verdadero motivo que lo impulsaba a llevarme con él.

Nick apretó los labios con fuerza.

—Ese es uno de los motivos, pero no el primordial, Pecas —respondió acercándome hacia él y juntando su frente con la mía.

Su manera de mirarme me paralizó.

—Nicholas, ¿qué estamos haciendo? —lo interrogué confusa.

—No alucines, ¿vale? —repuso sujetándome de la cintura para que no me hundiera en el agua—. No quiero que te quedes aquí mientras yo no esté, lo que dije ayer iba en serio, quieren hacerte daño —agregó sujetándome con fuerza.

—Nicholas... —comencé a quejarme alejándome de él. No lo permitió.

—Ven conmigo, lo pasaremos bien —dijo besándome suavemente en los labios. Aquel gesto tan cariñoso me puso la piel de gallina.

—¿Y qué pasa con nosotros? —repliqué sin poder evitar pensar en la locura que sería si nuestros padres se enteraban—. No puedo hacer esto contigo —afirmé mirándolo fijamente—. Es ridículo, ni siquiera nos llevamos bien, simplemente nos estamos dejando arrastrar por nuestra atracción física...

—Lo único que sé es que cuando te veo no puedo pensar en otra cosa más que en tocarte y besarte por todos lados —me confesó acercándose y besándome debajo de la oreja.

—Yo no puedo estar con nadie ahora mismo —reconocí empujándolo un poco. Él me miró molesto.

—¿Quién ha dicho nada de estar con nadie? —me planteó entonces—. Deja de analizarlo todo y disfruta de lo que puede ofrecernos esto —me ordenó con rabia en los ojos, pero con la voz en calma.

Se contradecía, podía verlo, pero pensándolo bien, era Nick, un mujeriego, él solo quería eso, mi físico, pero nada más. ¿Y por qué no iba yo a aprovecharme de ello, si también lo quería por el mismo motivo?

—Hay que poner ciertas condiciones —le indiqué colocando mis manos en sus hombros. Él me miró con seriedad—. Nada de ataduras ni malos rollos: acabo de salir de una relación y lo último que quiero es revivir lo que me pasó con Dan —sentencié y me fijé en cómo su mandíbula se tensaba.

—¿Una relación abierta? —me preguntó entonces. Asentí un segundo después—. Creo que eres la primera mujer que me pide eso, pero está bien, estoy de acuerdo, ¿solo sexo entonces? —preguntó y noté la frialdad en su mirada.

Aquel último comentario me cabreó.

—¡Imbécil! —lo insulté intentando apartarlo—. ¿Cómo que solo sexo?

¿Quién te crees que soy? No tengo veintisiete años, sino diecisiete, ¡no pienso acostarme contigo como si nada!

Él frunció el ceño, completamente descolocado por un momento.

—Me acabas de decir que quieres una relación abierta. ¿Qué demonios crees que significa eso? —inquirió frustrado.

Lo miré un poco perdida... En mi mundo, una relación abierta era liarnos de vez en cuando y básicamente hacer lo que estábamos haciendo ahora..., pero claro..., Nick me daba mil vueltas, yo era una cría en comparación y no podía jugar a esto con él. Nicholas no se iba a conformar, iba a querer llegar al final, solo había que ver hasta dónde había conseguido llevarme en tres semanas; había llegado mucho más lejos que en nueve meses con Dan.

—Mira, olvídalo —le dije sintiendo como si jugara en desventaja. Estaba jugando con fuego y no quería salir ardiendo—. Me gusta esta nueva relación que tenemos, creo que podemos llegar a llevarnos bien, y ¿por qué vamos a complicarlo?

Él me miraba como si no comprendiera absolutamente nada de lo que estaba diciendo. La verdad era que yo tampoco entendía muy bien qué es lo que quería, pero sexo sin compromiso no era mi rollo.

—Noah..., no vamos a hacer nada que tú no quieras —aclaró en un tono dulce que me derritió los sentidos. Parecía haber comprendido lo que pasaba por mi cabeza, y me preocupó su facilidad para leer mis pensamientos.

Noté cómo me ruborizaba y de repente quise que la tierra se me tragara.

—Prefiero que seamos amigos —señalé no muy convencida.

—¿Estás segura? ¿Solo amigos?

Asentí clavando la mirada en el agua.

—Está bien —convino entonces en un tono que me sonó bastante condescendiente—, pero vienes conmigo a celebrar mi cumpleaños; si eres mi amiga ya puedes ir comportándote como tal —agregó soltándome.

Observé cómo nadaba hasta elevarse con los brazos y salir de la piscina. Sus últimas palabras me habían sonado más bien a «Estás acojonada y lo sé, y por eso voy a esperar a que estés preparada».

Y si era así..., ¿por qué demonios Nick iba a esperar por mí?

El resto del día lo pasé en mi habitación leyendo y escribiendo uno de los relatos cortos que había empezado hacía ya tiempo. Me gustaba mucho escribir, al igual que leer, y uno de mis sueños era llegar a ser una gran escritora en el futuro. A veces me imaginaba convirtiéndome en una escritora universalmente reconocida y vendiendo miles de ejemplares por todo el mundo, teniendo que viajar para promocionar mis libros y creando historias que la gente recordaría siempre.

Mi madre nunca había llegado a ser nadie en la vida debido a que se había quedado embarazada de mí a los dieciséis. Mi padre por aquel entonces solo tenía diecinueve años y ningún tipo de futuro académico, solo la posibilidad de correr en Nascar. Mi madre siempre me recordaba lo duro que había sido criarme siendo aún una niña y por ese motivo deseaba darme todo lo que ella había deseado con mi edad. La universidad, un buen colegio... Siempre habían sido sus sueños y por fin ahora lo estaba consiguiendo. Por ese motivo siempre había intentado sacar las mejores notas, había competido con el equipo de vóley y había leído y escrito desde niña. Una parte de mí siempre estaría pendiente de hacerla sentir orgullosa.

Mientras divagaba con mi mente mirando por el gran ventanal de mi habitación, alguien llamó a mi puerta para entrar un segundo después. Mi madre apareció con una bolsa con el escudo del St. Marie y supe que lo que había allí dentro me arruinaría lo que me quedaba de día.

—Ha llegado tu uniforme, pruébatelo y después baja para que Prett te haga todos los arreglos —me indicó dejando la bolsa sobre la cama—. Por cierto, en un rato sacaremos la tarta para felicitar a Nick, ellos no están acostumbrados a soplar velas ni nada de lo que hacemos tú y yo en nuestros cumpleaños, pero ya va siendo hora de que alguien cambie esa costumbre tan horrible —me dijo con una sonrisa en la cara.

—Mamá, no creo que a Nick le haga mucha gracia —comenté intentando imaginármelo sentado a la mesa y pidiendo un deseo.

—Tonterías —soltó cerrando la puerta antes de marcharse.

Me levanté y saqué el uniforme de la bolsa. Era tan horrible como había imaginado. La falda era verde y escocesa, de esas que se enganchan con algún tipo de clip a un lado de la cintura y plisada por detrás. Era tan larga que me llegaba por debajo de las rodillas. La camisa era blanca y me quedaba bastante suelta, y luego, para mi horror, había una corbata verde y roja haciendo juego con el jersey gris, rojo y verde. Los calcetines también eran verdes y llegaban hasta las rodillas. Mirándome al espejo no pude por menos que hacer la mueca más desagradable de la historia. Me puse solo la falda y la camisa, lo único que se podía arreglar, y salí de la habitación para ir en busca de Prett.

Justo cuando llegué al rellano de la escalera apareció Nick con el teléfono en la oreja. En cuanto me vio se le abrieron los ojos y una sonrisa burlona surcó su rostro. Lo fulminé con la mirada llevándome las manos a la cintura.

—Lo siento, tengo que colgar, me tengo que meter con alguien —anunció soltando una carcajada y guardándose el teléfono en el bolsillo de sus vaqueros.

—¿Te crees muy gracioso? —le espeté sabiendo que mis mejillas estaban ardiendo por la vergüenza.

Se me acercó aún con la sonrisa en el rostro.

—Creo que este es el mejor regalo de cumpleaños que podías haberme hecho, Pecas —admitió mirándome desde su altura y riéndose a mi costa.

—¿Sí? ¿Y qué te parece si también te regalo esto? —repliqué enseñándole mi dedo corazón y apartándolo de mi camino. Me fui hacia el salón, donde me esperaban mi madre y la cocinera.

Para mi fastidio, me siguió.

—Si te vienes conmigo a cenar esta noche te prometo que no divulgaré las fotos que acabo de hacerte —me susurró al oído. Me volví enfadada. Se estaba pasando con las bromitas.

—Esta noche ceno con Mario, así que no, gracias —le contesté sabiendo que eso le molestaría.

Se quedó callado hasta que llegué al centro del salón, donde había una especie de banqueta para que, subida sobre ella, me cogieran mejor las medidas.

Al volverme vi que Nick estaba recostado en el sofá mirándome fijamente con el semblante pensativo y frío.

—Levanta las manos, Noah —me dijo mi madre, que ayudaba a Prett con los alfileres. Intenté ignorar la presencia de Nicholas, que no apartaba la mirada de mi cuerpo ni de mi rostro, pero me resultó de lo más difícil. Además, no podía quitarme de la cabeza el beso que nos habíamos dado en la piscina y las cosas que habíamos hablado. No estaba del todo segura de si iba a poder resistirme a su cercanía o a sus caricias, pero una cosa tenía clara: no iba a dejar que me usara como le diera la gana. Por ese mismo motivo esa noche salía con Mario. Quería divertirme lo que quedaba de verano, disfrutar con la compañía de diferentes chicos, no estar ligada a nadie y sobre todo olvidarme del capullo de Dan.

—¡Ay! —me quejé al sentir el pinchazo de un alfiler en el muslo. El idiota de Nick sonrió desde el sofá.

—Estate quieta, ¿quieres? —me pidió mi madre. Ya faltaba poco, me habían acortado la falda por encima de las rodillas y me habían estrechado la camisa para que quedara más femenina.

Cinco minutos después ya estaba lista para quitarme esas prendas y dárselas a Prett para que empezara a arreglarlas.

En cuanto Nick se puso de pie, dispuesto a seguirme escaleras arriba, mi madre nos cogió a ambos por los brazos y nos arrastró a la cocina.

—Hoy es tu cumpleaños, Nick, soplarás las velas como hacemos Noah y yo y el resto del mundo —le explicó mi madre con una sonrisa divertida en la cara.

Me volví hacia Nick y sonreí al ver su cara de incredulidad. Parecía tan mayor a mi lado, con aquellas pintas...

—No hace falta... —comenzó él a quejarse.

—Claro que sí —repuso mi madre tajante.

William estaba en la cocina con el portátil y las gafas, seguramente trabajando. Cuando nos vio entrar nos sonrió.

—Estás muy graciosa, Noah —comentó observando mi disfraz de uniforme lleno de alfileres. Tenía que tener cuidado de no pincharme cuando me movía.

—Seguro —dije de forma sarcástica.

Mi madre obligó a Nicholas a sentarse en una silla y trajo la tarta de chocolate que Prett había estado haciendo. Nicholas parecía tan fuera de lugar que no pude evitar divertirme a su costa, igual que había estado haciendo él minutos antes.

En la tarta había un 22 en forma de vela y mi madre no tardó en encenderla. Un segundo después comenzó a cantar dándole un golpecito a Will para que se uniera. Era tan cómico que yo me uní a la cancioncita disfrutando de cómo Nick me fulminaba, sobre todo a mí, con sus ojos azules como el cielo.

—No te olvides del deseo —le recordé antes de que soplara las velas.

Me observó fijamente antes de soplar e incluso entonces sus ojos no se apartaron de los míos.

¿Qué habría pedido alguien que lo tenía todo?

26

NICK

Aún no comprendía por qué motivos la había invitado a pasar un fin de semana conmigo en Bahamas. Simplemente su rostro apareció en mi cabeza en cuanto vi los billetes y el viaje pagado. Ni siquiera me hizo falta escuchar a mi padre cuando me dijo que llevara a Noah conmigo..., se me había ocurrido a mí solito.

Desde que se había relajado y nuestra relación era más llevadera, no podía apartarla de mi pensamiento. Me volvía loco solo de pensar en dejarla sola ahora que la habían amenazado y ni hablar de la rabia que se apoderaba de mí cada vez que me la imaginaba cerca de cualquier otro tío que no fuera yo. Simplemente pensar que había estado en manos de Dan me ponía de mal humor, quería partirle la cara por haberle hecho daño. Sin embargo, ese no era el principal motivo, sino más bien los nueve meses que había disfrutado de ella, tocándola, besándola y, Dios quisiera que no, desnudándola...

Imágenes de Noah entregándose a cualquiera que no fuese yo me atormentaban por las noches y por el día; nunca me había considerado un hombre celoso, más bien porque nunca había reclamado a ninguna chica como mía, y me estaba matando. Su manera de sonreír, de esa forma tan infantil..., lo que más me atraía de ella era que era sexi por naturaleza. Daba igual cómo fuera vestida, daba igual si se maquillaba o si iba hecha un desastre..., cada vez que mis ojos recaían en ella, mi mente se imaginaba mil formas diferentes de hacerla suspirar de placer. Lo que había ocurrido en la piscina técnicamente no debería haber pasado, me había prometido a mí mismo no volver a acercarme, pero me lo ponía demasiado difícil. La noche anterior había querido matarla por todo lo que había pasado con Ronnie por su culpa y por haberse ido con Mario, pero en cuanto había visto su mirada de horror al verme las heridas y cuando me había rozado la piel desnuda con sus cálidos dedos..., simplemente tuve que hacerme con todo mi autocontrol para no devorarla allí mismo, encima de la encimera de la cocina.

Y lo peor era que estaba cogiendo confianza. Ya no estaba a la defensiva ni le importaba despertarme de un grito mientras dormía... Ni siquiera me había apartado cuando ya no había podido aguantar más y mis manos se habían dedicado a acariciarla debajo del agua. Sus piernas eran tan largas y sus curvas tan endemoniadamente sexis...

Y esa noche salía con el imbécil de Mario, uno que no se quedaba atrás a la hora de llevarse chicas a la cama ni de sobarlas en cuanto tenía ocasión... Mierda, era como yo, pero no podía dejar que tocase a Noah, a ella no, era demasiado inocente, era una cría, una cría que volvería loco a cualquier tío con ojos.

Me fastidiaba que se largase con él el día de mi cumpleaños, la quería para mí, quería enseñarle las cosas buenas de esta ciudad; de repente quería que su visión de mí cambiara, no soportaba pensar que no merecía poder tenerla.

Entonces llamaron a la puerta. Estaba terminando de vestirme, por lo que simplemente me molesté en gritar que pasasen. Mientras me abrochaba los botones de la camisa que llevaría aquella noche, unos ojos color miel me devolvieron la mirada por el espejo.

—¿Ya has vuelto de tu cena? —pregunté sarcásticamente a la vez que intentaba contener las ganas de volverme hacia ella y obligarla a quedarse allí metida, conmigo toda la noche.

—¿Hoy celebras una fiesta de cumpleaños? —me preguntó a su vez ignorando mi pregunta. Me volví hacia ella intentando demostrar indiferencia.

—¿Esperabas que me quedase aquí viendo una peli, hermanita? —repuse con maldad disfrutando al ver cómo fruncía el ceño. Sus ojos se veían más oscuros cuando lo hacía.

—Podrías habérmelo dicho, Jenna y Lion creían que iba, están abajo esperándote —me dijo cruzando los brazos sobre el vestido negro que llevaba. Era muy ajustado y le quedaba unos cinco dedos por debajo del culo. Sentí cómo el mal humor comenzaba a surgir al pensar que Mario podía meter la mano debajo de ese vestido.

—No tengo tiempo para esto, si quieres venir, ven, estarás en la lista —declaré escupiendo cada palabra—, pero tu querido amiguito, no, así que decide —la apremié acercándome a ella. Si no podía tocarla, por lo menos olería aquel perfume que tanto me excitaba.

—Me miras como si fuera la mala de la película, pero yo no sabía que era tu cumpleaños hasta hace unas pocas horas. Mario me invitó antes, no puedo dejarlo plantado —me soltó entre enfadada y culpable.

—¿Y te crees que él no lo sabía? —le planteé irritado, a sabiendas de que Mario había organizado todo aquello a propósito.

Sus ojos se entornaron un momento, entre sorprendidos y enfadados para después demostrar culpabilidad. Era adorable, se sentía culpable por no asistir a una fiesta de la que ni siquiera había tenido conocimiento.

No pude evitarlo y acerqué una mano a su cintura, tirando de ella hacia mí. Sus ojos buscaron los míos con duda, pero a la vez expectantes.

—Vamos, Pecas, ven a mi fiesta de cumpleaños —le pedí apartándole el pelo del hombro y depositando allí un beso ligero. Sonreí contra su piel al ver que se le ponía el vello de punta. Por lo menos podía estar seguro de que la atraía y de que podía tener cierta influencia en ella o en su cuerpo, mejor dicho.

—¿Tú quieres que vaya? —me dijo con la voz entrecortada mientras mis labios iban subiendo por su cuello.

¿Quería que viniese? Estaba claro que no iba a poder tocarla en aquella fiesta, nadie podía saber lo que estaba ocurriendo entre los dos, y tenerla allí y no poder besarla como ahora... me iba a resultar complicado.

—Claro que quiero —afirmé un momento después. No sabía en dónde me estaba metiendo, pero mejor tenerla allí que no saber dónde estaba ni qué estaba haciendo.

Volvió la cara y posó sus suaves labios contra los míos en un beso demasiado rápido como para poder disfrutarlo.

—Iré después de la cena —me soltó entonces volviéndose para salir por mi puerta.

—¿QUÉ? —exclamé más alto de lo necesario y tirando de ella para que no se marchara.

—Nicholas, no voy a dejarlo plantado, iré un poco más tarde; además, me apetece salir con él, me cae bien —me soltó.

Esta tía iba a acabar conmigo.

—Haz lo que quieras —musité cogiendo mis llaves del mueble y rodeándola para bajar por las escaleras.

Si ella no me anteponía a un idiota como Mario, yo tampoco lo haría por ella... Aquella noche me divertiría, me la quitaría de la cabeza.

Ni yo me creí esas palabras.

La fiesta se había organizado en la casa de uno de mis amigos del barrio, Mike. Era un buen tío, amigo de la universidad y casi siempre se ofrecía a dejarnos su casa junto al lago para poder hacer esa clase de fiestas. Jenna y Anna se habían encargado de la decoración, que incluía desde globos con helio de color rojo y negro hasta todo tipo de tonterías decorativas. Por suerte el encargado de lo importante había sido Lion, que con los demás chicos habían provisto la casa de alcohol, comida y más y más alcohol. En cuanto entré por la puerta todos me recibieron con un feliz cumpleaños al unísono. Saludé a todo el mundo y en menos de cinco minutos ya estaban todos bailando, haciendo el gamberro, tirándose al lago y emborrachándose a cuatro manos.

Lo bueno de estas fiestas era que siempre había mujeres a mi disposición, así que escogí al alcohol como mi mejor compañero y disfruté de las dos bailarinas que habían contratado para mi cumpleaños. Una parte de mí no dejaba de pensar cuándo llegaría Noah, pero era una parte pequeñita, ya que las distracciones estaban a la orden del día.

Una de las bailarinas, cuyo nombre había olvidado, no se apartaba de mi lado; la otra, una pelirroja bastante joven, había desaparecido nada más acabar con su numerito. Lo cierto era que nadie cuyo ADN contuviera el cromosoma Y se habría apartado de la mujer que no dejaba de intentar llevarme al cuarto de baño. No obstante, una de mis normas número uno era no acostarme ni con bailarinas ni con prostitutas ni con nada que se le pareciese, por lo que la aparté intentando no parecer demasiado grosero y me encaminé hacia la parte trasera de la casa. Desde allí se veía el lago Toluca y el reflejo de la luna llena en el agua. Muchos de mis amigos estaban divirtiéndose tirándose al agua y arrastrando a chicas consigo. Fue entonces cuando Lion se me acercó, apoyó sus antebrazos en la barandilla de madera y me observó con ojos escrutadores. Aún recordaba la primera vez que lo vi, era muchísimo más corpulento e intimidaba bastante, aunque gracias a Dios los dos teníamos la misma estatura, por lo que pude mirarlo a los ojos antes de que casi me partiera la cara de un puñetazo. Ni siquiera sé por qué le había molestado, creo que porque me había enrollado con su chica o con su ligue en aquella fiesta a la que me habían llevado, pero lo divertido fue que gracias a mis reflejos me había apartado antes de que me diera en plena cara y su puño había terminado por chocar contra la pared que había detrás de mi cabeza.

La situación fue tan cómica que no pude evitar empezar a reírme mientras me maldecía con dolor. Le hice gracia al parecer y desde entonces habíamos sido los mejores amigos.

—Gracias por el viaje, tío, nunca he podido ir a ningún sitio con Jenna y por fin vamos a poder estar solos como queremos —me dijo con una sonrisa radiante. Asentí mientras le daba un trago a mi cerveza. El viaje... Cada vez que pensaba en ello me acordaba de Noah.

—Ya sé que es tu hermanastra y tal, pero... —continuó Lion observándome con interés y al parecer leyéndome el pensamiento—. ¿Por qué la has invitado?

Sopesé mi respuesta antes de contestarle. Ni siquiera yo estaba del todo seguro, pero solo sabía que la idea de permanecer alejado de ella dos días enteros me ponía nervioso.

—No quiero que se quede aquí mientras Ronnie siga enfadado por lo de las carreras. La amenazó, y no puedo permitir que le pase nada —le respondí obviando el detalle de que si se le ocurría siquiera mirar en su dirección, lo mataría con mis propias manos.

Entonces Lion se volvió dándole la espalda al lago y me miró con seriedad.

—No sé exactamente qué pretendes, pero he visto cómo la miras, Nick —me expuso en un tono frío—. No puedes liarte con ella, es tu hermanastra... He estado hablando con Jenna y, Nicholas, Noah no es como las demás chicas... Terminarás asustándola —agregó mirándome fijamente.

Respiré hondo intentando calmar las ganas de mandarlo prácticamente a la mierda. Pero tenía parte de razón: Noah era diferente, lo veía en sus ojos, en su forma de ser, en cómo no se daba cuenta de lo que causaba alrededor... Era muy ingenua e inocente y yo podía corromper todo eso tan fácilmente...

—Sé lo que dices, pero no pasará nada entre nosotros —le respondí consciente de que una parte de mí gritaba «¡MENTIRA!» con letras mayúsculas—. Simplemente somos amigos, no podía ser de otra manera: convivimos juntos, compartimos padres... Sería insoportable si nos odiásemos todo el tiempo, por eso mismo hemos decidido intentar llevarnos bien.

Lion pareció aceptar aquella parte de la historia.

—Tú sabrás dónde te metes —me advirtió para, acto seguido, quitarse la camiseta de un solo movimiento y dirigirse corriendo a donde todos estaban dándose un chapuzón.

No me hubiese importado ir con él, pero seguía sin poder evitar mirar hacia donde estaba la entrada de la casa, esperando a que Noah regresara de esa ridícula cita. Entonces la vi aparecer con Jenna. Ambas iban con los brazos entrecruzados y una sonrisa apareció en el rostro de Noah cuando se fijó en mí. Estaba radiante cuando sonreía de aquella forma, quise atraerla hacia mí y besarle el hoyuelo que se le creaba en la mejilla izquierda.

—¡Felicidades otra vez! —exclamó contenta en cuanto se acercó a mí. Jenna nos miró con curiosidad y después desvió la mirada hacia el lago, desde donde Lion la llamaba para que se bañara.

—¿Venís? —nos preguntó mirándonos a uno y a otro. Noah miró hacia abajo, hacia su ropa y negó con la cabeza.

—No traigo bañador —dijo encogiéndose de hombros.

—No seas mojigata, métete en ropa interior, es lo mismo —repuso Jenna cogiéndola del brazo y tirando de ella.

El solo hecho de imaginármela en ropa interior me puso nervioso, y más que se desnudara delante de todos los gilipollas borrachos que había en mi fiesta.

Noah se tensó, repentinamente incómoda.

—Ni hablar —me negué yo tirando de ella hacia mí. Noah salió volando en mi dirección, contra mi costado.

—¡Dios, Nicholas! —se quejó ella molesta apartándose de mí, pero mirando con una pequeña sonrisa a Jenna—. No me apetece, pero ve tú, luego nos vemos —añadió. Jenna se marchó.

Moví la cabeza sin poder evitar sonreír. Jenna estaba loca, pero le tenía demasiado cariño como para enfadarme con ella por querer desnudar a Noah delante de todo el mundo. Me volví hacia ella y observé sus graciosas pecas, que apenas podían entreverse con la poca luz que había fuera.

—¿Te lo has pasado bien en tu cita? —le pregunté sin poder evitar el sarcasmo.

Ella me sonrió por alguna razón inexplicable.

—Muy bien, pero eso no importa, te he traído un regalo —me anunció y pude ver la emoción en su mirada. Qué ganas tenía de morderle ese labio.

Me apoyé contra la barandilla, observándola detenidamente y sin poder evitar que una sonrisa me cubriera el rostro.

—¿En serio? —le pregunté intentando adivinar qué podía esconder con aquella actitud tan cariñosa, que desde luego no era típica de Noah—. Miedo me da lo que me hayas podido traer.

Entonces vi cómo su semblante cambiaba... ¿Se había puesto nerviosa? Mi curiosidad aumentó de inmediato.

—Es una tontería, pero con todo lo que ha pasado y lo de anoche... —se justificó.

La miré sin comprender, aguardando a que me diera lo que me había traído.

—Toma, lo acabo de comprar en una tiendecita, ha sido casualidad, pero es mi forma de pedirte perdón...

¿De pedirme perdón?

Cogí el pequeño paquete y desgarré el papel color crema... Era un Ferrari en miniatura, de color negro igual que el mío.

—Mira la nota —me pidió entonces señalándome la parte baja del cochecito.

En ella se leía con letra redonda y muy pequeña: «Siento lo del coche, de veras; algún día te comprarás uno nuevo. Felicidades, Noah».

La frase era tan descarada y ridícula que no pude evitar soltar una carcajada. A mi lado ella empezó a reírse.

—Te debía un Ferrari, ¿no? —me preguntó encogiéndose de hombros.

—Te tiraré al lago solo por esto —la amenacé mientras tiraba de ella y la levantaba en volandas.

Comenzó a gritar como una posesa.

—¡No, Nick! —protestó riéndose—. ¡Lo siento, de veras!

—¿Lo sientes? —le dije bajándola despacio y pegándola a mi cuerpo, como había querido hacer desde que se había marchado con Mario.

Miré a mi alrededor y vi que no había nadie. Los demás estaban o en el lago o en la casa y nosotros nos hallábamos en el medio. La arrastré hacia un árbol y la acorralé con mi cuerpo.

—Lo que has hecho podría haberte traído muchos problemas si no estuviera deseando besarte desde el mismísimo momento en el que has cruzado esa puerta.

Ella se puso nerviosa, mirándome fijamente a los ojos y entonces recordé lo que Lion me había dicho sobre ella: Noah no era como las demás.

Coloqué una mano junto a su mejilla y acaricié aquellas pecas que tanto me gustaban. Tenía la piel tan tersa como el alabastro y no pude evitar inclinarme y besarla para sentir su suavidad contra mis labios. La besé en la mejilla, luego donde se le formaba el hoyuelo cuando sonreía y después la besé en el hueco de la garganta, hundiendo mi cara en ella y saboreando su dulce piel. Soltó un suspiro apenas audible y ya no pude aguantar más. Nuestros labios se juntaron y, como siempre que lo hacían, mil sensaciones diferentes se apoderaron de mi cuerpo: nervios, calidez y un profundo y oscuro deseo. Pegué su cuerpo al mío tanto como pude, aprisionándola contra el árbol y sintiendo cómo ella se derretía entre mis brazos.

Su lengua buscaba la mía y, cuando se encontraron, casi muero de placer. Sus manos tiraron de mi nuca, acercándome más hacia ella y no pude controlar mis manos, que comenzaron a manosearla sin control.

Ella soltó un grito ahogado cuando mis dedos empezaron a subir por sus muslos hasta la parte inferior de su ropa interior. ¡Dios, quería tocarla, quería hacerla suspirar de placer, quería oír cómo decía mi nombre una y otra vez!

—Nick... —pronunció mi nombre jadeando.

—Dime que pare y lo haré —le dije mirándola a los ojos, aquellos ojos que parecían haber llegado desde el infierno para torturarme y volverme loco.

No me dijo nada, por lo que seguí con mi incursión. Mis dedos apartaron la tela de su ropa interior y ella soltó un suspiro entrecortado contra mi hombro. Estaba temblando y la sujeté con mi brazo mientras le daba placer con mi otra mano. La observé durante todo el proceso, embelesado.

Un minuto después tuve que cubrirle la boca con la mía para evitar que nadie la escuchara.

Era perfecta... y estaba seguro de que me estaba enamorando como un idiota.

27

NOAH

Tuve que dejar que me sostuviera, estaba temblando, temblando de placer. No podía creer lo que acababa de pasar, ni siquiera lo había visto venir, había sido todo tan rápido... De repente estaba dándole el regalo y riéndome de él y, de pronto, me tenía aprisionada contra un árbol y haciéndome estremecer con cada una de sus caricias. Había querido detenerle, Dios mío, debí haberle detenido, pero sentir cómo sus manos me tocaban... Había sido increíble.

—Eres preciosa —me susurró al oído después de haber pegado sus labios contra los míos para evitar que el grito que había estado a punto de proferir no nos descubriera a los dos.

Aún podía recordar todas las veces que Dan había intentado hacer aquello mismo conmigo: mi negativa había sido tan inmediata que ni siquiera había podido llegar a tocarme. Y ahora había dejado que Nick... Estaba perdiendo la cabeza.

—Creo... que deberíamos regresar —le comenté colocándome bien el vestido. ¿Por qué me sentía tan mal de repente?

—¡Eh! —exclamó Nick, cogiéndome la barbilla y obligándome a levantar la mirada—. ¿Estás bien?

—Sí, es solo que... no esperaba que pasase esto —admití mirando a cualquier parte menos a él—. Nos hemos dejado llevar, me he dejado llevar y lo siento... Puedes volver con Anna o con quien quieras. No tienes por qué quedarte aquí conmigo —le dije intentando que no viera lo nerviosa que me había puesto.

Algo brilló en los ojos de Nick.

Quería que me abrazara, en el fondo quería que se quedase conmigo, me hubiese gustado que estuviésemos enamorados o que por lo menos nos conociéramos mejor... Nick era un completo misterio para mí y yo para él; no podía dejarle creer que una parte de mí anhelaba que me dijese que me quería o que me llevase a un sitio en el que pudiésemos estar solos de verdad y no en medio de una fiesta y apoyados contra un árbol.

—¿Quieres que vaya con Anna? —me preguntó, apartándose de mí, repentinamente enfadado. A lo mejor le molestaba que no hubiese querido seguir con lo que estábamos haciendo... A lo mejor pensaba que yo quería hacerlo con él... El simple hecho de pensar en acostarme con él en medio de un bosque me puso enferma.

—Sí, ve con ella —respondí fijándome en los dedos de mis pies para intentar evitar su mirada—. No tienes que quedarte conmigo, ya te lo he dicho: esto ha sido un error, lo estamos dejando llegar demasiado lejos y está mal.

Nicholas se apartó y le pegó una patada a una piedra que había por allí. Le escuché maldecir en voz baja y luego se volvió hacia mí con su semblante enfadado y con los ojos fríos como el cristal congelado.

—Muy bien —afirmó. Entonces levantó el brazo hacia atrás y de un solo movimiento se quitó la camiseta. Antes de comprender lo que estaba haciendo me dio la espalda y, tras desprenderse de los vaqueros, fue corriendo hacia el lago. Allí todos lo vitorearon y gritaron su nombre.

Mi buen humor y mi autoestima se hundieron con él bajo aquella agua fría.

Durante la siguiente hora y media estuve evitándolo todo lo posible. No quería ni verlo, me ponía nerviosa solo de pensarlo, pero cuando llegaron las cinco de la madrugada y la mayoría de los invitados fueron saliendo por la puerta, solo quedamos unas ocho personas, entre ellas Anna, Lion, Jenna, Mike, el dueño de la casa, una tal Sophie, Sam, un amigo de Nick, Nicholas y yo. Nos habíamos reunido todos en el inmenso salón de grandes sofás blancos y estábamos todos sentados en círculo. Yo me senté junto a Jenna y Sophie, que era rubia de bote y parecía bastante tonta. Nicholas estaba a mi derecha, con Mike en medio, por lo que agradecí no tenerle enfrente para así no haber de enfrentarme a su mirada.

Desde lo que había ocurrido junto al árbol, no me había dirigido ni una sola mirada. Parecía cabreado o aliviado al no haber tenido que quedarse conmigo. Yo sentía un pinchazo de dolor en el pecho cada vez que nuestras miradas se encontraban sin querer y él la apartaba, aunque una parte de mí se sentía aliviada. Prefería que me ignorase a tener que hablar sobre lo ocurrido.

—¿Por qué no jugamos a ese juego que jugábamos de críos? —propuso Sophie a mi lado.

—¿A verdad o reto? —contestó Jenna soltando una risita—. Crece un poco, Soph.

—No, venga, vamos a jugar —dijo Mike con una mirada traviesa. Yo me puse nerviosa al instante. Odiaba aquel juego: una vez había elegido reto y me tuve que tragar un vaso de grasa para cocinar. Asqueroso.

—Coge la botella que hay en esa mesa —le pidió Mike a su amigo.

Un minuto después estábamos todos rodeando una botella vacía de cerveza. Mike fue el primero en hacerla rodar. La botella apuntaba a Anna.

—¿Verdad o reto? —le preguntó él con una sonrisa traviesa. A su lado Nick se movió inquieto.

—Hum... Verdad —respondió ella volviéndose hacia Nick. Tuve que apartar la mirada y me habría gustado taparme los oídos si no hubiese sido ridículo.

—Cuenta la última vez que te has liado con alguien —pidió Mike riéndose abiertamente.

Madre mía, ¿en serio?

A Anna se le dibujó una ancha sonrisa en la cara. Me molestó que su mirada se clavara en la mía cuando empezó a describir cómo se había acostado con Nick.

—En la parte trasera de un coche —declaró soltando una risa y mirando a Nick, que no apartaba los ojos de mi rostro—. Yo prefiero una cama, pero...

Desvié mi mirada hacia el otro lado. ¿Por qué me dolía tanto escuchar eso? ¿Por qué el simple hecho de imaginar sus manos en el cuerpo de Nick me daba ganas de levantarme y tirarle de los pelos?

Me estiré hacia delante e hice girar la botella. Me daba igual si aún no había terminado de contar su historia, no quería enterarme de los detalles.

Mierda, ahora la botella apuntaba a Nick.

Nuestras miradas se encontraron.

—¿Verdad o reto? —le pregunté un poco demasiado brusca.

—Reto, por supuesto —me contestó abrasándome con sus ojos color cielo.

Pensé en algo que le fastidiara de verdad... como, por ejemplo, tomarse un vaso de grasa apestosa, pero para mi fastidio, Sophie se adelantó y fue ella la que le dijo qué hacer.

—Quítate la camiseta —le ordenó ella y entonces me di cuenta de cómo se lo comía con los ojos. No pude evitar poner los ojos en blanco.

—Eso no es un reto de verdad —repliqué yo fulminándola con la mirada.

Nick sonreía divertido con la situación.

—Aprende a ser más rápida, hermanita —me aconsejó y entonces se quitó la camiseta con rapidez. Estaba segura de que las cuatro chicas que estábamos en aquella habitación nos quedamos con la boca abierta y completamente embobadas. A pesar de las heridas y los rasguños de la paliza de Ronnie, seguía estando para morirse.

—Gracias por alegrarnos la vista, Nick, ahora me toca a mí —declaró Jenna estirando la mano para hacer girar la botella.

Mierda, me señalaba a mí. Me puse nerviosa tan solo de pensar en lo que podían pedirme que hiciera.

Jenna sonrió como una endemoniada.

—¿Verdad o reto? —preguntó con un brillo divertido en los ojos.

Siempre prefería elegir la primera.

—Verdad —respondí yo encogiéndome de hombros.

—Cuéntanos la cosa más mala que hayas hecho en toda tu vida —dijo Jenna divertida. Ella pensaba que era una niña buena, que nunca había hecho nada fuera de lo normal... Si ella supiera.

Todos se miraron divertidos entre sí y sentí la necesidad de abrirles los ojos, pero ¿quería contarles lo que me reconcomía por dentro desde que tenía once años? No, la verdad es que no.

—Robé un paquete de golosinas de una tienda de mi pueblo cuando tenía nueve años. Cuando me descubrieron, intenté salir corriendo y al hacerlo tiré dos estanterías repletas de cosas al suelo. Me castigaron durante un mes y desde entonces no he vuelto a robar nada —expliqué recordando aquel día con cariño... La persecución había sido de lo más divertida.

Todos rieron.

Ahora le tocaba hacer girar la botella al otro amigo de Nick cuyo nombre desconocía, pero que había estado mirándome durante casi toda la noche.

La botella giró y giró hasta que poco a poco y para mi disgusto se detuvo otra vez en mí.

—¿Verdad o reto? —me preguntó con una sonrisa extraña.

Puesto que verdad ya la había escogido solo podía elegir la otra.

—Reto —contesté sintiendo cómo se me formaba un nudo en el estómago.

—Quítate el vestido —ordenó y sentí cómo toda la sangre se me iba del rostro.

No.

No podía hacer eso, no con toda aquella luz rodeándome y delante de todos, que podrían ver mi piel sin ningún tipo de impedimento.

Noté cómo Nicholas se tensaba en su sitio. Ahora no me vendría nada mal que se le ocurriera algo para librarme de hacerlo.

—¿Puedo cambiar? —pregunté con la voz entrecortada.

Anna pareció divertida por la situación.

—¿Tanto complejo tienes con tu cuerpo? Solo es un juego —me espetó mirando a todos y riéndose de mí.

—Puedes cambiar —gruñó Nick a su lado y nuestros ojos se encontraron.

Los demás protestaron, pero al final el semblante de Nick era tan férreo que tuvieron que claudicar.

—En ese caso y como no has cumplido, se te dirá que hagas algo un poco más subidito de tono —intervino Anna y juro por Dios que vi cómo estaba disfrutando haciéndome sufrir. Quise levantarme y darle con la botella en la cabeza.

—Tienes que meterte en ese armario y enrollarte con Sam —dijo sonriendo triunfal.

Pero ¿qué demonios? No pensaba meterme en ningún armario a oscuras... Mierda, aquel día parecía ir de mal en peor.

—¡Vale! —grito el tal Sam.

Me gustó ver cómo Nick lo fulminaba con la mirada y cómo su semblante se volvía peligroso. Aquello podía ser interesante.

—Lo haré, pero aquí mismo, no me pienso meter en un armario —declaré desafiando a todos los allí presentes.

—¿Por qué? —inquirió de mala gana Anna.

—Tiene miedo a la oscuridad —soltó entonces Nicholas. Levanté los ojos hacia él sin poderme creer que lo hubiese soltado así, sin ningún reparo.

Todos se rieron de mí.

—Por Dios, ¿tienes cuatro años? —se mofó Sophie a mi lado.

Sabía que me estaba poniendo roja: ese tema era sagrado para mí, solo las pocas personas que me conocían de verdad estaban al tanto de aquel miedo y ni siquiera recordaba habérselo contado a mi hermanastro.

—A mí me da igual dónde, pero quiero besarte ya —afirmó Sam acercándose a mí y riéndose abiertamente. Aquel chico no se cortaba un pelo.

Tampoco es que me importase demasiado darle un beso, solo era eso: un beso. Me puse de pie sin mirar a los que estaban a mi alrededor.

Sam era rubio y de ojos marrones. Jenna me había contado que iba a nuestro colegio. Me recordó a Dan. Se me acercó y me colocó una mano en la cintura. Los demás nos abuchearon desde sus asientos. Me puse colorada, eso seguro, pero mejor acabar ya con aquella tontería.

Acerqué mi boca a la suya con la intención de darle un casto beso en los labios, pero el muy listillo empujó con fuerza hasta que mis labios se entreabrieron y su lengua invadió mi boca. No consiguió ningún tipo de respuesta por mi parte y un segundo después lo aparté de un empujón.

—Con eso es suficiente —le dije dándome la vuelta y volviéndome a sentar. Estaba cabreada y no sabía exactamente por qué.

—Besas como los ángeles, Noah —sentenció Sam riéndose y regresando a su lugar.

A su lado Nick se levantó. Parecía estar debatiendo sobre algo, con el ceño fruncido y ambos puños apretados a ambos costados.

—Ya es tarde, deberíamos irnos —comentó mirándome solo a mí—. Este juego es una estupidez.

Me puse de pie seguida por los demás, que asintieron ya cansados de una fiesta tan larga. Vi cómo Nick se volvía a colocar la camiseta y escuché cómo Sophie suspiraba a mi lado con pesar.

Nos despedimos de Mike y Sophie y nos encaminamos hacia los vehículos. Gracias a Dios, Anna había venido con su descapotable y no tuvimos que llevarla a casa. Me metí en el coche de Nick después de despedirme de Lion y Jenna, que me prometió llamarme al día siguiente temprano para hacer las maletas para el viaje por teléfono. Le sonreí entornando los ojos y pensando que aquel viaje me parecía cada vez más inapropiado.

Después de que Nick se despidiera de Anna, se acercó hacia el coche y lo puso en marcha en menos de un segundo. No quería hablar con él de lo que había ocurrido, por lo que estiré la mano y puse la radio. Nada más enderezar el coche y salir a la carretera él estiró la suya y la apagó.

—No me ha hecho ni puta gracia que te besaras con Sam —me confesó y me fijé cómo tamborileaba nervioso los dedos sobre el volante.

—Era un juego estúpido, ¿qué querías que hiciera? —repliqué recordando lo que había dicho Anna sobre él. A mí tampoco me había hecho ni puñetera gracia.

—Decir que no —afirmó cortante.

—Ya había dicho que no a lo otro y, además, yo no voy por ahí pidiéndote explicaciones sobre qué haces o dejas de hacer con tu novia o con los centenares de chicas que manoseas delante de mis narices —le solté elevando el tono de voz.

—Yo no he hecho nada de eso —repuso provocando que yo elevara las cejas con incredulidad—. Y centenares de chicas es demasiado, Pecas, incluso para mí.

—¿Y qué me dices de Anna?

—Lo mío con Anna... es diferente, pero si te quedas más tranquila hace semanas que no quedamos para esas cosas —me contestó entonces y supe que estaba intentando contener la calma.

—Si eso es cierto, aunque no te creo, no tienes por qué darme explicaciones. No estoy celosa —le dije cruzándome de brazos y mirando hacia la oscuridad de la noche. Lo cierto es que sí lo estaba, pero nunca lo admitiría en voz alta.

—Pues yo sí —admitió entonces, volviendo la cara para poder mirarme—. Estoy celoso, mucho, y ni siquiera sé por qué demonios me siento así. En la vida había sentido celos de nadie, Noah, y menos de un idiota como Sam.

Abrí los ojos sorprendida ante su confesión.

—No deberías sentirte así y menos por un juego...

—¿Crees que no lo sé? —me interrumpió enojado.

Justo entonces llegamos a casa. Nick abrió la puerta y se hizo el silencio entre los dos. Antes de bajarme me cogió por la muñeca con delicadeza y me obligó a afrontar su mirada.

—Siento que lo que pasó entre los árboles no fuera lo que esperabas... No fue mi intención que te asustaras o que te sintieras incómoda.

Sentí como si me estuviese derritiendo después de haberme obligado a rodearme de un muro de escharcha.

—Me diste la opción de detenerte, Nick, y no lo hice —repuse nerviosa. Su mano me acarició la muñeca efímeramente.

—Te haría de todo, Noah, y lo sabes..., pero no haremos nada hasta que ese miedo con el que me miras no desaparezca de tus ojos.

Joder...

Se bajó del coche después de eso y yo tardé en volver a sentir que mi corazón había vuelto a la normalidad.

A la mañana siguiente Jenna me recogió a eso de las tres de la tarde para irnos de compras. Según ella ir a Bahamas ofrecía la excusa perfecta para renovar por completo nuestro armario. Mi madre, que no podía estar más contenta con que Nicholas me hubiese invitado, me ofreció su tarjeta de crédito y casi me rogó que me comprara alguna cosa. Era extraño ver a mi madre tan feliz por el simple hecho de que su hijastro y yo nos llevásemos bien, sobre todo porque desde su punto de vista toda aquella pantomima de llevarme con él era ante todo un acto fraternal. Ni siquiera podía imaginarme la cara que se le pondría a ella y a Will si se llegaban a enterar de lo que habíamos estado haciendo las últimas semanas.

Con aquellos pensamientos en mente y aún dudando de si debía o no irme con él a Bahamas, estuve esperando a que Jenna desfilara por toda la sección de probadores con mil y un modelitos nuevos y exclusivos. Era tan esbelta y delgada... Me daba envidia y su piel aceitunada quedaba genial con la ropa que se estaba probando. Yo aún no me había decantado por nada y tampoco es que estuviera muy entusiasmada con comprarme algo, ya tenía demasiadas prendas en casa sin estrenar.

Entonces, y mientras Jenna regresaba a su probador, sonó mi teléfono móvil. Lo cogí de mi bolsillo trasero.

—Diga —dije sin recibir respuesta. Miré la pantalla un momento: número oculto—. ¿Diga? —repetí más alto. Podía escuchar la respiración de quien fuese que me estaba llamando, y sin saber por qué un escalofrío me recorrió todo el cuerpo. Colgué justo cuando Jenna salía del probador.

—¿Quién era? —me preguntó al ver que colgaba y me metía el móvil en el bolsillo trasero de mis pantalones.

—No lo sé, era un número oculto —le contesté recogiendo mi bolso y dirigiéndome a la salida.

—¡Qué mal rollo! Un día me llamaron con un número oculto y resultó ser un gilipollas que estaba obsesionado conmigo —me contó haciendo que le prestara atención—. Me llamaba una y otra vez, tuve que cambiarme de línea y todo... Lion estaba histérico —agregó soltando una risita.

¡Qué estupidez...! ¿Quién iba a querer acosarme a mí? Entonces recordé la amenaza de Ronnie de boca de Nick, y de cómo no le había dado la importancia que se merecía. Aunque tampoco iba a volverme loca por una simple llamada. Arrinconé aquellos pensamientos en el fondo de mi mente y acompañé a Jenna a la caja.

Diez minutos después estábamos ambas sentadas a una de las mesas de la terraza de un Starbucks. Yo desmenuzaba una magdalena de arándanos mientras que ella bebía de su frapuccino de fresa.

—¿Puedo preguntarte una cosa? —me dijo entonces, después de haber estado repentinamente callada.

Levanté la vista de mi magdalena y asentí mientras me metía un trozo en la boca.

—Claro —contesté masticando aquella delicia.

—¿Sientes algo por Nick? —me preguntó haciéndome atragantar.

Joder... Eso no me lo esperaba y... ¿tan obvio era? Intenté tragar y dejar de toser ayudándome con mi zumo de naranja mientras pensaba qué demonios responder.

—¿Por qué lo preguntas? —pregunté a mi vez para evitar la respuesta.

Ella me observó atentamente.

—Ayer en su cumpleaños..., no sé..., creí ver algo —contó mirándome fijamente, atenta a mi reacción—. Nunca había visto a Nick tan contento por ver aparecer a alguien, y en cuanto te vio, ¡plaf! Parecía otro tío completamente diferente... No sé si son imaginaciones mías, pero observándoos luego en lo del juego de la botella vi cómo ambos reaccionabais ante lo que dijo Anna y a tu beso con Sam.

Hum... Sí que era observadora... En cierto modo nos habíamos dejado llevar la noche anterior sin ni siquiera detenernos a pensar en que había gente a nuestro alrededor que podía darse cuenta al instante de lo que estaba ocurriendo entre nosotros. Aunque, ciertamente..., ¿qué estaba pasando entre los dos?

—Jenna, es mi hermanastro —le contesté intentando salirme por la tangente.

Ella puso los ojos en blanco de inmediato.

—No es tu hermano ni nada parecido, así que no me vengas con chorradas —dijo repentinamente seria—. Conozco a Nick y está cambiando... No sé..., es algo; a lo mejor es que es cierto que ahora intentáis ser amigos... ¿O es que de verdad sientes algo por él? —insistió mirándome fijamente, como si estuviese intentando verme con rayos X.

¿Sentía algo por Nick? Algo sí sentía, tenía que admitirlo, por lo menos para mí misma, pero ¿qué era exactamente...? No tenía ni idea, solo sabía que estaba consiguiendo volverme completamente loca.

—Intentamos ser amigos por nuestros padres —le expliqué consciente de que era una trola—. Y él no me desagrada, por lo menos no ahora que lo estoy conociendo cada vez más...

Jenna pareció sopesar mi respuesta y luego asintió, llevándose la pajita a la boca otra vez.

—Está bien, pero ¿no me digas que no sería alucinante que os liarais? —me planteó con una sonrisa traviesa—. A eso no se le considera incesto, ¿verdad?

Tuve que volver a toser para no atragantarme con lo que me quedaba de magdalena...

28

NICK

El hotel Atlantis de Bahamas estaba considerado uno de los mejores hoteles, yo ya había estado en dos ocasiones y era magnífico. Gran parte del hotel estaba construido como si fuese un acuario, por lo que podías ver tiburones, peces extrañísimos y animales de todo tipo mientras recorrías los pasillos en dirección al comedor o al casino. Noah estaba alucinada, y me encantó saber que yo había tenido algo que ver. Habíamos reservado dos habitaciones, una para las chicas y otra para nosotros.

Habíamos llegado al hotel a eso de las cinco de la tarde y las chicas insistieron en ir a la playa directamente. Me moría de ganas de ver a Noah en biquini, por lo que media hora después estábamos saliendo al cálido sol de media tarde. Para mí ir a la playa estaba asociado con hacer surf, puesto que no me gustaba tirarme en una toalla y tostarme al sol, pero aquel día no me importó, no si iba a poder disfrutar de unas vistas excelentes.

Por eso me llevé un chasco en cuanto llegamos a las tumbonas de la playa y Noah se quitó el vestido que llevaba. Al contrario que Jenna, que llevaba un biquini blanco muy provocativo, ella iba con un bañador de color negro. Le quedaba de miedo, pero me apetecía ver un poco más de piel, su barriga suave y plana, la curva de su cintura...

Jenna y Lion se fueron directamente a bañarse; ella subida a caballito y él amenazándola con tirarla de cabeza al agua. Me volví hacia Noah, que estaba entretenida poniéndose crema solar.

—¿Hemos vuelto al siglo pasado o es que te has dejado los biquinis en casa? —le pregunté riéndome de ella.

Se puso tensa de inmediato, pero un segundo después me fulminó con sus preciosos ojos.

—Si no te gusta no me mires —me contestó dándome la espalda y continuando con su tarea.

Fruncí el ceño ante su contestación. Al parecer no hacía más que meter la pata con ella.

Cuando terminó de echarse crema solar, se tumbó y sacó un libro de su bolso. La observé entretenido. Siempre que estábamos en casa estaba leyendo; me pregunté qué era lo que podía gustarle de Thomas Hardy, pero lo dejé correr: mis gustos literarios no tenían nada que ver con los de ella, estaba claro. Seguí observándola disimuladamente preguntándome qué era lo que tenía que hacía que me comportase de una manera totalmente diferente... ¿Eran sus ojos color miel, dulces y a la vez reflejo de un carácter indomable que sacaba de quicio a cualquiera? ¿Eran aquellas pecas que le daban un aire aniñado y sexi a la vez? No tenía ni idea, pero en cuanto levantó los ojos de la lectura y los clavó en los míos, el escalofrío que sentí por todo el cuerpo me hizo darme cuenta de que, si no tenía cuidado, iba a terminar tan increíblemente idiotizado como Lion con Jenna.

—Métete conmigo en el agua —le pedí estirando el brazo y arrancándole el libro de las manos.

Me miró con mala cara.

—¿Para qué?

Sonreí divertido.

—Se me ocurren un par de cosas... —se sonrojó sin poder evitarlo—, como nadar, buscar caracoles... ¿A qué creías que me refería, Pecas? —dije divirtiéndome a su costa.

El color de su rostro pasó de un rosa adorable a un rojo intenso.

—Eres idiota, y no voy a ir al agua contigo, devuélveme mi libro —me ordenó tendiéndome la mano.

Se la cogí y tiré de ella con fuerza.

—Ya leerás cuando seas vieja. Vamos.

Al principio se resistió, pero la cogí en brazos y la llevé hasta la orilla.

—¡Bájame! —gritó sacudiéndose como una medusa.

Lo hice, soltándola en el agua y riéndome cuando salió boqueando como un pececito. Vino a por mí y me pasé los siguientes diez minutos haciéndole ahogadillas y riéndome a carcajadas.

La tarde pasó sin incidentes. Comprobé que si mantenía las manos apartadas de Noah ella se relajaba y era capaz de divertirse conmigo y con los demás. Habíamos pasado un buen rato en la playa, bebiendo margaritas y disfrutando de las aguas cristalinas. Me había quedado dormido en la tumbona, en uno de los intervalos en los que Jenna y Lion desaparecían para hacer Dios sabía qué, y cuando abrí los ojos una hora después y me volví hacia Noah, vi que no estaba. Empecé a buscarla por la orilla o en el mar. No estaba en ninguna parte. Entonces la escuché reírse. Me volví hacia mi izquierda, en donde un grupo de chicos universitarios jugaban al vóley playa. Allí estaba Noah, con su bañador negro y sus pantalones diminutos. Estaba jugando con ellos y la mayoría se la comía con los ojos cuando saltaba y golpeaba el balón con maestría. La mayoría eran mucho más altos que ella, por lo menos una cabeza más, y estaban en muy buena forma. Sentí cómo la rabia me invadía cuando uno de ellos la abrazó y la hizo girar por los aires después de que ella marcase un punto.

¡Maldita sea! Me fui hacia ellos pisando fuerte. No sabía qué pretendía, pero estaba cegado por la rabia. Entonces ella me vio y me dedicó una sonrisa que paralizó mis pensamientos y mi cuerpo. Estaba contenta..., muy contenta.

—¡Nick, ven a jugar! —me gritó al tiempo que le tendía el balón a uno de sus nuevos amigos y corría a reunirse conmigo. Tenía las mejillas coloradas por el sol y el ejercicio, y sus ojos brillaban con emoción—. ¿Has visto el remate que he hecho? —me preguntó con orgullo.

Asentí sin saber muy bien qué hacer con la rabia que aún me reconcomía por dentro.

—No sabía que jugases al vóley —le comenté y hasta yo me di cuenta de lo cortante que había sonado mi voz.

Ella pareció ignorar aquel detalle.

—Juego desde los diez años, te lo dije, era la capitana de mi equipo en Toronto —me recordó.

Poco a poco fui siendo capaz de controlarme y le devolví la sonrisa.

—Eso es genial y no sabía que fueses tan buena, pero deberíamos irnos ya —le dije, más que nada porque no me gustaba cómo todos esos tíos miraban en nuestra dirección, como si estuviesen embobados con ella.

—¡Venga, Noah! —la llamó uno, el que la había abrazado hacía menos de un minuto. Mi mirada fue tan glacial que vi cómo se quedaba callado en su lugar.

—Lo siento, no me he dado cuenta de lo tarde que era, voy a despedirme de ellos —dijo volviéndose y dejándome allí plantado, observándola. Me puse nervioso cuando todos comenzaron a hablar con ella y uno incluso la abucheó por tener que irse. Le habría estampado la cara en la arena si no supiera que me traería problemas con Noah.

Unos minutos después regresó a mi lado.

—Ha sido genial, hacía por lo menos tres meses que no jugaba... Ha sido como volver a casa, en serio —comenzó a contarme emocionada. Fue entonces cuando comprendí lo duro que debía de ser para ella, que lo había dejado absolutamente todo para mudarse con su madre: sus amigos, su instituto, su novio...—. Los chicos nos han invitado hoy a una discoteca del hotel, me han dicho que está muy bien, deberíamos ir —me comentó contenta.

Me hubiese gustado decirle rotundamente que no, que esos tíos solo querían una cosa en concreto de ella y que no estaba dispuesto a pasarme toda la noche observando cómo se la comían con los ojos, pero al ver la felicidad en su mirada, una felicidad que no había visto nunca desde que la conocía..., no pude decirle que no.

—Muy bien, pero antes tenemos que cenar y darnos una ducha —le dije—. Jenna y Lion ya están allí, he hablado con ellos.

—Muy bien —convino con una sonrisa.

Aquello estaba de todo menos bien.

Cuando nos encontramos con ellas frente a los ascensores, tuve que reprimir las ganas de volver a meter a Noah en la habitación. ¿Quién le había sugerido que se pusiese aquella ropa? Noah estaba embutida en un vestido blanco, con finas tiras que se cruzaban por su espalda. Contemplar toda aquella piel expuesta no podía ser buena para mi salud... Tuve que tragar saliva para contener las ganas de acariciarla y llevármela a la habitación para admirarla durante horas. Sus piernas, ya de por sí largas y esbeltas, lo parecían aún más con aquellos zapatos de tacón alto de color agua marina.

¿Quién la había convencido para que abandonara sus Converse y sus vaqueros? La respuesta a esa pregunta se encontraba justo a su lado: maldita Jenna.

29

NOAH

Ni siquiera sabía por qué me había dejado convencer para ponerme aquel vestido. Era de lo más inapropiado, y más si teníamos en cuenta que se me veía absolutamente toda la espalda. Me había tenido que poner un sujetador especial y todo, y, aun así, me sentía completamente desnuda. Pero Jenna era insoportable cuando se le metía algo entre ceja y ceja, y una parte pequeñita de mí, una muy escondida, quería ver la reacción de Nick a este vestido. Durante todo el día se había comportado como si de verdad fuese mi amigo, había mantenido las manos alejadas de mí y, por extraño y contradictorio que pareciera, no me había gustado.

Por eso no entendí muy bien su mirada de disgusto en cuanto nos reunimos delante de los ascensores. Me había recorrido todo el cuerpo mirándome con el ceño fruncido y por un momento pensé que le disgustaba mi aspecto.

—¿Pasa algo? —pregunté decepcionada ante su mirada. No era esa la reacción que esperaba.

—¿No tendrás frío? —me contestó después de que un brillo extraño apareciese en sus ojos.

—Estoy bien —afirmé y me metí en el ascensor nada más abrirse las puertas. A mi lado, Jenna iba ataviada con unos minishorts de color negro y un top rosa muy provocativo. Iba muchísimo más expuesta que yo y no veía a Lion mirarla con el ceño fruncido.

Los chicos nos siguieron. En cuanto llegamos a la planta en donde estaba el restaurante, me volví a quedar alucinada con la decoración y la amplitud de aquel sitio.

Nick nos guio hacia el restaurante que estaba junto a la piscina. Era muy elegante, de ahí nuestras vestimentas y me encantó poder estar disfrutando de todo aquello con amigos y con Nicholas. Esa era una de las ventajas de que tu madre se casase con un millonario, el lujo venía de la mano.

Nos sentaron a una mesa muy acogedora junto al caminito que daba a los jardines y a la piscina. Las vistas desde allí eran espectaculares y pronto estuvimos cenando y disfrutando de una agradable conversación y de una comida exquisita.

Mi móvil empezó a sonar, interrumpiendo la conversación. Últimamente no habían dejado de llamarme desde un número oculto y se me quedaban escuchando desde el otro lado de la línea.

—Diga —respondí y automáticamente una voz conocida me contestó al otro lado del teléfono. Era uno de los chicos con los que había estado jugando al vóley en la playa; si no me equivocaba, su nombre era Jess. Me explicó cómo se llamaba la discoteca y me pidió que fuésemos allí cuando terminásemos de cenar.

En cuanto les comuniqué aquello, Jenna saltó emocionada y Nick volvió a mirarme de forma extraña. ¿Qué demonios le ocurría?

Cogí mi móvil y le mandé un mensaje. Sabía que aquello era ridículo, pero si no paraba terminaría por amargarme la noche.

¿Qué demonios te ocurre? No has dejado de mirarme mal desde que he salido de la habitación.

Me hizo gracia cómo se le abrieron los ojos con sorpresa en cuanto su teléfono sonó y leyó el mensaje. Sus ojos buscaron los míos justo cuando mi móvil vibraba en mi mano.

Creo que me gustas más cuando eres tú quien elige tu ropa. No deberías ponerte algo con lo que no te sientas cómoda.

¿Cómo sabía que había sido Jenna quien me había vestido? ¿Tan obvio era que me sentía absurda así vestida? Jenna estaba increíble..., seguro que a su lado parecía una muñequita grotesca.

Me picaron los ojos al pensar que estaba haciendo el ridículo. Quería dejar a Nick con la boca abierta y había conseguido todo lo contrario.

Dejé el móvil sobre la mesa, no tenía intención de contestarle. Nunca había sido una chica que se arreglara en exceso, pero tampoco le había dado importancia a lo que la gente, y menos los chicos, pensara de mí. Que hubiese hecho eso por Nick para nada me hacía sentirme como una idiota.

El móvil volvió a sonar, haciendo más ruido esta vez al vibrar sobre la superficie de la mesa.

Miré el mensaje y sentí un cosquilleo.

Estás preciosa, Noah.

Nuestros ojos se encontraron y sentí que me acaloraba por dentro. Si lo decía de verdad, tenía una manera muy extraña de demostrarlo.

Me molesté conmigo misma al ver que tres simples palabras me afectaban de ese modo. Yo no estaba allí para vestirme para él, no debería haber rechazado lo que había querido ponerme en un principio...

—¡Eh, tíos! —nos llamó Lion desde su sitio. Ambos nos volvimos hacia él—. ¿Qué ocurre?

—Nada —respondió Nicholas. Acto seguido bebió de su copa de cristal y sin quitarme los ojos de encima.

—Deberíamos ir yendo, he quedado con Jess en quince minutos y no me gustaría dejarlo plantado —le contesté deseando ponernos en marcha. Si Nick esperaba un gracias de mi parte ante su último mensaje, estaba muy equivocado.

Salimos del restaurante y nos dirigimos a la zona de las discotecas y los bares. Un chico rubio y de ojos azules se nos acercó en cuanto nos vio: Jess.

—¡Vaya..., Noah! ¡Estás... increíble! —exclamó haciéndome sonreír. ¿Veis? Esa era la actitud que buscaba.

Le presenté a los demás y tuve que contener el aliento al ver que Nick tardaba unos segundos de más en tenderle la mano y estrechársela con fuerza.

—La discoteca está justo ahí y hay un ambiente estupendo —nos contó mi nuevo amigo mientras nos dirigía hacia un local impresionante, con dos guardaespaldas en la puerta y mucha gente esperando para entrar—. Van conmigo —informó Jess al portero y este, después de lanzarnos una mirada de arriba abajo, asintió y nos dejó entrar. Dentro, el ambiente era cargante. La pista estaba a rebosar de gente bailando y moviéndose al ritmo de la música. Las luces eran bastante agobiantes, pero, en general, era el sitio perfecto para pasar una buena noche.

—Tenemos un reservado justo allí —nos indicó señalando una zona apartada de la pista de baile, pero ubicada en el mejor sitio de la discoteca—. Seguidme —nos pidió intentando pasar entre la gente. Procuré no caerme: aquellos zapatos eran una trampa mortal y los pies ya me habían empezado a doler. En cuanto llegamos al reservado los cuatro chicos que había allí y que ya conocía de mi tarde en la playa vitorearon mi nombre y nos saludaron con furor. Me reí divertida con la situación. La mayoría de los allí presentes iban acompañados por sus novias, pero nos dieron la bienvenida a su grupo con entusiasmo y eso hizo que me cayesen aún mejor que antes. No se me escapó el detalle de que Jess se sentase justo a mi lado y tampoco se me escapó que Nick estuviera justo en el otro. Aquello era de lo más incómodo.

—Dime, Noah, ¿cuánto hace que juegas al vóley? ¡Eres diez veces mejor que cualquiera de estos cafres! —me comentó Jess emocionado y tendiéndome una copa con algún líquido dentro. Fruncí un momento el ceño antes de llevármela a la boca. Desde lo que había ocurrido con Nick la noche en que lo conocí, no me fiaba de lo que me dieran para beber.

—No tiene nada, le he estado mirando cuando te lo servía —me susurró una voz al oído. Sentí un escalofrío, pero en cuanto me volví para darle las gracias vi que una chica alta y tremendamente guapa se acercó a él y se sentó a su lado.

Nicholas me dio la espalda y se puso a hablar con ella. Sentí que la rabia me consumía.

—¿Quieres bailar, Jess? —le pregunté justo cuando Jenna se llevaba a rastras a su novio a la pista.

—Claro —me contestó este emocionado. Ni siquiera me fijé en Nicholas cuando me aferré a su mano y dejé que me llevara hacia donde todos bailaban con frenesí al ritmo de la música.

Siempre me había encantado bailar y no se me daba nada mal. Tenía que agradecérselo a mi madre y a su espíritu juvenil a la hora de hacer las tareas de la casa con canciones puestas a todo volumen. No me daba vergüenza contonear las caderas o moverme al ritmo de la música. Bailar me divertía. Pero en aquel momento no era con Jess con quien me apetecía hacerlo, sino con alguien completamente diferente. Cuando lo vi aparecer con la otra chica colgada del brazo, sentí que se me caía el alma a los pies.

Estaba tremendamente sexi cuando bailaba. Nunca lo había visto hacerlo, pero su manera de sujetar a aquella tía rubia me daba una envidia y unos celos que nunca antes había experimentado. Cuando sus manos se fueron directamente a su trasero tuve que darme la vuelta y respirar profundamente para no salir de allí y largarme a mi habitación. Sabía que no éramos nada, pero me costaba asimilar lo que odiaba verlo tocar a otra chica, y mucho más ante mis narices. Jess me cogió por la cintura y me pegó la espalda a su pecho, una postura que me dejaba completamente expuesta a la mirada de Nick, que en ese preciso instante estaba clavada en nosotros.

Quise apartar a Jess porque no me sentía muy cómoda en ese instante, pero Nicholas me desafiaba con cada gesto de su semblante. Observé conteniendo la respiración cómo la mejilla de Nick se apoyaba en la de la rubia, cómo giraba levemente la cabeza y le decía algo al oído...

En cierto modo, a pesar de morirme por dentro, eso avivó mis ganas de devolverle el gesto y dejé que Jess moviera su mano hasta rodearme fuertemente con su brazo apretujándome contra su duro pecho. Moví las caderas al ritmo de la música y supe que estaba jugando con fuego.

Nick me abrasó con sus ojos azules mientras mordía con ligereza la oreja de la chica. Vi sus labios en su piel y supe perfectamente lo que ella estaba sintiendo.

Para mí fue suficiente.

Me separé de Jess y le dije que me esperara en el reservado, que yo iría en un momento. Asintió después de preguntarme si estaba bien. Lo tranquilicé y me dirigí hacia las barandillas que rodeaban la pista. Había menos gente junto a ellas, aunque seguía siendo donde se bailaba, por lo que apenas tenía espacio para poder apoyarme e intentar tranquilizarme.

Entonces Nick apareció delante de mí. Sus ojos buscaron los míos y tiró de mis manos para acercarme a él. Sentí cómo mi corazón palpitaba enloquecido cuando una de sus manos se posó en mi espalda desnuda.

—¿Por qué me obligas a hacer algo que no quiero? —me preguntó al oído.

No le contesté. No tenía nada que decir. Estaba molesta conmigo misma por intentar ser algo que no era y enfadada con él por confirmármelo.

—Me vuelves loco, Noah —confesó rozando sus labios contra mi oreja. Me estremecí.

Levanté la mirada hacia él. Sus ojos brillaban martirizados, pero también pude ver el deseo escondido en ellos. Me deseaba... y lo volvía loco... Una sonrisa afloró en mi rostro.

—Bailas muy bien —le contesté estirando los brazos y rodeándole el cuello con ellos. Sentí su pelo entre mis dedos y le acaricié la nuca con un movimiento lento y provocador.

—No hagas eso —me pidió, pero volví a repetir el gesto—. Vas a obligarme a hacer algo que no puedo hacer aquí —me advirtió mirando hacia mi derecha. Me volví y vi a Jenna y Lion observándonos mientras bailaban. Una parte de mí quería confesarle a mi amiga lo que estaba ocurriendo, pero la otra me decía a voz en grito que estaba completamente loca. Nadie vería bien aquella relación.

—Debería regresar —le comenté desilusionada.

—De eso nada —se negó apretándome más contra él. Sus labios regresaron a mi oreja y me la mordisquearon suavemente. Sus manos me acariciaron la espalda y no pude evitar cerrar los ojos y contener un suspiro de placer.

—Deberías parar —musité. Al instante, lo escuché maldecir por lo bajo y luego, de pronto, sentí sus labios sobre los míos. Fue un beso del todo inesperado, más que nada porque nos estaban viendo y nos estábamos delatando, pero sobre todo porque fue un beso apasionado, brusco y tremendamente excitante.

Me sujeté con fuerza a sus hombros cuando profundizó el beso y sus manos me apretaron contra su cuerpo excitado.

—Nick... —dije sin resuello—, Nick, para —le ordené cuando sus manos comenzaron a tocarme por todas partes. Si seguía así me desnudaría en medio de toda aquella gente.

Entonces colocó ambas manos en mis hombros y me apartó, dejando una distancia entre los dos. Sus ojos se encontraron con los míos.

—Vamos a mi habitación —me pidió dejándome de piedra—, no soporto verte aquí rodeada de tanta gente que quiere hacer exactamente lo mismo que yo... Por favor, Noah, ven conmigo, quiero que estemos a solas.

Parecía realmente preocupado..., eso o se estaba volviendo completamente loco. Me daba pena ver su semblante martirizado. Después de aquel beso la verdad es que no me apetecía mucho estar rodeada de tanta gente... y, además, los zapatos me estaban matando.

—Está bien, vamos —acepté dejándole que me cogiera la mano. Me sonrió aliviado y me condujo hasta donde Jenna y Lion nos miraban con la boca abierta.

En cuanto nos acercamos ella tiró de mí y me fulminó con sus ojos oscuros.

—¡Mentirosa! —me gritó, aunque soltó una risotada—. ¿Os habéis vuelto completamente locos? —nos reprendió a ambos. Lion parecía haberse quedado sin palabras; es más, miraba a Nick con el ceño fruncido.

—Nosotros nos vamos ya —anunció Nick ignorando a Jenna y la mirada de su amigo.

—¿Tan pronto? —preguntó Jenna mirándome suplicante. Estaba segura de que me interrogaría hasta quedarse sin voz, pero en aquel instante me daba igual.

—Me duelen mucho los pies, estos zapatos son una tortura —le dije, y era cierto. A mi lado Nick me miró preocupado. A continuación, me llevó de la mano hacia la salida.

—¡Despídete de los demás por mí! —le grité a Jenna intentando que me oyera entre tantos decibelios. Lo conseguí: ella asintió, aún mirándome alucinada.

Cuando salimos fuera el ruido de la música quedó amortiguado por las paredes insonorizadas. Ya era bastante tarde, pero la gente seguía haciendo cola para entrar.

—¿Te duelen los pies? —me preguntó Nick.

Asentí a la vez que me sentaba unos segundos en un banco. Nicholas se arrodilló frente a mí y comenzó a desabrochármelos con aire resuelto.

—¡¿Qué haces?! —exclamé riéndome.

—No sé ni cómo has aguantado con esto, pero me duele de solo mirarte —me confesó quitándome un zapato y luego otro.

—Gracias, es un alivio —le dije y no solo me refería a los tacones.

Diez minutos después estábamos en su habitación. Aún con las luces apagadas pero con la claridad que entraba por las ventanas abiertas, me empujó contra la pared, soltó mis zapatos en el suelo y me volvió a besar, solo que esta vez con más profundidad y un deseo aún mayor.

No sabía qué me ocurría, pero siempre que me tenía entre sus brazos era incapaz de pensar en otra cosa que no fuera nuestros cuerpos fundiéndose en uno solo y en mis manos acariciándolo por todas partes. Eso era exactamente lo que estaba haciendo él en aquel instante. Sus manos me tenían bien sujeta contra la pared, inmovilizándome. Las mías comenzaron a acariciarle el pelo. Lo atraje hacia mí y disfruté al ver cómo se le ponía la piel de gallina cuando mis dedos rozaban las partes sensibles de su oreja o de su nuca.

Soltó un gruñido profundo y sexi, y se apartó para cogerme las manos y colocarlas encima de mi cabeza.

—Estate quieta —me rogó besándome el cuello, mordiéndome allí donde el pulso latía enloquecido y chupando las zonas sensibles de mi clavícula, mi oreja y la parte hueca de mi cuello.

Solté un suspiro de placer cuando con su otra mano comenzó a acariciarme la pierna y el muslo, levantando el vestido corto a su paso. Y entonces comprendí que allí había demasiada luz y que, por tanto, iba a poder verme desnuda si le dejaba.

Me revolví inquieta.

—Para, por favor —le pedí, pero no me hizo caso—. Para —repetí con más firmeza y me soltó las manos. Mi mano derecha fue directa hacia la suya, que se había quedado quieta justo a la altura de mis caderas.

—¿Por qué? —me preguntó mirándome fijamente, rogándome que no le hiciera detenerse.

¡Madre mía...! Aquellos ojos cargados de deseo eran lo más atractivo que había visto en mi vida. Quería rodearlo con mis brazos y rogarle que no se detuviera, que me llevara a la cama y me hiciese suya, pero no podía... aún no.

—No estoy preparada —contesté sabiendo que en parte era verdad.

Él juntó su frente contra la mía hasta que nuestras respiraciones se sosegaron y volvieron a la normalidad.

—De acuerdo —me dijo un minuto después—, pero no te vayas.

Lo miré fijamente intentando averiguar qué se le pasaba por la cabeza.

—Antes me dijiste que no nos conocíamos lo suficiente y tenías razón; quiero conocerte, Noah, de veras, nunca he querido tanto algo, y quiero que te quedes conmigo esta noche.

Ver cómo se sinceraba de aquella forma... Nicholas, el tipo duro y que se liaba con centenares de chicas sin ningún tipo de remordimiento, me tocó hondo, la verdad.

—Está bien; hablemos —acepté.

Yo también quería conocerlo mejor.

Me encontraba en el cuarto de baño de la habitación de Nick. Me había quitado el vestido blanco y estaba en ropa interior mirándome al espejo. Me había dejado una de sus camisetas, por lo que estaría cómoda para poder charlar con él, pero mis ojos se encontraban fijos en la cicatriz de mi estómago, mirándola preocupada y con el ceño fruncido. Mi cicatriz siempre había supuesto un problema para mí. Por ese motivo no me ponía biquinis ni dejaba que nadie me viese la barriga. Solo imaginarme a alguien viendo aquello hacía que se me pusiesen los pelos de punta.

Intentando olvidarme de aquello, me mojé la cara con agua fría y me pasé la camiseta por la cabeza. Me quedaba prácticamente como un vestido, por lo que no debía preocuparme por estar demasiado expuesta. Me lavé los pies, también con agua fría y disfruté al ver cómo mis músculos se relajaban después de haber sufrido la tortura de aquellos tacones del demonio.

En cuanto salí del cuarto de baño vi a Nicholas sentado en la terraza de la habitación. Se había quitado los vaqueros y la camisa y se había puesto unos pantalones de pijama y una camiseta gris. Estaba de muerte, pero me obligué a mantener la mirada apartada de su cuerpo de escándalo cuando salí a reunirme con él.

Se volvió hacia mí y me sonrió divertido.

—Te queda bien mi ropa.

—Suerte que eres alto; si no, ahora mismo esto sería muy embarazoso —le dije acercándome a él. No obstante, en ese preciso instante su teléfono comenzó a sonar. Como estaba a su lado pude ver de quién se trataba antes de que contestara y se apartara de mi lado para poder hablar sin que le escuchara. Lo llamaba una tal Madison.

Él me observó un segundo antes de meterse dentro. Sentí cómo los celos volvían y no pude evitar intentar escuchar la conversación.

—¿Cómo estás, princesa? —le dijo con voz dulce. Me puse en tensión. ¿Desde cuándo Nicholas llamaba «princesa» a alguien? De repente sentí muchísimas ganas de salir corriendo de aquella habitación—. Me lo estoy pasando muy bien, sí, y me han dado muchos regalos de cumpleaños... Aún espero el tuyo, ¿me darás un abrazo y un beso muy fuerte?

Aquello iba de mal en peor. Quería largarme. No tenía por qué estar escuchando aquello, no quería ver cómo tonteaba con otra delante de mí. Pero en el fondo no podía hacer nada... Yo había sido la que había insistido en no tener que dar ningún tipo de explicación, yo era la que no quería estar con nadie de forma seria y exclusiva... ¿Con qué excusa iba a largarme?

—Sabes que sí, cielo, pero ahora tengo que irme, te llamaré mañana, ¿vale? —prosiguió su conversación telefónica con voz demasiado cariñosa. Era como estar escuchando a un Nicholas totalmente diferente—. Yo también te quiero, princesa, adiós. —Y entonces colgó.

Me crucé de brazos y me volví para mirar hacia el océano. No quería que pensase que aquello me había molestado, sería sentar un mal precedente. Me tensé cuando me rodeó por la espalda.

—Lo siento, pero tenía que contestar —se disculpó mientras me besaba la parte del cuello en donde estaba mi tatuaje.

—Dijimos que íbamos a hablar —le recordé revolviéndome. Me soltó y se sentó en una de las sillas de la terraza.

—Muy bien, hablemos —convino con el semblante tranquilo. No tenía ningún tipo de remordimiento por lo que acababa de pasar. Sentí cómo mi enfado iba en aumento—. ¿Qué tal si nos hacemos diez preguntas el uno al otro? Hay que responder con sinceridad y tenemos derecho a veto en una de ellas.

Asentí contemplando su semblante divertido.

—¿Empiezas tú? —me ofreció sonriendo.

Respiré hondo e hice la primera pregunta.

—¿Quién demonios es Madison? —le solté sin poder contenerme.

Él no pareció demasiado sorprendido por mi pregunta, pero sí que frunció el ceño y se llevó una mano hacia el pelo que ya de por sí estaba completamente revuelto.

—Si te cuento esto, debes aceptar mi respuesta y no volver a hacerme ninguna otra pregunta al respecto —me advirtió y yo asentí intentando comprender a qué venía aquello. Suspiró profundamente—. Es mi hermana pequeña, tiene cinco años y es la hija de mi madre y su otro marido.

Vale..., aquello sí que no me lo esperaba.

—¿Tienes una hermana? —le pregunté con incredulidad.

—Sí, y acabas de malgastar otra de tus preguntas y ya solo te quedan ocho.

Moví la cabeza de un lado a otro... ¿Mi madre lo sabía? ¿Lo sabía Will?

—¿Cómo es que no estaba enterada? Vamos a ver, nunca nadie lo ha mencionado, ¡tienes una hermana de cinco años! —exclamé sorprendida al tiempo que me sentaba sobre la mesa frente a él.

Colocó los codos en sus rodillas y se inclinó hacia mí.

—No lo sabías porque casi nadie lo sabe, y quiero que siga siendo así —afirmó mirándome fijamente.

Respiré hondo. Fuera lo que fuese, tenía que ver con su madre... Sabía que se había marchado y que se había divorciado de su padre cuando él aún era un niño, pero nada más.

—¿Tienes una buena relación con ella? —le pregunté sin poder evitar imaginármelo con una niña de cinco años jugueteando y lloriqueando a su alrededor. No le pegaba nada.

—Muy buena, la adoro, pero no la veo lo suficiente —me contestó y vi la tristeza en sus ojos. Fuera lo que fuese, aquel tema le estaba costando lo suyo... y me lo estaba contando a mí.

Me bajé de la mesa y me encaramé en su regazo. Él se sorprendió, pero no me apartó, sino que me rodeó con sus brazos.

—Lo siento —le dije y no solo por lo de su hermana, sino por lo que fuera que le había ocurrido con su madre.

—A veces me gustaría traérmela conmigo, pero la ley solo me deja verla tres veces al mes... Mi hermana no tiene toda la atención que necesita y está enferma, es diabética, y eso solo empeora las cosas —me confesó apretándome fuerte contra su pecho.

¿Quién lo iba a decir? De repente me sentía como una completa idiota... No solo le había juzgado mal, sino que desde que lo había visto había supuesto que su vida era perfecta, sin inconvenientes ni problemas de ningún tipo. Me sentía como una idiota.

—¿Tienes alguna foto? —le pregunté con curiosidad. No me imaginaba cómo podía ser.

Él se sacó el iPhone del bolsillo y rebuscó entre sus fotos. Un segundo después una imagen de él con una niña rubia muy pequeña y preciosa apareció en la pantalla. Sonreí.

—Tiene tus ojos —comenté divertida, y también su mirada traviesa, pero eso me lo guardé para mí.

—Sí, solo se me parece en eso, en el resto es clavada a mi madre.

Volví el rostro para poder observarlo. Sabía que me ocultaba cosas, sabía que algo había ocurrido con su madre, pero no me atrevía a preguntarle nada. Opté por cambiar de tema.

—Te toca preguntar —anuncié un momento después.

Él pareció pensarlo.

—¿Cuál es tu color preferido?

Solté una carcajada.

—¿De todo lo que puedes preguntar esa es tu primera pregunta?

Él sonrió, pero esperó pacientemente a que le respondiera.

Suspiré.

—El amarillo —contesté mirándole fijamente. Asintió.

—¿Tu comida preferida? —prosiguió. Sonreí.

—Los macarrones con queso.

—Ya tenemos algo en común —declaró acariciando con su mano derecha la piel de mi brazo. Estar así con él... era genial, genial y una novedad.

»¿Por qué te gusta Thomas Hardy? —me preguntó entonces. Aquella pregunta me sorprendió, significaba que había estado observando lo que hacía y lo que leía.

¿Por qué me gustaba Hardy? Buf...

—Supongo... que me gusta que no todos sus libros acaben con un final feliz; son más realistas, como la vida misma... La felicidad es algo que se busca, no que se consigue con facilidad.

Pareció sopesar mi respuesta durante varios segundos.

—¿No crees que puedas llegar a ser feliz? —me preguntó entonces con el ceño fruncido. Aquellas preguntas ya se acercaban a lo personal y noté cómo mi cuerpo se ponía tenso.

—Creo que puedo llegar a ser menos infeliz, si lo prefieres ver de esa manera.

Sus ojos buscaron los míos. Me miraban como si intentasen saber qué se me pasaba por la cabeza. No me gustó aquella mirada.

—¿Eres infeliz? —formuló una nueva pregunta mientras me acariciaba la mejilla con uno de sus dedos.

—Ahora mismo no —le dije y una sonrisa triste apareció en su semblante.

—Yo tampoco —convino él y le devolví la sonrisa.

¿Eran imaginaciones mías o acabábamos de cruzar una línea invisible en lo referente a nuestros sentimientos?

—¿Qué quieres estudiar cuando acabes el instituto?

Vale, esa era una pregunta fácil.

—Literatura inglesa en una universidad de Canadá, quiero ser escritora —le respondí, aunque en aquel instante lo referente a Canadá había dejado de parecerme tan buena idea.

—Escritora... —repitió pensativo—. ¿Ya has escrito algo?

Asentí.

—Varias cosas, pero nunca las ha leído nadie...

—¿Me dejarías a mí leer algo de lo que has escrito?

Negué con la cabeza de inmediato. Me moriría de la vergüenza; además, lo que había escrito era más como un diario que una historia que quisiese compartir con el mundo.

—Siguiente pregunta —dije antes de que pudiera protestar.

Me observó atentamente, dubitativo al principio, pero después con resolución. Pareció elegir con cuidado cada una de sus palabras.

—¿Por qué le tienes miedo a la oscuridad...?

Me puse rígida entre sus brazos. No quería responder; es más, no podía. Miles de recuerdos dolorosos se agolparon en mi mente.

—Veto la pregunta —anuncié con voz temblorosa.

30

NICK

Observé atentamente su reacción. Desde que la había visto ponerse blanca la vez que estábamos jugando a la botella y le tocó meterse en un armario a oscuras, no había podido dejar de preguntarme qué demonios le había ocurrido para que le tuviese tanto miedo a la oscuridad. Y ahora pasaba lo mismo. Su cuerpo se había puesto tenso y estaba pálida, como si el recuerdo de algo la estuviese atormentando por dentro.

—Tranquila, Noah —le dije estrechándola contra mí. Sentirla entre mis brazos había sido un sueño, pero ahora que había conseguido que se relajase lo había mandado todo a la mierda haciéndole la dichosa pregunta.

—No quiero hablar de eso —insistió y noté cómo temblaba bajo mis brazos. ¿Qué demonios le había ocurrido?

—Está bien, no pasa nada —convine acariciándole la espalda. Ese día no me había podido contener a la hora de besarla, ya había pasado demasiado tiempo desde la última vez y mis manos no habían podido permanecer alejadas de ella. Noah me había cautivado y estaba descubriendo que existía un nuevo Nicholas, uno que no podía dejar de pensar en ella ni aunque lo intentase.

—Creo que debería irme —comentó unos minutos después. Me maldije en mi interior por haber provocado aquella reacción. No me gustaba ver cómo se alejaba de mí cada vez que las cosas se ponían serias o cada vez que nos acercábamos más el uno al otro.

—No, quédate —me negué hundiendo mi cara en su cuello, oliendo su magnífica fragancia, cautivadora, dulce y tremendamente sexi.

—Estoy cansada, hoy ha sido un día muy largo —comentó revolviéndose y poniéndose de pie. Le cogí las manos para retenerla.

—Quédate aquí a dormir —le pedí y fui consciente de lo que creería en cuanto las palabras saliesen de mi boca.

Me miró con los ojos muy abiertos. Joder, aquello iba de mal en peor. Con Noah tenía que ir con pies de plomo.

—Solo a dormir —aclaré sabedor del tono de ruego de mi voz.

Ella pareció sopesarlo por un momento.

—Prefiero dormir en mi cama —declaró soltándose de mis manos. Parecía lamentar tener que decirme algo así, pero una parte de mí la comprendió: después de haber despertado recuerdos incómodos, no iba a querer quedarse conmigo.

—Está bien, te acompañaré a tu habitación —me ofrecí poniéndome de pie.

Ella soltó una risita y mi corazón se hinchó de felicidad. Esa era la Noah que a mí me gustaba.

—Nicholas, mi habitación está junto a la tuya, no hace falta que me acompañes —me recordó entrando en la habitación y recogiendo sus cosas. Estaba tan atractiva con una de mis camisetas... Le quedaba un poco por debajo del trasero y no podía aguantar las ganas de apartarle la tela y contemplarla durante horas.

—No me importa.

Ella sonrió.

—Gracias —dijo solamente.

Le cogí los zapatos de la mano y le abrí la puerta para que pasase. No sé por qué lo hacía, pero ella provocaba que quisiese ser un caballero.

Cruzamos el pasillo hasta su puerta y observé cómo sacaba la tarjeta de su bolso y la hacía pasar por la cerradura. Una lucecita verde apareció y con un chasquido se abrió la puerta.

Se volvió hacia mí. Parecía nerviosa o asustada. No entendía muy bien lo que había conseguido al preguntarle lo que le había preguntado, pero de repente la sentía muchísimo más lejos. Antes de que se volviese de nuevo y entrara en la habitación, la cogí por la cintura y la acerqué a mi cuerpo. Posé mis labios sobre los suyos y le di un beso profundo y excitante que me dejó con ganas de más. Me correspondió con el beso, pero unos segundos después se apartó y me cogió los zapatos de la mano.

—Buenas noches, Nick —se despidió con una sonrisa tímida.

—Buenas noches, Noah.

A la mañana siguiente no sabía muy bien con qué iba a encontrarme, pero cuando nos reunimos con las chicas frente al ascensor, no me importó que Jenna y Lion nos estuviesen observando. Me acerqué a Noah y le di un intenso beso en los labios. Ella no se lo esperaba, pero tampoco apartó la cabeza cuando lo hice. Al contrario que la noche anterior, aquel día iba vestida con unos pantalones cortos vaqueros, una camiseta y unas zapatillas de deporte. Fijándome en su atuendo juvenil e informal, no pude evitar pensar que Noah era completamente diferente a todas las chicas con las que había salido. Era sencilla, sí, pero en su interior era tan compleja como un puzle de mil piezas y aún no sabía en dónde encajaba yo en él.

—Buscaos una habitación —nos dijo Jenna soltando una risita. Me aparté de ella y le ofrecí una sonrisa que me devolvió, gracias al cielo.

—Cállate, Jenna —le pedí sin ni siquiera mirarla—. Estás muy guapa —agregué mirando a Noah atentamente. La noche anterior había creído herir sus sentimientos cuando le mandé aquel mensaje, y no era algo que quisiera volver a provocar.

—Tú también —me contestó ella como si nada.

Entramos todos en el ascensor y fuimos directos a desayunar. La conversación giró en torno a lo que había ocurrido la noche pasada y a que Jenna creía que estábamos completamente locos. Noah apenas pronunció palabra, por lo que me tocó a mí defendernos de los leones.

Aquel día íbamos a darnos una vuelta por la ciudad, visitar tiendas y comer fuera. Al día siguiente ya regresábamos a casa y una parte de mí temía que todo lo que había ocurrido entre nosotros se esfumara en cuanto atravesásemos la puerta. No podíamos negar que nuestras personalidades chocaban cada dos por tres. La mayoría de los recuerdos que tenía con Noah eran de discusiones o de besos robados y eso me asustaba: no quería perderla, sino avanzar en lo que fuera que estaba surgiendo entre los dos.

La tarde pasó volando, comimos en un bonito restaurante y disfruté invitándola a todo lo que quería, que era muy poco en comparación con Jenna, que no había dejado de entrar en todas las tiendas del lugar.

Me detuve junto a Noah, que se había quedado observando unos collares de gemas de todos los colores. Eran una baratija, pero era en lo primero que ponía interés desde que habíamos salido del hotel, aparte del entusiasmo que había demostrado con la ciudad y sus alrededores.

—Deme ese, por favor —le indiqué a la dependienta. Noah se sobresaltó al oír mi voz y se volvió para observarme.

—No hace falta que me lo compres, solo estaba mirando —comentó con el ceño fruncido.

—Quiero hacerlo —declaré al tiempo que la dependienta me tendía el collar, que llevaba una piedrecita en color miel—. Te pega con los ojos —afirmé poniéndoselo al cuello.

—Gracias —dijo ella acariciando la gema con los dedos.

—De nada —le respondí sonriendo. Me gustaba que lo tuviese puesto y me gustaba que hubiese sido yo quien lo había puesto allí.

Después de eso nos tomamos todos juntos un helado frente al mar y poco después decidimos regresar al hotel. Las chicas tenían hambre y pronto comenzarían a servir la cena. Jenna nos dijo que tenía entradas para una discoteca de la ciudad y que sería un plan estupendo para esa noche.

—Nos vemos en un rato —nos despedimos. Entré a mi habitación y Lion me acompañó.

—No sé lo que estás haciendo, pero más te vale tener cuidado —me dijo mirándome con desconfianza—. Te he estado observando, Nick, y estás totalmente pillado por esa chica.

—Solo nos estamos divirtiendo, Lion, no me lo estropees —le contesté quitándome la camiseta y dándole la espalda.

—Estás acostumbrado a un tipo concreto de chica, Nicholas, y creo que al final vais a salir mal parados los dos. Nunca he visto a dos personas tan diferentes como Noah y tú.

Me volví hacia él. Estaba consiguiendo que me cabreara.

—Métete en tus asuntos, Lion, ¿o me vas a decir que Jenna y tú teníais algo que ver cuando os presenté?

Se quedó callado unos segundos.

—Solo te estoy advirtiendo —dicho lo cual se marchó.

Me quedé solo en la habitación con aquellos pensamientos rondándome la cabeza. Sí, era verdad, Noah no se parecía en nada a mí y a lo mejor eso era justo lo que necesitaba. Nunca hasta ahora había sentido la necesidad de conocer a alguien más allá de lo normal. Noah era como un acertijo que tenía que adivinar.

Me duché y me vestí con una camisa negra y vaqueros. Cuando ya estuve listo, fui hacia los ascensores. Lion ya estaba allí con Jenna y Noah. Esta vez ella llevaba unos pantalones negros ajustados y una blusa azul: estaba espectacular.

Sabía que desde que habíamos llegado nuestra relación había cambiado por completo. Apenas habíamos discutido y eso ya era algo, pero me inquietaba la distancia que parecía no desaparecer nunca entre los dos; era como si diéramos dos pasos hacia delante y cinco hacia atrás.

Cuando salimos del hotel, el tiempo era agradable y el sol ya se había puesto hacía un rato. Fuimos andando hasta la discoteca y no fue hasta que llegamos a la puerta y los vi, cuando comprendí que aquella noche no iba a acabar bien. Todos los jugadores de vóley playa estaban afuera, esperándonos. Me di cuenta de que había sido un estúpido al no caer en que las entradas debían de habérselas dado el día anterior a Jenna, cuando nosotros nos fuimos.

A mi lado, Noah se acercó a saludarlos. Tuve que recurrir a todo mi autocontrol para no arrancarle los brazos a Jess cuando la abrazó y la levantó del suelo igual que había hecho el día anterior.

—¡Ayer te fuiste sin despedirte! —le recriminó él aún sujetándola. Di un paso hacia delante, pero gracias al cielo la soltó. Noah parecía divertirse y sus mejillas se habían puesto coloradas. ¿Le gustaba aquel idiota? Si era así, no respondería de mí mismo.

Los demás jugadores también la saludaron y vi cómo unos cuantos se la quedaban mirando embobados. Estaba espectacular, aquellos pantalones negros y aquellas sandalias con tacón alto la hacían parecer una modelo de pasarela. El cabello se lo había recogido en un moño suelto del que se habían desprendido pequeños tirabuzones que enmarcaban su angelical rostro.

Entramos en la discoteca y pude comprobar que había aún más gente que en la de la noche anterior. Al parecer se celebraba la fiesta del beso. A la entrada te daban unas pulseras de colores, si estabas soltero te ponían una verde, si te daba igual te ponían una amarilla y si tenías pareja te ponían una roja. Tuve que contenerme al ver que Noah cogía una de color verde. Casi se la arranco de cuajo. Pero a ese juego podíamos jugar los dos.

Nos sentamos en un reservado muy pequeño, pero cerca de la barra. Vi cómo Jenna arrastraba a Noah hacia allí y cómo les servían una copa. Lion se me acercó con dos copas de algo que estaba terriblemente fuerte. Chocó su vaso contra el mío y me sonrió.

—¡Por tu vigésimo segundo cumpleaños, amigo! —exclamó por encima del ruido de la música. Las chicas se nos acercaron un segundo después.

—¡Hoy hay que emborracharse! —chilló Jenna y vi cómo Noah se reía. Fruncí el ceño, pero no dije nada.

A medida que pasaba la noche fui poniéndome más y más nervioso. El tema de las pulseritas de los cojones daba rienda suelta a que cualquier tío metiera mano a las que tenían la pulsera de color verde o de color amarillo. Desde mi posición en el reservado pude ver cómo Noah bailaba con un tío mucho mayor que ella. Estaba jodidamente sexi cuando meneaba las caderas de aquella forma y estaba empezando a cabrearme al ver que bailaba con todos menos conmigo.

Me tragué mi cuarta copa del tirón y me acerqué a ella justo cuando el tío con el que estaba bailando la atraía hacia sí y le estampaba un beso en los labios.

De repente lo vi todo rojo.

Aparté a Noah y cogí al imbécil por la camisa. Lo siguiente que sé es que estaba en el suelo dándome de hostias con aquel capullo. Me daba igual cuántos golpes le hubiese dado, ver su cuerpo sobre el de Noah me había vuelto loco.

—¡Nicholas, para! —bramó una voz demasiado conocida para poder ignorarla. Unos brazos me sujetaron por detrás y escuché la maldición de Lion al empujarme fuera del local. Me habían dado un puñetazo en el ojo; en el mismo que aún no se había curado del todo debido a mi última pelea.

—¿Qué cojones haces, tío? —me gritó Lion cuando ya estuvimos fuera.

—¿Dónde está Noah? —pregunté buscándola a mi alrededor. Estaba lleno de gente y no la veía por ninguna parte. Entonces apareció y me fulminó con sus ojos rasgados.

—¡¿Te has vuelto loco?! —me espetó completamente fuera de sí. Cuando llegó hasta mi lado, me dio un empujón que apenas me hizo retroceder.

¿Era ella la que estaba cabreada? De repente la rabia volvió a apoderarse de mí.

—¿Te gusta que todos los tíos te manoseen delante de mí? —la acusé en respuesta a su pregunta. Estaba fuera de mí.

Ella abrió los ojos como si no se creyera lo que estaba diciendo.

—¡Estaba bailando! —gritó exasperada—. ¡Bailando!

Me acerqué hacia ella intentando calmar las ganas que tenía de zarandearla.

—¡¿Y dejas que te bese?! —le dije destilando rabia en cada una de mis palabras. En aquellos momentos estaba demasiado cabreado para controlar lo que decía y demasiado borracho para sopesar las consecuencias—. Si vas a dejar que cualquiera te ponga las manos encima, no deberías ir por ahí haciéndote la estirada y vendiéndote como una santurrona que...

La bofetada llegó tan rápido que ni siquiera me dolió pasados unos segundos.

La cogí por los hombros al instante, como un acto reflejo.

—Atrévete a hacerlo de nuevo —la reté apretándole los hombros.

Tardé unos segundos en darme cuenta de lo que acababa de hacer. La mirada de horror en su rostro me hizo dar un paso hacia atrás. Ella respiró profundamente a la vez que sus ojos se humedecían.

—Noah.

Se apartó al tiempo que me miraba horrorizada.

—No puedo estar contigo, Nicholas —admitió y cada una de sus palabras se me clavó como una cuchillada—. Representas todo aquello de lo que he estado huyendo desde que tengo uso de razón.

Intenté retenerla, pero se zafó de mis brazos con llamaradas saliendo de sus ojos castaños.

—¡No vuelvas a ponerme una sola mano encima! —me gritó—. Que tú forma de solucionar las cosas sea siempre matándote a golpes es tu puto problema, pero ¡no vas a hacerlo delante de mí!

Fui a decir algo, pero me dio la espalda y comenzó a andar en dirección al hotel.

—Eres idiota, Nick —me dijo Jenna fulminándome con sus ojos oscuros y corriendo en dirección a Noah.

Una mano se posó sobre mi hombro y me contuve para no apartarla con un golpe.

—La has cagado, tío —afirmó Lion en tono apesadumbrado.

—Déjame en paz.

31

NOAH

Aún no podía creer que las cosas se hubieran desmadrado de aquella manera. Un momento estaba bailando con un chico y al siguiente me veía empujada hacia atrás mientras el chico que había estado deseando que me sacara a bailar se liaba a puñetazos con el idiota que me había dado un beso sin mi consentimiento. Lo habría apartado yo si me hubiese dado tiempo, pero Nicholas había aparecido hecho una furia.

Odiaba la violencia por encima de todas las cosas. Había visto demasiada a mi alrededor para saber que nunca es la solución, sino el problema. Y yo no quería estar con un chico violento a mi lado. Nicholas ya me había demostrado que no le pesaba la mano a la hora de empezar una pelea, pero como era idiota había dejado que mi mente olvidara aquel detalle, porque por fin estaba sintiendo algo mucho más fuerte por otra persona que no fuese Dan. Estos últimos días con Nick habían sido geniales, incluso había sopesado la posibilidad de abrirme a él, pero no después de lo de esa noche. Nicholas estaba demostrando ser un matón celoso y territorial y a mí eso no me gustaba nada. Cuando me había cogido por los hombros, había visto la rabia en su semblante y había sentido miedo... No podía estar con alguien que me inspirase miedo, de ninguna manera.

Cuando llegué a mi habitación acompañada de Jenna, que aunque no había dejado de despotricar contra Nick me pedía que lo perdonase, solo quise ponerme el pijama y meterme en la cama. El día no había terminado como yo había planeado y lo único que me apetecía en aquel instante era regresar a casa lo antes posible y mirar las cosas con perspectiva.

Una hora más tarde escuché ruido detrás de mi puerta. Sabía que Nicholas no había vuelto y una parte de mí estaba preocupada por él. Me levanté y fui hasta la puerta, la abrí para asomarme al pasillo y lo que vieron mis ojos me dejó clavada en el lugar.

Nick no estaba solo... Una chica se encontraba entre él y su puerta, sus bocas unidas, sus manos en su cuerpo...

No sé si emití algún sonido, pero Nicholas pareció percibir mi presencia. Volvió la cara y me vio. Sus manos se apartaron de la chica y maldiciendo entre dientes se apartó, tapándose los ojos con el brazo y volviéndose hacia mí un segundo después.

—Joder, Noah... —empezó a decir viniendo hacia mí. El pintalabios de la chica aún manchaba sus labios.

Le di la espalda y le cerré la puerta en las narices.

No dormí en toda la noche.

A la mañana siguiente estaba tan cansada que hasta me encontraba mal, y tenía un fuerte dolor de cabeza. Apenas me fijé en mi aspecto. Desde que había llegado había procurado estar guapa para Nick, ¿y para qué? Al final había dejado que pasase lo que era obvio que iba a ocurrir. Nicholas era violento y un maldito mujeriego. Me había estado engañando como a una completa idiota. Ni siquiera quería verle la cara esa mañana.

No sabía lo que había ocurrido después, pero no podía quitarme de la cabeza sus manos en su cuerpo, su boca sobre la suya... Apreté los labios con fuerza. Él me había echado en cara que me besara con otro en aquella discoteca, un beso que yo no había empezado ni buscado... y él iba y hacía algo peor.

Jenna se estaba arreglando consciente de mi silencio y procuraba distraerme con tonterías y comentarios ridículos sobre el tiempo o el tráfico aéreo. No sabía qué hacer para evitar a Nicholas durante todo el viaje, pero lo conseguiría.

En cuanto salimos de la habitación arrastrando nuestras maletas y llegamos al ascensor vi que él estaba allí. Llevaba el pelo despeinado como si hubiese estado tocándoselo nervioso... Tenía la mirada clavada en sus manos y estaba sentado en un sillón con los codos apoyados sobre sus rodillas. En cuanto nos escuchó aparecer, levantó la vista y la clavó en mi rostro.

—Noah... —dijo y el simple hecho de que pronunciase mi nombre me dio ganas de llorar.

—Aléjate de mí —le ordené alto y claro. A mi lado Jenna nos miraba boquiabierta sin saber qué hacer o decir. Lion no estaba por ninguna parte.

Se me acercó hasta que pude ver sus ojeras.

—Por favor, Noah, siento lo de anoche, estaba borracho y perdí los papeles —me contó cogiéndome una mano, que yo retiré de un tirón. Se me quedó mirando, sin saber qué hacer. Aun con esa expresión estaba guapísimo y me odié por seguir sintiendo algo por él. Tenía que poner fin a aquello.

—No quiero que vuelvas a acercarte a mí; fuera lo que fuese lo que había entre nosotros, se acabó. Nunca debimos empezar con esto, desde el principio supe que era un error.

Sus ojos encontraron los míos y vi miles de sentimientos surcando su rostro: enfado, arrepentimiento, dolor, pesar...

—Estaba borracho, Noah... No sabía lo que hacía —se excusó.

Lo observé impasible.

—Pero yo sí sé lo que estoy haciendo ahora, y quiero que volvamos a ser hermanastros, eso es lo único que eres para mí: el hijo del nuevo marido de mi madre, nada más.

Entonces llegó el ascensor y me metí dentro. Jenna se metió también, pero Nick nos dio la espalda y se marchó. No sabía qué iba a pasar entre nosotros desde ese instante, pero solo quería que aquel fin de semana llegase a su fin. Por primera vez en mucho tiempo deseaba estar con mi madre, deseaba que me rodease con sus brazos y me dijese que todo iba a salir bien...

El vuelo hasta casa se me hizo eterno, no sé qué transmitía mi rostro, pero los tres, incluyendo a Nick, me dejaron tranquila casi todo el tiempo. Cuando dejamos a Jenna y Lion en su casa se hizo un incómodo silencio en el coche. Yo miraba por la ventana: no quería estar allí, quería tenerle lo más lejos posible de mí, me sentía traicionada como nunca, por unos instantes había creído alcanzar la felicidad, tocarla con la punta de mis dedos, había creído entrever un futuro con Nick, pero todo se había desmoronado tan rápido como había surgido. Me picaban los ojos de las enormes ganas que tenía de llorar; aún tenía flashes de los puños de Nick golpeando a ese chico, los veía como si fuesen fotogramas de una película de terror. Y para colmo tenía grabada en la retina la imagen de Nick con esa chica. Comprendí en ese momento que lo que sentía por él era mucho más fuerte que lo que había creído en un principio. Verlo con otra había sido peor que ver a Dan con mi mejor amiga.

Sentí cómo una lágrima se derramaba por mi mejilla y, antes de que pudiese enjugármela, sentí sus dedos en mi piel, robando algo más que no era suyo. Le aparté la mano de un manotazo.

—¡No me toques, Nicholas! —le ordené agradeciendo que mis ojos no derramaran más lágrimas.

Él me devolvió la mirada y vi dolor en su rostro ante mi rechazo, pero eso era mentira: Nicholas no sentía nada por mí, lo había demostrado.

Entonces paró el coche. Miré hacia fuera y vi que aún no habíamos llegado.

—¿Qué estás haciendo? —le pregunté desorientada, enfadada y aturdida. Tenía todos los sentimientos a flor de piel, necesitaba poner distancia entre los dos.

A continuación se volvió hacia mí.

—Tienes que perdonarme —me pidió con un deje de súplica en la voz.

Negué con la cabeza. No pensaba seguir escuchándolo, no quería estar en el mismo coche con él. Me desabroché el cinturón y me bajé sin importarme que estuviésemos en medio de una autopista.

Escuché cómo él me seguía tan rápido como pudo. Intenté alejarme, pero su mano pronto tiró de mí y me encaró.

—Lo siento, Noah —se disculpó—. No quería hacerlo, no estoy acostumbrado a esto —dijo señalándonos a ambos—. ¿No lo entiendes? Nunca había sentido esto por nadie, ayer cuando vi que... Casi pierdo los papeles, y cuando ese idiota te besó...

—¡¿Y qué crees que sentí yo al ver cómo le partías la cara?! —le grité intentando zafarme de su agarre—. ¿Admiración? ¿Agradecimiento? ¡No! ¡Sentí miedo! Ya te lo dije: la violencia no es para mí y encima vas ¡y te lías con otra prácticamente en mi puerta!

Al oír mis palabras, Nick dejó de agarrarme como si se hubiese electrocutado.

—¿Me tienes miedo? —preguntó dolido.

Sabía que estaba a punto de derrumbarme, pero asentí de todas formas.

Nicholas soltó el aire que estaba conteniendo.

—Yo nunca te pondría un solo dedo encima... —aseguró intentando llegar a mí—. Noah, no sé qué te ha pasado, pero sea lo que sea, tienes que saber que yo nunca te haría daño.

Negué con la cabeza, evitando mirarlo a los ojos.

—Ya lo has hecho, Nicholas.

Fue a decir algo más, pero lo interrumpí.

—Por favor, ahora llévame a casa.

El resto del camino lo hicimos sumidos en un triste silencio. En cuanto bajamos las maletas, me fui directamente a mi habitación después de saludar a mi madre y a William. Nicholas ni siquiera se quedó, bajó las cosas y se montó otra vez en su coche. No me importaba, ya no, nunca me importó, o eso es lo que no dejaba de repetirme a mí misma.

A la mañana siguiente llegó una carta para mí. Había quedado con Jenna, Lion y Mario y la dejé en el asiento mientras conducía hasta el lugar donde íbamos a reunirnos. No tenía remitente y mientras bajaba del coche esperando a que llegaran la abrí.

Lo que ponía fue lo último que hubiese imaginado, cuando comencé a leer mi corazón comenzó a acelerarse y supe que la sangre se me había ido del rostro:

> Te escribo esta carta porque te desprecio más que a nada en el mundo. Cuida tus espaldas, Noah.
>
> A.

Se me descompuso el rostro. Las palabras escritas se me grabaron a fuego en la cabeza, nunca me habían dicho algo parecido y sentí cómo las manos me empezaban a temblar; nunca me habría imaginado que iba a leer algo así.

La carta debían de haberla dejado en el buzón con mi nombre en el sobre. ¿A.? ¿Quién demonios era A.? El primer nombre que me vino a la cabeza fue el de Anna, pero no podía ser ella. Era una arpía, pero no la creía capaz de escribir algo así, no podía ser. Luego pensé en Ronnie y en la amenaza que me había hecho a través de Nicholas, pero no tenía sentido lo de la A. Tampoco tenía ninguna amiga o amigo cuyo nombre empezase por esa letra... Aquello era ridículo. Sentí miedo ante la amenaza, pero opté por considerarlo una broma a pesar de lo que dijese la nota. Nadie iba a hacerme daño, no en aquella ciudad, no en donde vivía.

—¿Qué te ocurre? —me preguntó una voz conocida: era Mario. Le había invitado yo porque no había dejado de mandarme mensajes desde que me había ido a Bahamas. Mario y yo habíamos tenido un *momento*, por llamarlo de alguna forma, nos habíamos besado y al parecer había significado más para él que para mí. Mi plan había sido cortar cualquier tipo de relación amorosa con él, pero después de lo que me había ocurrido con Nicholas ya no lo tenía tan claro. Mario era simpático, amable y cariñoso, me respetaba, y demostraba tener verdadero interés en mí. Una parte de mí sabía que me estaba engañando a mí misma, que nada iba a salir de aquella relación con él, pero otra parte quería estar con alguien normal por una vez en la vida. Deseaba de veras conseguir una persona que fuese capaz de hacerme feliz y respetarme como persona, y Mario parecía ser perfecto para eso.

Me volví para responderle con una sonrisa. Sabía que no estaba resultando muy convincente, sobre todo porque las palabras de la carta seguían resonando en mi cabeza, pero me apresuré a guardarme el papel en el bolsillo de mis vaqueros y poner mi mejor cara.

—Nada, estoy bien —le contesté dándole un abrazo. Habíamos quedado para ir a la bolera. Yo no es que fuese una experta, pero iba a intentar pasármelo bien, distraerme y olvidarme de Nick.

Justo entonces llegaron Lion y Jenna. Esta me dio un fuerte abrazo, sabía que estaba mal y comprendía que no quisiese hablar del tema. Lion, en cambio, parecía no tener muy claro cómo actuar.

Le sonreí y los cuatro entramos en el local. Era muy grande y había un montón de gente jugando y comiendo. El ruido de la bola al chocar contra los bolos resonaba a intervalos regulares por la estancia y me animé de inmediato al estar rodeada de tanta gente emocionada y entregada al juego.

Mientras esperábamos los zapatos, Mario se me acercó.

—¿En serio no sabes jugar? —me dijo riéndose de mí.

—Oye, no te rías, que tirar una bola por el suelo no puede ser tan difícil.

Él sonrió divertido.

—Me alegro de que hayas aceptado venir —me confesó entonces mirándome fijamente. Sus ojos marrones eran muy distintos a los de Nick—. Sé que ha pasado algo entre Nicholas y tú... —dijo y tuve que desviar la mirada. No quería hablar de mi hermanastro, y menos con él—. Pero no me importa, Noah, yo solo quiero que me des una oportunidad. Nick no te conviene, no lo digo por conveniencia, te lo digo de verdad. No es hombre de una sola mujer y tú te mereces algo mejor que un tío como él.

Una parte de mí sabía que tenía razón y también que él no me convenía para nada, pero otra quería defenderlo, quería convencerlo de que se equivocaba, de que Nicholas era capaz de cambiar, por lo menos por mí.

Qué ilusa era.

—Ahora mismo no puedo estar con nadie, no quiero hacerte daño, pero necesito que lo comprendas —declaré odiándome a mí misma por no poder querer a las personas adecuadas para mí.

Él se acercó y me acarició la mejilla con uno de sus dedos. Sentí calidez allí donde me tocó.

—Con ser tu amigo me conformo... *por ahora* —agregó guiñándome un ojo y cogiendo sus zapatos.

Lo seguí y cogí también mis zapatos, sin saber muy bien qué hacer con lo que me acababa de decir.

Los bolos resultaron ser mucho más complicados de lo que en un principio había imaginado. Empecé observando cómo jugaban ellos hasta que me atreví a lanzar la bola. Huelga decir en qué dirección fue, pero no derribé ni uno solo. Se rieron de mí y yo empecé a picarme como nunca: no pude evitarlo, soy muy competitiva.

Cuando le fui cogiendo el tranquillo, puede decirse que me motivé demasiado. Cuando iba a lanzar la bola, lo hice con demasiado ímpetu, me resbalé y caí de espaldas sobre la pista. Pero eso no fue todo, sino que la bola se me quedó enganchada en los dedos y cayó encima de mi estómago.

No hace falta que explique lo que me dolió y la vergüenza que pasé. Me di tan fuerte con la bola del demonio que me entraron arcadas y me mareé al levantarme. La gente al principio se rio, pero al ver que no me levantaba se me acercaron para ver si estaba bien. No iba a morirme, pero un dolor interno en el lado de mi cadera estaba a punto de provocarme el llanto.

—Vamos al hospital —decía Mario como un loco.

—Noah, te has dado un golpe en la cabeza al caer de espaldas, tiene que verte un médico —me urgía Jenna.

—¡Estoy bien! —grité cabreada con el mundo en general. La verdad es que me dolía horrores, pero en menos de una hora entraba a trabajar en el bar y ya había faltado un día por el dichoso viajecito a las Bahamas, por lo que tenía que ir sí o sí.

Todos dejaron de insistirme cuando vieron que me estaban poniendo de los nervios.

—¿Estás segura de que no quieres que te lleve yo? —me preguntó Mario por octava vez en un minuto.

Lo fulminé con la mirada.

Él soltó una risotada y levantó las manos simbolizando su rendición.

—¡Vale, vale! —exclamó riéndose—. Pero procura ponerte hielo en esa herida, y si te mareas o lo que sea, por favor, llámame y te llevaré al hospital.

Uf... Necesitaba irme de allí de inmediato.

—Gracias, Mario —dije dándole un beso en la mejilla y subiéndome al coche.

Media hora después estaba entrando por la puerta del bar. No es que no me gustase trabajar, pero justo ese día el Bar 48 era el último lugar en donde quería estar. Además había mentido, no estaba bien, me dolía muchísimo el costado donde me había golpeado y la cabeza me palpitaba como si me fuese a explotar.

—Hola, nena —me dijo Jenni, una de la camareras que trabajaba en el mismo turno que yo. Era muy agradable aunque no teníamos mucho en común—. Estás negra, zorra —me dijo masticando el chicle sin parar.

¿Veis lo que os digo?

Me cambié la camiseta por la que nos obligaban a llevar y empecé a trabajar. Ese día era jueves, por lo que el local estaba hasta los topes. Yo dejaba de trabajar a las diez, y no veía la hora de poder irme a casa.

—¡Eh, Noah! —me llamó mi jefe, que no daba abasto sirviendo copas—. ¿Puedes quedarte hasta más tarde? Así recuperas las horas que te perdiste el otro día.

«¡No, por favor!», quise gritarle, pero no podía hacer nada. Me escaqueé un momento a la salita que teníamos para el personal. Cogí un poco de hielo de las grandes bolsas que había allí y me pasé uno por la frente. Ese dolor punzante no se me iba y me encontraba realmente mal.

Seguí trabajando y tuve que excusarme dos veces para poder vomitar en el baño reservado al personal. Estaba claro que el golpe que me había dado no había sido una tontería y empecé a plantearme si debía ir al hospital. Cuando salí después de enjuagarme la boca casi me da un infarto: Ronnie estaba allí.

Estaba en la esquina con unos amigos. Sentí cómo me mareaba. La carta que aún tenía en el bolsillo empezó a quemarme, y tuve que reprimir las ganas de salir corriendo. Todavía recordaba su cara disparándonos por la espalda.

—Llévales esto a los de allí —me ordenó mi jefe tendiéndome una bandeja con un montón de chupitos. Mierda. Ni siquiera podía servir alcohol, pero estábamos hasta la bandera y cuando eso ocurría les daba igual saltarse las normas.

Ni siquiera pude plantearme pedirle ayuda a Jenni, estaba incluso más liada que yo.

Cogí la bandeja y me dispuse a servirles los chupitos rápidamente, pero obviamente eso no fue posible.

—No me lo puedo creer —dijo cogiéndome del brazo antes de que pudiera alejarme de él y sus amigos.

—Suéltame —le pedí intentando controlarme.

—Oh, vamos, quédate —replicó apretándome el brazo con más fuerza. Notaba el odio que sentía hacia mí, sabía que me despreciaba, lo había humillado y para alguien como él no era algo que pudiera dejar pasar.

Los amigos se rieron con fuerza. No sabía qué hacer, había tanta gente que mi jefe ni siquiera me estaría viendo.

—¿Qué quieres, Ronnie? —pregunté entre dientes.

—Follarte una y mil veces. ¿Qué te parece? —respondió y todos sus amigos se empezaron a reír.

—Me parece que lo mejor que puedes hacer es soltarme si no quieres que llame al de seguridad para que te eche a patadas de aquí —lo amenacé armándome de valor e intentando zafarme de su presa.

—¿Cómo está tu novio? —inquirió ignorando mi amenaza—. La última vez que lo vi lloraba como una nenaza para que lo dejásemos en paz.

Recordé los golpes que había recibido Nick, y encima por mi culpa, y las náuseas que ya había estado sufriendo toda la tarde volvieron a hacer acto de presencia.

—Suéltame, me estás haciendo daño —le exigí retorciendo la muñeca bajo sus dedos impenetrables.

Vi la resolución en su mirada, no sabía qué iba a hacer y sentí un nudo en el estómago.

—Escucha bien lo que te voy a decir —dijo tirando de mí y acercándome a su asquerosa boca—: dile a Nicholas que...

Pero justo entonces un brazo me rodeó la cintura, un golpe seco apartó a Ronnie de mí, obligándolo a echarse hacia atrás sobre el asiento y lo siguiente que supe fue que Nicholas estaba delante de mí, tapándome con su cuerpo.

—¿Que me diga qué? —preguntó hablando con calma.

Ronnie sonrió divertido y se puso de pie, haciéndole frente.

Mi corazón empezó a latir enloquecido. Por favor, otra vez no.

—Que te echamos de menos, tío —contestó sonriéndole, pero con un brillo oscuro que me dio miedo hasta a mí—. Ya no vienes... Estás como idiotizado —comentó mirando en mi dirección.

A Nicholas se le tensaron todos los músculos del cuerpo.

—Deja a Noah en paz —siseó apretando los puños.

—¿O qué? —lo retó dando un paso adelante y pegando su nariz a la de él.

Cogí la mano de Nicholas con fuerza.

—Nicholas, no lo hagas —le pedí en voz baja, pero supe que me había oído perfectamente. Ronnie también, y cuando fue a acercarse a Nicholas, este le puso una mano en el pecho con fuerza.

—Desaparece de mi vista, Ronnie. Lo último que quieres es meterte en problemas. Aquí hay demasiados testigos como para que te arriesgues a volver a la cárcel.

Ronnie apretó la mandíbula con fuerza y volvió a forzar una sonrisa.

Justo entonces el encargado apareció a nuestro lado acompañado del jefe de seguridad.

—Vosotros dos —dijo señalándolo a él y a Nick—: fuera de aquí. Ahora.

Estaba temblando. No podía dejar de temblar.

Seguí a los guardias fuera. Nicholas se fue hasta su coche y Ronnie fue directo hasta el suyo, que era nada más y nada menos que el Ferrari de Nick.

Ronnie se subió y no dejó de sonreír hasta que pasó frente a Nicholas y desapareció calle abajo.

Me acerqué hasta donde estaba este con una sensación muy extraña en el pecho.

—¿Estás bien? —me preguntó cogiéndome la barbilla y escrutándome el rostro con preocupación.

—Sí, estoy bien... Solo que... —respondí, pero entonces noté un cosquilleo extraño de los pies a la cabeza. Dejé de ver con nitidez a Nick y todo se volvió oscuro.

32

NICK

La sujeté antes de que su cuerpo tocara el suelo. Maldiciendo entre dientes, cargué con ella y la senté en el asiento del copiloto.

Joder, se había desmayado. Le grité a uno de los guardias que me trajera una botella de agua y para cuando llegó vi cómo Noah volvía en sí poco a poco.

—Noah..., eh —la llamé acariciándole la mejilla y acercándole la botella a los labios—. Bebe, Noah... vamos.

Abrió los ojos y cogió la botella que yo sostenía sobre su boca.

—¿Qué ha pasado? —preguntó mirando hacia todos los lados—. ¿Y Ronnie?

Suspiré aliviado al ver que recuperaba el conocimiento.

—Se ha ido —contesté apoyándome en el reposacabezas—. Maldita sea, Noah..., me has dado un susto de muerte.

Ella se volvió hacia mí, estaba pálida como un fantasma.

—Estoy bien... —afirmó bebiendo agua de la botella y mirando hacia el frente.

—Joder, no estás bien —dije elevando el tono de voz—. Lion me dijo que te caíste jugando a los bolos, que te golpeaste en la cabeza y que no quisiste ir al hospital.

—No quise ir al hospital porque sé perfectamente lo que me van a decir. Solo tengo que descansar.

La miré perdiendo los nervios.

—Podrías tener un coágulo.

—No, de eso nada.

No iba a escucharla. Puse el coche en marcha y salí en dirección a la autopista.

—¿Qué demonios estás haciendo?

—Llevarte a urgencias. Te has dado un golpe en la cabeza y has perdido el conocimiento. Si quieres jugar con tu vida, allá tú, pero yo no voy a permitirlo.

Noah no dijo ni una palabra. Cuando llegamos al hospital se bajó sin esperarme y entró ella sola a la sala de urgencias. A diferencia de la última vez que había ido allí con ella, se mantuvo en silencio, rellenó los papeles y esperamos a que la llamaran.

—No quiero que entres conmigo, espérame aquí.

—No me jodas, Noah.

—Lo digo en serio.

Me molestó tener que quedarme fuera. Era consciente de que la había cagado con Noah, pero me mataba saber que podía estar herida y no estar ahí con ella para hacerla sentir mejor. Ronnie no iba a parar hasta conseguir lo que quería y temía que las cosas fuesen a acabar peor de lo que ya estaban.

Pensé en llamar a Steve, el jefe de seguridad de mi padre, y explicarle la situación, pero eso sería desvelar demasiadas cosas. Mi padre se enteraría de lo ocurrido y temía que al sacarlo a la luz quisiesen ir a la policía. Si llegaba a oídos de Ronnie que había decidido ir a por él con la ley, iba a ser tres veces más peligroso que ahora. Las cosas entre las bandas se solucionaban en la calle, pero no tenía ni idea de cómo hacerlo sin perder a Noah en el proceso. Me había costado lo mío no partirle la cara allí mismo, pero sabía que si lo hacía Noah no me lo perdonaría en la vida.

Si quería recuperarla iba a tener que tomarme el tema de la violencia en serio. Noah por fin se había abierto a mí, por fin nos habíamos terminado por acercar el uno al otro; le había confesado lo de mi hermana, había hablado con ella, había comprendido lo que era querer a alguien, lo sabía, sabía que la quería, la necesitaba para respirar... ¿Cómo podía haber sido tan imbécil?

Noah era la última persona a quien quería ver llorar, la última persona a quien querría hacer daño. No sé cuándo las cosas habían cambiado tanto, ni cuándo pasé de odiarla a sentir lo que ahora mismo sentía por ella, pero solo sabía que no quería perderlo.

Finalmente salió de la consulta y vino hacia mí. Me puse de pie nervioso.

—Tengo una pequeña contusión —dijo sin mirarme y con la boca pequeña.

«Lo sabía, joder.»

—Pero no es grave, me ha dicho que si vuelvo a marearme o si pierdo el conocimiento, que regrese, pero que con descansar seguro que me sentiré mejor. Me ha dado un justificante médico para no ir mañana a trabajar y unos analgésicos para el dolor de cabeza.

Fui a acariciarle la mejilla, aliviado al saber que estaba bien, pero Noah se apartó antes de que mis dedos la rozasen si quiera.

—¿Puedes llevarme al trabajo? Quiero recoger mi coche —me pidió sin mirarme.

Apreté la mandíbula con fuerza, pero decidí que era mejor mantener la boca cerrada. La llevé al bar y la seguí hasta asegurarme de que llegaba a casa sana y salva. Sabía que no iba a dejarme que me acercara a ella y menos después de lo ocurrido, así que decidí ir a ver a Anna.

Me había escrito varias veces desde que nos habíamos ido, y comprendí que tenía que serle sincero; me había dejado llevar por el odio hacia mi madre, metiendo a todas las mujeres en el mismo saco cuando había mujeres increíbles, en mi caso una mujer increíble, que tenía que hacer mía como fuese.

Cuando detuve el coche frente a su casa, vi cómo se acercó con cuidado, su mirada observándome con inquietud.

Se inclinó para darme un beso en los labios, pero retiré la cara automáticamente. Mis labios solo besarían a una sola persona y esa persona no era Anna.

—¿Qué ocurre, Nick? —me preguntó dolida por mi desaire. No quería hacerle daño a Anna, nos conocíamos desde hacía años. No era tan capullo como demostraba ser.

—No podemos seguir viéndonos, Anna —afirmé mirándola a los ojos. Su rostro se descompuso y vi cómo el color en sus mejillas desaparecía. Se hizo el silencio hasta que finalmente habló.

—Es por ella, ¿verdad? —me dijo y vi cómo sus ojos se humedecían. Mierda, ¿es que acaso me había propuesto hacer daño a todas las chicas del barrio o qué?

—Estoy enamorado de ella —confesarlo en voz alta no fue tan horrible como había creído en un momento. Era liberador, gratificante, era una verdad tan grande como una casa.

Frunció el ceño y se limpió una lágrima enérgicamente.

—Tú eres incapaz de amar a nadie, Nicholas —declaró pasando de la tristeza al enfado—. Llevo años esperando que te enamorases de mí, haciendo todo lo posible para hacerme un pequeño hueco en tu vida, y has pasado olímpicamente de mí, me has utilizado, y ¿ahora me dices que estás enamorado de esa niñata?

Sabía que aquello no iba a ser fácil.

—Nunca quise hacerte daño, Anna —afirmé, pero ella negó con la cabeza. Algunas lágrimas se deslizaban por sus mejillas.

—¿Sabes qué? —expuso mirándome furiosa—. Espero que nunca consigas lo que deseas, no te mereces que te quiera nadie, Nicholas. Si Noah es lista, permanecerá alejada de ti. ¡¿Te crees que se puede llevar una vida como la tuya, tener un pasado como el tuyo y que una chica como ella se enamore de ti?!

Apreté los puños con fuerza... No estaba para escuchar aquello, aunque una parte de mí sabía que Anna tenía toda la razón del mundo; me aparté de ella intentando controlarme.

—Adiós, Anna —me despedí rodeando el coche y abriendo la puerta del conductor.

Me observó enfadada mientras arrancaba el coche y me iba.

Sabía que iba a tener que ganarme el perdón de Noah, pero no tenía ni idea de cómo hacerlo. Cuando llegué a casa esa noche, solo quería verla, pero no la encontré en su habitación. Aquello hizo que me pusiese muy nervioso, hasta que fui al salón y la encontré dormida con la cabeza apoyada en las piernas de su madre. Esta estaba despierta mirando una película y con delicadeza acariciaba el largo pelo de Noah. Se la veía relajada, y cuando la vi sentí una opresión en el pecho que hacía diez años que no sentía. Me sentía terriblemente culpable por haberme metido en aquella pelea, por haberme besado con esa chica y que ella me viera, por haberle hecho daño, pero también sentí una profunda tristeza al ver a su madre acariciarla de aquella forma.

Aquello despertó antiguos recuerdos que tenía bien guardados en el fondo de mi mente. Mi madre también había hecho aquello mismo conmigo. Cuando apenas tenía ocho años así era como me tranquilizaba cuando sufría alguna pesadilla: su mano acariciando mi pelo era la perfecta medicina para sentirme seguro, en calma; aún recordaba todas aquellas noches en las que me había dormido llorando, asustado, esperando que mi madre regresase, que entrase por la puerta de mi habitación y me calmase como siempre había hecho. Sentí un dolor profundo en el pecho, un dolor que solo había desaparecido del todo cuando había estado con Noah. La quería, la necesitaba a mi lado para ser mejor persona, para olvidar aquellos malos recuerdos, la necesitaba para sentirme querido.

Raffaella desvió la mirada del televisor para centrarla en mí y me sonrió con ternura.

—Igual que cuando era pequeña —me dijo en susurros refiriéndose a Noah.

Asentí observándola y deseando ser yo el que la acariciara hasta hacerla dormir.

—Nunca te lo he dicho, Ella, pero me alegro de que estés aquí, de que ambas estéis aquí —le confesé sin ser consciente de que iba a hacerlo. Las palabras simplemente salieron de mi boca, pero eran totalmente ciertas. Noah había cambiado mi vida, la había hecho más interesante, me había hecho querer luchar por algo, algo que de verdad quería conseguir: ella, la quería a ella.

A partir de entonces iba a cambiar, iba a ser mejor persona, iba a tratarla como se merecía, y daba igual lo que me costase, no pensaba parar hasta conseguirlo.

A la mañana siguiente bajé a desayunar y la vi sentada como siempre, con un cuenco de cereales y un libro a su lado, aunque no estaba leyendo ni comiendo. Removía los cereales, con la mente en cualquier sitio menos allí. En cuanto me escuchó entrar su mirada se desvió brevemente hacia mí para después centrarse en las páginas de libro. Raffaella estaba allí sentada, con sus gafas de leer puestas y el periódico sobre la mesa.

—Buenos días —saludé, me serví una taza de café y me senté frente a ella. Quería que me mirase, quería algún tipo de reacción ante mi presencia, ya fuera de enfado o de cualquier otra cosa, pero no quería que me ignorara: eso era peor que si me gritaba o insultaba.

—Noah, ¿quieres comer? —le dijo su madre con un tono de voz un poco más elevado de lo normal. Ella levantó la mirada sobresaltada, pero apartó el cuenco de cereales, levantándose.

—No tengo hambre.

—Ni en broma, ya puedes comerte eso, ayer no cenaste —le ordenó Ella mirándola enfadada.

Mierda, ahora Noah no comía, y todo por mi puta culpa.

—Déjame, mamá —le pidió para después salir de la cocina sin volver a mirarme.

Raffaella me miró de malas maneras.

—¿Qué ha pasado, Nicholas? —me preguntó escrutándome y quitándose las gafas.

Ignoré sus palabras y me apresuré a levantarme.

—Nada, no te preocupes —contesté antes de salir. Alcancé a Noah en mitad de las escaleras.

—¡Eh, tú! —la llamé frenándola y poniéndome delante.

—Apártate —me ordenó con frialdad.

—¿Ahora no comes? —le solté, y mirándola fijamente vi que tenía mala cara, que estaba demacrada—. ¿Cómo te encuentras, Noah? Y no me mientas, si no estás bien tienes que volver al hospital.

—Solo estoy cansada, no he dormido mucho —respondió intentando apartarme.

Caminé a su lado hasta llegar a su habitación.

—¿Cuánto tiempo vas a estar sin hablarme? —quise saber.

Sus ojos volaron a los míos.

—Estoy hablándote ahora, ¿no? —replicó esperando a que me apartara de su puerta.

—Me refiero a hablar, no ladrar, que es lo que haces conmigo desde que llegamos del viaje —repuse intentando con todas mis fuerzas llegar a ella como antes.

—Te dije que eso se había acabado, Nicholas. Ahora muévete para que pueda entrar en mi habitación.

«Joder.»

33

NOAH

Sabía que había sido una estúpida al haberme descuidado de aquella manera. Las cosas se habían desmadrado y se me habían acumulado demasiadas a la vez. Lo de Nick, lo de la carta, la dichosa caída, todo había podido conmigo. Estar con Nicholas solo me había acarreado problemas y sufrimiento, más sufrimiento del que ya sentía, y comprendí que iba a tener que dejarlo ir, yo no le convenía, ni él a mí tampoco. A pesar de que me dolía de una forma desgarradora pensar que no iba a poder tenerle para mí, comprendí que era lo correcto, era lo adecuado si quería construir una nueva vida en aquel lugar, si quería encajar en aquella ciudad y recomponer los cachitos de mi corazón que se habían ido rompiendo a lo largo de mi vida.

Así que me levanté de la cama dispuesta a dejar todo lo malo atrás. Había quedado con Jenna esa misma tarde para ir de compras; solo faltaba un día para que empezaran las clases, y aunque estaba nerviosa y asustada me alegraba dejar atrás el verano, quería empezar de nuevo, hacer las cosas mejor y recuperar mi antiguo yo.

Gracias a Dios, Jenna era del tipo de persona que te absorbía cuando estabas con ella, por lo que pude distraerme e intentar concentrarme en que el día siguiente sería mi primer día en el St. Mary. Según Jenna era un colegio elitista, y dentro podías encontrarte todo tipo de personas, todas ellas con algo en común, claro: estaban forradísimas. No sabía qué iba a hacer para poder encajar, pero cuando me quise dar cuenta eran las siete de la mañana y el despertador sonaba para darme la bienvenida a mi primer día de instituto.

El uniforme, ya arreglado para ajustarlo a mis medidas, reposaba sobre la silla de mi escritorio, y cuando salí del baño y comencé a vestirme aún con la penumbra del amanecer, no pude evitar sentirme como una completa extraña. Por lo menos, me habían acortado la falda, que ahora quedaba unos cinco dedos por encima de mis rodillas y la camisa ya no me estaba inmensa, sino que se me ajustaba en las partes adecuadas. Me puse los zapatos negros y me observé en el espejo. Dios mío, qué horror, y es que encima tenía que ser verde, verde moho. El único problema que había era que no tenía ni idea de cómo hacerme el nudo de la corbata. La cogí a la vez que cogía mi bolso y salí de la habitación con esos nervios que tiene uno el primer día de colegio; solo que lo normal es sentirlos cuando se tienen seis años y no diecisiete.

En la cocina estaba mi madre, ya vestida pero con cara de dormida y una taza de café en sus manos, y sentado frente a la isla estaba Nicholas. Desde que había regresado del hospital apenas lo había visto, solo una vez que entró para ver cómo estaba, pero me hice la dormida. Llevábamos, pues, tres días sin hablarnos, aunque según mi madre ni siquiera había pasado la noche en casa. No pude evitar detenerme en la puerta un momento antes de tener el coraje necesario de mirarlo a la cara otra vez. Tenía el pelo despeinado, pero estaba vestido como a mí me encantaba: con vaqueros y una camiseta no muy ajustada de color negro. Suspiré internamente antes de que mi mente recordara todo lo que había ocurrido.

Sus ojos me recorrieron de arriba abajo y sentí vergüenza de que me viera con aquellas ridículas prendas. Pero para mi sorpresa no se rio ni hizo ningún tipo de comentario, sino que simplemente me observó unos instantes, para luego posar su vista de nuevo en el periódico. Me volví hacia mi madre.

—No tengo ni idea de cómo se pone esta cosa ridícula, necesito que me ayudes —le dije, siendo claramente consciente de lo dura que había sonado mi voz.

Mi madre me miró.

—Estás muy mona, Noah —comentó soltando una risita. Yo le puse mala cara.

—Parezco un elfo y no te rías —le dije sentándome en una de las sillas de la isla frente a Nicholas, que seguía leyendo el periódico a pesar de que se le había formado una pequeña, casi imperceptible, sonrisa.

—Te haré el desayuno, y pídele a Nick que te ayude con la corbata —me indicó levantándose y dándonos la espalda. Miré incómoda a Nicholas, que había dejado de leer y me observaba con las cejas levantadas.

Mi madre puso música, por lo que mis latidos quedaron reservados solo para mis oídos. No quería tener que acercarme a Nick, pero no sabía cómo ponerme aquella cosa y la verdad es que no quería pasarme media hora buscando un tutorial en YouTube que me explicase cómo hacerlo. Me puse de pie y me acerqué hacia él con la mirada clavada en cualquier sitio menos en su persona.

Él giró su silla hacia mí y sin levantarse colocó una mano en mi cintura hasta que quedamos frente a frente, yo derecha entre sus piernas abiertas.

—Te queda bien el uniforme —me comentó intentando entrelazar las miradas.

—Estoy ridícula, y no quiero que me hables —le espeté poniéndome tensa cuando sus largos dedos acariciaron mi piel para levantar el cuello de mi camisa blanca.

Al otro lado de la cocina mi madre cocinaba y cantaba ajena a lo que estaba ocurriendo a tres metros de distancia.

—No voy a dejar de hablarte, voy a hacer que cambies de opinión —me aseguró acercando su rostro al mío más de lo que se consideraría apropiado—. Te quiero para mí, Noah, y no voy a parar hasta conseguirlo.

Pero ¿qué estaba diciendo? ¿Se había vuelto completamente loco? Era de Nicholas Leister de quien estábamos hablando, él no era de nadie ni nadie era de él, aquello era ridículo.

Sus dedos volvieron a acariciar mi cuello, esta vez de una forma deliberada y sensual. Sentí cómo me estremecía y por un instante tuve que cerrar los ojos para poder concentrarme en lo que de verdad pensaba y quería. Y no quería a Nicholas haciéndome daño otra vez, ni a ningún otro chico.

—¿Has terminado? —le dije entonces. Él detuvo sus dedos y me observó fijamente. Con un movimiento rápido me subió el nudo de la corbata hasta que estuvo colocado en su sitio y se puso serio.

—Sí, suerte en tu primer día —me deseó. Acto seguido se levantó y, sin venir a cuento, me dio un beso rápido en la mejilla. Sentí un cosquilleo allí donde sus labios rozaron mi piel y una parte de mí quiso gritarle que me abrazara, que me acompañara a aquel estúpido instituto y que me besara hasta perder el sentido. Pero simplemente me quedé allí quieta hasta que escuché cómo salía por la puerta.

—¡Noah! —me llamó mi madre desde el otro lado de la cocina. Al parecer me había quedado inmersa en mis pensamientos y ni la había escuchado.

Me volví hacia ella cuando depositaba mi taza de café frente a mí y una carta sin remitente.

Me puse tensa al instante.

—Ha llegado esta mañana —me informó ella mientras terminaba de beber su café—. Tiene que ser de alguien de por aquí, no tiene ni sello y ninguna dirección... ¿Tienes ida de quién puede ser? —me preguntó mirándome atentamente.

Negué con la cabeza al mismo tiempo que la cogía con manos temblorosas y la abría. Mi madre se encogió de hombros y regresó al periódico. Agradecí su falta de interés, ya que estaba completamente segura de que me había puesto blanca como el papel.

Cuando la saqué del sobre, pude ver que la letra era la misma que la de la otra carta. Decía lo siguiente:

> Te estoy vigilando; no deberías estar aquí, nunca debiste estar.
>
> P. D.: Suerte en tu nuevo colegio.
>
> P. A.

Solté la carta sobre la mesa sintiendo un potente nudo en el estómago. Mi corazón comenzó a acelerarse y el miedo me recorrió por entero. Aquellas cartas estaban empezando a preocuparme... ¿Quién podía ser tan mezquino como para amenazarme de aquella forma? Quien fuese tenía que conocerme bien, ya que estaba al tanto de que empezaba el colegio aquel día. Solo se me ocurría Ronnie y el único al que podía acudir si se trataba de él era a la última persona a la que le pediría ayuda.

Me metí la carta en el bolsillo del jersey y me puse de pie.

—¿No te terminas el desayuno? —me preguntó mi madre frunciendo el ceño.

—Estoy nerviosa, ya comeré algo luego —le dije saliendo de la cocina y corriendo hacia mi habitación. Cogí esta última carta que escondía en mi mesilla de noche y la puse junto a la otra. Sí, en efecto era la misma letra y eran casi igual de breves, pero sí que había una diferencia, la firma: P. A. ¿Eso significaba que había más de una persona detrás y que firmaban con sus iniciales? ¡Dios mío! ¿Cómo me había buscado enemigos tan pronto? Escondí las cartas en el cajón e intenté dejar de pensar en todo aquello. Aquel era mi primer día y no quería tener que estar preocupada por algo así. Si me llegaban más cartas decidiría hablar con alguien; Nicholas me ayudaría, aunque preferiría no tener que acudir a él.

Salí de mi habitación, me reuní con mi madre, salimos de casa, nos subimos a su coche y nos marchamos en dirección al colegio. Había insistido en que quería llevarme y ahora me arrepentía de haber aceptado. Hubiese preferido ir en mi propio coche, para distraerme con la conducción y no tener que pensar.

La entrada estaba abarrotada de estudiantes vestidos de verde. Había muchos alumnos apoltronados en los bancos de fuera, mientras que otros entraban ya al impresionante recinto. Pude comprobar que algunos se quedaban fuera para poder fumarse su último cigarrillo o para alargar como fuera los últimos minutos antes de tener que plegarse a la aburrida rutina. Recordé que eso mismo había ocurrido en mi antiguo instituto, y fijándome un poco más en la gente vi que todos parecían contentos por reunirse con sus amigos después del verano.

—Que tengas un buen día, cielo —me deseó mi madre y al volver para despedirme vi que estaba emocionada.

—¿Qué demonios te ocurre? —le pregunté soltando una carcajada.

Ella intentó disimular, pero fracasó, obviamente.

—Calla, me alegro de que puedas venir aquí, eso es todo —admitió limpiándose una lagrimita.

Sacudí la cabeza y le di un beso en la mejilla.

—Estás loca, pero te quiero —le dije bajando del coche sin poder evitar reírme.

Mi madre me dijo adiós con la mano y luego se marchó. Mientras me acercaba hacia la puerta, cruzando todo el parque exterior y pasando por delante de los muchos alumnos apoltronados en los bancos, alguien apareció a mi lado y me dio un susto.

—¡Estás horrible, tía! —me comentó Jenna dándome un empujón. Verla vestida de aquella forma, con lo glamurosa que ella era, me hizo soltar una carcajada. A pesar del horrible uniforme y de ese color verde asqueroso, seguía estando atractiva. Sus largas piernas quedaban al descubierto y se veían elegantes con los calcetines y la falda extremadamente corta que llevaba. La mía no era precisamente larga, pero sí más recatada que la de ella y que la de la mayoría de las chicas, por lo que había podido ver.

—¡Cállate! —le ordené sonriendo.

—Ven, te presentaré a mis amigos —me dijo tirando de mí hacia un banco con cuatro personas. Allí sentados había dos chicas y dos chicos. Fijándome bien vi que el amigo de Jenna y Nick, Sam, estaba allí sentado junto a Sophie.

—¿Qué tal, Noah? —me saludó Sam desde su lugar en el banco. Sam era con quien me había tenido que besar en el estúpido juego de verdad o reto. Era rubio y sus ojos marrones eran amables, pero al mismo tiempo se podía vislumbrar en ellos ese aire travieso que tienen los niños pequeños. Me miró de arriba abajo con interés—. Estás cañón con ese uniforme.

No pude evitar poner los ojos en blanco. Nadie estaría cañón con esas horribles prendas, aunque los chicos con las camisas y los pantalones negros sí que estaban bastante atractivos. Sophie, la misma que se había estado comiendo con los ojos a Nick el día de la fiesta, me observó con interés y no pude evitar preguntarme qué se le pasaba por la cabeza. A su lado, una chica morena con ojos claros y cuyo rostro me resultaba bastante familiar me observaba con cara de pocos amigos.

—Noah, ellos son Sam, a quien ya conoces —dijo Jenna mirándome divertida, ignoré su tono sarcástico—. Sophie, Cassie, la hermana de Anna, de la que te hablé en la cena aquella vez —asentí comprendiendo por qué me resultaba familiar. La hermana pequeña de Anna no parecía tenerme más aprecio que su hermanita mayor. Me observaba con frialdad, de arriba abajo. Aparté la mirada para fijarla en los otros dos chicos. Uno era moreno, con gafas, muy atractivo, y el otro era el típico matón rubio de ojos azules jugador de fútbol americano, seguro—. Y ellos dos son Jackson y Mark —terminó presentándonos Jenna.

—Hola —les saludé con una sonrisa amigable.

—¿Así que tú eres la nueva hermanastra de Nicholas Leister? —me preguntó Jackson, el chico de gafas, con interés.

—Sí, soy yo —respondí intentando no suspirar.

—No sabes cómo te envidio —confesó Sophie desde su lugar. Estaba clarísimo que estaba coladísima por él y odié el deseo de dejarle claro que nunca iba a ser suyo.

Un momento después, mientras Jenna y los chicos se terminaban su cigarrillo, sonó el timbre.

—La hora de la tortura —anunció Mark, el rubio, mientras apagaba la colilla y se colgaba la mochila al hombro con destreza. Nos vemos dentro, Noah —me dijo y me sonrió.

Le devolví la sonrisa más por instinto que por otra cosa, y mientras ellos se marchaban hacia sus clases yo me dispuse a entrar a Secretaría para que me informaran de a qué clase debía ir y a que me dieran los papeles correspondientes.

Mientras me encaminaba hacia un edificio distinto a donde estaban las clases, no pude reprimir mirar hacia todos los lados... Sentía como si alguien me estuviese observando. Me apresuré a entrar sintiendo una sensación extraña en el pecho.

El día pasó sin incidentes. Jenna era muy popular en el colegio y me presentó a un montón de gente a medida que pasaban las horas. Había terminado con ella en casi todas las clases, menos en español y en matemáticas, pero en cada una de ellas estaban o Mark, el guaperas, o Sophie, la enamorada de Nick. También había coincidido con Cassie en casi todas las clases y supe que me odiaba profundamente conforme iban pasando las horas. No dejaba de intentar ridiculizarme o de poner los ojos en blanco a cada cosa que decía. Jenna era muy popular, pero Cassie también lo era, y para mi sorpresa lo era justamente porque su hermana había sido una leyenda, al igual que Nick, en aquel colegio de millonarios. Todos me preguntaban por él, que qué estaba haciendo o que cómo era convivir con él, otros habían estado presentes el día de las carreras y habían visto la pelea que mi intervención había causado y por eso parecían creer que tenían algún tipo de derecho a mirarme mal o a hacer como si no existiera. ¡Maldito fuera Nicholas Leister, hasta cuando no estaba tenía que complicarme la vida! También todos hablaban sobre la fiesta del primer día de clase que harían aquel viernes, un evento que también servía para darle la bienvenida a los nuevos. No tenía ni idea de lo que suponía eso, pero cada vez que se mencionaba todos clavaban los ojos en mí de una manera misteriosa e inquietante.

Finalmente llegó la hora de regresar a casa y a la salida me esperaba mi madre para recogerme. Me preguntó sobre todo y de todos, pero estaba realmente agotada, por lo que hablé muy poco en el camino de vuelta a casa. Solo pude descansar un rato y agradecí librar aquel día en el bar. Me acosté nada más llegar, pero me despertó una voz conocida que no dejaba de hacerme saltar sobre la cama.

—¡Vamos, despierta! —me dijo y entonces supe que era Jenna.

—¿Qué quieres? —pregunté abriendo los ojos después de la siesta más larga de mi vida.

—Jackson y Mark nos han invitado a una pequeña reunión en su casa, vamos a estar casi todos los del último curso... ¡Tienes que venir! —me animó con una sonrisa radiante en su cara.

—Es lunes, Jenna, mañana hay clase —protesté sabiendo que de nada iba a servir quejarme.

—¿Y qué? —replicó poniendo los ojos en blanco—. Las fiestas de principio de curso son las mejores... En serio, Noah, ¿sabes lo difícil que va a ser convertirte en alguien popular?

Sacudí la cabeza al tiempo que me incorporaba.

—No me interesa ser popular —repuse mirándola fijamente.

—A veces eres como una marciana. Anda, venga, date una ducha que yo te elijo el conjunto.

Me sacó de la cama e intenté ignorarla lo máximo que pude mientras me daba una ducha caliente.

—¡Venga, pero ¿qué estás haciendo?! —me apremió al otro lado de la puerta.

Salí envuelta en una toalla y con el pelo chorreando. Jenna podía ser demasiado insistente cuando se lo proponía. Mientras me secaba el pelo sentada frente a mi tocador, abrí uno de los cajones para sacar el maquillaje y volví a ver los sobres que allí escondía. Las malditas cartas me estaban amargando la existencia, no podía quitármelas de la cabeza, quería contárselo a alguien, pero no me atrevía por miedo a causar más problemas. A pesar de lo enfadada que estaba con Nick, no quería que se volviese a meter en una pelea, y menos por mí, y sabía que eso era exactamente lo que ocurriría si le contaba lo de las cartas. Cerré el cajón con determinación y volví a repetirme a mí misma que era una simple broma de mal gusto, que Ronnie no iba a ser tan idiota como para amenazarme por carta y que había miles de chicas que me odiaban por el simple hecho de ser la nueva hermanastra de Nick.

Me miré en el espejo y me propuse distraerme con lo que fuera, no quería seguir comiéndome el coco, necesitaba hacer cualquier cosa que me hiciese olvidar aquel problema. Empecé a maquillarme y Jenna se despidió de mí para arreglarse en su casa. Intenté pasarme todo el tiempo del mundo frente al espejo, no quería ni un segundo libre para darle vueltas a la cabeza; cuando ya estuve maquillada pasé a recogerme el pelo en un moño, lo que me llevó por lo menos media hora, y cuando terminé con eso pasé a probarme casi todos los vestidos que mi madre me había comprado y que aún estaban con etiqueta en mi vestidor. Me decidí por una falda de vuelo y un top ajustado de color negro.

Justo cuando iba a llamar a Jenna para ver a qué hora pensaba recogerme, escuché gritos fuera de mi puerta. Aún descalza y con los tacones en una mano, me asomé para ver lo que ocurría.

Los gritos venían de la habitación de mi madre y William. Fui hasta el pasillo para escuchar mejor... Estaban discutiendo.

—¡¿Qué querías que hiciera?! —gritaba mi madre fuera de sí. Siempre que gritaba de aquella forma era porque estaba furiosa... No pude dejar de preguntarme qué era lo que había hecho William para enfadarla de aquella manera.

—¡Debiste contármelo! —bramó William, aún más enfadado que ella—. ¡Eres mi mujer, por Dios santo!, después de tanto tiempo... ¿Cómo has podido ocultarme algo así?

Había muchas cosas que mi madre podría haberle ocultado, pero solo una podía sacar de quicio a alguien de aquella forma.

—¡No podía...! —repuso ella.

Mientras aguzaba el oído para escuchar mejor, alguien me apretó las caderas, lo que hizo que pegara un salto y dejara caer los zapatos de tacón al suelo. Me volví deprisa, asustada.

—¡¿Qué haces?! —le chillé a Nicholas, que estaba detrás de mí con las cejas levantadas y mirándome con curiosidad.

—Eso debería preguntártelo yo —replicó entonces fijándose descaradamente en mi ropa. Yo tampoco pude evitar que mi mirada se desviase hacia su torso y aquella camisa blanca sin corbata que le sentaba tan bien... ¡Dios, estaba guapísimo de blanco, el contraste con su pelo oscuro era increíble!

—¿Sabes por qué se están peleando? —le pregunté un poco aturdida.

Él miró detrás de mí, donde el volumen de los gritos se había amortiguado al haberse cerrado la puerta de la habitación.

—No —contestó simplemente colocando sus manos junto a mi rostro, aprisionándome contra la pared. De repente me faltó el aire para respirar—. ¿Ya vuelves a hablarme? —dijo entonces. Su boca captó mi atención, sus labios, su aliento en mi rostro...

—Apártate, Nicholas —le ordené intentando controlar mis sentimientos.

Quería apartarlo con mis manos, pero me negaba a tocarlo, no iba a hacerlo, no volvería a poner un solo dedo encima de ese cuerpo.

—¿Cuánto tiempo piensas prolongar esto? —me planteó frustrado, sus manos aún reteniéndome contra mi voluntad.

Respiré hondo.

—Hasta que comprendas que no quiero tenerte cerca.

Una sonrisa apareció en su rostro, aunque no le llegó a los ojos.

—Te mueres por besarme.

Sentí un malestar en el estómago, odiaba ponerme tan nerviosa, y odiaba que se hubiese cargado lo que había surgido entre los dos.

—Me muero por darte una patada.

Sonrió y yo me crucé de brazos, indignada.

—¿Vas a salir? —agregó un segundo después.

—Sí.

—¿Con Jenna?

—No. Con tu padre —contesté con sarcasmo—. ¿Acaso conozco a alguien más?

Entonces su mano dejó la pared y se colocó en mi mejilla. Su semblante había cambiado, y pasó a mirarme de una forma diferente, demasiado intensa para poder soportarlo.

—No hagas esto más difícil de lo que ya es —le pedí enfadada. No lo quería cerca, ya no, por mucho que me doliera la distancia, por mucho que quisiera olvidar lo ocurrido, no podía y no confiaba en él.

Su dolor se me quedó grabado en la retina. No sabía muy bien lo que hacía negando lo que sentía por él, pero me daba miedo acercarme, me daba miedo abrir mi corazón otra vez y más aún a alguien como él. Mejor estar sola, así nadie podría controlarme, ni decirme lo que hacer, ni hacerme sufrir.

Aquella noche iba a olvidarme de todo, de la carta, del acosador y de Nicholas. Aquella noche pensaba emborracharme y dejar que el alcohol arrasara con todas las penas de mi vida.

34

NICK

Estaba prácticamente en mi quinto sueño cuando la vibración del teléfono consiguió despertarme. Me pasé la mano por la cara y me espabilé al ver que era Jenna quien me llamaba.

—Espero que tengas un motivo importarme para despertarme a las tres de la madrugada —gruñí cerrando los ojos y recostándome otra vez sobre las almohadas.

—Nick, necesito que vengas... Noah no se encuentra bien —me comunicó y sentí cómo todo mi cuerpo se tensaba al instante. Me incorporé tanteando para encender la luz.

—¿Qué le pasa? ¿Está herida? —pregunté cruzando la habitación mientras buscaba algo para ponerme.

—Lleva vomitando más de media hora, está completamente borracha.

Maldije entre dientes y cogí las llaves del coche.

—Dime la dirección, Jenna.

Tardé quince minutos en llegar. Había gente por todos los lados, y me colé a empujones en la casa. Busqué a Jenna en el salón y en la cocina, y cuando ya estaba cogiendo el teléfono para que me dijera dónde demonios estaba, la vi bajando las escaleras.

—¿Dónde está? —le dije furioso.

Jenna no tenía la culpa, pero, joder, ¿no se suponía que debían cuidarse entre ellas dos? Ella no estaba mal; es más, estaba completamente sobria.

—La hemos llevado a la habitación de arriba —me informó y empecé a subir los escalones de dos en dos—. Sabía que se estaba pasando, pero no quiso escucharme, Nick —me dijo ella pero la ignoré hasta llegar a la habitación. Entré y me arrodillé junto a Noah. Tenía el rostro pálido y sudoroso, seguramente por el esfuerzo de haber estado vomitando durante tanto rato.

—¿Cuánto tiempo lleva así? —inquirí y al ver que nadie me contestaba me volví hacia Jenna furioso—. ¿Cuánto?

—Ha estado vomitando más de media hora y hace cinco minutos que perdió el conocimiento... O a lo mejor está dormida... No lo sé, Nicholas, lo siento, le pedí que parara, pero...

—Déjalo, Jenna —le acallé y entonces vi con el rabillo del ojo cómo entraba Lion en la habitación.

La otra chica que estaba junto a Jenna me miró con decisión.

—Estudio medicina, tranquilízate, su pulso es estable, simplemente se ha pasado, necesita dormir; mañana tendrá una resaca del quince, pero está bien.

—¿Cómo puedes decir que está bien? —casi le grité al tiempo que cogía el rostro inconsciente de Noah entre mis manos y la observaba completamente preocupado.

—Lo está, llévatela a casa y vigílala durante la noche —me indicó aquella chica y eso fue lo que me propuse hacer.

—Lo siento, Nick... No pensé que esto terminaría así —admitió Jenna con culpabilidad.

—Ahora no me interesa lo que tengas que decir —repuse con frialdad a la vez que me inclinaba sobre Noah y la cogía en brazos sin dificultad. Me asustó ver que apenas emitía sonido alguno, aunque respiraba con normalidad. Su cabeza se recostó sobre mi hombro y me culpé a mí mismo por no haberla sabido proteger otra vez. Estaba así por mi culpa, pero había algo que no cuadraba: mientras bajaba las escaleras con ella en brazos no pude dejar de preguntarme qué demonios había ocurrido como para que ella decidiese emborracharse de aquella manera.

En cuanto aparqué en la entrada y me volví para observar a Noah, no pude evitar tener una especie de *déjà vu* muy desagradable. La misma noche que había conocido a Noah ella había acabado justamente así, solo que drogada por algo que le habían metido en la bebida. Eso también había sido culpa mía y recordar cómo la había dejado tirada en la carretera me ayudó a comprobar lo cabrón que había sido con ella desde el mismísimo minuto que la había visto por primera vez. No me la merecía, pero ya no había nada que pudiese hacer, me había cautivado.

Me bajé del coche y la saqué con cuidado. Seguía completamente inconsciente y tuve que darme prisa al entrar en la casa y subir las escaleras. Era bastante tarde y no quería que Raffaella viera a Noah en ese estado tan lamentable. Me fui directamente hasta mi habitación, sin pensarlo ni un segundo. Aquella noche no apartaría los ojos de ella hasta que no la viera recobrar el sentido. Cuando la deposité con cuidado sobre mi cama no pude evitar pensar que había deseado recostarla sobre esas almohadas desde la primera vez que la había visto con un vestido puesto y ahora tenía que traerla en aquellas condiciones. Le quité los zapatos con cuidado y encendí la pequeña luz que había en mi mesilla de noche. Estaba tan inconsciente que ni siquiera se había percatado de la completa oscuridad que nos había rodeado y eso hizo que sintiese una opresión en el pecho que no me dejaba ni respirar. ¿Y si estaba peor de lo que parecía? ¿Y si debía llevarla a un hospital para que la vieran? Descarté aquel último pensamiento ya que Noah era menor de edad y se metería en un buen problema si se enteraban de que había estado bebiendo alcohol en exceso.

Tenía la ropa manchada de vómito y la piel de gallina. Con la mente fría comencé a quitarle la falda y después las medias. Fui a coger una de mis camisetas y, antes de comenzar a pasársela por la cabeza, algo captó mi atención: Noah tenía una larga cicatriz que le cubría un costado del estómago... Me quedé observándola con la mente completamente perdida. ¿Cómo se había hecho eso? No era una cicatriz normal, era grande y seguramente llevaba muchísimos puntos. Uno de mis dedos se deslizó por la superficie suave de aquella marca que destrozaba el cuerpo más espectacular que había visto en mi vida. En sueños, Noah se inquietó y aparté la mano de golpe. ¿Por eso nunca había querido estar en biquini? ¿Por la cicatriz? Entonces muchos momentos y detalles se me cruzaron por la mente y adquirían al fin sentido: por qué siempre iba en bañador o por qué se ponía nerviosa si se le mencionaba que se quitase la ropa; asimismo, por qué su rostro se había descompuesto al jugar a verdad o reto y le propusieron quitarse el vestido.

Entonces fue cuando comprendí que Noah estaba a miles de kilómetros de mí, había muchas cosas que no sabía de ella y sentí la necesidad de protegerla de cualquier cosa que la preocupase o de la que tuviese miedo. Le pasé la camiseta por la cabeza y la cubrí con mis mantas.

«¿Qué le había ocurrido? ¿Quién era Noah Morgan en realidad?»

Con esos pensamientos en mente me recosté a su lado abrazándola contra mi pecho y deseando protegerla de todo y de todos, porque algo le había pasado y yo terminaría descubriendo el qué.

35

NOAH

Hacía muchísimo calor. No veía nada a mi alrededor y sentía como si me estuviesen asfixiando. Solo tardé un instante en comprender por qué me sentía como a cuarenta grados de temperatura. Unos brazos me rodeaban apretándome contra un cuerpo caliente y grande. Estaba completamente aturdida cuando mis ojos se posaron en un Nicholas profundamente dormido.

¿Cómo había llegado hasta allí? ¿Y qué demonios hacía en la cama con él?

Mis ojos recorrieron mi cuerpo comprobando que estaba vestida, pero con una camiseta que no era mía y que me quedaba grande como un camisón.

Se me cortó la respiración: alguien me había desnudado.

El pánico se apoderó de mí de una forma abrumadora. La respiración se me aceleró y me incorporé como pude apoyándome en el cabezal de la cama. Nicholas abrió los ojos al notar mi movimiento, aturdido un segundo e incorporándose y mirándome con precaución un segundo después.

—¿Estás bien? —me dijo inspeccionando mi rostro con escrutinio y cautela.

—¿Qué demonios estoy haciendo aquí? —le pregunté deseando no haber estado demasiado borracha como para no haber podido cambiarme yo sola en un cuarto de baño.

—Jenna me llamó para que fuera a recogerte. Estabas inconsciente —me contó mirándome de una forma extraña. Tenía el pelo despeinado y había dormido con la misma ropa que llevaba ayer.

—¿Qué pasó luego? —inquirí intentando mantener la calma.

Él me observó unos instantes sopesando sus palabras. Mi corazón aceleró su carrera.

—Te quité la ropa manchada de vómito y te metí en la cama —contestó y entonces mi autocontrol se fue a la mierda.

Me levanté y me fui hacia la otra punta de la habitación. Lo miré sin poderme creer lo que había hecho.

—¡Cómo has podido! —le grité fuera de mí. Nicholas no podía haber visto mi cicatriz, no podía, eso abría las puertas a un pasado al que no podía ni quería regresar.

Él se puso de pie y se acercó hasta donde estaba con precaución.

—¿Por qué te pones así? —me dijo dolido y enfadado; yo apenas podía controlar mi respiración—. Sea lo que sea lo que tanto te preocupa, debes saber que a mí no me importa y que no se lo diré a nadie... Noah, por favor, deja de mirarme así, estoy preocupado por ti.

—¡No! —chillé furiosa—. ¡No puedes preocuparte por algo que no entiendes ni sabrás nunca!

Necesitaba salir de aquella habitación, necesitaba estar sola, las cosas no estaban saliendo como yo esperaba, nada salía como yo deseaba. Sentí un nudo en el estómago y muchas ganas de echarme a llorar.

Lo miré fijamente; parecía no saber qué hacer, pero al mismo tiempo estaba decidido en algo.

—No pienso repetirte que te mantengas alejado de mí.

Su rostro se transformó, se enfureció y se acercó cogiéndome el rostro entre sus manos. Me quedé quieta intentando controlar mi respiración y los nervios que me estaban haciendo trizas por dentro.

—Entérate de una vez, no pienso irme a ningún lado, voy a estar aquí por ti, y cuando estés lista para contarme qué demonios te ocurrió verás que has estado cometiendo un grave error al mantenerme alejado de ti.

Le di un empujón y agradecí que se apartara.

—Te equivocas, yo no te necesito —repuse cogiendo mis cosas del suelo.

Salí dando un fuerte portazo.

Quería llorar, deseaba llorar sin parar, dejar que toda la angustia que sentía en ese instante saliese de mi interior. Nicholas había visto mi cicatriz: ahora sabía que algo había ocurrido, algo que no deseaba sacar a la luz, algo de lo que me avergonzaba, algo que había decidido enterrar profundamente.

Con las manos temblorosas me quité la ropa que llevaba puesta, me metí bajo el agua hirviendo dejando que mi cuerpo se calentase, intentando entrar en calor otra vez, pues me sentía helada, helada por dentro y por fuera. Cuando salí del baño y vi un sobre blanco sobre mi cama, me sentí desfallecer. Otra vez no, no otra carta, por favor, no, ese día no.

Con manos temblorosas cogí el sobre. Esto ya era acoso, debía contarlo, debía hablarlo con alguien. Saqué el papel que había dentro y con el miedo apoderándose de mí empecé a leer:

> ¿Recuerdas lo que me hiciste? Yo no puedo olvidarme de ese instante en el que te lo cargaste todo, absolutamente todo. Te odio, a ti y a tu madre. ¿Os creéis importantes por vivir bajo el techo de un millonario? Solo sois unas putas que se venden por dinero, pero eso no durará: yo voy a asegurarme de ello y, cuando lo haga, lejos quedarán los días en los que ibas a un bonito colegio con uniforme.
>
> A. P. A.

Aquello iba de mal en peor, debía contarlo, debía decírselo a mi madre. Sin embargo, una parte de mí me impedía hacerlo: mi madre estaba ocupada con Will, el día anterior habían discutido, lo último que quería era preocuparla y decirle que ya me había hecho enemigos en esa ciudad... No, no podía contarle lo de Ronnie, no sin meter a Nicholas en problemas. Lo que había ocurrido en las carreras era ilegal, y si íbamos a la policía iba a tener que contar todo lo que habíamos hecho. Nicholas tenía veintidós años, podía ir a la cárcel, y si Ronnie era el culpable y lo arrestaban, no iba a dudar en empezar a soltar todo lo que sabía de Nicholas y de mis amigos.

Las cosas podían acabar muy mal si no tenía cuidado.

Me daba miedo salir sola, me sentía tan abrumada, tan profundamente triste que solo quería olvidarme de todo otra vez, igual que había hecho la noche anterior. Beber hasta desmayarme sonaba horrible, y ahora que me había despertado tenía una resaca que me estaba matando, pero había merecido la pena, sí, lo había hecho porque estaba tan desbordada de problemas, de demonios interiores, que nada parecía tener sentido, todo a mi alrededor amenazaba con destruirme, y yo solo quería elegir la vía fácil.

Me senté en la silla y me fijé en la hora. En menos de cuarenta y cinco minutos tenía que estar en el instituto para mi segundo día de clase y no había cosa en el mundo que sonara tan ridícula como eso en aquel instante. Como si otra persona me controlase me vestí con el uniforme, sintiéndome mal por llevarlo... Las palabras de esa persona habían calado en mi interior, era verdad que yo no merecía llevar aquella vida, no me pertenecía.

Cuando bajé a desayunar solo estaban Nicholas y su padre en la cocina. Ambos estaban inmersos en una conversación y se callaron en cuanto entré.

—¿Y mi madre? —pregunté, mientras sin mirar a ninguno de los dos me acercaba hasta la nevera y sacaba la leche.

—Aún descansa, hoy te llevaré yo al colegio, si no te importa —me dijo William con una sonrisa tensa. La tarde anterior mi coche había estado haciendo ruidos raros y lo había llevado al taller. Miré a William y vi que estaba más serio que de costumbre. Pasara lo que pasase, ayer entre los dos debía de haber dejado muy mal a mi madre como para que no quisiese levantarse de la cama. Lo observé con el entrecejo fruncido y asentí mientras hacía una nota mental para averiguar qué demonios había ocurrido entre esos dos.

Nicholas apenas me dirigía la mirada y lo agradecí. No podía mirarle a la cara, no sabiendo lo que había descubierto de mí.

William le dio otro trago a su café y se volvió hacia mí.

—¿Estás lista, Noah? —preguntó entonces mirándome a mí.

—En cuanto me anudes la corbata, podemos irnos —le respondí y él sonrió. Era la primera vez que le pedía algo directamente y fue extraño...

Sin darme cuenta había ido cogiendo confianza y la verdad era que ya me sentía lo bastante cómoda como para no temer ir con él en el coche a solas.

El día pasó rápido, gracias a Dios: Jenna se había deshecho en disculpas por haberme dejado beber tanto, algo de lo que no debía disculparse, puesto que había sido culpa mía y solo mía, y muchas chicas que ni siquiera conocía se me habían acercado para preguntarme sobre cómo era vivir con Nicholas Leister. Al parecer, me había convertido en la comidilla de la escuela, y todos o querían criticarme o querían ser amigos míos. Jenna me decía que ese era el precio de la popularidad, que ya me acostumbraría, pero solo quería meterme bajo una piedra y que nadie reparara en mí. Sobre todo porque junto con las frikis enamoradas de Nick también estaban las resentidas que me odiaban por pasar tiempo con él; entre ellas, algo que para mí no era nada raro, se encontraba Cassie, la hermana de Anna. No sabía muy bien qué se traía entre manos, pero cada vez que nuestras miradas se cruzaban se ponía a cuchichear con las que estuviesen a su alrededor para después echarse a reír. Era de lo más infantil, pero yo no estaba de ánimos para algo así. Las ignoré a ella y a sus grupis, y pasé el día con Jenna y sus amigos que, sorprendentemente, me caían bien. Siempre estaban haciendo planes y celebrando fiestas sin ningún motivo aparente.

A la salida del colegio no vi el coche de mi madre esperándome, pero a medida que la gente se iba, me percaté de una figura agazapada contra un árbol y que no me quitaba los ojos de encima.

Ronnie.

Mi corazón comenzó a latir aceleradamente y sentí la adrenalina por todo el cuerpo. Si él era el de las cartas estaba metida en un buen lío. Me sonrió al ver que lo observaba y me indicó que me acercara. Estaba bastante apartado, pero no lo suficiente como para hacerme daño sin que nadie me viera. No quedaban muchos alumnos, pero sí los suficientes como para sentirme segura para acercarme. ¿Dónde demonios estaba mi madre?

Me dije a mí misma que debía zanjar aquel tema lo antes posible y caminé todo lo erguida de lo que fui capaz. Cuando lo tuve delante, mis ojos volvieron a fijarse en ese pelo oscuro casi rapado y en los miles de tatuajes que surcaban sus brazos y parte de su clavícula.

—¿Qué es lo que quieres? —le pregunté sin rodeos y esperando que no se me notara el nerviosismo en la voz.

Él se echó a reír ante mis palabras.

—No tan rápido, preciosa —recorriendo mi cuerpo con lascivia, desde la punta de los pies hasta mis ojos—. Estás muy sexi con ese uniforme que llevas de niña rica, sería divertido quitártelo —me comentó separándose del árbol y mirándome desde su altura.

—Eres asqueroso, y si eso es todo lo que tienes que decirme... —le solté y me di la vuelta dispuesta a marcharme, pero me cogió del brazo acercándome hasta él.

—¿Te crees que puedes humillarme como tú lo hiciste y salirte de rositas? —preguntó acercando su boca a mi oreja. Intenté apartarme, pero me sujetaba con fuerza; además, quería escuchar lo que tuviera que decirme, quería saber si era él el de las cartas.

—Eres un mal perdedor, yo que tú me dedicaba a otra cosa —le dije yo con todo el autocontrol que pude reunir y soltándome de un tirón.

Sus ojos se clavaron en mi blusa.

—Eres peleona como una gatita y lo suficientemente apetecible como para captar mi interés, pero como vuelvas a abrir la boca para decir una gilipollez más, juro que...

—¿Qué?, ¿qué vas a hacerme? —lo interrumpí mirando hacia atrás y queriendo demostrarle que allí no podía ponerme un solo dedo encima.

Él me observó otra vez, pero estaba pensativo e intentaba mantener el control.

—Te haré de todo, dalo por hecho, pero a su debido tiempo —aseguró sonriendo como si estuviese charlando del tiempo—. Tengo una cosa para ti, algo que seguro que no te esperas.

Entonces la vi: otra carta. Era él, era Ronnie el de las amenazas.

—Tu bromita pesada ya no es tan pesada como al principio, ¿qué me impide denunciarte por acoso? —le planteé observándole con frialdad y falsa calma.

Él soltó una carcajada.

—Yo solo soy el mensajero, preciosa —comentó rozándome con el papel la mejilla izquierda—. Al parecer no soy el único que desea ponerte las manos encima.

Me quedé quieta sin entender lo que estaba queriéndome decir. Si él no era el de las cartas, ¿quién demonios era?

En el preciso momento en que estiré la mano para cogerla, un coche apareció justo a mi lado.

—¡Apártate de ella! —gritó Nicholas. Descendió del vehículo dando un portazo y apareció a mi espalda. Tiró de mí y me puso detrás de él.

Ronnie no pareció impresionado; es más, sonreía como un gilipollas al que le hubiesen dicho que ha ganado la lotería.

Me metí rápidamente la carta en el bolso antes de que Nicholas pudiese verla.

—¿Qué coño haces aquí? —le ladró de forma amenazadora.

Ronnie lo observó unos instantes.

—Veo que no estaba equivocado... Tú también has querido meterte entre sus piernas, ¿eh, Nick? —comentó riéndose.

Nicholas dio un paso al frente, pero yo me apresuré a cogerle del brazo y tirar de él.

—No lo hagas —le pedí. Lo último que quería era que Nicholas se pelease otra vez con ese mal nacido.

Nick bajó la mirada hacia mí y la clavó en mis ojos. En su rostro se veía la rabia, pero también el miedo, miedo de que me hiciese daño.

—Hazle caso a tu hermanita, Nick, no quieres pelearte conmigo, no aquí —dijo él mirando hacia atrás, donde seguramente ya habíamos captado la atención.

—Procura que no te vuelva a ver con ella o juro por Dios que no volverás a ver la luz del sol —dijo dando un paso hacia delante.

Ronnie sonrió otra vez, me guiñó un ojo y luego se subió a su coche. Yo comencé a temblar en cuanto desapareció por la calle. No sabía que había estado sin respirar durante tanto tiempo.

Nick se volvió hacia mí y me colocó ambas manos en las mejillas.

—Dime que no te ha hecho nada —me exigió observándome el rostro.

Negué con la cabeza a la vez que intentaba controlar mis emociones. No podía parecer débil, no delante de él.

Di un paso hacia atrás. Las manos de Nick cayeron delante de mí.

—Estoy bien —afirmé con la voz calmada—. Llévame a casa.

Ya en el coche pude tranquilizarme. La respiración pasó a ser regular y mis nervios solo se manifestaron en el temblor de mis manos, que coloqué bajo mis piernas para poder disimular. Me moría de ganas y de miedo por abrir la carta. Aunque me decía a mí misma que no iba a querer leerla, que lo que ponía en ese papel me hundiría más de lo que ya estaba.

—¿Qué te ha dicho, Noah? —me preguntó Nicholas después de haber estado un rato callado. No supe muy bien qué contestar.

—Me amenazó —dije al fin, siendo sincera en ese aspecto.

Sus manos se aferraron con fuerza al volante.

—¿Cómo exactamente? —inquirió.

Yo sacudí la cabeza.

—Eso no importa, lo que sí importa, en cambio, es que quiere vengarse por lo de las carreras —aseveré notando que mi voz temblaba un poco.

—No te pondrá un solo dedo encima —juró él mirando hacia delante. Agradecía su preocupación por mí, pero no era necesaria: yo sabía cuidarme sola.

—Por supuesto que no lo hará —coincidí yo..., pero ¿estaba diciendo la verdad?

Al llegar a casa me fui directamente a mi habitación. William estaba reunido en el salón con un montón de abogados y al verme entrar cerró la puerta sin apenas saludarme. Fue raro, pero solo tuve que enfrentarme a mi madre al llegar a casa.

Al contrario que otras veces se la veía cansada y ojerosa. Me dio un abrazo en cuanto me vio. Fuera el que fuese el motivo de la discusión, sin duda era más grave de lo que pensaba.

—¿Estás bien, mamá? —le pregunté mirándola fijamente cuando por fin me soltó.

—Claro —respondió de modo no muy convincente.

—¿Va todo bien entre Will y tú? Puedes contármelo —le comenté intentando sonsacarle algo. Ella negó con la cabeza a la vez que me ofrecía la sonrisa más falsa que había visto en mucho tiempo.

—Todo está estupendamente, cariño, no te preocupes —afirmó.

Yo asentí dudosa, pero no podía quedarme a sacarle información, tenía que leer la carta que me había dado Ronnie.

Subí a mi habitación y la saqué de mi bolso con los nervios a flor de piel.

La carta constaba de una simple frase:

> Me has arrebatado todo cuanto me importaba y ahora pagarás las consecuencias.
>
> P.A.P.A

Se me cayó la carta. Y los recuerdos regresaron:

Acababa de dejarme el autobús del colegio junto a la puerta de casa. Tenía solo ocho años y llevaba un dibujo en la mano. Había ganado un premio, el primer premio, y quería contárselo a mis padres. Entré corriendo con una sonrisa en la cara y entonces lo vi.

Mi madre estaba sobre el suelo, rodeada de cristales. Habían roto la mesita del salón, otra vez. De la mejilla izquierda de mi madre salía un montón de sangre y tenía el labio partido y un ojo morado. Pero se puso de pie como pudo en cuanto me vio entrar.

—¡Hola, cielo! —me saludó entre lágrimas.

—¿Te has vuelto a portar mal, mami? —le pregunté acercándome hacia ella con paso vacilante.

Ella asintió y entonces un hombre alto y muy fuerte apareció en el umbral.

—Ve a lavarte, yo me encargo de ella —ordenó mi padre. Mi madre me observó unos instantes y luego desapareció tras la puerta de su habitación.

Me volví hacia él con mi dibujo aún en la mano.

—¿Qué ha hecho hoy mi niña preciosa?

Sentí cómo mi respiración se aceleraba debido a los recuerdos. Me senté junto a la cama y me abracé las rodillas con los brazos... Aquello no podía estar pasando...

Estaba ayudando a mi madre a cocinar, pero ella estaba nerviosa: aquel día las cosas no parecían salirle bien. El pan se le quemó y la pasta se le pegó. Sabía lo que ocurriría, lo sabía y sentía el miedo en el cuerpo. Solo era una niña, pero entendía que si te portabas mal, como mi madre había hecho, te castigaba.

—¿Qué coño es esto? —dijo él y entonces se levantó tirando la mesa de un fuerte movimiento. Los platos y los vasos se estrellaron contra el suelo. Yo me levanté corriendo y me marché fuera de la habitación. Como siempre que ocurría aquello, me tapé las orejas con las manos y comencé a tararear una canción. Mamá me había dicho que lo hiciera y yo no pensaba desobedecerla.

Pero los gritos y los golpes se escuchaban aun así.

Sentí cómo las lágrimas comenzaban a caer por mi rostro... Había pasado tanto tiempo desde que había vuelto a recordar...

Papá olía mal, aquel día sería un día malo. Siempre que papá olía de aquella forma tan amarga las cosas terminaban mal. Los gritos comenzaron unos minutos después y fueron acompañados del estruendo de algo al romperse. Corrí a mi habitación y me encerré allí. Me metí bajo las mantas y apagué la luz. La oscuridad me protegería, la oscuridad era mi aliada...

Volví en mí y sentí el retumbar de mi corazón contra el pecho. Aquello no podía estar pasando de nuevo. De repente me entraron ganas de vomitar, y eso fue exactamente lo que hice. Corrí hasta el baño y eché la poca comida que había ingerido durante el día. Me recosté contra el lavabo y metí mis manos entre las rodillas. Necesitaba calmarme, necesitaba recuperar la compostura. Mi padre estaba en la cárcel, mi padre estaba en la cárcel... No podía hacerme daño, estaba encerrado, en otro país, a miles de kilómetros de distancia muy muy lejos, pero entonces, ¿quién podía hacerme algo así?

Nadie conocía mi pasado, absolutamente nadie, solo mi madre, la de la Junta de Menores y el tribunal que había llevado el caso y había encerrado a mi padre. Porque seguía encerrado, ¿verdad?

Me eché agua en la cara intentando tranquilizarme. No me iba a derrumbar, no iba a hacerlo, no iba a hacerlo, no iba a hacerlo... Necesitaba una distracción... solo una.

Cogí el teléfono y marqué.

—¿Jenna? —dije un momento después—. Necesito tu ayuda.

36

NICK

Algo estaba ocurriendo. Noah estaba diferente: se comportaba de una manera extraña. Desde que habíamos regresado del colegio aquella tarde, no había vuelto a bajar; deseaba ir a verla porque sabía que algo iba mal. Desde que había visto la cicatriz en su cuerpo todas las alarmas habían empezado a sonar, algo le había ocurrido y algo le estaba sucediendo ahora para que se estuviese comportando de aquella manera: emborracharse hasta desmayarse... Esa no era Noah, no la que yo conocía, no de la que yo me había enamorado.

Apenas me hablaba, le había hecho daño y me merecía estar apartado de ella, pero no podía dejar que le pasase nada malo, debía protegerla de ese mal nacido, y si hacía falta perseguirla o vigilarla a escondidas, lo haría.

En ese momento sonó mi teléfono. Lo cogí y hablé con mi hermana. No iba a poder estar su primer día de colegio y eso me partía el corazón, pero no podía dejar desprotegida a Noah. En el fondo me sentía culpable, pero algo me decía que debía estar aquí con ella. Le dije a mi hermana que en cuanto pudiese iba a ir a visitarla y que le deseaba un buen primer día de clase. Me la imaginaba con su uniforme minúsculo y su mochila de Cars y sentí un profundo remordimiento.

Los días pasaron y el jueves ocurrió algo que me dejó completamente descolocado: al subir a mi habitación después de llegar exhausto de la universidad, escuché ruidos y risas procedentes de la habitación de Noah. Sin dudarlo un segundo abrí la puerta de golpe y allí me la encontré con tres amigas y dos tíos. El humo que había en el cuarto y el intenso y denso olor te daba a entender perfectamente que estaban fumando porros. Jenna estaba allí, junto al imbécil del amigo que se había enrollado con Noah el día del juego de la botella. Sophie también estaba y solo llevaba la falda del colegio y un sujetador rojo de encaje.

—¿Qué demonios está ocurriendo aquí? —bramé en cuanto vi aquel espectáculo. Gracias a Dios Noah estaba completamente vestida, pero tenía entre sus dedos un pitillo blanco del que salía una humareda blanca que la envolvía.

—¡Nicholas, lárgate! —me gritó ella poniéndose de pie.

Me cegaron las ganas de zarandearla y de echar de una patada a todos los allí presentes.

Di cinco pasos hasta llegar hasta ella y le arrebaté el porro de la mano.

—¿Qué haces fumando esta mierda? —le pregunté fulminándola con los ojos.

Ella me observó unos instantes y después se encogió de hombros indiferente. Tenía los ojos rojos y las pupilas dilatadas. Estaba colocada.

—¡Todos fuera! —grité a los demás.

Las chicas se sobresaltaron y los dos tíos me miraron desafiantes.

—¿Qué te pasa, tío? Solo estamos pasando el rato —exclamó uno de ellos poniéndose de pie y encarándome.

Le lancé una mirada asesina.

—Vale, vale, tranquilízate, tío —me dijo y se puso a recoger las cosas.

Noah estaba con las manos apoyadas en sus caderas con semblante retador.

—¿Qué problema tienes? —me soltó ignorando a sus amigos, que se marchaban por la puerta.

Esperé hasta verlos desaparecer, incluida la idiota de Jenna, y cerré la puerta de un portazo.

—¡Déjame en paz! —dijo ella rodeándome para salir por la puerta. La cogí inmediatamente por los brazos y la obligué a mirarme.

—¿Me puedes explicar qué demonios te está pasando? —le pregunté furioso.

Ella me miró y vi en sus ojos algo oscuro y profundo que me ocultaba; sin embargo, me sonrió sin alegría.

—Este es tu mundo, Nicholas —me expuso con calma—. Simplemente estoy viviendo tu vida, disfrutando de tus amigos y sintiéndome libre de problemas. Esto es lo que hacéis y esto es lo que se supone que tengo que hacer yo —sentenció y dio un paso hacia atrás para apartarse de mí.

Yo no daba a crédito a lo que oía.

—Has perdido completamente el control —le espeté bajando el tono de voz. No me gustaba lo que veían mis ojos, no me gustaba en quién se estaba convirtiendo la chica de la que yo creía estar enamorado. Pero pensándolo bien..., lo que hacía y *cómo* lo hacía... era lo mismo que yo había hecho, lo mismo que había estado haciendo antes de conocerla; yo la había metido en todas estas cosas: había sido mi culpa. Era culpa mía que se estuviese autodestruyendo.

En cierto modo habíamos intercambiado los papeles. Ella había aparecido y me había sacado del oscuro agujero en el que yo me había metido, pero al hacerlo había terminado por ocupar mi lugar.

—Por primera vez en mi vida creo que soy yo la que lleva el control, y me gusta, así que déjame en paz —aseveró dándome un empujón y saliendo por la puerta.

Me quedé quieto donde estaba. ¿Qué podía hacer? Noah escondía algo y no iba a contármelo a mí; yo había perdido su confianza hacía tiempo y volver a ganármela iba a suponer entrar en su juego... Quería protegerla, quería sacarla de donde se estaba metiendo, pero ¿cómo hacerlo si apenas quería encontrarse en la misma habitación que yo...?

Querer a esa chica era algo que acabaría con la poca paciencia que me quedaba.

Aquella noche mi padre y Raffaella se marchaban a una reunión y pasarían la noche en el Hilton del centro. Yo me quedaría en casa vigilando a Noah y procurando que no se metiera en ningún otro lío. No sabía muy bien desde cuándo me había convertido en su guardaespaldas, pero había algo en ella que me impedía dejarla sola, apenas podía permanecer bajo el mismo techo sin querer acercarme y envolverla entre mis brazos.

Me preocupaba su manera de comportarse y más aún que se terminara pareciendo a las personas que rodeaban mi vida. Su frescura, su naturalidad, su inocencia habían conseguido que me diese cuenta de que fuera del mundo en el que vivía existían muchísimas cosas que yo desconocía y ver a Noah convertirse en alguien como yo era algo que me mataba por dentro.

Eran ya pasadas las doce de la noche cuando escuché cómo la puerta de casa se abría. Noah había salido con Jenna y no sabía adónde, porque cuando me dispuse a preguntárselo ya se habían marchado en el descapotable de la novia de Lion. Me acerqué hasta la puerta y observé cómo entraba. Estaba borracha, otra vez. Ni siquiera se percató de mi presencia cuando entró tambaleándose en la casa. Iba descalza, con los zapatos en una mano y el bolso en la otra.

—¿De dónde vienes? —le pregunté rompiendo el silencio. Al verme se asustó, pero automáticamente se irguió y me miró con cara de pocos amigos.

—¿Qué haces ahí? ¡Menudo susto! —me contestó intentando mantener el equilibrio. Frustrado al ver sus vanos intentos por mantenerse erguida, me acerqué hasta ella y la levanté haciendo oídos sordos a sus quejas. La llevé directamente hasta el cuarto de baño, la senté en el lavabo y abrí el agua de la ducha.

—Tienes una forma muy rara de intentar acostarte conmigo, ¿sabes? —me dijo permaneciendo quieta en donde la había dejado. Por lo menos aquel día no me gritaba ni intentaba escabullirse. Estaba con la mirada perdida mientras yo le quitaba el abrigo y observaba su rostro. Llevaba el pelo suelto y despeinado en torno a su rostro. Sus mejillas estaban sonrosadas y sus labios se veían más carnosos que de costumbre. Incluso borracha me atraía y tuve que mantener la mente fría para no llevármela a la cama, igual que había hecho la última vez que la había encontrado así. Lo que pasaba es que estaba cabreado, cabreado y preocupado por su actitud.

—Cuando me acueste contigo será de todo menos raro —repuso cortante mientras le quitaba la blusa y me fijaba en el sujetador negro con encaje que llevaba. Me obligué a mantener la calma.

—Ahora mismo no me importaría que lo hicieses... Ya me has visto la cicatriz y no te da asco, ni siquiera te asustas, aunque a mí sí me da repelús... Me trae muy malos recuerdos, ¿sabes? —me comentó distraída mientras desistía de quitarle la ropa. No podía verla desnuda y eso me enfurecía, odiaba el efecto que su cuerpo tenía sobre mí, pero mientras hablaba escuché con más atención. Los borrachos decían la verdad... ¿por qué no iba a aprovecharme de su situación?

Dejé de desnudarla y me fijé en sus ojos. Le cogí el rostro entre mis manos y me centré en ella.

—Noah, ¿de qué tienes miedo? —le pregunté y vi cómo se estremecía bajo mis manos.

Respiraba entrecortadamente y tardó unos segundos en contestar con voz temblorosa:

—Ahora mismo, de ti.

Me quedé callado y muy quieto. Estaba temblando y supe que era por el contacto de mis manos sobre su rostro. Le atraía, lo sabía y también sabía que ella sentía algo por mí, por mucho que lo negara y evitara aceptarlo.

Tenía su boca a menos de un centímetro de la mía y en lo único que pude pensar en ese instante era en morder ese labio inferior que pedía a gritos que alguien lo besara. Pero no iba a hacerlo. No estando ella en ese estado.

La levanté y la coloqué directamente sobre el agua fría de la ducha. Aquello fue también igual de estimulante para mí. Ella soltó un grito ahogado cuando el agua contactó con su piel, pero estaba tan borracha que ni siquiera se metió conmigo. Se quedó allí, congelada y en silencio bajo el agua que caía sobre su cuerpo medio desnudo.

—Esto te pasa por comportarte como una idiota —le dije. Le daba vueltas a la idea de meterme yo también. La verdad es que no me vendría nada mal...

Después de que se despabilara la envolví en una toalla y la acompañé hasta su habitación. Ella permanecía ahora en un completo silencio y sabía que era así porque de alguna manera se avergonzaba de su comportamiento o eso era lo que yo esperaba.

—¿Te encuentras mejor? —le pregunté cuando se recostó sobre las almohadas de su cama y fijó sus ojos en los míos.

—¿Por qué lo haces? —me preguntó un segundo después—. ¿Por qué haces que me resulte tan difícil odiarte?

La observé atentamente.

—¿Por qué quieres odiarme?

Se quedó callada unos instantes.

—Porque no seré capaz de recuperarme si dejo que me hagan daño otra vez —susurró y sentí un pinchazo en el pecho.

—No voy a hacerte daño —repuse y supe que era una promesa que estaba haciéndome a mí mismo.

Ella me observó y antes de darme la espalda dijo unas palabras que se clavaron en mi pecho como astillas de madera.

—Ya lo has hecho.

37

NOAH

Las cartas habían dejado de llegarme, pero la última aún estaba grabada en mi retina. La palabra *«papá»* había causado en mi cerebro una respuesta inmediata contra los recuerdos infantiles que tanto había procurado olvidar. Hacía ya seis años que no sabía nada de él, ni siquiera había oído mencionar su nombre. A medida que habían pasado los días, las semanas, los meses y los años, mi mente había fabricado un caparazón que me protegía de cualquier dolor procedente de recuerdos, emociones o situaciones de aquella etapa de mi vida que yo intentaba olvidar. No quería regresar allí, había un antes y un después. También mi madre había tenido un antes y un después tras aquellos primeros años. Y ahora todo había regresado para estallarme en la cara.

El simple hecho de recordar lo que había ocurrido en aquella época causaba en mi metabolismo una reacción de miedo muy difícil de sobrellevar y por eso mismo había acudido a las fiestas, recurrido al alcohol y a todo lo demás para poder escapar. Simplemente no era capaz de soportar aquello en ese preciso instante. No era lo suficientemente fuerte, no todavía; aún era una niña, aún no había pasado el tiempo necesario y aquel oscuro período debía permanecer escondido en el pozo profundo de mi mente y por eso me había comportado como una idiota aquella semana. Sabía lo que hacía y esas horas en las que mi mente estaba nublada debido a los efectos del alcohol eran las únicas en las que mi corazón y mi cerebro estaban tranquilos.

Gracias a Dios mis nuevos amigos no veían raro eso de emborracharse casi todos los días, por lo que no tuve que comerme mucho la cabeza para conseguir lo que deseaba. El único obstáculo había sido Nick.

Desde que habíamos regresado de ese estúpido viaje no había dejado de comportarse como un auténtico hermano mayor. Me regañaba si bebía, me cuidaba cuando estaba borracha y hasta me había desnudado y duchado para que se me pasase la curda la noche anterior. Lo sé, era ridículo, ridículo y algo muy confuso. No quería que se preocupara por mí, simplemente necesitaba afrontar las cosas por mí misma y a mi manera. Había visto demasiadas veces cómo mi madre bebía hasta emborracharse cuando por fin nos libramos de mi padre. Si a ella la ayudaba, ¿por qué iba yo a abstenerme?

Con esos pensamientos regresé al día siguiente del colegio. Apenas había prestado atención a las lecciones de los profesores, ni siquiera había ingerido ningún tipo de alimento desde la noche anterior. Mi estómago se negaba a alimentarse y mi mente estaba adormecida, ya que esa era la única forma de mantener mis demonios a raya. Aquel día me había llevado Jenna a casa; mi madre estaba fuera con William otra vez y no regresarían hasta pasados dos días. Ni siquiera sabía adónde se habían marchado y tampoco es que me importase. A veces, en algún momento del día, cuando bajaba la guardia, recordaba las amenazas de mi padre y el miedo se apoderaba de mí hasta casi impedirme respirar. Pero él estaba lejos, en la cárcel, nunca podría ponerme las manos encima. Entonces, ¿cómo era que Ronnie me entregaba las cartas?

Dejé mi bolso sobre el sofá de la entrada y fui directa hasta la cocina. Allí estaba Nicholas con Lion. Los dos me miraron en cuanto puse un pie en ella.

—¡Hola, Noah! —me saludó Lion con una sonrisa tensa. A su lado Nick se me quedó mirando unos segundos.

—¡Hola! Tu novia acaba de marcharse —le hice saber mientras me acercaba a la nevera y cogía la botella de zumo de naranja. En la mesa habían dejado los restos de lo que supuse habían sido sándwiches de queso. Thor, el perro de Nick, apareció moviendo la cola.

—Thor, lárgate —le ordenó Nicholas en tono duro.

Me volví hacia él.

—Déjale, Nicholas, no me está molestando —contesté. Él me miró apretando la mandíbula y se acercó hasta donde estaba el perro. Le cogió por el collar y lo sacó fuera ignorando mi comentario.

—A mí sí —afirmó cortante.

Lion soltó una carcajada.

—La tensión se puede cortar con un cuchillo —afirmó poniéndose de pie. Lo fulminé con la mirada mientras me sentaba y me llevaba una uva a los labios—. Debo advertirte, Noah, hoy es el día de los Novatos..., ten cuidado —me aconsejó y yo me quedé quieta observándole.

—¿Qué? —inquirí distraída. ¿De qué estaba hablando?

Él miró a Nick, a quien no parecía hacerle ninguna gracia el comentario.

—Hoy es el primer viernes de la primera semana de clase... Se da la bienvenida a los novatos y tú lo eres, solo te advertía —respondió riéndose—. Jenna me matará por habértelo dicho, pero me das pena.

—No va a ir a esa gilipollez, así que no tienes de que preocuparte —le comentó Nicholas a Lion.

—Me he perdido, pero sé que hay una fiesta esta noche y claro que voy a ir, Nicholas —aseguré mirándolo fijamente.

Él me sostuvo la mirada pero negó con la cabeza.

—Tu madre me ha dicho que esta noche no puedes salir de casa, dice que no quiere que andes por ahí cuando ella no está, así que simplemente cumplo órdenes —contó indiferente.

Yo solté una carcajada irónica.

—¿Y desde cuándo te hago caso a ti? —repliqué comiéndome otra uva: estaban deliciosas.

—Desde que me quedo aquí para vigilarte. No vas a ir a ninguna parte, así que no te molestes en discutir conmigo —me dijo muy pagado de sí mismo. Aquello era surrealista. ¿Desde cuándo tenía que hacer lo que Nicholas Leister me dijera?

—Entérate, Nicholas, hago lo que quiero y cuando quiero, por lo que ya puedes ir olvidándote de tu pose de guardaespaldas, porque paso de quedarme aquí metida un viernes por la noche.

Me levanté de la mesa dispuesta a irme. Lion parecía divertido.

—Es como ver un partido de tenis —comentó soltando una risotada, pero callándose cuando Nicholas le lanzó una de esas miradas de cállate o te parto la cara.

Pasé delante de ellos y me fui directa hasta mi habitación. Tenía que decidir qué ponerme.

Jenna me llamó a eso de las siete de la tarde. La fiesta de los novatos era una tradición en el St. Marie y lo más interesante era que, de hecho, se realizaba en el St. Marie. Nos colaríamos en el instituto y montaríamos la mejor fiesta de la historia. Los novatos de primer curso se encargaban de la comida, la bebida y después de limpiarlo absolutamente todo, por lo que nunca los habían pillado. A mí, al haber entrado en el último curso, simplemente me invitaban a participar en la parte divertida. Según Jenna debía llevar ropa cómoda pero formal, por lo que me decanté por unos vaqueros negros y una camiseta sin mangas. En los pies me puse unas sandalias con apenas tacón y me dejé el pelo suelto. Estaba bastante mona, pero los preparativos me llevaron menos tiempo de lo planeado, por lo que aún faltaba media hora para que pasasen a recogerme.

Bajé a la cocina para prepararme la cena y antes de llegar a las escaleras me encontré con Nick, que me abordaba cada vez que salía de mi habitación.

—¿Vas a alguna parte? —me preguntó fulminándome con sus ojos claros. Estaba guapísimo y deseaba besarlo hasta que se me agotaran las energías, pero mi mente anhelaba una cosa totalmente diferente: quería odiarlo, odiarlo y hacerle la vida imposible, y en esas precisamente estaba.

—¿Piensas estar persiguiéndome durante toda la noche? —le contesté molesta. Acababa de llegar al pie de las escaleras y él estaba unos escalones por debajo, por lo que mi mirada quedaba justo a su altura.

—Pasa de mí, Nicholas —le pedí.

En cuanto entré en la cocina empecé a hacerme un sándwich. Si aquella noche iba a beber, mejor hacerlo con algo sólido en el estómago. Pero no pude seguir cortando el pan cuando unas manos me sujetaron los brazos por detrás, un cuerpo se me pegó a la espalda y me presionó contra la encimera de la cocina. Sentirlo contra mí después de tanto tiempo hizo que se me cayera el cuchillo que estaba sujetando.

Noté unos labios en mi hombro desnudo y me estremecí involuntariamente.

—Suéltame, Nicholas —le exigí entrecortadamente. Mi cuerpo ansiaba su contacto, pero mi mente solo gritaba: «¡Peligro, peligro!».

Sentí sus labios en mi oreja y después en mi cuello. Me apartó el pelo de la cara y ese simple roce de sus dedos contra mi piel me hizo cerrar los ojos de placer.

—Estoy harto de jugar a este estúpido juego —me dijo apretándome el vientre y acercándome a su cuerpo—. No te mentía cuando te dije que lo que pasó en las Bahamas no iba a volver a ocurrir. Voy a estar ahí si me necesitas, Noah... Te deseo y tú me deseas a mí...

Cuando sus labios y su lengua comenzaron a besarme con insistencia por todo mi cuello, de arriba abajo, perdí el hilo de mis pensamientos. Era verdad que lo deseaba, y mientras me besaba comprobé que todos los pensamientos relacionados con mi padre o con mi vida pasada se esfumaban. Nicholas Leister distraía igual o mejor que cualquier vaso de alcohol.

Estiré mi brazo hacia atrás y enredé mis dedos en su pelo atrayéndolo hacia el hueco de mi garganta. Entonces posó sus manos en mi cintura y me dio la vuelta con un movimiento rápido y severo.

Nos miramos unos instantes, y me asustó y excitó ver el deseo reflejado en esos ojos azules.

—¿Quieres que te bese? —me preguntó entonces.

¿Qué pregunta idiota era esa?

—Quédate en casa y haremos más que besarnos, te lo prometo —afirmó acercando sus labios a los míos.

Esa promesa hizo que sintiera mariposas por todo el cuerpo.

—¿Estás chantajeándome? —le planteé, entre sorprendida y enfadada. Estos últimos días se había portado muy bien conmigo y no se había peleado con Ronnie cuando me dio la última carta. Sin embargo, aún no sabía si estaba dispuesta a perdonarle.

—Esa palabra es muy fea, yo diría que estoy seduciéndote —repuso acercando su boca a la mía.

Me aproveché de esa ventaja: obvié el espacio que había entre nosotros y dejé que sus labios se encontraran con los míos. Fue una sensación vertiginosa y maravillosa al mismo tiempo. Siempre que nos tocábamos experimentaba mil sensaciones distintas y aquella vez no era diferente. Aunque algo sí había cambiado: ahora Nicholas me besaba con desesperación. Me asustó, pero al ver que presionaba su boca contra la mía y me metía la lengua muy profundamente no pude más que responderle con igual entusiasmo.

—¿Vas a quedarte? —me preguntó entonces apartándose de mí.

Ambos nos quedamos jadeando, intentando recuperar el ritmo normal de nuestra respiración.

Coloqué ambas manos en su pecho.

—Voy a ir a esa fiesta, Nicholas —le anuncié—. Gracias por distraerme.

Dicho lo cual, me marché.

Al llegar al colegio tuvimos que apagar la radio del descapotable de Jenna y entrar a hurtadillas. La fiesta se celebraba en la parte trasera, en el gimnasio, donde estaba la piscina con el propósito de que no se oyera la música. Fue divertido y muy emocionante colarnos por las vallas junto con otros varios estudiantes que iban llegando a la vez que nosotras. Algunas farolas colocadas a intervalos regulares arrojaban una luz que evitaba que la oscuridad fuera total, por lo que no tuve de qué preocuparme mientras cruzábamos todo el patio y llegábamos a la zona de la piscina. Era enorme y había muchas gradas y una zona de entrenamiento, con pesas y máquinas para hacer ejercicio. La mayoría de los alumnos de Secundaria estaban allí y todos llevaban vasos de plástico en las manos. Muchos estaban metidos en la piscina y la música era realmente ensordecedora. Me volví hacia Jenna y sonreí.

—Esto sí que es una fiesta.

A medida que la noche avanzaba, comenzaron a ocurrir cosas extrañas y que no me gustaron en absoluto. Al parecer las novatadas a los recién llegados eran bromas muy pesadas. A una chica, por ejemplo, la ataron de pies y manos y luego la soltaron en la piscina. Tuve que ver cómo la pobre intentaba nadar y desatarse hasta que un chico saltó y la sacó para que no se ahogara. Cuando la vi llorando caí en la cuenta de que aquella fiesta no era como yo había imaginado en un principio. A esa broma pesada le siguieron muchas más. A un chico con acné y con cara de no saber qué estaba haciendo allí le quitaron la ropa, lo dejaron en calzoncillos y lo humillaron riéndose de él. A otro lo obligaron a comerse no sé qué menjunje de comida asquerosa, tanto que el pobre tuvo que ir corriendo al lavabo a vomitar...

¿Qué demonios le pasaba a aquella gente?

A medida que la noche transcurría por esos derroteros, decidí que quería marcharme. Jenna, al contrario que yo, estaba pasándoselo en grande, ni siquiera era consciente de lo que pasaba a su alrededor, ya que Lion se la había llevado a una habitación para enrollarse con ella. En conclusión, estaba sola y rodeada de imbéciles. Cogí mi teléfono móvil y sin dudarlo le mande un mensaje a Nick.

Antes has dicho que estarías ahí si te necesitaba... ¿puedes venir a recogerme?

Al minuto me llegó su contestación.

Te espero en el aparcamiento del instituto.

Al parecer él estaba al tanto de dónde se celebraba la fiesta de los novatos, y me dije a mí misma que si me enteraba de que Nicholas había participado en bromitas como aquellas en el pasado, pasaría de él, pero de verdad. El ambiente no me gustaba en absoluto y quería marcharme cuanto antes.

Justo cuando llegué a las puertas del gimnasio, cuatro tíos y la imbécil de Cassie y sus amiguitas me impidieron el paso.

Los observé un momento preguntándome qué diablos querían.

—Quiero pasar —les hice saber al ver que no se apartaban.

Cassie sonrió divertida.

—Tú también eres una novata... —repuso.

«Oh, no, pensé.»

—Te toca pringar como a todos, Noah, lo siento —declaró uno de los tíos grandullones.

—Ni se os ocurra ponerme un solo dedo encima —los amenacé, aunque sentía que el pánico me invadía.

Me volví y vi cómo otros chicos me habían rodeado impidiéndome salir por otra parte.

—Alguien nos ha soplado que le tienes miedo a la oscuridad —anunció Cassie en un tono de voz que me recordó demasiado a la de su hermana. ¿Esto habría sido idea suya? —. Creo que no te vendrá mal superar tus miedos, ya eres mayorcita.

Mi corazón se detuvo. No estaría insinuando...

Supe que me había metido en mi propia pesadilla personal cuando dos chicos tres veces más grandes que yo me cogieron por detrás.

—¡Soltadme! —chillé como una loca: el pánico iba adueñándose de todo mi cuerpo—. ¡Soltadme! —repetí cuando me llevaron hacia donde estaba uno de los armarios en que se guardaban todas las cosas de la piscina.

—Solo será un ratito —me dijo uno de los tíos que me sujetaba con todas sus fuerzas, ya que yo no dejaba de agitarme y de intentar soltarme como si toda mi vida dependiera de ello.

—¡POR FAVOR, NO! —grité con todas mis fuerzas. La gente a mis espaldas sonreía y se reía.

Y entonces me encerraron.

Y perdí el control.

Mamá se había ido. Aquella noche estaríamos papá y yo solos. Sabía que las cosas no iban a terminar bien; papá olía mal, olía a aquella botella que una vez había derramado sin querer. Me daba miedo que mamá no estuviese, porque si mamá no estaba él se enfadaría conmigo, nunca me había hecho daño, pero más de una vez había amenazado con hacérmelo.

Cuando llegó, la cena estaba sobre la mesa, la misma que mamá había preparado y yo había tenido que calentar..., pero cuando se llevó el tenedor a la boca supe que algo no iba bien. Su rostro se transformó, entornó los ojos y, de pronto, volcó la mesa, por lo que todos los platos y vasos y todo lo que estos contenían acabaron desparramados por el suelo, pringándolo todo. Me fui hasta el rincón y me hice una bola; tenía miedo, ahora vendrían los gritos y los golpes y luego la sangre... Pero si mamá no estaba..., ¿qué ocurriría entonces?

—¡ELLA! —comenzó él a gritar—. ¡¿Qué mierda es esta?!

Me encogí aún más recordando de repente que se me había olvidado condimentar los filetes y las patatas con la salsa que ahora debía de estar en la nevera. Se me había olvidado... y ahora papá se enfadaría.

—¡¿Dónde coño estás?! —siguió gritando y el miedo se apoderó de todo mi cuerpo. Cuando él empezaba a romper cosas y a gritar de aquella forma, yo debía esconderme en mi cuarto. Lo crucé corriendo y, sin darme cuenta, di un portazo al cerrar la puerta. Me metí bajo las mantas.

Papá siguió gritando y a cada segundo que pasaba se ponía más furioso. No debía de acordarse de que mamá no estaba aquella noche, que había salido a trabajar en su nuevo empleo y que debía cuidar de mí hasta que ella llegara. Los sucesivos portazos me indicaban que iba acercándose a mi habitación. Me encogí aún más bajo las mantas y entonces oí el chirrido de la puerta al abrirse.

—Aquí estás... ¿Hoy quieres jugar a oscuras?

38

NICK

En cuanto llegué al instituto y no la vi supe que algo no iba bien. No sé si fue instinto o una vocecita en mi cabeza advirtiéndome de que algo estaba ocurriendo, pero bajé del coche de un salto y me fui directo hacia las vallas. Pude ver que había bastantes alumnos alrededor del gimnasio. Salté las vallas y me fui directo hacia allí. Muchos de los presentes abrieron los ojos como platos al verme llegar. Otros se dieron codazos entre sí y me señalaron. Entonces vi a Jenna y Lion que aparecían de las gradas de los campos de atletismo e iban en dirección al gimnasio.

—¿Qué haces aquí? —me preguntó mi amigo al verme ir hacia ellos.

—¿Habéis visto a Noah? —les pregunté sin ni siquiera saludarlos. Tenía un mal presentimiento.

Jenna se encogió de hombros.

—La dejé dentro hace unos quince minutos.

Le di la espalda y me encaminé hacia allí con ellos pisándome los talones.

Al entrar todos se me quedaron mirando y solo fui consciente de los gritos que provenían del final de la habitación. Eran desgarradores. Sentí tal pánico al oír su voz gritando de aquella forma que perdí el control sobre mí mismo.

—¿¡Dónde está?! —pregunté chillando mientras seguía su voz hasta la puerta de un armario que había detrás: estaba dentro; la habían encerrado, y gritaba y golpeaba la puerta desesperada por salir.

—¡SACADME DE AQUÍ!

Me temblaron las manos, pero procuré contener la calma. Intenté abrir la puerta, pero la habían cerrado con llave. Me volví más furioso que en toda mi vida.

—¡¿Quién coño tiene la puta llave?!

Los que estaban a mi alrededor se encogieron ante mis gritos, pero yo solo podía oír la voz desgarradora de Noah dentro de ese armario.

Cassie apareció por un lado de la habitación, parecía completamente aterrorizada. Me tendió la llave y por poco no le arranco el brazo al quitársela de las manos.

—Solo ha sido...

—¡Cállate! —le chillé y de inmediato introduje la llave en la cerradura y abrí la puerta.

Solo pude verla un segundo antes de que sus brazos se me echaran encima y enterrara su cabeza en mi cuello sollozando entrecortadamente y temblando de terror.

Noah estaba llorando..., *llorando*; desde que la conocía no la había visto derramar ni una sola lágrima, ni cuando su novio le puso los cuernos, ni cuando nos peleamos en las Bahamas, ni cuando se enfadaba con su madre, ni cuando la dejé tirada en la carretera... Nunca la había visto llorar de verdad y la persona que estaba ahora entre mis brazos se deshacía en lágrimas desgarradoras.

Se había formado un corro alrededor nuestro que nos miraban en silencio.

—¡Largaos! —grité levantando a Noah. Temblaba tanto que apenas si podía respirar. Todos se quedaron donde estaban—. ¡He dicho que os larguéis! —grité aún más fuerte.

La habían encerrado... Esos hijos de puta la habían encerrado en un armario, completamente a oscuras.

—Nick, yo... —empezó a decirme Jenna, que observaba a Noah con preocupación.

—Lárgate, yo me ocupo de ella —le indiqué apretándola contra mí.

En cuanto se marcharon, me senté en una de las gradas y la coloqué sobre mi regazo. Estaba tan pálida y deshecha en lágrimas... Esa no era la Noah que yo había conocido, esa Noah estaba completamente destrozada.

—Nick... —empezó a decirme entre sollozos.

—Tranquilízate —le dije sin separarla de mi torso. Estaba muerto de miedo, verla así y haber escuchado sus gritos de terror habían podido con lo poco de sentido común que me quedaba. Todos mis miedos se habían convertido en realidad y apenas podía controlar mi propio temblor. Solo quería abrazarla y sentirla segura entre mis brazos... Por unos segundos había creído que Ronnie la había encontrado y que la había lastimado o algo peor...

Tenía su rostro enterrado en mi cuello y no dejaba de llorar.

—Haz que se vayan... —me pidió entre gimoteos y aún temblando como una hoja.

—¿Quién, cielo? —inquirí acariciándole el pelo.

—Las pesadillas —me contestó separándose de mí y clavando sus ojos en los míos.

—Noah..., estás despierta —le dije cogiéndole el rostro entre mis manos y limpiándole las lágrimas que aún caían por sus mejillas.

—No... —dijo ella sacudiendo la cabeza—. Necesito olvidar... Necesito olvidar lo que ocurrió... Haz que olvide, Nick... Haz que... —Y entonces acercó su rostro al mío y me besó. Me dio un beso húmedo por las lágrimas y lleno de tristeza y terror.

Le cogí los hombros y la aparté.

—Noah, ¿qué te ocurre? —le dije abrazándola contra mi costado y acariciando su mejilla una y otra vez.

—Ya no lo soporto más...

La llevé hasta mi coche en cuanto dejó de llorar. Ahora estaba callada y melancólica, inmersa en sus pensamientos, unos pensamientos que seguramente eran igual de intensos y horribles que los que la habían hecho morirse de miedo en aquel armario.

No le quité los brazos de encima: la tenía sujeta contra mi costado con todas mis fuerzas y le acariciaba el hombro mientras conducía con una sola mano. Ella no me apartó, sino que se acurrucó contra mí como si yo fuera su salvavidas. Yo reprimía las ganas que tenía de partirles la cara a cada uno de los que habían estado en aquella estúpida fiesta porque antes debía asegurarme de que Noah estaba bien.

En cuanto llegamos a casa la llevé directamente hasta mi habitación. Ella no parecía tener ánimos para discutir conmigo, por lo que encendí la luz y le cogí el rostro entre mis manos.

—Hoy me has asustado de verdad —le confesé mirándola con intensidad.

—Lo siento —se disculpó y vi que sus ojos volvían a llenarse de lágrimas.

—No lo sientas, Noah... —la tranquilicé abrazándola contra mi pecho—. Pero tienes que contarme qué te ocurrió... porque no saberlo me está matando y quiero protegerte de cualquier cosa que te dé miedo.

Ella negó con la cabeza.

—No quiero hablar de eso —me dijo contra mi camisa.

—Está bien, te traeré una camiseta: hoy duermes conmigo.

No se quejó, ni siquiera cuando la ayudé a quitarse la camiseta y la cubrí con una de las mías. Ella se quitó los pantalones y se acercó hasta donde yo la esperaba. Le abrí mi cama y se metió dentro. Yo hice lo mismo y la atraje contra mi pecho, lo que había estado deseando desde hacía muchísimo tiempo. Había luchado contra mis sentimientos, incluso me había engañado a mí mismo al intentar sustituir lo que sentía por ella con rollos de una noche o al evitarla. Tenía miedo de que lo que me estaba pasando creciera tanto como para sentirme indefenso si no llegaba a salir bien. Pero no aguantaba más, estaba enamorado de ella, no podía evitar sentir lo que sentía, no podía nadar contra corriente. Decidí decírselo, arriesgarme, y abrir mi corazón después de doce largos años.

Le cogí la mano y la puse contra mi pecho, justo donde estaba mi corazón.

—¿Lo notas? —le pregunté viendo que me miraba con los ojos muy abiertos—. Nunca había latido así por nadie, solo lo hace cuando tú estás cerca.

Cerró los ojos y se quedó quieta.

—Cada vez que te veo me muero por besarte, cada vez que te toco solo sé que quiero estar haciéndolo durante toda la noche, Noah… Estoy enamorado de ti, por favor, deja ya de apartarte de mi lado, solo nos haces daño a los dos.

Ella abrió de nuevo los ojos y vi que se le habían humedecido y que me miraba de forma suplicante.

—Me da miedo que me hagas daño, Nicholas —susurró con voz desgarradora.

Le cogí la cabeza con fuerza, con determinación.

—Te prometo que no lo haré, nunca más —le contesté y entonces la besé. La besé como siempre había querido hacer: con toda la pasión y los sentimientos que sentía; la besé como cualquier hombre debería besar por lo menos una vez a una mujer, la besé hasta que ambos estuvimos temblando sobre la cama.

Me aparté solo para llevar mi boca a su cuello, solo para saborearla como yo quería, como había deseado desde hacía tiempo.

—Me vuelves loco, Noah —le confesé comiéndomela a besos, tirando de su oreja y besando su tatuaje.

Entonces ella hizo algo que nunca me habría esperado: me cogió la cara entre sus manos y juntó nuestras frentes.

—Si me quieres, antes tienes que escuchar toda la historia —dijo mirándome a los ojos. Aquel color miel se veía relucir entre sus pestañas, y sus pecas lucían adorables sobre sus mejillas y su pequeña nariz.

—Cuéntamelo, sea lo que sea lo superaremos juntos.

Me miró fijamente, intentando decidir si seguir adelante o no. Respiró profundamente y entonces lo soltó:

—Cuando tenía once años mi padre intentó matarme.

39

NOAH

Sabía que había llegado el momento de ser sincera, pero me daba miedo desenterrar aquellos recuerdos; solo de pensar en volver a derrumbarme como me había ocurrido en ese armario, me volvía loca de desesperación... Pero Nicholas acababa de confesarme que estaba enamorado de mí y no podía resistirme a algo así.

—Mi padre era alcohólico, lo fue durante casi toda mi vida... Era corredor de Nascar, no mi tío, sino él, y cuando se fracturó la pierna en un accidente tuvo que dejarlo. Eso lo transformó, dejó de comer, dejó de sonreír, dejó que la rabia y el dolor lo consumieran y entonces cambió. Yo solo tenía ocho años cuando le dio la primera paliza a mi madre. Lo recuerdo porque estaba en el lugar y en el momento equivocado cuando sucedió. Me caí de la silla por uno de sus golpes y acabé en el hospital, pero hasta que no cumplí los once años no volvió a ponerme la mano encima. A mi madre le pegaba casi todos los días: era algo tan rutinario que lo veía hasta normal... Ella no podía dejarle porque no tenía dónde vivir ni tampoco un buen sueldo para poder mantenerme. Mi padre cobraba una subvención de las carreras y así nos mantenía, pero, como ya te he dicho, era un borracho. Cuando llegaba a las tantas después de haber bebido la pagaba con mi madre. Ella estuvo a punto de morir dos veces debido a los golpes, pero nadie la ayudó, nadie quiso aconsejarla y ella tenía miedo de que si lo denunciaba le quitaran mi custodia. Aprendí a vivir con ello y cada vez que escuchaba los golpes o los gritos de mi madre me metía en mi habitación y me escondía debajo de las mantas. Apagaba todas las luces y esperaba a que los gritos se acabaran. Pero una vez eso no bastó... Mi madre tuvo que marcharse dos días a trabajar fuera y me dejó con él pensando que, como nunca me había puesto una mano encima, no correría peligro...

Es como si lo estuviese viendo... Llegó borracho y volcó la mesa de un golpe... Me escondí, pero finalmente me encontró...

Cuando escuché esas palabras supe que papá me haría daño. Quise explicarle quién era, que era Noah, no mamá, pero estaba tan borracho que no se enteraba. Todo estaba oscuro, no se veía ni un poco de luz...

—¿Quieres jugar al escondite? —me preguntó a voces y yo me encogí aún más bajo las mantas—. ¿Desde cuándo te escondes, zorra?

El primer golpe llegó poco después, y el segundo, y el tercero. Sin saber cómo, acabé en el suelo y entre golpe y golpe comencé a chillar y a llorar. Papá no estaba acostumbrado a eso y se enfadó aún más. ¿Dónde estaba mamá? ¿Era esto lo que ella sentía cada vez que él se enfadaba?

Me golpeó en el estómago y me quedé sin aire...

—Y ahora vas a ver lo que te espera por no haber sabido tratar al hombre de la casa —sentí que papá se quitaba el cinturón. Me había amenazado muchas veces con golpearme con él, pero nunca había llegado a hacerlo. Ahora pude comprobar lo que dolía. En uno de mis intentos por escapar, me levanté y él de un golpe rompió la ventana de mi habitación. Los cristales estaban por todos los lados, lo sabía porque rasgaron las palmas de mis manos y mis rodillas al intentar escapar gateando de allí...

Eso le molestó todavía más: era como si no me reconociera, como si no viera que la persona a la que estaba pegando era una niña de once años.

—No me mató, pero faltó poco. Yo conseguí zafarme y salté por la ventana... La cicatriz que tengo en el estómago es por un cristal que me clavé... —le dije sabiendo que las lágrimas habían regresado a mis ojos, solo que esta vez eran silenciosas—. Mis gritos advirtieron a los vecinos y la policía llegó a tiempo... Estuve dos meses bajo la tutela del Estado, ya que no consideraban que mi madre fuera capaz de cuidarme después de lo ocurrido...

Lo gracioso fue que recibí más palizas en esos dos meses que en todos los días con mi padre... Al final pude regresar con mi madre y a mi padre lo metieron en la cárcel. La última vez que lo vi fue cuando tuve que testificar contra él... Me miró con un odio tan profundo... No le he vuelto a ver.

Me quedé callada esperando una respuesta... que no llegó.

—Di algo —susurré en cuanto vi que él seguía callado.

Entonces bajó la mirada y vi que intentaba ocultar algo.

—Por eso temes la oscuridad —afirmó.

—La oscuridad revive esos recuerdos y me entra el pánico... Si no hubieses llegado a tiempo seguramente me habría dado un ataque más serio... Ya me ocurrió una vez cuando estuve en la casa de acogida... No fue nada agradable —conté intentando sonreír. Él no lo hizo, me observó unos instantes y después recorrió mi mejilla con uno de sus dedos.

Yo solté todo el aire que estaba conteniendo. Aún recordaba la vez que había estado a punto de contarle todo a Dan. Se había quedado tan de piedra que solo me había dejado llegar hasta la parte donde mi padre golpeaba a mi madre.

—Mandé a mi propio padre a la cárcel... ¿Eso no te hace replantearte lo que piensas sobre mí?

Él me observó con incredulidad.

—Noah, hiciste lo correcto, luchaste, sobreviviste... Lo único que quiero es meterte bajo mi cuerpo y protegerte con mi vida... Eso es lo que siento ahora mismo... y te juro que mataré a esos imbéciles que te metieron en ese armario, los mataré con mis propias manos...

—Nicholas..., soy mercancía estropeada —le dije con voz temblorosa.

Él me sujeto la cabeza y me miró con seriedad.

—No vuelvas a decir eso, ¿me has oído? —me ordenó, ahora dirigiendo su rabia hacia mí.

Supe que las lágrimas me inundaron el rostro porque sentí la humedad en las mejillas y en la boca.

—Nick..., tal vez no pueda tener hijos —le confesé mi mayor secreto, ese que tanto daño me hacía. La peor consecuencia de aquella fatídica noche—. Debido a los golpes... los médicos no creen que pueda llegar a quedarme embarazada... *nunca* —le informé con un sollozo silencioso.

Él me estrechó contra su costado.

—Eres la mujer más valiente y más increíble que he conocido en toda mi vida —me confesó apretándome fuerte y dándome besos en lo alto de la cabeza—. Podrás tener hijos, lo sé... y si no, pues adoptarás a un niño, porque no hay persona que pueda ser mejor madre que tú..., ¿me oyes? —Se colocó encima de mí y me miró a los ojos.

»Te quiero, Noah —dijo entonces y me dejó de piedra—. Te amo más que a mi vida y cuando llegue el momento te haré los niños más preciosos del mundo, porque tú eres hermosa y porque sé que terminarás superando toda esta mierda... Yo voy a estar a tu lado para que lo superes.

—No sabes lo que dices —repuse sintiendo miedo y alivio a la vez.

—Sé exactamente lo que estoy diciendo —replicó besándome los labios—. Quiero estar contigo, quiero besarte cuando me plazca, quiero protegerte de quienes quieran hacerte daño, quiero que me necesites en tu vida...

Lo observé maravillada por sus palabras.

—Te quiero, Nick —declaré sin ni siquiera ser consciente de que iba a hacerlo. Pero es que era la pura verdad—. He intentado evitarte y esconder lo que siento por ti..., pero te quiero... Te quiero con locura y quiero que hagas todas esas cosas que me estás diciendo, quiero que estés conmigo y que me quieras porque te necesito, te necesito más que el aire para respirar.

—Quiero besarte —me dijo como si lo que dijese fuese algo muy importante.

Le sonreí levantando la mirada.

—Pues hazlo —le contesté divertida.

Él seguía serio, me observaba con atención.

—No lo entiendes, quiero besarte por todas partes... Quiero tocarte, quiero sentir tu piel, quiero que seas mía, Noah... En todos los sentidos de la palabra.

Esa confesión me dejó clavada donde estaba. Mi corazón empezó a latir aceleradamente. Sentí mil sensaciones diferentes, pero no sabía si estaba preparada para dar ese paso...

Me cogió el rostro y me observó fijamente.

—Nunca había sentido esto por nadie... y me asusta, me asusta porque creo que me estoy volviendo loco.

Le cogí el rostro a mi vez y lo atraje hacia mí. Estaba perdido, lo veía en sus ojos. Nicholas nunca en su vida había estado más de unas cuantas horas con una mujer. No sabía ni lo que era el compromiso, pero desde que me había confesado su amor parecía otro completamente distinto. Yo también lo quería, lo sentía en mi corazón y en cómo mi cuerpo reaccionaba a sus caricias, a su cercanía, a su simple contacto... Estaba enamorada y daba miedo, como él había dicho, porque además esto no tenía nada que ver con cómo me había sentido estando con Dan. Esto era mucho más, mucho mejor y muchísimo más intenso.

Me cogió por las caderas y me atrajo hacia él. Me apretaba tan fuerte que dolía, pero no me importó porque entonces sus labios encontraron los míos y los besaron con ardor. Lo sentía en todas partes, y sus brazos eran fuertes y me sujetaban con esmero, con delicadeza, como si fuese un frasco que estuviese a punto de romperse.

Tiré de él dándole a entender que aceptaba. La sonrisa que surgió en su rostro me dejó sin aliento, pero pronto fue sustituida por un deseo intenso que me hizo palpitar. Con rapidez me quitó la camiseta y yo me estremecí cuando comenzó a besarme el ombligo y el bajo vientre. Verle así y sentir sus caricias me volvió loca... Sus manos me acariciaron la espalda y luego sentí sus dedos y después su boca encima de mi cicatriz. Me sacudí involuntariamente y le aparté.

—No —dijo él buscando mis ojos. Colocó su mano encima de la cicatriz y me miró—. No te avergüences de esto, Noah..., significa que eres más valiente que nadie, que eres fuerte...

Asentí sin poder decir ni una palabra. Ambos respirábamos entrecortadamente y sentía el latir de mi corazón contra mi pecho.

—Eres perfecta —agregó depositando calientes besos por todas partes.

Mis manos subieron lentamente por su espalda, pude sentir los músculos bajo su piel caliente y quise tocarlo por todas partes. Su mano empezó a acariciarme la pierna izquierda y a subir lentamente por mi piel, poniéndome la carne de gallina. Mi respiración empezó a acelerarse, no solo por los nervios sino por tener a ese hombre encima de mí y tocándome como lo hacía. Me volvía loca. Su boca regresó a mi boca, sus labios se posaron sobre los míos, una, dos, tres veces, antes de meterme la lengua y saborearme como si hubiese estado destinado a hacerlo toda su vida.

Cuando sus dedos se acercaron al centro de mi cuerpo, supe que debía confesarle un pequeño detalle: nunca lo había hecho con nadie, ni siquiera con Dan. A decir verdad, no habíamos pasado ni de la segunda fase, pero sentía que debía contárselo. Él ya tenía experiencia de sobra y de pronto me entró miedo.

—Nick... —pronuncié su nombre y él buscó mis ojos con los suyos—. Antes de seguir...

—Dime que no lo has hecho antes y menos con el imbécil de tu ex —me interrumpió y no pude evitar soltar una risa nerviosa.

—En realidad... —dije disfrutando de mi broma. Todo su cuerpo se puso tenso—. ¡Es broma, Nicholas! —exclamé unos segundos después—: Soy virgen... —Al revelarlo me puse colorada.

Él me sonrió y depositó un suave beso en la comisura de mis labios.

—Creo que lo sé desde el primer momento en que te vi... —admitió riéndose de mí. Le di un puñetazo en el hombro, pero supe que bromeaba para quitarle hierro al asunto. Entonces se puso serio.

—Podemos dejarlo si aún no estás preparada —me dijo con sinceridad, pero vi cómo le costaba darme esa posibilidad.

—Lo estoy —afirmé, en cambio—. Quiero hacerlo..., pero antes prométeme una cosa.

Me miró con atención.

—Lo que quieras.

No pude evitar sonreír.

—Prométeme que será inolvidable.

Un amor y un cariño infinito se reflejaron en sus ojos.

—De eso no te quepa duda.

Su boca se separó de mis labios para ir bajando delicadamente por mi cuello hasta mi hombro. Lamió mi piel caliente y me causó un estremecimiento de placer que se conectó directamente con mi entrepierna. Él estaba aún vestido, y mis manos bajaron para poder quitarle la camiseta. Se separó de mi cuerpo y tiró hacia arriba en un movimiento sexi que me dejó sin resuello. Sus ojos se clavaron en mi rostro, ardientes de deseo, y mis piernas le rodearon las caderas para acercarlo a mí. No sé qué necesitaba, pero solo quería que su cuerpo estuviese en contacto con el mío, que no hubiera ni aire entre nosotros.

Empujó con suavidad sus caderas contra las mías y sentí un pinchazo de placer que me hizo cerrar los ojos y arquear la espalda.

—Eres hermosa —declaró bajando sus dedos hasta mi bajo vientre. Con cuidado se acercó hacia la tela de mi ropa interior, sus ojos aún fijos en los míos—. Si quieres que pare puedes decírmelo, Pecas, porque por mucho que me muera por estar dentro de ti, justo ahora, no quiero hacerlo si tú no estás lista.

No pensaba echarme atrás, esto era lo que quería; es más, lo necesitaba, lo necesitaba conmigo, necesitaba que aliviara aquella presión que llevaba meses sintiendo en mi interior, esa presión que se avivaba cuando nos besábamos, cuando nos tocábamos o incluso cuando discutíamos a gritos.

—Lo estoy, Nick —asentí en voz baja. Su ojos recorrieron mis piernas desnudas, desde los pies hasta los muslos, luego mi estómago, mis pechos... hasta volver a posarse en los míos.

—Te crearon para ser mi tortura personal —sentenció bajando otra vez sobre mi cuerpo y presionando con el suyo partes que nunca habían ardido como lo hacían ahora. Notaba su corazón acelerado al igual que su respiración. Mis dedos temblorosos bajaron hasta colocarse sobre su cinturón, y todo él se tensó cuando intenté que se quitara los pantalones.

Entonces todo se volvió muy intenso, y la lentitud con la que nos habíamos estado tocando pasó a convertirse en un remolino de sensaciones.

Nick me dio la vuelta y me colocó encima de él. Yo tiré de sus vaqueros hacia abajo hasta dejarle solo con los bóxeres negros que llevaba. Me sorprendió ver el bulto duro que se escondía bajo la tela, pero él no me dejó tiempo para darle demasiadas vueltas. Sus manos en mis caderas me movieron hasta colocarme justo encima de su erección. Nuestros cuerpos, aún cubiertos con nuestra ropa interior, se apretaron haciéndonos gemir. Mis manos bajaron desde sus hombros hasta su estómago acariciando sus abdominales. Mi boca siguió ese mismo camino; de repente solo quería lamer su cuerpo, morderlo, saborearlo con mi boca y con mi lengua y eso fue lo que hice. Cada gruñido que salía de entre sus labios me instaba a seguir. Chupé la parte oculta de su cuello, y tiré del lóbulo de su oreja a la vez que él empujaba hacia arriba con sus caderas, dándome placer con el simple roce de nuestros cuerpos.

—Joder, Noah —exclamó entonces, volviendo de nuevo hasta colocarse encima de mí. Su mano ascendió por mi muslo y subió mi pierna obligándome a rodearle con ella.

—Tócame, Nick..., lo necesito —dije pidiendo algo que no entendía, que no comprendía.

Entonces sus dedos se abrieron paso bajo mi ropa interior y arqueé la espalda, desesperada cuando empezaron a trazar delicados círculos justo sobre aquel lugar que me dolía de placer.

—Noah..., sabes que no quiero hacerte daño, ¿verdad? —me planteó entonces y vi a través de la neblina de placer que me proporcionaba que estaba preocupado—, pero voy a tener que hacerlo, amor.

—Lo sé —respondí y entonces sentí cómo sus dedos bajaban más abajo hasta que uno de ellos se coló en mi interior—. ¡Dios..., Nick! —exclamé cuando empezó a tantearme, abriéndome para lo que estaba por venir.

—Los ruidos que haces me están volviendo loco —comentó y sentí cómo otro dedo se abría paso junto al primero. Su boca se apoderó de la mía para acallar el grito ahogado que salió de entre mis labios. Con su otra mano subió por mi espalda y me desabrochó el sujetador. ¡Dios, iba a verme los pechos...! Nunca nadie me los había visto, pero estaba tan ida que apenas tuve tiempo de pensar en ello. Su mano se posó en mi pecho izquierdo y gemí cuando su boca se apoderó de mi pezón, rodeándolo con sus labios y acariciándolo con su lengua...

—Joder, eres perfecta, estás hecha justo para mí, Noah... —dijo y entonces sentí cómo tiraba de sus bóxeres hacia abajo. Sus dedos habían salido de mi interior y me sentí repentinamente vacía y frustrada. Abrí los ojos y lo observé desnudo, delante de mí. Me quedé prácticamente con la boca abierta.

—¡Maldita sea, no me mires así! —me pidió con voz ronca mientras se estiraba hasta abrir el cajón de su mesilla de noche y sacaba lo que supuse que era un preservativo. Estaba alucinada por lo que mis ojos inocentes veían, pero me excitaba todo lo que hacía, cómo se movía, cómo fruncía el ceño, y su respiración descontrolada hacía que su pecho y sus músculos resaltaran sobre su cuerpo. Dios, quería hacerlo, deseaba tenerlo dentro de mí, no había nada que deseara más.

Cuando se abrió paso entre mis piernas y se colocó encima, mi cuerpo era un cúmulo de nervios a punto de explotar, ambos estábamos tan tensos que dolía.

—Te amo, Noah —declaró entonces, cuando su boca solo estaba a unos centímetros de la mía. Sus ojos azules me miraron de una forma que hasta ese momento nunca había presenciado... Sus palabras me hincharon de felicidad, y supe que estaba haciendo lo correcto, que esto debía pasar, que Nicholas me quería, a pesar de todo lo que habíamos pasado, a pesar del odio que habíamos jurado sentir el uno por el otro, era algo casi obvio que esto iba a terminar ocurriendo.

Mis manos subieron hasta sus hombros y lo animaron a seguir.

Con cuidado se colocó justo encima de mí y empecé a sentir cómo poco a poco entraba en mi interior. Todos mis músculos internos se tensaron, y gemí cuando con una arremetida se introdujo aún más adentro. Estaba intentando no hacerme daño, el sudor caía por su espalda y su cuerpo estaba tenso por el esfuerzo.

—Hazlo rápido, Nick —dije empujándole con mis piernas.

—¿Estás segura? —me susurró al oído.

Asentí y sus labios me besaron detrás de la oreja. Colocó sus brazos a ambos lados de mi cabeza y sentí que respiraba de forma descontrolada.

Entonces se movió, con firmeza hasta atravesar aquella barrera que nos separaba, la última barrera que se alzaba entre nosotros porque todas las demás ya habían sido derrumbadas. Sentí un pinchazo de dolor, intenso y ardiente que me hizo soltar un grito ahogado, y entonces estuvo totalmente dentro de mí. Éramos una sola persona, estábamos conectados de una manera única y poderosa y la abrumadora sensación de sentimientos que me embargaron hicieron que se me escapase una lágrima cuando sus ojos buscaron los míos alentándome a que lo mirase.

—Noah..., Noah —dijo asustado, mientras con una mano cogía mi rostro y lo acariciaba con cuidado—. Lo siento... Lo siento, cielo.

—No... —lo interrumpí rodeándole el cuello con los brazos, abrazándolo y acercándolo a mí—. Estoy bien, no pares ahora.

Me observó unos instantes y entonces se movió. El dolor seguía estando, pero solo ver el placer en el rostro de Nick me ayudaba a olvidarme de él; quería darle esto, quería que lo recordara siempre.

—Dios, Noah... No sabes lo bien que me haces sentir —comentó saliendo de mi interior y entrando con un poco más de fuerza que antes. Solté un grito medio de placer medio de dolor y cerré los ojos con fuerza—. No, no, Noah, mírame —me pidió cogiendo mi barbilla con sus dedos y obligándome a ver lo que me hacía—, me muero en ti, Noah —dijo volviendo a arremeter y consiguiendo que esta vez el dolor desapareciese por completo. A la siguiente arremetida mi espalda se arqueó, recibiéndole con ganas, y el gruñido de placer que soltó me volvió completamente loca... le estaba gustando, estaba disfrutando conmigo, yo conseguía ponerle en ese estado, solo yo, nadie más.

Tiré de su pelo con fuerza.

—¡Más rápido! —exigí y lo hizo, sus arremetidas se intensificaron y mi cuerpo empezó a volverse loco, no controlaba absolutamente nada y una oleada de algo magnífico empezaba a formarse y a amenazar con llevarse todo a su paso.

—Ahora ya eres mía —me dijo entonces y mis manos tiraron con fuerza de su pelo consiguiendo que soltase un gruñido entrecortado entre dolor y placer—. Solo mía... Dilo, Noah... Dilo.

—Soy tuya —dije arañándole la espalda.

Entonces todo pareció detenerse, todos mis sentidos estallaron de mil formas diferentes y nada a mi alrededor pareció importante, solo la persona que estaba justo sobre mí, solo él, solo Nick. Grité cuando el orgasmo nos arrasó a ambos, dejándonos exhaustos, sudorosos y con nuestras respiraciones agitadas a más no poder. Apoyó su frente contra mi hombro y mis dedos dejaron de clavarse en su piel. Me relajé, disfrutando de los últimos ramalazos de placer que aún recorrían mi organismo, y dejé que mis dedos bajaran por su espalda, en una sutil caricia.

Su frente se despegó de mi hombro, y sus labios ocuparon su lugar, me besó tiernamente y subió el rostro hasta mirarme a los ojos.

—Eres increíble —dijo juntando su frente con la mía—, te amo... Te amo desde el mismísimo momento en el que dijiste que me odiabas.

Me reí de su comentario, pero mi corazón se hinchó de forma preocupante.

—Solo he odiado no tenerte para mí.

—Ahora me tendrás; soy todo tuyo, en cuerpo y alma... Todo tuyo.

40

NICK

Acostarme con Noah había sido la experiencia más alucinante de mi vida. Aún ni siquiera podía creerme que hubiese ocurrido, todavía seguía creyendo que todo era un sueño. Llevaba pensando en esto desde que la había visto por primera vez con un vestido ajustado y me había dado cuenta de lo hermosa que era, pero ¿que me dejara hacerle el amor...? Aún estaba en el cielo. Sentirla bajo mi cuerpo y poder acariciarla a mi antojo me había proporcionado más placer que el que había obtenido en todos mis años de relaciones con mujeres. Ahora ella era mía, mía para siempre porque no pensaba dejarla escapar.

Con todo lo que había ocurrido y con todo lo que me había contado no sabía ni de qué forma habíamos llegado hasta ese punto pero por fin había podido derribar ese muro que nos había separado desde el principio. Noah había tenido una infancia horrible, tan sumamente traumática que aún después de seis años seguía trayéndole consecuencias e inconvenientes en su vida cotidiana y yo apenas podía contener las ganas de ir en busca del cabrón de su padre y matarlo por lo que le había hecho. También estaba bastante cabreado con su madre. ¿Qué clase de idiota deja a su hija de once años con un maltratador? No quería que Noah lo supiese, pero culpaba a Raffaella tanto como a su padre y no esperaba el momento de poder dejárselo claro. Aun así, y después de todo lo que me había confiado, yo seguía teniendo el presentimiento de que me ocultaba algo. No sabía muy bien qué podía ser, pero aún había un atisbo de preocupación en sus ojos y yo quería averiguar a qué se debía.

Ahora mismo la tenía dormida entre mis brazos. Mi mente regresó a lo que habíamos estado haciendo y casi la despierto para poder empezar donde acabamos. Había una pequeña lucecita encendida y con el reflejo de la luz pude admirar lo hermosa que era. Era increíblemente guapa, tanto que te dejaba sin aliento. Y qué decir de su cuerpo... Haber podido tocarla y darle placer habían sido dos de las cosas más provechosas que había hecho en toda mi vida... y *cómo* había disfrutado.

Entonces escuché que mi teléfono móvil empezaba a vibrar. No quería que Noah se despertara, por lo que lo quité de la mesilla y dejé que vibrase en silencio. Fuera quien fuese podía esperar...

La abracé con fuerza atrayéndola contra mi costado y ella abrió los ojos un poco adormecida.

—Hola —saludó en ese tono tan agradable que había empezado a usar conmigo hacía un día exactamente.

—¿Te he dicho ya lo increíblemente guapa que eres? —le comenté colocándome encima y disfrutando de que ya estuviese despierta. Había ansiado besarla desde hacía ya por lo menos una hora.

Me devolvió el beso solo como ella sabía hacer y me abrazó presionándome los hombros.

—¿Te encuentras bien? —le pregunté dudoso, la verdad es que había tenido todo el cuidado del mundo, nunca había tenido tanto miedo de poder hacerle daño a una persona, pero después de lo que había escuchado del pasado de Noah, no quería que sufriera ni un maldito rasguño.

—Tengo hambre —comentó riéndose bajo mis labios.

La observé detenidamente, sus mejillas estaban teñidas de un color rosado, casi febril, aunque era normal teniendo en cuenta que no la había soltado en toda la noche mientras dormía plácidamente junto a mí.

—Yo también —convine pasando a besarle la mejilla y la garganta en ese punto que sabía que la volvía loca.

Soltó una carcajada y me cogió del pelo con suavidad para que la mirase.

—Hambre de comida —puntualizó sonriéndome. ¿Por qué una sonrisa suya podía volverme completamente loco?

—Está bien, vamos a comer —propuse tirando de ella hacia la ducha. Nos metimos juntos bajo el agua y nos duchamos y le dejé una camiseta mía mientras yo me ponía unos pantalones de chándal.

No podía agradecerles más a nuestros padres que se hubiesen marchado aquel fin de semana.

—¿Qué te apetece? —le pregunté mientras llegábamos y ella se sentaba frente a la isla.

—¿Sabes cocinar? —dijo indulgente y sin dar crédito.

—Claro que sí, ¿qué te creías? —repuse sonriéndole y cogiéndole todo el pelo formando una coleta en mi mano. De aquella forma era fácil tirar de ella hacia atrás y tener camino libre para besarla a mi gusto.

—Me refiero a algo comestible —puntualizó mientras se reía. Ese sonido era el mejor del mundo; la sintonía perfecta para la mañana perfecta.

—Te haré tortitas, para que no te quejes —le dije obligándome a soltarla.

—Yo te ayudo —se ofreció entonces saltando de la silla y yendo directamente a la nevera. Cocinamos mano con mano; yo hice la masa y ella se encargó de hacer batido de fresa para ambos. Después nos sentamos a la mesa y comimos uno del tenedor del otro. Fue exquisito mancharla con sirope y después lamerla para limpiárselo. Nunca había hecho algo parecido con nadie y comprobé que la comida de esa forma era mucho más apetecible. Por fin las cosas estaban como debían: Noah era mía y se la veía feliz. Y yo también lo era, después de muchísimos años sin confiar en ninguna mujer me había buscado a una tan complicada, pero tan exquisitamente perfecta, que podía devolverme la confianza y el amor que me había sido arrebatado a una edad tan temprana. Ahora que lo analizaba de aquella manera, Noah y yo teníamos varias cosas en común. Ella había perdido a un padre a los once y yo había perdido a mi madre a los doce. Los dos habíamos compartido sufrimiento a una edad temprana y ahora nos habíamos encontrado para poder ayudarnos a superarlo.

—Hay algo que quiero hacer —anunció entonces mientras se comía su último trozo de tortita—. Déjame tu móvil.

Sin saber qué es lo que quería, pero sin dudarlo ni un segundo se lo tendí.

—Ya que eres mi novio... —dijo observándome con cautela y yo le sonreí. Me gustaba ese calificativo. Sí, era su novio y ella era mi novia; *mía*. Me gustaba cómo sonaba—. Voy a borrar a todas las chicas de esta agenda de contactos menos a mí y a Jenna —me informó y me empecé a reír.

—Tú ríete, pero lo digo en serio —replicó desbloqueando mi móvil y entrando en mi agenda.

—Puedes hacer lo que quieras, no me importa —afirmé—, pero no borres ni a Anne ni a Madison... Creo que se me podrá permitir seguir hablando con mi hermana, ¿no? —planteé levantándome y llevando los platos al fregadero.

—¿Quién es Anne? —dijo ella arrugando la nariz. Era consciente de que ese nombre se parecía demasiado a Anna, por eso me apresuré a explicárselo.

—Anne es la asistenta social que me trae a Madison cuando me toca verla; me mantiene al día de lo que ocurre en su vida y me llama si pasa algo.

Ella asintió y luego frunció el ceño.

—Tienes una llamada perdida de ella, de hace una hora —me informó; entonces la pantalla se iluminó y como si nos hubiese estado escuchando apareció el nombre de Anne en ella—. Ahí está otra vez —anunció y le quité el móvil de la mano con el semblante preocupado.

Era muy temprano para que Anne me llamara.

—¿Nicholas? —dijo su voz desde el otro lado de la línea.

—¿Qué ocurre? —pregunté sintiendo el miedo en la boca del estómago.

—Es Madison —respondió con calma, pero pude notar el timbre de alarma en su voz—. La han ingresado en el hospital, al parecer se han olvidado de darle insulina en las últimas veinticuatro horas y ha tenido una recaída... Creo que deberías venir.

Casi rompo el teléfono de lo fuerte que lo estaba sujetando.

—¿Está grave? —la interrogué sintiendo el miedo más grande de toda mi vida.

—No sé nada más —admitió y entonces asentí y colgué el teléfono.

Noah me miraba con el semblante blanco. Se puso de pie y fue hasta mi lado al escuchar la conversación.

—¿Qué ha ocurrido? —inquirió con la voz llena de alarma.

—Es mi hermana, la han ingresado, no sé qué es lo que tiene, algo de que no le han dado insulina... —contesté atropelladamente mientras pensaba qué hacer a continuación—. Tengo que irme —decidí y salí corriendo hacia mi habitación. Noah me siguió, pero ahora mismo solo podía pensar en mi hermana de cinco años y en que algún imbécil se había olvidado de administrarle la medicación.

—Voy contigo —afirmó colocándose frente a mí.

La observé unos segundos y después asentí. Sí, quería que estuviese conmigo. Mi madre iba a estar allí... y hacía más de tres años que no la veía.

41

NOAH

Nunca le había visto tan preocupado, o bueno sí, si contábamos la pasada noche cuando me había encontrado gritando encerrada en el armario. Ahora estaba igual. El semblante triste y el entrecejo fruncido. Estábamos en su coche. Con una mano conducía y con la otra cogía mi mano apoyada en la palanca de cambios. Era increíble cómo sus preocupaciones podían importarme y afectarme tanto. Quería borrar esa tristeza y hacerlo sonreír como en las últimas horas, pero sabía que sería inútil. Había pocas personas por las que Nicholas Leister podía derrumbarse y darlo todo, y sabía perfectamente que su hermana era una de ellas. Con lo poco que me había contado acerca de su madre tenía claro que la odiaba o por lo menos que no quería saber nada de ella. Que no le hubiesen dado insulina a su hermana teniendo en cuenta que era diabética era un motivo perfectamente comprensible para odiarla aún más.

Condujimos casi todo el trayecto en silencio. Me daba pena que, después de haber estado tan compenetrados y felices, todo hubiese desembocado en algo como aquello, pero por lo menos él me besaba la mano de vez en cuando o se volvía y me acariciaba la mejilla con nuestras manos unidas. Era muy cariñoso y cada una de sus caricias me provocaba un dolor profundo en el centro de mi vientre. Acostarme con él había sentado un precedente y no iba a poder pensar en otra cosa cuando me tocase de aquel modo.

No nos detuvimos ni para comer algo. Cuando llegamos a Las Vegas, seis horas más tarde, nos fuimos directamente al hospital.

Madison Grason estaba en la planta cuatro de pediatría y nada más saberlo fuimos corriendo hasta allí. Al llegar a la sala de espera solo vimos a una pareja y una mujer regordeta. Esta se acercó a la puerta al ver que Nick se quedaba plantado mirando a la mujer que había detrás.

—Nicholas, no quiero que montes ningún número —le advirtió la mujer mirándonos alternativamente. A mi lado, Nick se había puesto tenso y apretaba la mandíbula con fuerza.

—¿Dónde está? —preguntó desviando los ojos de la mujer, que ahora se había levantado y miraba a Nick con preocupación.

—Está durmiendo; le han estado suministrando insulina para contrarrestar los niveles altos de glucemia, está bien, Nicholas, se recuperará —dijo para tranquilizarlo.

Apreté con fuerza su mano, quería que se calmara, pero estaba casi temblando.

Pasó por delante de Anne, la asistenta social y fue directo hasta la otra mujer. Era rubia y muy guapa y al verla de cerca supe exactamente quién era: su madre.

—¿Dónde coño estabas para que pasase algo así? —le soltó sin ni siquiera saludarla. El hombre calvo que había a su lado se puso entre los dos, pero la mujer lo evitó.

—Nicholas, fue un accidente —se disculpó ella mirándolo con los ojos apenados, pero manteniendo la calma.

—Deja a mi mujer en paz, bastante preocupados estamos como para que tú encima...

—¡Y una mierda! —exclamó él aún sin soltarme la mano. Me la sujetaba con tanta fuerza que me hacía daño, pero no pensaba soltarme: me necesitaba en aquel momento—. ¡Necesita insulina tres veces al día, es fácil, cualquier idiota lo sabría, pero la rodeáis de niñeras estúpidas e ineptas y os quedáis tan tranquilos!

—Madison sabe que debe inyectársela y no dijo nada, Rose pensó que ya se la habían dado... —explicó el calvo, pero otra vez Nick lo interrumpió.

—¡Tiene cinco años, joder! —gritó fuera de sí—. ¡Necesita a su madre!

Aquello era más que una simple discusión sobre la hermana de Nicholas. Se veía. A la vez que le gritaba por ella también lo hacía por él. No me había dado cuenta de lo dolido que había estado hasta ese momento, pero debía de haber sido duro haber perdido a su madre a una edad tan temprana... Yo había perdido a mi padre... Bueno, más bien me habían salvado de él, pero mi madre siempre había estado ahí; Nicholas no había tenido a un padre que le quisiese, sino uno que le daba dinero... Odié a esa mujer por haberle hecho daño y odié a William por no haber tenido corazón para su hijo.

Tiré de él hacia atrás cuando un médico apareció en la sala.

—¿Familiares de Madison Grason?

Los cuatro nos volvimos hacia él.

El médico vino hacia nosotros.

—La pequeña responde al tratamiento, se recuperará, pero debe quedarse ingresada esta noche, quiero controlar sus niveles de glucosa y tenerla vigilada.

—¿Qué tiene, doctor? —preguntó Nick dirigiéndose solamente a él.

—¿Usted es...?

—Soy su hermano —respondió con frialdad.

El médico asintió.

—Su hermana padece de cetoacidosis diabética, señor... —Todos lo miramos esperando a que se explicara—. Esto se produce cuando el cuerpo, al no tener la suficiente insulina, utiliza las grasas como fuente de energía. Las grasas contienen cetonas que se acumulan en la sangre y a altos niveles producen la cetoacidosis —prosiguió el médico mientras yo intentaba comprender todas esas palabras raras.

—¿Y qué hay que hacer cuando eso ocurre? —preguntó Nicholas.

—Bueno, su hermana tenía los niveles de glucemia bastante altos, por encima de trescientos, debido a que su hígado produjo glucosa para tratar de combatir el problema; sin embargo, las células no pueden absorber la glucosa sin la insulina; le hemos estado administrando las dosis necesarias y parece que se va recuperando. Hay que hacerle más pruebas, pero no deben preocuparse. Me inquieté cuando la trajeron porque había perdido muchos líquidos al haber estado vomitando, pero se pondrá bien. Lo peor ya lo hemos descartado y los niños son fuertes.

—¿Puedo verla? —dijo Nicholas.

—Sí, se ha despertado, y si usted es Nick le animo a que pase, ha estado preguntando por usted. —Observé cómo Nick apretaba fuertemente la mandíbula. Saber que su hermana había estado a punto de sufrir algo mucho peor por culpa de sus padres debía de estar matándolo.

—Ven conmigo, quiero que la conozcas —me indicó tirando de mí otra vez. Por un momento había creído que iba a entrar solo, pero ver que quería que conociese a alguien tan importante para él me infló de alegría.

Fuimos juntos hasta la habitación de Madison y en cuanto entramos me fijé en la niña minúscula, la más bonita que había visto en mi vida, que estaba sentada en la cama de hospital.

En cuanto vio a Nick sus bracitos se levantaron y se le formó una sonrisa en sus labios carnosos.

—¡Nick! —lo llamó haciendo una mueca de dolor, ya que tenía puesta una vía y seguramente le había hecho daño al levantar el brazo.

Nicholas me soltó por vez primera en varias horas y fue corriendo hasta donde estaba su hermana. Observé con curiosidad cómo abrazaba a la pequeña y se sentaba junto a ella en la inmensa cama.

—¿Cómo estás, princesa? —le preguntó y sentí una punzada en el corazón. Haberle visto tan mal me había afectado de una manera que no sabía cómo explicar.

La niña era guapísima, pero muy pequeña para tener ya cinco años. Estaba pálida y tenía grandes ojeras moradas debajo de los ojos. Me dio tanta lástima verla que sentí alivio cuando sonrió.

—Has venido —comentó sonriente.

—Claro que he venido... ¿Qué te creías? —replicó él cogiéndola y colocándosela con cuidado en su regazo mientras él apoyaba la espalda en la pared. Automáticamente la niña subió una de sus manitas y comenzó a despeinarle el pelo.

Sonreí ante esa estampa. Nunca se me habría pasado por la cabeza que Nicholas pudiese tratar a una niña como trataba a Madison; para ser exactos, nunca me lo habría imaginado con ningún niño a su alrededor. Nick era el típico hombre al que lo asocias a mujeres guapas, droga y rock and roll.

—Mira, Maddie, te voy a presentar a alguien especial, ella es Noah —dijo señalándome. Por primera vez la niña pareció verme. Hasta entonces solo había tenido ojos para su hermano mayor y ¿quién no? Pero ahora fijó sus ojos azules idénticos a los de Nick en mi persona.

—¿Quién es? —preguntó mirándome con el ceño fruncido.

Antes de que pudiese contestar que era una amiga, Nicholas me interrumpió:

—Es mi novia —declaró y escuchar salir de sus labios esa palabra me produjo un cálido cosquilleo en el estómago.

—Tú no tienes novias —repuso ella aún mirándome preocupada.

Me acerqué hasta ellos.

—Tienes razón, Maddie, pero creo que lo he hecho cambiar de opinión —afirmé sonriéndole. Me había hecho gracia su comentario.

—Me gusta tu nombre, es de chico —declaró y a su lado Nicholas soltó una carcajada. No pude evitar reírme también.

—Vaya, gracias, no sé qué decir. —«De tal palo tal astilla», pensé al recordar el comentario de Nick sobre mi nombre cuando nos conocimos.

—Seguro que los chicos te dejan jugar al fútbol con ese nombre —comentó entonces y no puede evitar reírme de verdad.

—¿Te gusta el fútbol? —le pregunté sin podérmelo creer. Tal como la llamaba Nicholas, esa niña tenía más pinta de ser una princesa que de ser una crack del fútbol.

—Sí, mucho —contestó entusiasmada—. Nick me regaló una pelota muy chula, es fucsia —me contó mirándolo y moviendo la manita sobre el pelo de Nick. Hum, a mí también me apetecía acariciarle el pelo...

Pasamos un buen rato con Maddie y me di cuenta de que era una niña adorable. Muy espabilada para su edad y muy graciosa, pero se la veía agotada, de manera que pronto tuvimos que dejarla descansar.

Al salir de la habitación nos encontramos con la madre de Nick. Contrariamente a lo que se espera de cualquier madre preocupada por su hija, ella parecía envuelta en un aura de impenetrabilidad. Observó a su hijo de forma impasible, pero un ademán nervioso de su mano hizo que me percatara de que verlo en cierto modo la afectaba.

—Nicholas, quiero hablar —anunció pasando sus ojos de su hijo a mí alternativamente.

—Os dejo solos... —comencé a decir, pero él me sujetó con fuerza la mano.

—No tengo nada que hablar contigo —le espetó con frialdad.

—Por favor, Nicholas... Soy tu madre, no puedes evitarme toda tu vida... —dijo. Al parecer no le importaba que yo estuviese allí escuchando. Nicholas estaba tenso como las cuerdas de una guitarra.

—Dejaste de ser mi madre en el preciso instante en que me abandonaste por ese imbécil que tienes como marido... —señaló él tajante. Daba incluso miedo verle así, tan serio.

—Cometí un error —reconoció ella simplemente, como si abandonar a un hijo fuese una equivocación cualquiera—. Ya no eres un niño, es hora de que me perdones por lo que hice.

—Eso no fue cometer un error, desapareciste durante seis años, ni siquiera me llamaste para ver cómo estaba... ¡Me abandonaste! —gritó y no pude evitar pegar un salto. Su madre lo miró entre sorprendida y asustada—. No quiero volver a verte, y si estuviese en mi mano te quitaría a esa preciosa niña que no te mereces tener como hija —sentenció y entonces salimos de allí. Tiró de mí por un pasillo y por otro hasta que llegamos a uno que estaba completamente vacío. Abrió una puerta y entramos en un armario que estaba iluminado por una pequeña ventana que había en la parte de arriba.

Entonces, al observar su rostro, lo vi completamente perdido, su respiración acelerada y sus ojos brillantes por la furia o la tristeza, no estaba segura. Sentí tanto miedo al verlo así que ni me di cuenta de lo que ocurría cuando me apretujó contra la pared y buscó mis labios con los suyos.

—Nicholas —pronuncié su nombre con voz temblorosa acariciándole el rostro, pero él estaba fuera de sí. Sus emociones estaban fuera de control… Se apoderó de mi boca sin dejarme decir una palabra.

—Gracias por estar aquí —susurró y al notar el desgarro de su voz coloqué mis manos en sus mejillas y lo busqué con la mirada—. Creo que nunca superaré que me dejara y se marchara sin más. Pero ahora que estás aquí, ahora que te tengo y sé lo que se siente al estar enamorado… No me importa lo que hizo, Noah, ya no. Tú has conseguido cerrar una herida que aún sangraba, y te quiero todavía más por ello.

Sentí que las lágrimas acudían a mis ojos y una sonrisa triste se dibujó en sus labios.

—Ven aquí —murmuró antes de besarme.

Fue la segunda vez que hicimos el amor… y estuvo empañada por los malos recuerdos del pasado.

Después de aquello nos fuimos a comer algo. La siguiente hora de visita no sería hasta después de un par de horas, por lo que hicimos una visita turística rápida por Las Vegas. Yo nunca había ido y me resultó tan impresionante como aparecía en las películas. Mirara donde mirase había edificios enormes, hoteles impresionantes y espectáculos para disfrutar. No quería ni imaginar cómo sería eso de noche, pero no iba a poder quedarme hasta tan tarde…

—Mañana le daremos el alta, está mejor de lo que esperaba, incluso podría irse hoy si no quisiera tenerla bajo observación unas cuantas horas más —nos informó el médico.

Ya eran las cinco de la tarde y si queríamos estar en Los Ángeles antes de medianoche deberíamos irnos ya. Nicholas no parecía querer dejarla, pero su madre estaba allí y ahora sabía lo difícil que era eso para él.

—Regresaré esta misma semana —le aseguró a la niña, a quien se le habían puesto los ojos llorosos—. El miércoles estaré aquí y te traeré un regalo para poder divertirnos —dijo abrazándola con cuidado, pero con cariño.

—¿Dentro de dos días? —preguntó ella haciendo pucheros.

—Solo dos —convino Nick dándole un beso en lo alto de su cabeza rubia.

Cuando salimos del hospital supe que estaba destrozado y agotado, y no era para menos. Había sido un día cargado de emociones y sensaciones, y no solo ese día, sino también el anterior. A los dos nos vendría bien dormir a pata suelta unas cuantas horas.

—¿Quieres que conduzca yo? —me ofrecí nada más llegar al coche. Él me miró con una sonrisa divertida y me acorraló contra la puerta del conductor.

—Creo recordar que el último coche al que te subiste lo perdí por causas mayores —comentó observándome fijamente.

—Nunca vas a dejar de recordármelo, ¿verdad? —repliqué poniendo los ojos en blanco.

—Jamás, Pecas —sentenció él dándome un beso fugaz en los labios.

Me aparté de él y fui a subirme al asiento del copiloto. De ahí en adelante todo fueron paradas para beber mucho café y mucha música en la radio para mantenernos despiertos.

Al llegar a casa ni siquiera nos detuvimos en pensar que nuestros padres ya habían llegado. Nicholas tenía un brazo rodeando mis hombros y yo uno en torno a su cintura cuando subíamos, agotados, las escaleras del porche.

Ver a mi madre fue como regresar a la realidad. Ambos pegamos un salto y nos apartamos como dos imanes de polos iguales.

—Por fin llegáis, estaba empezando a preocuparme —comentó ella acercándose y dándome un abrazo fuerte. Hacía dos días que no la veía y con todo lo que había ocurrido, con los recuerdos de mi padre y todo lo relacionado con Nick, no pude evitar abrazarla con más fuerza de la necesaria.

—Me has echado de menos, ¿eh? —preguntó soltando una risita.

Después de saludar a Nick entramos en la casa y nos sometimos a un interrogatorio sobre cómo estaba la hermana de Nick. Al parecer, él los había llamado para que supieran dónde estábamos y William había estado muy preocupado por el estado de salud de Maddie.

—Me alegro de que esté bien —declaró levantándose del sofá.

Nick estaba en la otra punta de la habitación frente a mí y yo en el otro lado. Fue tan raro no estar juntos ni tocándonos que sentí un vacío repentino en el pecho. Me había acostumbrado a tenerlo pegado a mí las últimas cuarenta y ocho horas y ahora necesitaba tenerlo cerca. Él me observaba desde el otro lado con una mirada intensa y llena de promesas.

—Estoy cansada, si no os importa voy subiendo ya... Mañana tengo clase —dije mirándolo fijamente antes de subir.

Mi madre había estado viendo una película con Will, por lo que aún les quedaba un rato antes de acostarse.

—¿Te quedas, Nick? —le preguntó mi madre y no pude evitar fulminarla con la mirada desde donde estaba. Suerte que no se dio cuenta.

A Nicholas, en cambio, se le dibujó una sonrisa divertida.

—Yo también debería subir ya... Es tarde y también tengo clase. Buenas noches —se despidió rodeando el sofá y colocándose a mi lado.

Juntos nos encaminamos hasta las escaleras y no sé si fue por la sensación de estar haciendo algo malo o por el simple hecho de que nuestros padres estaban abajo y que se volverían locos si se enteraban de lo nuestro, pero cuando Nick me empujó contra la pared junto a mi puerta y me metió mano descaradamente, no pude evitar que todo me resultase de lo más excitante.

—Vente a mi cama, duerme conmigo —me dijo al oído. Mientras hablaba iba besando, lamiendo y mordisqueando toda la base de mi cuello.

—No puedo —contesté echando el cuello hacia atrás y emitiendo un sonido suave de placer.

—No puedes hacer esos ruidos y pretender que no te lleve a la cama —me reprochó presionándome con sus caderas de un modo que me volvía loca.

Solté una risita ahogada y cerré los ojos con fuerza.

—Mi madre puede subir en cualquier momento, Nicholas —le advertí mientras su mano subía por mi pierna y me acariciaba el muslo izquierdo con destreza—. No quiero... que le dé un infarto —dije soltando todo el aire de repente.

—Definitivamente te vienes conmigo —decidió, arrastrándome con él.

—¡No! —grité entre risas y clavando los talones en el suelo. No sabía cómo íbamos a montárnoslo ahora que estábamos juntos y nuestros respectivos padres vivían bajo nuestro mismo techo, pero había que poner ciertas normas o autocontrolarnos de alguna manera.

Se detuvo y al escuchar ruidos abajo pareció comprender que yo tenía razón.

—Te quiero —declaró besándome la boca con rapidez—. Si te pasa algo ya sabes dónde estoy.

—Segunda puerta a la izquierda, lo sé —le dije tomándole el pelo.

Acto seguido, me volví y me metí en mi habitación.

Ahora necesitaba analizar todas las cosas que habían ocurrido..., necesitaba un respiro.

Todo lo que había ocurrido los pasados días me había dejado como en una nube de pensamientos y sentimientos encontrados. Por una parte, estaba la felicidad que sentía al estar con Nick: no sabía si duraría mucho, puesto que nuestros temperamentos tenían tendencia a chocar bastante si teníamos en cuenta los pasados meses; no obstante, definitivamente estaba loca por él. Lo había ocultado de una manera asombrosa incluso a mí misma, y ahora que todo había salido a la luz no podía dejar de pensar que se encontraba a menos de siete metros de distancia. Tuve que controlarme para no ir en su busca cuando apenas podía dormirme, pero me obligué a mí misma a no hacerlo. Tenía que aprender a permanecer alejada de él; lo malo era que cuando no estábamos juntos todos mis pensamientos recaían en mi padre y sus cartas amenazadoras. Aún no sabía si debía contárselo a alguien..., ¿para qué? Él estaba en la cárcel y ni siquiera estaba segura de que fuesen de él. Ronnie podría haberse enterado de lo de mi padre y haberlo utilizado en mi contra. Por consiguiente, decidí callármelo, por lo menos hasta que me llegase otra carta, que en vista de los acontecimientos no iba a suceder.

A la mañana siguiente me levanté deprisa sabiendo que tenía que apresurarme si no quería llegar tarde. También estaba nerviosa, ya que iba a tener que volver a ver a todos los implicados en mi novatada de la fiesta. Todos ellos me habían oído gritar desesperada y ninguno había sido capaz de ayudarme.

Me puse el uniforme y bajé las escaleras corriendo. Como todas las mañanas, William ya se había marchado y Nick y mi madre desayunaban sentados alrededor de la isla de la cocina. Cuando entré, sus ojos se encontraron con los míos y tuve que controlarme para no acercarme y darle un gran beso de buenos días. Mi madre se levantó y comenzó a hacerme el desayuno, como siempre. Yo aproveché y con la excusa de que me ayudase con la corbata (que ya sabía perfectamente cómo ponérmela), me acerqué a Nick y mientras mi madre no miraba le di un beso rápido en los labios.

—Ahora mismo tengo un montón de imágenes de tú y yo y ese uniforme en una habitación del piso de arriba —me confesó en un susurro mientras me hacía el nudo y aprovechaba para acariciarme el cuello y besarme con delicadeza en los labios.

Me aparté y me volví para cerciorarme de que nadie nos veía. Mi madre estaba inmersa en la preparación de unos huevos revueltos y la música que siempre ponía resonaba por los altavoces.

Tenía que admitirlo: ese juego era peligroso, pero me excitaba muchísimo.

Sus manos descendieron con cuidado y se colaron debajo de mi falda. Me comenzó a acariciar las piernas hasta posarlas en mi trasero.

—Te estás pasando —le dije con una sonrisa de censura en los labios.

—Tienes razón —admitió apartando las manos justo cuando mi madre se volvía y me servía los huevos en el plato.

Por primera vez me senté junto a Nick en el desayuno y no pude evitar pensar en nuestra primera mañana comiendo tortitas y batido. Ese sí que era un buen recuerdo, sobre todo lo que habíamos estado haciendo horas antes de ese desayuno.

Mi madre apenas charló con nosotros, pues estaba inmersa en sus pensamientos y me regañé a mí misma por no interesarme más por su matrimonio y sobre si estaba contenta ahora que vivíamos aquí.

—Mamá, ¿estás bien? —le pregunté observándola con preocupación. Ya era la quinta vez que se quedaba con la mente en blanco y la mirada perdida.

Regresó de dondequiera que estuviera y me sonrió disimuladamente.

—Sí..., sí, claro, estoy perfectamente —respondió mientras recogía su plato y dejándolo en el fregadero—. Me ha dicho Nick que no le importa llevarte al instituto hoy; lo siento, pero a mí me duele un poco la cabeza... Creo que voy a acostarme —comentó dándome un beso en lo alto de la cabeza y dándole un apretón cariñoso en el hombro a Nicholas. En cuanto desapareció por la puerta me volví hacia él.

—¿No la ves un poco rara? —le comenté mientras él se terminaba su zumo para después volverse hacia mí y tirar de mi silla hasta la de él.

—Un poco, pero no creo que sea nada importante —contestó colocando sus manos en mis rodillas e inclinándose hacia mí—. ¿Estás lista para irnos? —me preguntó con voz seductora. Sentí un cosquilleo donde sus manos tocaban mi piel y asentí con la cabeza. Eso de que mi coche aún siguiese en el taller no era tan malo como había supuesto al principio.

Cinco minutos después estábamos saliendo de casa, solo que él se detuvo en una esquina donde nadie podía vernos y me cogió el rostro para besarme con intensidad. Cuando me soltó tuve que respirar profundamente para recuperar el aliento.

—¡Vaya!... ¿A qué ha venido eso? —exclamé mientras él con una sonrisa divertida ponía el coche en marcha otra vez.

—A que llevábamos siete horas y veinticinco minutos sin besarnos —dijo tan tranquilo.

—¿Llevabas la cuenta? —le comenté riéndome y poniéndome de muy buen humor.

—Mi mente se aburre si no está contigo, qué le voy a hacer...

Quince minutos después llegamos a las puertas del St. Marie y no pude evitar ponerme tensa.

A mi lado Nick también se había puesto serio y sus manos aferraron el volante con fuerza.

—¿Vas a venir a recogerme? —le pregunté volviéndome hacia él, obligándole a que apartara la mirada del colegio.

Me sonrió y me acarició la mejilla con uno de sus dedos.

—Por supuesto, soy tu novio, ese es mi deber —contestó pagado de sí mismo.

Yo solté una carcajada.

—Esa no es una obligación de un novio... Nunca habías tenido novia, ¿verdad? —le dije y me encantó saber que estaba en lo cierto y que yo era la primera.

—Te estaba esperando a ti —admitió depositando un beso cálido en mis labios. Me gustaron tanto sus palabras que le obligué a profundizarlo. Cuando nos besábamos así no podía evitar recordar las veces en las que había ido a más... y las ganas que tenía de repetir.

—Será mejor que te marches ya si no quieres que te secuestre durante todo el día —me advirtió, pero, en cambio, me apretujaba con una mano colocada en mi cintura.

Sonreí junto a sus labios.

—Te veo a las cuatro —afirmé obligándome a separarme de él. Lo nuestro era adictivo.

—Te quiero —le dije bajándome del coche.

—¡Y yo! Adiós, preciosa —se despidió y puse los ojos en blanco a la vez que sacudía la cabeza.

Cuando me acerqué a la puerta, automáticamente muchos ojos se clavaron en mí, pero antes de poder preocuparme por nada, Jenna apareció y saltó a mis brazos abrazándome.

—Lo siento mucho, Noah —se disculpó apretándome fuerte—. No sabía que iban a hacerlo, debí haber estado allí para ayudarte: son unos inmaduros; estas cosas ya deberían dejar de hacerse, pero ya ves...

—No pasa nada, Jenna, no fue culpa tuya —la tranquilicé.

—¿Estás segura...? —insistió—. Te vi tan mal... No sabía que te afectase tanto la oscuridad...

—Es un trauma que tengo de pequeña, pero ya está. Ya pasó, no importa —la tranquilicé. En esos momentos sonó el timbre y nos encaminamos a las taquillas.

Pero me equivocaba. Todo tipo de rumores habían circulado por todo el colegio y mirara donde mirase había ojos fijos en mí. Todos me miraban como si fuese una marciana, o peor, como si sintiesen *lástima*. No me di cuenta de lo realmente enfadada que estaba hasta que entré en el comedor y vi a Cassie rodeada de los chicos que me habían metido en el armario. Me invadió tal sentimiento de rabia que ni siquiera fui consciente de lo que hacía cuando me acerqué a ella y le tiré mi batido de fresa por la cabeza.

La gente a mi alrededor se quedó de piedra y, antes de que tuviese tiempo de percatarme de lo que había hecho, escuché la voz de la directora a mis espaldas.

—Señorita Morgan, a mi despacho por favor.

«Mierda.»

42

NICK

Cuando la dejé en el colegio no pensé que me embargarían todos aquellos sentimientos tan oscuros, pero lo hicieron. No podía quitarme de la cabeza que a la chica a la que quería con locura la habían maltratado hasta casi matarla; era algo que no podía ignorar y, por ese motivo, me fui directamente hasta las oficinas de mi padre. Quería saber qué opinaba él de todo esto, pero sobre todo quería averiguar qué podía hacer legalmente después de descubrir que la mujer que amaba había sido golpeada y maltratada durante años.

Cuando llegué a las oficinas de Leister Enterprises no tuve más que dirigirme directamente a la última planta. Janine, la secretaria de mi padre, ya me conocía de toda la vida: ella había sido la encargada de comprarme regalos de cumpleaños y de llevarme a las fiestas de mis amigos. Ella había ido a los partidos de fútbol cuando mi padre estaba ocupado trabajando y también era la que se encargaba de regañarme cuando llegaban avisos de mala conducta del colegio. Janine había sido una especie de madre, solo que nunca me llegó al corazón, ninguna mujer lo hizo hasta que apareció Noah; pero le tenía cariño por todos aquellos años.

—Nicholas, ¿qué haces aquí? —me preguntó con una sonrisa amigable. Janine era muy delgada y tendría ya más de sesenta años. Mi padre la mantenía porque no había mujer más trabajadora y leal que ella y también porque no era fácil soportar a mi padre en horas de trabajo... Que me lo dijeran a mí, que hacía las prácticas en su bufete.

—Hola, Janine, tengo que hablar con mi padre. ¿Está reunido? —le pregunté intentando contener las ganas de entrar sin llamar.

—No, pasa, solo está revisando el caso de esta tarde —me comentó y entonces me fui directo hasta su despacho. Entré sin llamar y los ojos azules oscuros de mi padre miraron por encima de sus gafas de leer para posarlos en mí.

—¿Qué haces aquí? —me preguntó con seriedad. Nunca me saludaba, eso era una costumbre que había adquirido y de la que le costaba desprenderse.

—Vengo a hablarte de Noah... y de Raffaella, para ser exactos —respondí quedándome de pie delante de su carísima mesa y esperando que fuese sincero conmigo por una vez en su vida—. ¿Estabas al tanto de lo que le hizo el cabrón de su padre?

Mi padre me miró unos segundos y después dejó lo que estuviese leyendo sobre la mesa. Se levantó, fue hasta su bar y se sirvió una copa de coñac.

—¿Cómo te has enterado? —inquirió un momento después.

Entonces ya lo sabía, algo que tampoco me sorprendió demasiado. Algo así no se puede ocultar durante mucho tiempo.

—Noah se aterra si la metes en una habitación a oscuras; el otro día casi le dio un ataque de pánico, y cuando se calmó me lo contó —le expliqué y me puse tenso al recordar lo que esos cabrones le habían hecho, pero nada comparado con lo de su padre—. Papá, ¿sabes lo que le hizo ese cabrón? Noah estuvo a punto de morir... Se clavó un cristal en el estómago, joder, lo más probable es que no pueda tener hijos.

—Lo sé —admitió sentándose a la mesa y mirándome apenado.

—¿Que lo sabes? —dije levantándome y comenzando a caminar enfadado por la habitación—. ¡Su propia madre la dejó sola con un maltratador! ¡Raffaella es tan culpable como él! —la acusé notando la rabia y la impotencia.

—Nicholas, no te permito que hables así de mi mujer; no tienes ni idea de lo que ha tenido que pasar y de lo que se arrepiente por haberla dejado sola... Ella no tenía una vida como la nuestra, no tenía dinero ni nadie que la ayudase a pelear por su hija, sufrió los abusos de ese hombre durante años: su cuerpo es un mapa de cicatrices y golpes... No te permito...

—Noah era una niña, papá —lo interrumpí conteniendo el temblor de mi voz—. ¡Por Dios santo! Saltó de una ventana, ese mal nacido se merece estar muerto...

—Nicholas, siéntate, debes saber una cosa —me ordenó señalando la silla que había delante de él.

Me coloqué detrás, pero no me senté. Él se llevó la copa a los labios y, por un momento, deseé poder hacer lo mismo.

—Hace más de un mes que ese hombre fue puesto en libertad —me soltó entonces. Sentí cómo todo mi cuerpo se tensaba y cómo mi cerebro intentaba asimilar el significado de esas palabras—. Ya han pasado seis años de la condena que se le impuso. Si Raffaella hubiese denunciado sus maltratos cuando debió hacerlo, le habrían caído más años, pero solo se le juzgó por el delito que cometió esa noche con Noah... La pequeña sufrió muchos daños, pero el peor fue cuando saltó por la ventana y se clavó un cristal en el estómago. De eso tampoco se le culpó... Al parecer tenía contactos y se le rebajó la condena. Lo que estoy intentando decirte es que ya es un hombre libre y Raffaella teme que intente ponerse en contacto con ella. Hace poco que me enteré de esto y me enfadé muchísimo con ella por no habérmelo contado. Ahora hay que tener los ojos muy abiertos ante cualquier signo de alarma... No creo que el hombre vuelva a querer acercarse, pero, de todas formas, estoy preocupado. Raffaella está aterrada y tiene pesadillas todas las noches, no quiere que Noah se entere: ella ni siquiera sabe que ya ha cumplido su condena y por eso debes guardar el secreto.

—¿Cómo puede estar libre? ¿Tú no puedes hacer nada? —le planteé con incredulidad a la vez que un nuevo temor surgía en mi interior. Ese loco podía ir en busca de su mujer y su hija y no sabía cómo reaccionaría Noah si volvía a ver al causante de sus pesadillas.

—He intentado que un juez acuerde una orden de alejamiento, pero al no haber indicios de ningún tipo de problema o de acercamiento por parte de él, ha sido imposible. La verdad es que estamos exagerando: él está en otro país y no creo que se cruce todo Estados Unidos para venir a reclamar nada. Sin embargo, ser precavido no está de más y si Ella se queda más tranquila...

—Yo estoy de acuerdo. Tú cuida de tu mujer, que yo cuidaré de Noah —determiné yendo hacia el minibar y sirviéndome una copa.

Sentí la mirada de mi padre clavada en mi nuca. Se hizo el silencio por un momento.

—Hijo..., dime, por favor, que no te has liado con tu hermanastra —dijo con pesar y cerrando los ojos con fuerza.

Mierda..., ¿tan obvio era?

—Solo quiero cuidar de ella, papá —declaré bebiéndome lo que quedaba en la copa de un solo trago.

—Mira, no sé lo que tenéis ni quiero saberlo, pero por favor te pido que no hagas ninguna tontería; bastante tengo ya con intentar que Raffaella no pierda la cabeza ahora con lo que está pasando, lo último que necesita en este momento es saber que su hija está liada con su hijastro.

Me molestó esa forma impersonal de referirse a nuestra relación.

—No estamos liados, papá... *La quiero* y te aseguro que no dejaré que nadie le ponga un maldito dedo encima.

Mi padre me observó unos instantes y luego asintió.

—Ten cuidado con lo que haces, Nicholas —me advirtió. Después de unos minutos salí del despacho y justo entonces empezó a sonar mi teléfono: era Noah.

—¿Qué te ocurre? —inquirí con alarma. Debería estar en clase ¿qué demonios hacía llamándome?

—Nick..., tienes que venir a buscarme —dijo con voz extraña.

—¿Por qué? ¿Estás bien? —le pregunté mientras me metía en el ascensor y pulsaba el botón para bajar.

—Bueno..., me han expulsado para el resto del día.

Cuando la recogí en la entrada del colegio una sonrisa afloró a mis labios. Ella vino corriendo hasta mi coche y estaba tan adorable que no pude evitar besarla antes de que pudiese explicarme más detalladamente lo que había ocurrido.

—¿Le has tirado un batido de fresa por la cabeza? —le pregunté soltando una carcajada—. ¿En serio?

—No sé lo que me ha pasado... —reconoció ella compungida—, pero no me arrepiento: se lo merecía... Y, oye, no me juzgues, me hacía falta soltar todo lo que llevaba dentro —se justificó mientras se ponía el cinturón y yo arrancaba el coche entre risas.

—¿Crees que habrá alguien en casa? —le comenté un instante después.

—Seguramente. ¿Por qué? —me preguntó frunciendo el ceño.

—Porque tengo tantas ganas de hacerte el amor ahora mismo que creo que voy a explotar —le contesté. La deseaba con una intensidad que me asustaba.

Sonreí al notar su respiración ahogada y automáticamente coloqué una mano en su muslo y fui subiéndolo a medida que le iba levantando la falda. Dios, qué suave era...

—A eso podemos jugar los dos, ¿sabías? —me dijo entonces y tuve que echar mano de todo mi autocontrol para no chocar con el coche que tenía delante. Noah se soltó el cinturón y se deslizó por su asiento hasta colocarse a mi lado. Su pequeña mano se posó en mi rodilla mientras su boca se dirigía con infinita ternura hasta mi cuello.

Mi respiración se volvió completamente descontrolada.

—Eh, Pecas, para... —le pedí al sentir su lengua acariciando mi oreja... Dios, no podía conducir y hacer eso al mismo tiempo.

—Tú has empezado —repuso ahora subiendo su mano por mi pierna mientras me daba suaves mordisquitos por todo el cuello y la mandíbula.

Le cogí la mano a medio camino y paré en cuanto llegué al lugar que había estado buscando.

—Baja del coche —le ordené con los ojos ardientes de deseo.

—Creo que paso, la última vez que me dijiste eso me dejaste tirada en la cuneta —me soltó sonriéndome.

—Baja, o te lo hago aquí mismo —la amenacé.

Ella se sentó y al ver que no me hacía caso fui yo el que se bajó. Fui directamente hasta su puerta y la saqué con urgencia.

—¿No pensarás hacerlo aquí? —me preguntó mirando hacia el acantilado y el mar que teníamos detrás.

La ignoré y la estampé contra la puerta de mi coche mientras la obligaba a rodearme las caderas con sus piernas.

—Claro que sí, lo vamos hacer aquí —le dije apoderándome de su boca. Ella se estremeció bajo mis brazos y me devolvió el beso con el mismo entusiasmo que yo.

Arqueó la espalda y cerró los ojos echando el cuello hacia atrás. La besé en la oreja, en la mandíbula y en todos los lugares en donde hubiese piel desnuda. Quería verla, por lo que con una mano le fui desabrochando todos y cada uno de los botoncitos de su camisa.

—¿Te he dicho ya lo mucho que me pone este uniforme? —le comenté besándola en los pechos.

—A ti y a todos los tíos de la Tierra —me contestó soltando un suspiro entrecortado.

Noah y su humor sarcástico. La apretujé aún más y ella soltó un suspiro más audible. Suerte que estábamos solos.

—Ahora voy a hacerte mía una vez más —le dije mirándola con intensidad.

—Tú eres mío y yo soy tuya... —declaró y entonces me miró a los ojos—. Es la primera vez que digo esa frase sintiendo que es cierta... —confesó frunciendo el ceño y respirando apresuradamente—. Te quiero, Nick.

—Y yo a ti, preciosa —convine hundiéndome en ella y disfrutando de cada una de sus apasionadas respuestas—. Te quiero con locura —le repetí cogiéndole el rostro y mirándola a los ojos mientras los dos alcanzábamos el placer más magnífico del mundo.

Nos pasamos el resto del día en la playa. Echados sobre la arena y conociéndonos mejor...

—¿Quién te dio tu primer beso? —me preguntó echada boca abajo y con la cabeza apoyada entre las manos. Era muy joven y también hermosísima. Tenía que contenerme para no estar tocándola todo el día.

—Tú, por supuesto —le respondí disfrutando al ver que el viento jugaba con su pelo y que el sol enrojecía sus mejillas haciendo más evidentes los puntitos que formaban sus pecas.

Puso los ojos en blanco.

—No, en serio —dijo ignorando el mechón de pelo que no dejaba de metérsele en los ojos. Estiré la mano y se lo puse cuidadosamente detrás de su oreja.

—¿Seguro que quieres saberlo? —le planteé y vi cómo fruncía el ceño ante mi pregunta. Solté una carcajada—. Está bien, pero te vas a reír... Fue con Jenna —admití finalmente.

—¡No! —negó ella abriendo los ojos por la sorpresa—. ¿Estás de coña? ¿En serio?

—Éramos unos críos, y ella mi vecina y única amiga, lo hicimos para ver cómo era... A mí me pareció raro y ella hizo una mueca de asco y juró no volver a besar a nadie nunca más en su vida.

Noah soltó una carcajada. Suspiré aliviado al ver que no le molestaba. Aquel beso con Jenna no había significado nada para mí: ella era la única amiga que tenía de verdad.

—¿Y tú? —le pregunté sintiendo un malestar en mi interior. No me gustaba imaginarme a Noah en brazos de ningún otro tío, solo pensarlo me ponía enfermo.

—Bueno, lo mío no fue cuando era una cría, por lo que no juré no volver a hacerlo... Es más, me gustó —me contó como si nada.

—¿Con quién fue? —le pregunté un poco más serio de lo que me hubiese gustado.

Ella ignoró mi tono o no pareció darse cuenta.

—Fue con el socorrista de la piscina pública... Estaba buenísimo y nos enrollamos en la sala de emergencias... —explicó con una sonrisa.

Automáticamente la cogí y me puse encima de ella.

—Conque lo disfrutaste, ¿eh? —repuse presionándola con fuerza para que no se pudiese mover.

—Sí, mucho —admitió sin más, y entonces supe que se estaba riendo de mí.

—¿Te gusta atormentarme?

—La verdad es que me resulta muy divertido, sí —reconoció sonriendo y haciéndome querer besarla hasta que ambos nos quedásemos sin aliento.

—Ahora verás lo que es atormentar a alguien de verdad... —le advertí bajando mi boca hasta la suya, pero sin dejar que nuestros labios se tocasen. Con mi mirada clavada en la suya dejé que mi mano se deslizara por su pierna, despacio, observando cómo sus ojos se oscurecían por el placer de mis caricias. Subí mis dedos hasta el hueco de su rodilla, despacio, y seguí subiendo hasta su muslo. Con la otra mano fui desabrochando su camisa y, mientras lo hacía, mi boca fue depositando rápidos y cálidos besos en la suave piel de su estómago...

Escuché cómo suspiró y una sonrisa se formó en mis labios.

Me puse de pie sin más, dejándola así, con las mejillas rojas y muriéndose de placer insatisfecho. Tardó unos segundos en darse cuenta de lo que hacía y me miró como un perrito abandonado.

—Pero ¿qué haces? —me dijo con un deje de enfado.

—Así lo pensarás mejor la próxima vez que intentes ponerme celoso —le contesté muriéndome de ganas de terminar lo que habíamos empezado. Pero no lo haría, aquello era muy divertido.

Me miró con la boca abierta y empezó a abrocharse los botones uno a uno.

—Sigues siendo el mismo capullo de siempre —me soltó enfadada mientras se levantaba, cogía la manta y se alejaba en dirección al coche. Dejé escapar una carcajada y seguí admirando sus largas piernas y su pelo rubio ondeando libremente al viento.

Antes de que llegara al coche me acerqué, la volví hacia mí y la besé con dulzura. Eso era lo máximo que podía permanecer apartada de esa chica, unos simples minutos. Acaricié con mis labios los suyos, que se quedaron cerrados con reticencia. Intenté introducir mi lengua en su boca pero no me lo permitió, por lo que pasé a lamerle los labios, con sensualidad y lentitud, venerándola. Cuando al fin se rindió y me echó los brazos al cuello, le di el mejor beso que se le podía dar a una chica... Ese beso sí que era digno de ser recordado y no el del idiota del socorrista.

43

NOAH

Me daba miedo lo rápido que estaban yendo las cosas. Después de lo que me había ocurrido con Dan, la posibilidad de volver a enamorarme no entraba en mis planes; no obstante, ahí estaba: completamente perdida por mi hermanastro, el último chico con el que hubiese podido imaginarme tener una relación. Quizá todo habría sido más fácil si me hubiese enamorado de un chico como Mario, pero sabía que no habría funcionado. Desde que le había dicho que solo íbamos a ser amigos, no había vuelto a ponerse en contacto conmigo. Estaba claro que no le interesaba lo suficiente. En cambio, con Nick, aunque todo era una locura, me hacía sentir tan bien que no podía quejarme. Me asustaba las ansias que tenía de estar con él, incluso cuando estábamos separados por un intervalo pequeño de tiempo mi corazón sufría por su ausencia, y aquello era preocupante de verdad. Tampoco podía evitar que me temblasen las piernas nada más verlo y qué decir de cuando me besaba o hacíamos el amor. Estaba literalmente en una nube y si no hubiese sido por las amenazas de las cartas ahora mismo habría sido la persona más feliz de la Tierra.

Era consciente de que no podía seguir callándome lo de las cartas, pero no quería mencionar el nombre de mi padre a mi madre. Ella había sufrido tanto o más que yo los abusos de ese hombre y ahora que estaba felizmente casada no podía traer de vuelta esos recuerdos, pero ¿qué podía hacer? Mi padre estaba en la cárcel, no saldría hasta al cabo de muchísimos años y era prácticamente imposible que me pusiese una sola mano encima. Así que todo tenía que ser cosa de Ronnie. De alguna forma se había enterado de mi tortuoso pasado y lo había sacado a la luz para asustarme y poder darme donde más me dolía. Por ese motivo decidí que la única persona adecuada para ocuparse de todo ese lío tenía que ser Nicholas.

Aquella noche después de la fiesta a la que íbamos por primera vez como pareja, se lo contaría. Se subiría por las paredes y seguramente me recriminaría el no habérselo dicho antes, pero temía su reacción y también temía lo que el mafioso de Ronnie podía llegar a hacerle.

Por eso intenté disimular mi estado de ánimo cuando llegamos a la fiesta de la hermandad de los amigos de Nick y puse mi mejor sonrisa cuando me abrió la puerta para ayudarme a salir del coche. Desde que habíamos empezado con aquella relación se había transformado: el Nicholas que hacía poco defendía que las tías podían abrir una puerta solas y que no necesitaban escolta había desaparecido para dejar paso a un auténtico caballero. No es que yo muriese por todos aquellos detalles exagerados y tal vez un poco anticuados, pero sí que me gustaba saber que solo los tenía conmigo y con nadie más.

—¿Te he dicho ya que me va a costar mantener mis manos apartadas de ti esta noche? —me preguntó reteniéndome un momento contra la puerta del copiloto. Hacía bastante fresco y el vestido ajustado negro que me había puesto no era precisamente práctico.

Alcé la mirada hacia él, admirando aquellos ojos claros de pestañas inmensamente largas y negras, me perdí en ellos y en la calidez y el deseo que ocultaban. Nicholas Leister era la viva imagen de un modelo de Calvin Klein y ahora era todo mío.

—Pues vas a tener que hacerlo —repuse, entrelazando mis dedos en su nuca y acariciándole el pelo. Era difícil mantener las manos apartadas de aquel cuerpo espléndidamente esculpido—. Sabes que todo el mundo nos va a estar mirando, ¿verdad?

—Así sabrán que eres mía —afirmó inclinándose y apoderándose de mis labios. Cuando me besaba perdía completamente el hilo de mis pensamientos. Nicholas siempre llevaba la iniciativa a la hora de enrollarnos y eso era algo que me volvía loca de deseo. En aquel momento y en la oscuridad de la noche, el simple roce de sus dedos en mi cintura hacía que todo mi interior se estremeciera. Poco a poco entreabrió mis labios con los suyos y su lengua penetró en mi boca, ávida de acariciar la mía con movimientos lentos y sensuales, nada que ver con cómo nos besábamos últimamente: con desenfreno y sin apenas respirar. Aquel beso me estaba derritiendo.

—Vámonos a casa —me propuso separándose un segundo y mirándome a los ojos. El deseo se reflejaba de tal modo en ellos que de sentir frío pasé a estar acalorada en un santiamén.

Sonreí.

—Están nuestros padres —argumenté apenada por aquel detalle. La última semana apenas habíamos podido estar juntos: mi madre no me había quitado los ojos de encima, hablándome o queriendo pasar el rato conmigo, y William había requerido la ayuda de Nick en el bufete casi a tiempo completo. De alguna forma, parecía que se habían puesto de acuerdo.

Nicholas gruñó contra mis labios.

—Voy a tener que buscarme un sitio y mudarme —comentó entonces dejándome de piedra.

«¿Cómo?»

—Espera, ¿qué? —le pregunté apartándome de su boca. Él me observó atentamente.

—Lo llevo pensando varias semanas... y ahora que estamos juntos creo que es una buena idea. Ya soy mayorcito y con lo que cobro en el bufete de abogados puedo permitirme algo bastante decente... Así no tendríamos que preocuparnos por nuestros padres —dijo buscando una respuesta en mi rostro.

Que Nicholas se mudara técnicamente sería lo más correcto. Eso de vivir con tu novio y tus padres en la misma casa era algo muy raro e incómodo, pero el solo hecho de pensar en no tenerlo todas las mañanas conmigo o no verlo antes de acostarme o simplemente saber que no estaría al otro lado del pasillo me producía una terrible amargura y también miedo, ya que de alguna forma me sentía segura estando él en la habitación de enfrente, sobre todo con las amenazas de Ronnie tan recientes...

—No quiero que te vayas —declaré irracional, pero sincera.

Él me observó con atención.

—¿Quieres que sigamos ocultándonos todo el tiempo sin poder ni siquiera tocarnos? —repuso alzando la mano y trazando círculos en mi espalda—. Ya sabes que mi padre sabe lo nuestro, él no pondría ningún impedimento en que yo me fuera de casa y así podríamos pasar todo el tiempo que quisiésemos juntos... Dejaríamos atrás todo ese rollo de hermanastros si no durmiésemos puerta con puerta... Hasta tu madre lo aceptaría si no pensase que estamos enrollándonos a unos metros de su habitación...

Lo acerqué a mí, interrumpiéndolo.

—Lo sé, pero no ahora... No te mudes todavía, no quiero que te marches —repetí sabiendo que sonaba desesperada.

Me miró con el ceño fruncido unos segundos.

—¿Qué te ocurre, Noah? —me preguntó mirándome otra vez como si supusiese que le estaba ocultando algo.

Negué con la cabeza y forcé una sonrisa.

—Nada, nada... Estoy bien, simplemente me gusta tenerte en casa, solo eso —respondí diciendo la verdad a medias.

Él me estrechó contra su cuerpo y depositó un beso rápido en lo alto de mi cabeza.

—A mí también, no te preocupes, ya hablaremos de ello —concluyó, separándose de mí y cogiendo mi mano—. Será mejor que entremos, te estás congelando.

Asentí y, juntos, entramos en la casa que, como en todas las fiestas a las que habíamos acudido, estaba a rebosar de gente. Las luces eran apenas unos destellos de colores y en un ambiente tan tenuemente iluminado la gente bailaba y bebía animadamente. Pronto nos encontramos con Jenna y Lion. Nick no me soltaba la mano y me arrastró hacia la cocina, en donde se respiraba un poco más de calma. Varios chicos estaban jugando con bolas de ping-pong y vasos de cerveza, y de inmediato Lion y Nick se les sumaron.

Jenna estaba feliz de que estuviésemos juntos y por primera vez en mucho tiempo me sentí integrada de verdad. Conocía a casi todos los presentes y, aunque algunas personas aún me miraban con el ceño fruncido debido a lo ocurrido en las carreras, la mayoría parecía haberme aceptado de buen grado.

La noche fue genial, no bebí mucho —ya había dejado de hacer eso— y con Nick me sentía tranquila y a salvo. A mi tranquilidad también contribuía que hacía ya más de una semana que no había vuelto a recibir carta alguna. Sin embargo, mi humor decayó ligeramente cuando fui a fijarme en la hora en el móvil y me di cuenta de que no lo tenía por ninguna parte.

Mierda.

Rebusqué en el bolso y di una vuelta por el salón, que es donde había pasado la mayor parte del tiempo. Jenna se había ido al baño y Nick estaba inmerso en el juego de las bolas de ping-pong.

Lo más probable era que se me hubiese caído al bajarme del coche. Lo último que necesitaba ahora era perder mi teléfono y gastarme el poco dinero que ganaba en comprarme uno nuevo.

Salí a la calle y doblé la esquina en la que Nick había aparcado. Se oía la música procedente de la fiesta, pero fue haciéndose cada vez menos perceptible cuando seguí caminando calle abajo hasta encontrar el coche. Fuera hacía un frío glaciar, la noche estaba bastante nublada y comprendí que quizá se acercaba el momento de que viera por primera vez lluvia en la ciudad de Los Ángeles. La echaba de menos: aunque el sol me gustase más, me había criado en un lugar donde la lluvia y el frío eran el pan nuestro de cada día.

Llegué al coche y revisé la hierba que había alrededor, pero no encontré nada. Estaba a punto de regresar a la casa para pedirle las llaves del coche a Nick y buscar el móvil dentro cuando sentí la presencia de alguien tras mi espalda.

Un miedo irracional se apoderó de mi cuerpo. Era como si unos ojos estuviesen observándome fijamente. Me volví y me encontré sola en la penumbra de la noche. Con la respiración acelerada y el corazón latiéndome a mil por hora, empecé a deshacer el camino, pero entonces apareció alguien: había estado escondido y no lo vi hasta que no lo tuve delante.

Era Ronnie.

—¿Adónde vas tan deprisa, preciosa? —inquirió con una sonrisa en sus asquerosos labios.

Me detuve, preparada para comenzar a gritar si hacía falta, aunque el miedo se había apoderado de mí de una manera tan real y escalofriante que temí que ningún sonido pudiera salir de mi boca.

—No sé qué es lo que quieres, Ronnie, pero como te acerques a mí voy a gritar hasta quedarme sin voz —le advertí sin poder evitar que el pánico impregnara mis palabras.

—Hay alguien que quiere verte, Noah... No vas a ser tan maleducada de dejarle plantado, ¿no? —anunció aún sonriendo—. Os habéis estado mandando cartas, ¿verdad? —añadió acercándose un paso hacia mí.

Me volví hacia atrás y entonces sentí que unas manos me cogían por la espalda y otras me cubrían la boca justo antes de dejar que un grito saliese de entre mis labios.

—Yo que tú procuraba comportarme... —me aconsejó Ronnie acercándose a mí mientras que otros dos hombres me sujetaban con fuerza inmovilizándome—. Tu padre te espera... y ambos sabemos que no es un hombre paciente —dijo sonriendo y haciéndoles una seña a quienes fueran que me sujetaban por detrás.

Entonces sentí que me levantaban al tiempo que me cubrían la boca para impedir que gritara.

Me sacudí e intenté zafarme, pero fue inútil. Lo último que recuerdo antes de que me metiesen en la parte trasera de un coche y me colocasen en la boca un trapo húmedo y maloliente y luego me la taparan con cinta aislante fue el rostro del padre que una vez estuvo a punto de matarme.

44

NICK

Habían pasado unos veinte minutos desde la última vez que había visto a Noah y ya la echaba demasiado de menos. La busqué con los ojos pero no la vi en ningún sitio.

—Jenna, ¿has visto a Noah? —le pregunté a mi amiga acercándome hacia la esquina en donde bailaba y bebía animadamente. Se detuvo y me miró.

—Cuando volví del baño ya no estaba. Me ha dicho Sophie que había estado preguntando por su móvil —contestó mirando a su alrededor, buscándola también.

Decidí salir a buscarla, tenía que estar congelándose, pero en el exterior de la casa no vi a nadie. Miré hacia ambos lados, hacia el bosque que había detrás, pero tampoco allí había rastro de ella. Volví a entrar buscándola por la habitación y sintiendo una presión en el pecho muy desagradable: no estaba por ninguna parte. Miré en todas las habitaciones, una por una, llamándola al mismo tiempo que marcaba su número de móvil. Nada..., ni rastro de ella.

Bajé corriendo y me encontré con Jenna y Lion en la puerta.

—No la encuentro —me dijo Jenna mirándome preocupada.

Sentí cómo un miedo terrible se apoderaba de todo mi ser. Me fui corriendo hacia la parte trasera otra vez. Lion y Jenna me siguieron deprisa.

Al salir fuera y girar hacia donde había dejado el coche vi huellas en la hierba. Las seguí con el corazón en un puño y, cuando llegué hasta donde estaban sus tacones tirados de cualquier forma, mi temor se intensificó dejándome de piedra.

—¡NOAH! —grité desesperado, mirando hacia todas partes—. ¡NOAH!

Jenna y Lion la llamaron también sin obtener ningún tipo de respuesta.

La amenaza de Ronnie regresó a mi mente. ¿Y si ese hijo de puta se la había llevado?

—Llama a la policía —le ordené a Lion cuando pude recuperarme del ataque de pánico que me entró.

Lion me miró sorprendido un momento, pero sacó su móvil un segundo después. Mientras él llamaba entramos otra vez en la casa. Me fui directo hacia donde estaba el DJ poniendo la música y lo obligué a apagarla. Todos a mi alrededor abuchearon, pero me importaba una mierda.

—¿Alguien ha visto a Noah? —pregunté subiéndome a una silla y escrutando a la masa de gente, deseando que estuviese allí y maldiciéndome a mí mismo por haberla dejado sola.

Todos empezaron a cuchichear y a negar con la cabeza. Me bajé de la silla y me llevé las manos a la cabeza... Joder..., joder...

—Nicholas, tranquilízate —habló Jenna a mi lado.

—¡No lo entiendes! —le grité importándome una mierda que todos pudiesen escucharme—. Ronnie la ha estado amenazando y ahora ella no está. —Salí afuera de nuevo para comprobar por mí mismo que no estuviese junto a mi coche, con su vestido negro ajustado y sus mejillas sonrosadas, mirándome como lo había hecho aquella noche al llegar a esa estúpida fiesta.

Fuera no había nadie.

—Nicholas, la policía —me informó Lion tendiéndome el teléfono—. Quieren hablar con un familiar.

Cogí el teléfono y me lo llevé al oído.

—Mi novia ha desaparecido, tienen que venir —dije sabiendo lo mal que estaba sonando mi voz.

—Señor, cálmese y dígame qué es lo que ha ocurrido —respondió la voz al otro lado de la línea. Se expresaba con calma, como si estuviésemos hablando del tiempo en vez de que la razón de mi existencia hubiese desaparecido.

—¡Lo que ha ocurrido es que mi novia ha desaparecido, eso es lo que ha ocurrido! —le grité al teléfono.

—Señor, cálmese, ya hemos mandado a una patrulla a la casa y en cuanto lleguen revisarán la zona, pero antes que nada debe decirme con exactitud dónde la vio por última vez...

Le conté al oficial lo que había pasado, pero me sentía como si estuviese en una burbuja, como si lo que estaba ocurriendo no fuese real.

Al poco tiempo llegó una patrulla, lo que provocó la rápida desbandada de los asistentes a la fiesta. No me importaba, yo sabía quién había sido.

—¿Usted es...? —me preguntó el oficial después de tomarme declaración. La situación era de lo más inverosímil, necesitaba hacer algo, pronto...

—Soy Nicholas Leister —le dije por segunda vez aquella noche. Todas esas preguntas me parecían una gilipollez: lo que teníamos que hacer era ir a por Ronnie, buscarle en dondequisiera que viviese y rescatar a Noah.

—Y es su novio, ¿verdad? —me preguntó mirándome fijamente. Asentí, impaciente mientras otros dos policías hablaban con Lion y Jenna—. Noah Morgan... ¿es menor? —quiso saber un segundo después. Mierda..., no había pensado en eso...

—Tiene diecisiete años... Oiga, es mi hermanastra, nuestros padres se casaron hace meses, y ya le he dicho que sé quién se la ha llevado; por favor, mientras perdemos el tiempo hablando pueden estar haciéndole daño.

El policía me miró con mala cara.

—Para empezar, no voy a seguir hablando con usted porque no es ningún familiar de la menor. Le ruego que llame ahora mismo a sus padres o a su tutor legal para poder informarles de lo que ha ocurrido... La ley dice que no se activa una orden de búsqueda hasta pasadas las veinticuatro horas de la desaparición, por lo que...

—¡¿Me está escuchando?! —le grité perdiendo los nervios—. ¡Se la han llevado, déjese de gilipolleces y haga algo!

No me di cuenta de que me había acercado demasiado al policía hasta que no me cogió y me estampó contra el automóvil.

—O se calma o me veré obligado a arrestarle —me advirtió apretando fuerte por donde me tenían sujeto.

Maldije entre dientes hasta que me soltó.

—Ahora llame a sus padres o lo haré yo —agregó mirándome e intentando intimidarme con su uniforme.

Le di la espalda maldiciendo al mismo tiempo que sacaba el móvil y marcaba. Lo cogieron a la cuarta llamada.

—Papá..., tienes que venir, ha pasado algo.

Cuatro horas más tarde estábamos en mi casa, no se sabía nada de Noah pero se había convertido en un hervidero de gente: había policías por todas partes y estaban instalando no sé qué tipo de aparatos para poder pinchar los teléfonos por si el que se la había llevado llamaba para ponerse en contacto con nosotros. William Leister era un hombre importante, y al desaparecer su hijastra lo primero que se planteó fue que lo ocurrido había sido un secuestro por dinero. Ya había contado lo de la amenaza de Ronnie unas doscientas veces a diez policías distintos, pero lo que ni yo ni nadie sabía era lo de las cartas de amenazas que habían encontrado en los cajones del escritorio de Noah. Cuando comprendí que el que se la había llevado era su padre, casi pierdo los papeles.

Estaba destrozado, no podía creer que todo eso estuviese ocurriendo. A Raffaella le habían tenido que dar un calmante cuando se enteró de lo ocurrido y ahora se hallaba en otra habitación con una amiga que intentaba calmarla. Mi padre no dejaba de hacer llamadas y de hablar con policías y con los agentes de secuestros, y yo no podía hacer otra cosa que fumar un cigarrillo tras otro mientras cientos de imágenes desastrosas desfilaban por mi mente.

Lion estaba allí y también Jenna y sus padres, que ahora estaban dentro haciendo Dios sabía qué. Eran ya pasadas las cinco de la madrugada y aún no se sabía nada de ella.

—Si le ocurre algo no podré perdonármelo —admití sintiendo una presión en el pecho que hacía que me costara respirar—. Todo esto es por mi culpa... ¡Maldita sea, ¿por qué no me lo contó?!

—Nicholas, Noah decidió ocultarlo por algún motivo... Yo llevo siendo su amiga desde hace un mes y ni siquiera sabía que su padre había estado en la cárcel, y mucho menos que la había maltratado.

—Si le pone una sola mano encima... —dije siendo consciente de cómo se me había quebrado la voz... No podía seguir ahí sin hacer nada. Era tan desesperante que quería darme de golpes con la pared hasta que mi vida volviese a ser lo que había sido la última semana... Había sido feliz por primera vez en muchos años, y todo se debía a esa chica increíble y maravillosa que por alguna razón inexplicable se había fijado en mí... El solo hecho de imaginarme a Ronnie tocándola me revolvía el estómago. Porque sabía que Ronnie estaba implicado; es más, pondría la mano en el fuego.

Entonces el teléfono de casa comenzó a sonar. Todos los allí presentes se volvieron locos, yo corrí hasta el despacho de mi padre, donde se hizo el silencio mientras él cogía el teléfono a una señal de los policías. Estaba puesto el altavoz, por lo que pude oír todas y cada una de las palabras de la conversación.

—Leister —dijo simplemente mi padre al contestar.

—Señor Leister..., es un honor hablar con usted —comentó una voz que no me resultaba nada familiar. Era grave y sonaba alegre, como si lo que estuviese ocurriendo le resultase divertido—. El hombre que se llevó a mi mujer y a mi hija al otro lado del mundo para que su padre no pudiese encontrarlas... Es muy inteligente, señor, sí, claro que lo es... Por eso tiene un imperio montado y por ese mismo motivo mi querida mujer se habrá interesado en usted...

Miré hacia la izquierda y vi cómo Raffaella se llevaba una mano a la boca, conteniendo las lágrimas y negando con la cabeza.

—¿Dónde está Noah? —preguntó mi padre con la voz tensa.

—Ya llegaremos a eso, pero donde esté mi hija no es de su incumbencia, señor Leister, sino cuánto dinero es capaz de pagar por alguien que en realidad ni siquiera pertenece a su familia.

La mirada de mi padre se encontró con la mía.

—Pagaré lo que sea, hijo de puta, pero ni se te ocurra ponerle una sola mano encima. —Esas mismas palabras habrían sido las que yo le hubiese dicho y se lo agradecí.

—Un millón de dólares, en billetes usados y en dos mochilas que me entregará usted en persona a las dos del mediodía —pidió entonces el padre de Noah—. Si no lo hace, puede imaginarse lo que ocurrirá, y venga solo, señor Leister... No es un simple consejo.

—Quiero hablar con ella —anunció mi padre y yo me puse en tensión—: quiero saber que está bien.

—Claro, señor Leister.

Un momento después la oí.

—Nicholas... —fue lo único que dijo. Estaba rota y no pude evitar dar un paso hacia delante cuando la oí al otro lado de la línea...

Entonces se cortó la comunicación.

45

NOAH

Me desperté mareada y con un fuerte dolor de cabeza. Al mirar a mi alrededor solo pude ver que una luz tenue y de color rojo iluminaba la habitación en la que me tenían retenida. La cama en donde estaba sujeta y la silla austera que ocupaba una esquina era lo único que había; el olor era nauseabundo, como a pis de rata. Una música de discoteca procedente del exterior me impedía escuchar nada, aparte de mi acelerada respiración y los latidos enloquecidos de mi corazón.

Al comprender lo que había ocurrido empecé a notar cómo me entraba el pánico, un pitido familiar empezó a resonar en mis oídos y juro que era capaz de sentir la sangre bombeando aceleradamente por todo mi cuerpo, intentando seguirle el ritmo a mi corazón. Tenía un regusto amargo en la boca y deseé poder beber un vaso de agua fría; lo que fuese con lo que me habían drogado me había dejado completamente fuera de juego. Me incorporé en la cama y entonces escuché el rechinar de unas cadenas: me habían encadenado una de las manos a la pared. Con la otra intenté soltarla, pero en vano. Haciendo esfuerzos por calmarme comencé a pensar en cómo podía salir de allí. No había encontrado mi móvil, por lo que no podría comunicarme con nadie, pero lo que más me asustaba, lo que me tenía casi presa del pánico, era la amenaza de que mi padre estuviera detrás de todo esto.

Aquello no podía estar pasando. Mi padre estaba en la cárcel y aunque lo hubiesen soltado era ridículo pensar que lo primero que haría sería buscarnos a mi madre y a mí y secuestrarme como lo habían hecho. Comencé a desesperarme y tiré y tiré de las cadenas, haciendo ruido y odiando las lágrimas que nublaron mi vista por unos instantes. ¿Cómo había sido tan idiota? ¿Cómo no me había tomado aquellas amenazas más en serio? ¿Por qué no le había hablado sobre ello a Nicholas?...

Nick.

Ahora estaría volviéndose loco y seguramente culpándose de todo. Daría lo que fuese por retroceder y haberme quedado con él, no debería haber salido sola.

Cuando nos encontramos en situaciones límites siempre nos da por pensar en las cosas que nos hubiese gustado decirles a las personas que queremos o en cómo hemos sido tan idiotas por preocuparnos por cosas tontas cuando la vida sí que puede ser peligrosa. A mí me habían secuestrado y esto sí que era algo de lo que preocuparse.

Entonces escuché cómo alguien abría la puerta y la persona que apareció hizo que un escalofrío me recorriera de arriba abajo: Ronnie.

—Estás despierta... Bien —dijo entrando y cerrando la puerta tras de sí. La poca luz que había en la habitación me dejó vislumbrar claramente sus ojos oscuros, con aquellas comisuras hacia abajo, y su pelo rapado al cero. También pude ver un nuevo tatuaje que se había hecho cerca del ojo derecho: una serpiente tan escalofriante como su aspecto amedrentador y peligroso.

Avanzó con cuidado hasta sentarse a mi lado en la cama. Intenté apartarme lo máximo posible dentro del poco espacio que tenía.

—He de decir que me pone muchísimo verte en esta cama atada y a mi merced —confesó, recorriendo mi cuerpo con ojos lujuriosos. Maldije la hora en la que había decidido ponerme un vestido ajustado, pero no podía hacer mucho más que intentar controlar mi respiración y el miedo que me tenía petrificada en la cama—. No sé si te habías dado cuenta, pero tienes un cuerpo espectacular —comentó posando su mano en mi tobillo desnudo. Intenté apartarlo, pero me lo sujetó con fuerza contra el colchón.

¡Dios mío, ese tío era capaz de hacerme cualquier cosa!

—¿Sabes...? Cuando te animé a competir conmigo en esas carreras nunca pensé que podías ser hija de uno de los grandes de Nascar... y, de hecho, me cabreó muchísimo que me ganaras... Creo que tus palabras exactas al finalizar fueron que aprendiese a correr y que era un imbécil.

Su mano comenzó a subir por mi pierna despacio.

—No me toques —le ordené sin poder zafarme de su mano. Deseaba que todo aquello fuese una simple pesadilla y que al despertarme estuviese en los brazos de Nick.

—El imbécil va a cobrarse lo de esa noche, preciosa —anunció moviéndose y subiendo su mano hasta mi muslo. Me moví, pero entonces él se colocó encima presionándome con sus caderas. Las lágrimas corrieron por mis mejillas mientras intentaba encontrar la voz para gritar—. Estoy seguro de que tu noviecito no va a querer volver a mirarte después de que acabe contigo... Vas a estar tan sucia que ni yo volvería a tocarte...

—¡SOCORRO! —grité desesperada, moviendo mi cuerpo e intentando quitármelo de encima. Él se rio mientras que con una mano me sujetaba contra el colchón y con la otra se sacaba el cinturón.

—Nadie va a oírte, tonta... o por lo menos nadie a quien le importe —dijo y entonces se inclinó para pasar su asquerosa lengua por encima de mis pechos.

Volví la cabeza con desesperación.

—¡NO ME TOQUES! —chillé aterrorizada.

Con una mano me sujetó el cuello contra la cama, al tiempo que con la otra empezó a subirme el vestido.

—¡NO! —chillé desgarrándome la voz—. ¡SUÉLTAME!

Su mano en torno a mi cuello apretó con más fuerza, lo que me impedía poder respirar.

—Voy a hacerte de todo, y vas a estarte quietecita —siseó acercando su cara a la mía. Su mano se aflojó lo suficiente para que pudiese volver a gritar.

—¡SACADME DE AQUÍ!

Entonces la puerta se abrió. La luz roja y parpadeante de fuera iluminó la habitación y la persona que apareció en ella me impactó más que incluso el hecho de que estuviesen a punto de violarme: mi padre estaba allí, y estaba irreconocible, temible. Me quedé quieta mirándole fijamente y tan asustada que ni siquiera pude seguir gritando para que alguien de fuera pudiese oírme.

—Ya ha sido suficiente, sal de aquí —dijo la voz que de niña me había petrificado de miedo con solo escucharla, la voz que había amenazado a mi madre miles de veces y la voz que me perseguía en mis sueños; la única voz que había escuchado la noche en la que me pegó hasta casi matarme, la misma que me hizo saltar por la ventana...

Ronnie maldijo entre dientes, pero antes de irse de mi lado levantó la mano y me giró la cara de un golpe. Fue tan rápido y doloroso que ni siquiera lo vi venir.

—Ahora sí que ha sido suficiente —aclaró haciéndole frente a mi padre. Acto seguido abandonó la habitación.

Mi padre no dijo nada, se quedó mirándome desde la puerta y entonces me atreví a mirarlo fijamente. Estaba cambiado... Su pelo, del mismo color que el mío, ahora estaba blanco y muy corto. Los brazos eran el doble de lo que habían sido antes y estaban llenos de tatuajes. Lo que fuera que hubiese estado haciendo los últimos años le había cambiado el aspecto totalmente: daba más miedo que Ronnie.

Mi padre entró y cerró la puerta. Cogió la silla que había en una esquina y se sentó a horcajadas en ella apoyando los brazos en el respaldo.

—Has crecido mucho, Noah —comentó mirándome fijamente a los ojos—. Hay tanto en ti de tu madre que es... simplemente increíble.

Sabía que estaba temblando, la presión en el pecho que sentía en aquel momento solo la había sufrido cuando estaba junto a él y ahora, después de seis años, había regresado.

—La noche en la que me arrestaron... —dijo fijando sus ojos en los míos— lo perdí absolutamente todo... y todo fue por tu culpa.

Mi padre miró hacia otro lado y respiró profundamente.

—Todavía no me explico cómo es que una simple niña pudo conmigo; ni siquiera tu madre fue capaz de detenerme cuando descargaba en ella mi frustración... Contigo siempre fue diferente, eras mi niñita, te quería, me prometí a mí mismo no hacerte daño, sabía que no eras como tu madre, tú lucharías por hacerte escuchar.

—¿Qué es lo que quieres? —le pregunté intentando controlar los sollozos que amenazaban con salir de mi garganta.

Mi padre volvió a fijar sus ojos en los míos.

—Lo que todos los hombres de la Tierra desean por encima de todas las cosas, Noah —contestó con una sonrisa horrible en los labios—. Tú me arrebataste todo cuanto tenía... a tu madre, mi casa, mi libertad... Quiero dinero, el mismo dinero que ahora mantiene a mi familia. Pensaba que iba a ser difícil encontraros, pero solo con poner el nombre de ese cabrón en internet pude veros a todos posando como si fueseis una gran familia feliz. Cuando llegué aquí no tardé en descubrir que tu hermanito no se codea solo con gente de bien. Le estaba siguiendo cuando vi a Ronnie pelearse con él fuera de un bar. Solo tuve que explicarle mi plan al chaval para que se ofreciera a...

No daba crédito a lo que estaba oyendo. Mi padre estaba loco... La cárcel lo había trastornado.

—Voy a sacarle todo lo que pueda a ese mal nacido que me ha robado a mi mujer, y ni que decir tiene del hijo de puta que te ha estado manoseando esta última semana.

Entonces sí que me habían estado siguiendo... Yo creía que había sido producto de mi imaginación, pero ahora era consciente de que había estado en lo cierto. Esto lo habían estado planeando con tiempo y mi padre me había atemorizado con las cartas sabiendo que su recuerdo me horrorizaba más que nada en el mundo.

Miré a la cara al hombre que me había dado la vida y nada más. Lo odiaba, lo odiaba con todas mis fuerzas... Si alguna vez lo quise, ese amor desapareció en el instante en el que me tocó.

—William Leister es mil veces mejor hombre que tú. No vales nada... ¿Te crees superior porque puedes pegarle a una mujer?... ¡Te odio! Y estoy segura de que eres tan idiota que lo único que vas a conseguir de todo esto es que te vuelvan a meter en la cárcel, que es donde deberías pasar el resto de tu miserable vida...

Hablé sin ni siquiera detenerme a respirar. No me importaba lo que me hiciese y, de hecho, me escuchó y pude ver cómo su rostro reflejaba los sucesivos sentimientos que fue experimentando hasta llegar a la ira.

Se levantó, amenazante, y me cruzó la cara. Tuve que contener la respiración ante el inesperado dolor. Nunca pensé que ese hombre pudiese volver a tocarme..., pero aun habiendo pasado seis años y habiéndome ido a otro país, había conseguido encontrarme y ponerme las manos encima otra vez.

El segundo golpe llegó poco después. Este me partió el labio y pude sentir la sangre deslizarse poco a poco por mi barbilla.

—No vuelvas a abrir la boca —ladró. Entonces se dio media vuelta y se marchó, dejándome con los nervios a flor de piel. Las lágrimas comenzaron a caer.

No sé cuánto tiempo había pasado, pero estaba medio dormida por el agotamiento mental y físico que había sufrido en las últimas horas cuando me zarandearon y me despertaron de golpe. Sentí cómo me ponían un aparato en la oreja.

—Habla —me ordenó mi padre con el tono furioso e irritable.

Solo había una persona con la que hubiese dado todo por estar en aquel momento. Había soñado con él y el solo hecho de saber que podía estar escuchándome me hizo querer llorar hasta quedarme sin fuerzas; le necesitaba, quería que me salvase, quería que apareciese por esa puerta y me envolviese con sus fuertes brazos, lo quería a él y a nadie más.

—Nicholas... —dije con un susurro ahogado para que un segundo después me quitaran el teléfono de la oreja y me dejasen sola.

46

NICK

Estaba desesperado. No aguantaba ni un minuto más toda aquella presión. Aquel miedo que me quemaba por dentro era tan intenso que quería meterme la mano en el pecho y arrancarme el corazón para que dejase de dolerme como lo estaba haciendo. Tenía que haber algo que pudiésemos hacer, no podíamos dejar que ese hijo de puta se quedara con el dinero y arriesgarnos a que no nos devolviese a Noah... Había algo que se me estaba escapando, un detalle importante y no sabía cuál podía ser. Faltaba una hora para que empezase a amanecer y no sabía si iba a ser capaz de aguantar tanto tiempo sin salir a buscarla yo mismo por toda la ciudad. Mi casa estaba llena de gente y ninguno parecía saber cómo proceder. Unos decían que mi padre debía ir solo a la entrega del dinero mientras que los policías querían seguirlo de cerca para poder tener controlada la situación. Pero ¿y si el cabrón de su padre se daba cuenta de lo que ocurría y decidía hacerle algo a Noah? Ese hombre estaba mal de la cabeza, había recorrido un país entero solo para secuestrar a su hija y pedir un rescate, era capaz de cualquier cosa.

Me levanté del sillón del despacho de mi padre y me fui arriba. Necesitaba estar cerca de algo que Noah hubiese tocado, oler su ropa, estar en su habitación. Tenía tanto miedo por ella que hubiese dado mi vida en aquel instante solo por saber si estaba bien.

Al entrar vi que su madre estaba allí. Sus ojos estaban hinchados de tanto llorar y en ese momento abrazaba una de las sudaderas que yo le había visto ponerse a Noah un millón de veces. Era de los Dodgers y ni siquiera sabía por qué demonios la tenía, ya que ella ni siquiera era de aquí, pero así era Noah, rara y perfecta, y la amaba, maldita sea. Si algo le ocurría no sabía cómo podría seguir viviendo.

Raffaella levantó la mirada y la fijó en mí. Estaba de pie junto a la ventana que daba hacia fuera y, al verme, sus ojos parecieron iluminarse por un instante.

—Se lo que me habéis estado ocultando —afirmó en un tono neutro, sin emoción ninguna; me detuve un momento, sin saber qué contestar—. No sé cuáles son tus sentimientos hacia ella, Nicholas, pero Noah es mi vida, ha sufrido mucho, no se merece esto —dijo llevándose la mano a la boca para tapar sus sollozos. Sentí un nudo en el estómago—. Hacía años que no la veía tan feliz como en los últimos días, y ahora... solo sé que tú has tenido que ver en ese cambio, y te lo agradezco.

Negué con la cabeza sin saber qué decir. Me senté a los pies de la cama mientras me llevaba las manos a la cabeza con desesperación. No podía escuchar esas palabras, no podía, todo había sido culpa mía... Yo la había llevado a esas carreras, por mi culpa había conocido a Ronnie, pero lo que aún no llegaba a comprender era cómo habían terminado su padre y ese hijo de puta confabulando para secuestrar al amor de mi vida.

—Desde pequeña Noah fue una niña muy madura, vivió experiencias que nunca nadie debería experimentar y siempre fue reacia a confiar en la gente. Contigo parece otra persona...

Noté cómo las emociones empezaban a embargarme. El miedo, la tristeza, la desesperación... Nunca me había sentido tan mal en toda mi vida. Noté cómo mis ojos se humedecían y no pude hacer otra cosa que dejar que las lágrimas rodaran por mis mejillas.

Entonces Raffaella me ayudó a levantarme y me envolvió entre sus brazos. Me abrazó muy fuerte y ahí pude comprobar lo que era un abrazo de una madre. Raffaella podía haber cometido errores en el pasado pero adoraba a su hija y nunca la abandonaría. Por primera vez en mi vida sentí que por fin podría tener una familia.

Ella me soltó aún aferrándose a la sudadera de Noah y dio un paso hacia atrás.

La busqué con la mirada y le hice una promesa.

—Te juro que no voy a dejar que le pase nada..., voy a encontrarla —dije con toda la calma que pude llegar a aparentar.

Ella me miró y asintió mientras que yo salía de la habitación y me metía en la mía.

«¿Dónde estás, Noah?»

Empecé a caminar por la habitación sin poder parar de pensar. No fue hasta que vi el coche en miniatura que me había regalado Noah por mi cumpleaños cuando caí en la cuenta. Lo cogí con una mano fijándome en la nota: «Siento lo del coche, de veras; algún día te comprarás uno nuevo. Felicidades, Noah».

Comprarme uno nuevo... Técnicamente ese coche aún era mío, los papeles estaban a mi nombre y todo lo demás...

Cuando lo comprendí me quedé quieto un segundo sin podérmelo creer; entonces giré sobre mis talones y bajé corriendo al despacho de mi padre. Él estaba sentado en su sillón hablando con los policías y con nuestro agente de seguridad, Steve.

Cuando lo vi no pude evitar sentir una emoción en el pecho al comprender que si estaba en lo cierto íbamos a poder averiguar dónde estaba Noah.

—Papá —dije entrando en la habitación. Tanto Steve como él se volvieron hacia mí. Parecían cansados después de haber estado toda una noche despiertos, pero ambos estaban con la mente alerta y en tensión por cualquier cosa que pudiese pasar.

—¿Qué ocurre? —preguntó mi padre.

—Creo que sé cómo podemos averiguar dónde la tienen, papá —contesté rezando para no equivocarme.

Ambos me miraron con atención.

—Hace aproximadamente un mes y medio perdí mi coche en una apuesta, el Ferrari negro que compré hace dos años —expuse y mi padre me miró con el ceño fruncido.

—¿Quieres que me preocupe ahora por tus idioteces, Nicholas? —replicó enfadado.

Lo ignoré.

—El coche se lo llevó Ronnie —proseguí, mirando ahora a Steve—. El Ferrari tiene un chip de seguimiento que puso el seguro cuando lo compramos... Si llegamos al coche...

Se hizo el silencio durante unos instantes.

—Llegamos a Noah —acabó la frase Steve un segundo después.

47

NOAH

Me dolía todo el cuerpo al haber estado tendida de la misma manera desde que había llegado hacía ya no sé cuántas horas. Me había dormido a ratos, pero los nervios no me dejaban perder la consciencia por más de unos cuantos minutos. No sabía qué iba a ocurrir, pero necesitaba urgentemente salir de allí. Me estaba agotando el ruido incesante de esa música de discoteca que se escuchaba de fondo y ni que decir tiene de aquella habitación claustrofóbica con apenas luz en su interior.

Cuando ya empezó a entrar algo de claridad en la habitación procedente de un tragaluz de una esquina, comprendí que iba a tener que hacerme a la idea de que cabía la posibilidad de que nadie me encontrase. Aquellos pensamientos me hicieron reemprender el llanto: el miedo seguía presente en todo mi cuerpo.

Ronnie había vuelto a entrar. Se había quedado a los pies de la cama, observándome sin ponerme una sola mano encima, pero haciéndome algo muchísimo peor. Me había torturado apagando la luz roja que había en un lado de la habitación. Me había dejado a oscuras durante minutos, minutos en los que estuve más aterrorizada que en toda mi vida; saber que él estaba ahí, a mis pies, a oscuras y que podía hacerme algo, había sido lo mismo que con mi padre, pero peor, porque en esta ocasión yo no podía defenderme, no podía huir de nadie, estaba encadenada a la pared y podían hacer conmigo lo que les diera la gana. Su risa al escuchar mis sollozos y mis súplicas para que encendiera la luz aún resonaba en mi cabeza.

Cuando se marchó intenté tranquilizarme y en ello estaba después de no sé cuánto tiempo. Fuera la música había dejado de resonar tan fuerte y hacía un rato que solo escuchaba mi propia respiración acelerada. Entonces, de repente, escuché un ruido procedente del piso superior: era como si muchas personas estuviesen corriendo sobre mi cabeza. Entonces los que estaban fuera empezaron a gritarse entre ellos y, de pronto, a sus voces se les sumó un montón de ruidos de disparos y más gritos. Me puse en tensión con el corazón en un puño hasta que mi padre apareció por la puerta, con la cara sudorosa y el rostro más temible que nunca.

Se acercó hasta mí y con un movimiento rápido me liberó de las cadenas. Cuando vi lo que llevaba en la mano intenté alejarme de él todo lo posible. Me clavó la punta de la pistola en un costado de mi cuerpo y me quedé petrificada.

—Ni se te ocurra mover un solo músculo —me advirtió haciéndome daño con la presión.

—Por favor... —supliqué entre sollozos cuando comprendí que ese hombre era capaz de cualquier cosa.

—¡Cállate! —me ordenó empujándome hacia una puerta que había fuera y por un pasillo a oscuras. Aquella falta de luz me puso de los nervios y el miedo se apoderó de todo mi ser y me dificultó el simple hecho de dar un paso tras otro. Estaba petrificada, así de simple: ese hombre del demonio podía hacer lo que le diera la gana conmigo y yo apenas podría defenderme.

Me siguió empujando por ese pasillo hasta que llegamos a otra puerta. Escuché a personas a lo lejos y cuando oí cómo alguien gritaba «¡Policía!» sentí renacer la esperanza. ¡Dios mío, me habían encontrado!

La luz me dio de lleno en los ojos cuando mi padre me empujó por esa puerta y salimos a un aparcamiento abandonado al aire libre. Lo que él no se esperaba era los por lo menos veinte policías que había allí controlando la zona y apuntando hacia nosotros. Mi padre me empujó contra su pecho y ejerció aún más presión con la pistola que ahora estaba en mi sien.

—¡Suelte el arma! —gritaron por un megáfono. Las lágrimas caían por mi rostro sin control y mis ojos se movían por todos los lados buscando a esa persona que podría devolverle el sentido a todo aquello.

—Si yo caigo, tú también lo harás, pequeña —me dijo mi padre al oído.

No dije nada, no encontraba mi propia voz, ya que mis ojos habían encontrado a la razón de mi vida: Nicholas estaba allí junto a un coche de policía y en cuanto nuestras miradas se cruzaron se llevó las manos a la cabeza desesperado y gritó mi nombre. A su lado estaban mi madre y William y lo único que supe con certeza en ese momento era que quería estar con aquellas personas el resto de mi vida. Eran mi familia y ahora por fin lo comprendía. Ahora, después de haber visto lo que mi padre era capaz de hacer, esa pequeña parte de mi ser que se culpaba por haberlo metido en la cárcel había desaparecido definitivamente. Ese no era mi padre, nunca lo sería, y no lo necesitaba. Ya tenía un hombre en mi vida que me quería por encima de todas las cosas y ya era hora de quererlo a él como se merecía.

—¡Suelte el arma y ponga las manos sobre la cabeza! —gritó otro policía haciéndose oír claramente entre tanto estruendo.

—Por favor..., suéltame —le pedí en un susurro entrecortado. No quería morir, no quería hacerlo de aquella forma, aún me quedaban miles de cosas por vivir.

Entonces ocurrió algo. Todo fue muy rápido. Mi padre dijo que no, su arma hizo un clic agudo y me presionó más fuerte en la sien. Iba a dispararme, mi padre iba a matarme y yo no podría hacer nada para evitarlo. Un estallido me hizo cerrar los ojos con fuerza, esperando un dolor... que no llegó.

Los brazos fuertes que me habían estado sosteniendo me soltaron y sentí cómo alguien caía a mi lado. Miré hacia mi derecha y lo vi todo rojo... La sangre manchaba el suelo junto al cuerpo inerte del hombre que me había dado la vida.

Lo primero que hice fue volverme y echar a correr.

No sé hacia dónde exactamente estaba yendo, mi mente estaba como en trance, en blanco sin pensar absolutamente nada salvo en correr y correr. Lo hice hasta que mi cuerpo chocó contra algo sólido. Unos brazos me estrecharon con fuerza y de inmediato sentir la familiaridad de un cuerpo conocido y un olor reconfortante que me tranquilizó.

—¡Dios mío...! —exclamó Nicholas junto a mi oído estrechándome contra su pecho. De la fuerza con la que lo hacía me levantó del suelo y justo en ese momento, estando entre sus brazos, supe que iba a estar a salvo. Nunca iba a tener que preocuparme de mi seguridad estando con un hombre como Nicholas, nunca iba a tener que temblar de miedo al oírle elevar el tono de voz, nunca iba a tener que tener cuidado con lo que hacía o decía: ese hombre me quería más que a su propia vida y nunca sería capaz de ponerme una mano encima.

Me apartó para poderme inspeccionar el rostro y no pude evitar hacer un signo de dolor cuando sus dedos rozaron mi labio partido.

—Noah... —pronunció mi nombre mirándome a los ojos. Vi el dolor en su mirada, el alivio de volver a verme sana, pero también el odio ciego al comprobar que me habían hecho daño. Yo solo necesitaba sentirlo junto a mí, por lo que no me importó que me doliera cuando junté mis labios con los suyos. Él me estrechó contra su boca, pero me apartó con cuidado al sentir cómo emitía un leve quejido.

»Ya habrá tiempo para eso, amor —me dijo sujetándome el rostro con fuerza—. Te quiero tantísimo, Noah.

Sentí tantas emociones al oírle decir aquello... Las lágrimas regresaron junto a un temblor que se apoderaba de mis piernas ahora que la adrenalina que había estado creando mi cuerpo empezaba a desaparecer. Entonces llegó mi madre y me estrechó contra ella, apartándome momentáneamente de Nick. La abracé con fuerza sintiéndome en casa otra vez y también dolida al pensar que ella había tenido que sufrir por todo aquello de nuevo.

—Mi niña... —decía mientras lloraba contra mi mejilla—. Lo siento, lo siento... —repetía entrecortadamente.

—Estoy bien, mamá —le aseguré sabiendo que necesitaba oírmelo decir.

William también estaba allí y nuestras miradas se encontraron por encima del hombro de mi madre. Asentí emocionada al ver que también había lágrimas en sus ojos. Se acercó y nos estrechó a ambas en un abrazo reconfortante.

Cuando acabaron los abrazos no pude evitar volverme y buscar a mi padre con la mirada. Lo estaban metiendo en una ambulancia. Le habían disparado en un lado del pecho, por lo que no sabía si iba a poder superarlo... Deseché esos pensamientos de mi mente. Acto seguido vi que la policía sacaba a Ronnie de la casa, ileso y esposado. En ese preciso instante, mientras intentaba asimilar lo que se estaba desarrollando ante mis ojos, Nicholas me cogió la cara con las manos dulcemente y me obligó a mirarlo a él.

—Mírame —me pidió con la voz más suave que le había oído nunca. Vi que tenía los ojos rojos e hinchados: había sufrido tanto como yo con toda aquella experiencia y me di cuenta de que necesitaba tenerlo cerca para poder recomponerme y unir los pedazos que mi padre había roto con sus actos—. Todo está bien, ya estás conmigo.

Sus palabras consiguieron tranquilizarme por fin.

—Te quiero —le dije mientras una sensación extraña se apoderaba de mí, no sé si de agotamiento o en respuesta a todo lo que había vivido en las últimas horas, pero de repente no tuve más fuerza para seguir con todo eso. Me aferré a su camiseta cuando mis piernas fallaron y cerré los ojos dejándome llevar por la dulce tranquilidad de la inconsciencia.

48

NICK

Cuando verificamos que, en efecto, el coche aún seguía con el chip de seguimiento activo, solo fue cuestión de tiempo saber dónde estaba Noah. Temí poder equivocarme, ya que había muchísimas posibilidades de que Ronnie no se hubiese llevado el coche a donde tenían a Noah encerrada, pero no dejé que eso me frenara. Sabía que Ronnie había estado yendo a todas partes con mi coche las últimas semanas, por lo que había muchísimas posibilidades también de que estuviese en lo cierto y Noah se encontrase en la discoteca de mala muerte que había salido en el GPS.

Mi padre estaba hablando con los policías, que estaban planeando cómo proceder a continuación. El despacho de mi padre se había convertido en un hervidero de gente y un grupo de policías junto a Steve estaban analizando los planos de la discoteca. Según los planos, lo más probable era que tuviesen a Noah en el sótano de la parte oeste del edificio. Si los acorralábamos, dejándoles las puertas principales sin salida, solo había una forma de que el cabrón de su padre pudiese salir, y era por la puerta de incendios que daba a la parte trasera. Ahí sería donde le esperarían con todas las patrullas, no había forma de que pudiese escapar si decidía salir, y no iban a dejarle escapatoria... Si de verdad estaban allí, ese hijo de puta iba a terminar en la cárcel mucho antes de lo que creía.

—Cabe la posibilidad de que decida no salir, que se quede encerrado dentro —apuntó un policía, señalando la habitación donde seguramente estaba Noah en aquel instante.

—¡Pues derribáis la puta puerta, joder! —le solté. Quería salir en su busca de inmediato, podían estar haciéndole de todo, y nosotros seguíamos allí, charlando, mientras Noah podía estar herida, o algo mucho peor.

—Señor Leister, déjenos trabajar a nosotros —me frenó el policía con autoridad.

Me jodía cómo me hablaban y cómo tomaban decisiones sobre la vida de Noah, pero no había nada que yo pudiese hacer.

Salí del despacho y me llevé creo que el cigarro doscientos a la boca. Fuera, en el porche, se habían aglomerado todo tipo de personas; en la puerta, junto a la fuente redonda, había por lo menos siete coches patrulla y el perímetro de la casa estaba bordeado por decenas de agentes. Habían acudido los medios, que ya empezaban a instalar sus cámaras frente a la puerta cerrada de la casa. Me volví sintiendo náuseas.

—¡Es capaz de matarla, William! —escuché entonces que gritaban dentro.

Entré casi corriendo para ver cómo los policías salían del despacho de mi padre y salían apresurados hacia los coches patrulla. Miré desesperado y fui hasta Raffaella, que lloraba aferrándose a sus brazos.

—No lo hará, tranquilízate, ya sabemos dónde están, Ella, te prometo que no le va a pasar nada —decía mi padre intentando tranquilizar a su mujer.

—¿Qué ocurre? ¿Adónde van? —pregunté con temor.

—Hemos podido acceder a las cámaras de la discoteca, está ahí, Nicholas, van a ir a buscarla.

Sentí cómo todo mi cuerpo se congelaba por el pánico.

—Yo no pienso quedarme aquí —declaré, y a continuación me volví y salí por la puerta lo más rápido que pude.

Entonces una mano fuerte me retuvo por el brazo.

—Tú no vas, Nicholas —afirmó mi padre mirándome fijamente a los ojos.

¿Qué coño estaba diciendo?

—¡No pienso quedarme aquí! —le grité soltándome de un tirón y bajando las escaleras casi a la carrera. Algunos policías ya estaban saliendo de la casa, marchándose para poder llevar a cabo la misión que podía causar la muerte de mi novia.

—¡Raffaella! —escuché cómo mi padre gritaba tras de mí. Me volví unos segundos para ver cómo la madre de Noah venía corriendo hacia mí.

—Llévame contigo, Nicholas —me pidió sin poder controlar las lágrimas, pero con una determinación férrea en su rostro.

Miré dudoso a mi padre, que se acercó a nosotros con el semblante tan frío y asustado como debía de estar el mío.

—No pienso permitir que le hagan daño a nadie más de esta familia... ¡Entrad en la casa! —bramó cogiendo a Raffaella por el codo. Sabía que estaba tan asustado como todos nosotros, nunca nos había ocurrido nada igual, vi en los ojos de mi padre que le aterrorizaba aquella situación, su forma de mirar a Raffaella era casi igual a como yo miraba a Noah, y yo habría reaccionado de la misma manera si hubiese sido ella la que estuviese dispuesta a ir al escenario de un puto secuestro.

—Voy a ir tanto si tú quieres como si no, William Leister. ¡Es mi hija de quien estamos hablando! —chilló desesperada. Finalmente los sollozos acallaron su voz.

Miré a mi padre.

—Voy a ir, papá, y no intentes detenerme.

Él miró desesperado a ambos lados.

—Está bien, pero iremos con la policía —claudicó por fin.

Diez minutos después estábamos cruzando la ciudad, seguidos por tres coches de policía. Escuchar cómo informaban de lo que ocurría por la radio del vehículo me estaba matando de los nervios: ya habían llegado, y estaban rodeando las puertas principales.

No tardamos mucho más en llegar, y el coche patrulla fue directamente hacia donde esperaban que el padre de Noah decidiese escapar. Los demás policías se colocaron en posición alrededor de la puerta. Los ruidos del interior llegaban a nuestros oídos... y cuando escuché disparos salí del coche.

El policía que estaba junto a él me retuvo con fuerza por el brazo.

—Te quedas aquí —dijo con autoridad.

Hice lo que me ordenó mientras miraba fijamente la puerta por donde Noah saldría, sana o herida, aún no lo sabía.

No tardaron mucho. Diez minutos después, y con todos los policías en tensión, la puerta terminó por abrirse y Noah y su padre aparecieron, pestañeando sorprendidos ante el despliegue que los esperaba fuera.

Noah estaba sangrando... Estaba herida.

Sentí cómo me sujetaban por detrás, ni siquiera era consciente de que intentaba salir corriendo en su busca.

—¡NOAH! —grité con todas mis fuerzas. Sus ojos llorosos y aterrorizados volaron a los míos. Su padre la retenía con uno de sus brazos mientras que con el otro sostenía un revólver con el que la apuntaba directamente a la cabeza.

—¡Suelte el arma! —gritó un policía por un megáfono.

Me llevé las manos a la cabeza con desesperación. Ese hijo de puta le estaba diciendo algo, y el terror reflejado en Noah despertó un instinto asesino que nunca creí experimentar, hasta el momento.

Lo iba a matar, iba a matarlo con mis propias manos.

—¡Suelte el arma y ponga las manos sobre la cabeza! —volvieron a gritar.

Entonces todo ocurrió muy rápido, aunque mis ojos lo vieron todo como si estuviesen reproduciéndolo a cámara lenta.

El padre de Noah levantó el arma, quitándole el seguro, la clavó con determinación en su sien; Noah cerró los ojos con fuerza, y entonces el sonido de un disparo retronó por todo el lugar.

El padre de Noah giró la cabeza hacia donde nosotros estábamos, supe que estaba mirando a Raffaella por cómo esta empezó a llorar desesperadamente. La sangre tiñó de rojo su camiseta hasta que cayó al suelo, malherido. Noah miró sorprendida el cuerpo de su padre; levantó la mirada hacia mí, aturdida al principio... y empezó a correr.

Me aparté de un fuerte tirón del policía que me tenía sujeto y fui en su busca.

Solo cuando la sentí entre mis brazos pude volver a respirar con tranquilidad; solo cuando sentí su cuerpo junto al mío pude volver a notar que estaba vivo.

—¡Dios mío...! —exclamé levantándola del suelo, estrechándola contra mí. Sus sollozos se intensificaron cuando la apreté con fuerza, queriendo metérmela bajo mi cuerpo, protegerla con mi vida.

La deposité en el suelo, desesperado por inspeccionar cada milímetro de su cuerpo. Le cogí el rostro entre mis manos... ¡Le habían pegado, joder, la habían golpeado!

Sentí mi cuerpo empezar a temblar, había dejado que volviesen a hacerle daño, le había prometido que nunca permitiría que le pasase nada malo, y ahora veía con mis propios ojos las pruebas de que le había fallado.

—Noah... —dije intentando controlar mi voz. Quería pedirle perdón, quería que me perdonase por haber dejado que eso ocurriese. Creo que nunca en toda mi vida me había sentido tan culpable por algo, y tan terriblemente desbordado por el dolor de ver a la chica que quería con marcas en la cara.

Sus manos subieron hasta mi cuello y me acercó hasta posar sus labios en los míos. Quería besarla más que nada en el mundo pero sentí su dolor cuando presionó con fuerza mi boca.

La aparté con cuidado pero con determinación.

—Ya habrá tiempo para eso, amor —le aseguré juntando nuestras frentes, sintiendo su dolor como mío—. Te quiero tantísimo, Noah.

Dos lágrimas se sumaron al reguero que estaba derramando, pero una sonrisa apareció en su rostro antes de que Raffaella me apartara para poder estrechar a su hija entre sus brazos. Las observé mientras se abrazaban con desesperación. Mi padre me miró un segundo antes de hacer lo mismo, y supe que de ahora en adelante algo así no volvería a ocurrir; vi en mi padre la promesa de que nadie más pondría un solo dedo encima de nuestra familia, *nunca más.*

Cuando Noah se apartó de su madre, lo primero que hizo fue volverse para mirar cómo metían a su padre en la ambulancia. No sé describir lo que reflejó su mirada, pero sí que vi que el miedo regresaba a su cuerpo cuando fue Ronnie quien salió esposado y guiado por un policía.

—Mírame —le ordené cogiéndole el rostro. No quería que volviese a sentir miedo. Quería matar a ese cabrón con mis propias manos, pero lo último que necesitaba Noah ahora mismo era más violencia—. Todo está bien, ya estás conmigo.

Entonces sus manos se deslizaron de mis mejillas hasta caer sobre mis hombros, sentí cómo su mirada se perdía y se desenfocaba un segundo después.

—¿Noah? —dije sujetándola cuando se desplomó entre mis brazos—. ¡Un médico! —grité cuando vi que no reaccionaba. La levanté del suelo, con el miedo avivándose dentro de mí. ¿Le habían disparado? ¿Tenía alguna herida interna que no había podido ver?

»Despierta, Noah —dije apretándola contra mí hasta que llegué a una ambulancia.

—Démela —me ordenó el médico. Oí que empezaban a sonar las alarmas de los coches de policía y vi que Raffaella se acercaba junto con mi padre.

—¿Qué le pasa? —lo interrogué. Me la quitó de los brazos, la depositó sobre una camilla de la que se hicieron cargo otros miembros del personal sanitario y la metieron en la ambulancia.

—Nos vamos al hospital... ¿Es usted su madre? —le preguntaron a Raffaella, que asintió temblorosa subiéndose a la ambulancia.

—Yo también voy —anuncié sin admitir ningún tipo de réplica.

—Os sigo con el coche —nos informó mi padre.

El viaje en ambulancia se me hizo eterno. Noah seguía sin conocimiento, pero después de haberla examinado con rapidez, el médico afirmaba que no parecía tener nada grave.

Me acerqué a Noah y le pasé una mano por el pelo con cuidado.

—Lo siento, Noah, lo siento...

49

NOAH

Cuando abrí los ojos estaba en una cama de hospital. Me dolía la cabeza y la cara, pero mi mente se relajó al ver quién estaba junto a mí.

—¡Por fin te despiertas! —exclamó Nicholas besando mi mano, que tenía cogida entre las suyas.

—¿Qué ha ocurrido? —pregunté sin recordar cómo había llegado hasta allí.

—Te desmayaste —me explicó fijando sus ojos claros y preocupados en los míos—. Los médicos dijeron que estabas agotada psicológicamente. Te suministraron unas pastillas para que durmieras... Tu mente estaba agotada.

Asentí asimilando todo aquello. Recordé todo lo ocurrido, el secuestro, los golpes que me habían dado, tanto mi padre como Ronnie, el momento cuando creí que mi padre me dispararía, cuando cayó sangrando al suelo...

—¿Qué le ha pasado? —dije un momento después.

Nicholas entendió al instante lo que le estaba preguntando.

Me observó indeciso, pero finalmente habló.

—No lo ha conseguido, Noah... La bala le perforó el corazón, ni siquiera llegó al hospital.

Fue muy extraño y a lo mejor algo no funcionaba bien dentro de mí, ya que no sentí absolutamente nada... salvo alivio, un alivio infinito que me quitó una presión del pecho, una presión que llevaba sufriendo más de diez años.

—Todo se ha terminado —declaró Nick levantándose de la silla que había junto a mi cama y acercando su rostro al mío—. Ya nadie podrá hacerte daño... yo voy a cuidar de ti, Noah.

Sentí que mis ojos se humedecían.

—Nunca pensé que las cosas fueran a acabar así... ni que ahora pudiese darle las gracias al destino por haber juntado a nuestros padres... Hace dos meses todo lo que tú representabas significaba un infierno para mí y ahora... —dije incorporándome y arrodillándome en la cama. Le cogí la cara entre mis manos mientras él bajaba con cuidado sus manos por mi cintura—. Te quiero, Nick... Te quiero con locura.

Sus labios besaron los míos un momento después, con delicadeza, pero con todo el amor que yo sabía había surgido entre los dos. Ese tipo de amor que solo pasa una vez en la vida, ese tipo de amor que toca nuestro corazón y siempre se queda con nosotros, ese amor que comparamos con todo, que buscamos, que incluso odiamos..., pero ese amor que nos hace estar vivos, que nos hace necesarios y que nos convierte en lo único sin lo que otra persona es incapaz de vivir... Y yo acababa de encontrarlo.

EPÍLOGO

NICK

Un mes después

—Ni se te ocurra abrir los ojos —le advertí emocionado mientras la llevaba al centro de la habitación. Tenerla allí por fin me daba una alegría que no sabía cómo expresar con palabras. El cambio que había hecho en mi vida supondría un nuevo comienzo en nuestra relación, pero era algo necesario y, a la larga, algo bueno para poder estar todo el tiempo que necesitábamos juntos.

—Odio las sorpresas, lo sabes —me recordó moviéndose inquieta. Sonreí para mis adentros.

—Esta te va a gustar —le aseguré colocándome detrás de ella—. Está bien... ¡Ya! —dije quitándole la cinta que le tapaba los ojos.

Miró con sorpresa lo que se desplegaba ante ella. Estábamos en el nuevo ático que había comprado, justamente en la entrada, desde donde se veía el dormitorio, la cocina y un salón. No era muy grande, lo justo para que una persona pudiese vivir cómodamente, pero era uno de los mejores pisos de la ciudad. Una amiga de la familia lo había decorado a mi gusto y el piso había quedado genial. Los tonos marrones y blancos conferían al lugar un aspecto acogedor y moderno. Había mandado construir una chimenea en el centro del salón frente a un sofá color chocolate donde poder ver películas y pasar tiempo a solas con Noah; la cocina era de dimensiones reducidas, pero tenía todo lo necesario, con una pequeña isla donde cabían dos personas para desayunar cómodamente. Había gruesas alfombras en los suelos de madera y un gran ventanal a través del cual se podía contemplar unas maravillosas vistas de la ciudad. Justo en ese momento la oscuridad de la noche las hacía más maravillosas aún si es que eso era posible.

Miré a Noah, que se había quedado con la boca abierta.

—Bueno..., ¿qué piensas?

Ella negó con la cabeza, no le salieron las palabras hasta unos momentos después.

—¿Es tuyo? —me preguntó dando varios pasos hacia delante y colocando la mano sobre el respaldo del sofá.

Cuando se volvió hacia mí, vi que estaba sobrecogida o preocupada, no sabía muy bien cómo describir su expresión.

—Bueno, sí, yo voy a vivir en él, pero tú vas a pasar gran parte de tu tiempo aquí conmigo, por eso lo he comprado, para poder estar juntos sin ningún impedimento —le expliqué acercándome hasta donde estaba. Me encantaba verla allí, ahora sí que parecía un hogar.

Un segundo más tarde una pequeña sonrisa apareció en su rostro.

—¡Es genial...! —exclamó, pero me estaba ocultando algo, lo podía ver en sus ojos.

Le acaricié el pelo, colocándoselo tras las orejas, y le cogí el rostro entre las manos.

—¿Qué ocurre? —le pregunté, preocupado por aquella expresión.

Ella negó con la cabeza y finalmente soltó un suspiro.

—Voy a echar de menos verte todos los días, es eso —confesó acercándose y apoyando su cabeza en mi pecho. Joder, yo también iba a echarla de menos, me encantaba levantarme y desayunar con ella, adoraba verla despeinada y sin arreglar, pero siempre lista para ofrecerme una sonrisa y ni que decir tiene de esa sensación de saber que estaba a salvo en la puerta de enfrente... Todo eso iba a cambiar ahora que me mudaba, pero también sabía que era necesario. Vivir con mi padre y estar enamorado de su hijastra y encima bajo el mismo techo era una locura. Pocas eran las veces en las que nos sentíamos cómodos para estar juntos y a solas, y ahora que yo tenía mi propia casa Noah iba a poder pasar todo el tiempo conmigo sin ningún tipo de supervisión paterna.

—Y yo, pero esto es necesario, no aguanto verte todos los días y no poder hacer esto cuando me apetece —dije, y acto seguido besé esos labios tan perfectos—. Ni esto. —Proseguí profundizando el beso y entrelazando nuestras lenguas con toda la pasión que esa chica conseguía despertar en mí. Su respuesta fue inmediata y el deseo se apoderó de mi cuerpo en medio segundo... Ese era el efecto que ella tenía en mí: me volvía completamente loco—. Ni tampoco esto. —La levanté de la cintura y la obligué a rodearme con sus hermosas piernas las caderas.

Ella se rio bajo mis labios.

—Ni esto tampoco —repitió ella, tirando de mi camiseta y sacándomela por la cabeza.

Gruñí al sentir sus manos acariciándome los hombros y el cuello. Caminé hasta llegar hasta la que ahora era mi nueva habitación. Tenía una cama inmensa y las vistas desde allí también eran espectaculares. La deposité en la suavidad de las almohadas y comencé a desabrochar los pequeños botones de su blusa blanca.

—Creo que me has convencido... Me gusta este sitio —declaró suspirando un segundo después y dejándome besarle cada centímetro de su piel.

—Ya sabía que te iba a gustar —le contesté acercándome a su boca.

En ese preciso instante fui consciente de que esa mujer iba a estar a mi lado el resto de mi vida. La amaba sobre todas las cosas y había conseguido rescatarme del agujero negro que era mi vida antes de conocerla. Nos había costado comprenderlo, pero ahora que estábamos juntos trabajaríamos para sacar nuestra relación adelante. Nuestras vidas no habían sido fáciles y por ese mismo motivo nos entendíamos a la perfección. En un momento crítico y difícil, en medio de la tormenta, uno había sido el salvavidas del otro, y eso es algo que no se encuentra con facilidad.

Unas horas más tarde, cuando la tenía dormida entre mis brazos, me di cuenta de algo muy importante... Las luces estaban apagadas y no entraba luz por la ventana... Noah dormía con su hermoso rostro relajado y tranquilo, sin rastro de miedo. Comprendí entonces que yo también la había ayudado, yo también había supuesto un cambio radical en su vida... y eso había sido exclusivamente culpa mía.

Agradecimientos

Si hace un año alguien me hubiese dicho que hoy iba a estar escribiendo los agradecimientos de mi propio libro, le habría dicho que estaba loco. Desde que tengo quince años siempre he soñado con este momento, el momento de poder decir: «Lo conseguí».

En primer lugar, quiero dar las gracias a Penguin Random House por confiar en mí. A mi editora Rosa Samper, por hacer que casi me diera un infarto el día que contactó conmigo por correo electrónico. Te dirigiste a mí como si fuésemos amigas y me obsequiaste con el mejor regalo que nadie ha podido hacerme jamás. Nunca voy a olvidar ese «PROPUESTA EDITORIAL» en la bandeja de entrada de mi correo. Gracias a ti y a todos los que habéis hecho de *Culpa mía* algo espectacular.

A mi agente Nuria, por ser la primera en decirme que el libro tenía potencial. Gracias por guiarme y ayudarme en todo lo que necesito.

A mi madre, por elogiar absolutamente todo lo que escribo. Siempre te digo que no eres imparcial, pero supongo que estás aquí para hacerme sentir como si fuera la mejor. Gracias por ser la definición exacta de una madre perfecta.

A mi padre, por hincharse de orgullo y contarle absolutamente a todo el mundo que tiene una hija escritora. Gracias por ser la roca que sigue luchando sin rendirse ante cualquier adversidad. Me has enseñado que no hay meta imposible si se trabaja con empeño.

A mis hermanas, Flor, Belu y Ro: nos matamos, pero nos queremos con locura.

A mi prima Bar, mi lectora cero. No podría haber tenido esta historia terminada si no hubiese sido por tu ayuda y entusiasmo.

A mis abuelos. Pitu, gracias por ayudarme siempre que te pedí consejo; Abu, gracias por estar siempre ahí.

A mis amigas, Ana, Alba, a ese grupo que empieza por Z. Gracias por hacerme reír a carcajadas, por seguir juntas a pesar de que cada una haya tomado caminos diferentes. Crecí con vosotras y siempre os llevaré conmigo en el corazón.

Eva, Mir. ¿Qué deciros que no sepáis ya? Nunca pensé que iba a encontrar a dos almas gemelas en la facultad. Gracias por estar a mi lado desde el principio de esta aventura.

A mi Yellow Crocodile. Belén, gracias por compartir conmigo la pasión por la lectura. Desde el primer momento has creído en esta historia y me has apoyado incondicionalmente.

Anita, contigo aprendí que soñar es una palabra importante. Me enseñaste que creer en los sueños es lo que nos hace ser quienes somos. Siempre vas a ser mi compañera en el camino que empezamos juntas en ese viaje a Los Ángeles.

A todos los que empezaron conmigo en Wattpad. No habría conseguido nada de esto si no hubiese sido por vosotros. Me he quedado leyendo vuestros comentarios hasta las tantas de la madrugada. Nunca creí que iba a recibir tanto amor por vuestra parte. Nos une lo que hemos conseguido juntos. Ojalá pudiera conoceros a todos y daros un abrazo.

Y, por último, a ti, que estás leyendo mi primera novela, mi sueño convertido en letras, tinta y papel. ¡Que lo disfrutes!

ENAMÓRATE DE LAS SAGAS DE MERCEDES RON

Culpables

Enfrentados

Dímelo